Für die Girgentis, den Nachtisch
auf der Speisekarte des Lebens

STAR TREK

THE NEXT GENERATION®

TOD IM WINTER

MICHAEL JAN FRIEDMAN

Based on
Star Trek: The Next Generation
created by Gene Roddenberry

Ins Deutsche übertragen von
Stephanie Pannen

Die deutsche Ausgabe von STAR TREK – THE NEXT GENERATION: TOD IM WINTER
wird herausgegeben von Amigo Grafik, Teinacher Straße 72, 71634 Ludwigsburg.
Herausgeber: Andreas Mergenthaler und Hardy Hellstern, Übersetzung: Stephanie Pannen;
verantwortlicher Redakteur und Lektorat: Markus Rohde; Lektorat: Anika Klüver und Gisela Schell;
Satz: Rowan Rüster/Amigo Grafik; Cover Artwork: Martin Frei. Printed in Germany.

Titel der Originalausgabe: STAR TREK – THE NEXT GENERATION: DEATH IN WINTER

Print ISBN 978-3-95981-836-0 · E-Book ISBN 978-3-942649-73-5

WWW.CROSS-CULT.DE · WWW.STARTREKROMANE.DE · WWW.STARTREK.COM

SAN FRANCISCO

—•—

2348

Manathas runzelte die Stirn und wünschte, man würde ihm ein wenig mehr entgegenkommen. Schließlich hatte er einen Auftrag auszuführen und konnte nicht ruhen, ehe er erledigt war.

Natürlich gab es in seiner Branche viele Risiken und sehr viele Möglichkeiten für Katastrophen. Er hatte vor langer Zeit gelernt, sich in Geduld zu üben und lautlos auf seine Gelegenheit zu warten - und sich darauf zu stürzen, wenn sie kam.

So stand er also, die behandschuhten Hände an seinen Seiten, zusammen mit all den anderen förmlich gekleideten Kellnern und Kellnerinnen und beobachtete die etwa hundert Hochzeitsgäste im Ballsaal, die an dem Dinner teilnahmen, während eine Musikgruppe ein flottes Liebeslied aus dem zwanzigsten Jahrhundert spielte. Er hoffte inständig, dass ein spezieller Gast endlich sein Hähnchen Cordon Bleu probieren würde.

Aber der Gast - ein junger Mann mit hellbraunem Haar, markanten Gesichtszügen und gespaltenem Kinn, der die rotschwarze Uniform eines Captains trug - enttäuschte Manathas erneut. Er ließ sein Hauptgericht unangetastet, genauso wie er seine achtel Scheibe Honigmelone, seinen Nizza-Salat, seinen Champagner, sein Mineralwasser und selbst die schwarze Stoffserviette ignoriert hatte.

Ach, Picard, dachte Manathas.

Er hatte den Burschen bereits gefragt, ob er eine andere Beilage zu seinem Hähnchen wolle, wobei er nah herangetreten war, um über der Musik gehört zu werden. Aber Picard hatte den Vorschlag mit der gemurmelten Begründung abgewiesen, dass er nicht hungrig sei.

Aber Manathas gab die Hoffnung nicht auf. *Früher oder später wird der gute Captain nachgeben. Er wird irgendetwas von den Speisen oder den Getränken zu sich nehmen. Und wenn er das tut, werde ich bereit sein.*

Unglücklicherweise konnte er seine Aufmerksamkeit nicht nur auf Picard richten. Es befanden sich noch drei andere Raumschiffcaptains im Raum und jeder von ihnen war für Manathas ebenso wichtig wie Picard.

Es war ungewöhnlich, dass sich vier so hochdekorierte Offiziere zur gleichen Zeit im Speisesaal befanden. Tatsächlich verstrichen häufig ganze Wochen, ohne dass auch nur ein *einziger* solcher Offizier erschien. Und wenn doch mal einer vorbeischaute, handelte es sich ausnahmslos um jemanden, den er bereits bedient hatte.

Daher war dieses Hochzeitsbankett, so vulgär es nach den Maßstäben von Manathas' Volk auch sein mochte, auch für ihn ein besonderes Ereignis – aber nicht in der Art, die sich die Frischvermählten vorgestellt hatten. Für Manathas war es ein äußerst vielversprechender Tag mit großem Potential, ein Tag, auf den er seit langer Zeit hingearbeitet hatte.

Walker Keel. Leo Blais. Marielle Kumaretanga. Und der selten gesehene, aber oft erwähnte Jean-Luc Picard. *Ja, ein äußerst vielversprechender Tag.*

Während Manathas das dachte, begaben sich die Braut und der Bräutigam auf die Tanzfläche. Der Bräutigam war groß, wirkte sportlich und unbekümmert. Seine Partnerin war ein Rotschopf von ungewöhnlicher Schönheit – natürlich von einem menschlichen Standpunkt her.

Und als sie auf der Tanzfläche herumwirbelten und das perlweiße Kleid der Braut wie Meerschaum einer Welle folgte, applaudierten ihre Gäste und gaben Bemerkungen von sich, die sie zweifellos für humorvoll hielten. Der Moment hatte keinen Anstand, keine Zurückhaltung, keine Würde.

Diese menschliche Trauungszeremonie war ein seltsamer Brauch

- fast klingonisch in ihrem Überfluss und ihrer Maßlosigkeit. Aber andererseits gab es vieles an den Menschen, das Manathas seltsam fand.

Schließlich waren auch andere Paare mit ihrem Hauptgericht fertig und schlossen sich dem Brautpaar auf der Tanzfläche an. Und während sie das taten, stattete Manathas einem ihrer Tische einen Besuch ab. Er schob einen Servierwagen vor sich her, in dem ein Plastikbeutel hing.

Unglücklicherweise hatte er ein kleines Problem mit Bakterien - eine Phobie, um genau zu sein. Aber das hielt ihn nicht davon ab, seinen Auftrag zu erfüllen, dank der dünnen, sterilen Handschuhe, die er unter denen aus Baumwolle trug.

Stück für Stück sammelte er das benutzte Silberbesteck der Gäste ein und steckte es in den Plastikbeutel, um einer anderen Kellnerin so für neues Besteck Platz zu machen. Dann ging er zum nächsten Tisch und tat das Gleiche.

Ein Großteil des Bestecks landete wahllos in dem Sack. Ein paar Stücke wurden allerdings in einen kleineren Beutel sortiert, der unauffällig im größeren verborgen war.

In Gedanken beschriftete Manathas jedes Einzelteil mit dem Namen eines Captains. Die Gabel war von Keel. Der Löffel gehörte Blais. Das Messer war von Kumaretanga benutzt worden.

Aber nichts davon war von Picard und so fehlte Manathas' Sammlung ein Stück zur Vervollständigung. Doch er war sich sicher, dass dieses Defizit schon noch rechtzeitig ausgeglichen werden würde.

Er ließ seinen Blick über den Raum schweifen, um sicher zu gehen, dass ihm niemand übertriebene Aufmerksamkeit schenkte. Aber natürlich tat das niemand. Keiner von ihnen hielt ihn für etwas anderes als einen menschlichen Kellner, der die niedere Arbeit ausführte, die man ihm zugewiesen hatte.

Wer würde ihn denn auch verdächtigen, ein chirurgisch veränderter romulanischer Spion zu sein - ein Agent, der über die trügerisch stille Neutrale Zone ausgesandt worden war, um ein Programm voranzutreiben, das sich nur der Scharfsinn des Praetors hatte ausdenken können?

Ein Plan, um Klone aus dem genetischen Material der berühmtesten Captains der Sternenflotte zu züchten, um sie zu einem günstigen Moment in ein paar Jahren oder vielleicht Jahrzehnten durch ihre geheimen Nachkommen zu ersetzen. *Scharfsinnig* war sicherlich eine Untertreibung.

Aber Manathas war kein Wissenschaftler. Sein Job bestand nur darin, das erforderliche genetische Material für den Praetor zu beschaffen, und nicht, daraus hinterher Menschen zu reproduzieren.

Auch gut. Für seine Arbeit wurde er großzügiger entlohnt als die Wissenschaftler des Praetors. Außerdem zog er die Intrigen einer verdeckten Mission auf einer feindlichen Welt einem Leben vor, das damit verbracht wurde, auf einem Computerbildschirm DNA-Moleküle zu studieren.

Selbst in den Momenten, in denen»Intrigen nicht mehr bedeutete als das Einsammeln von schmutzigem Besteck.

Manathas hatte seinen dritten und letzten Tisch abgeräumt, als einer der Gäste aufstand und sein Glas erhob. Er hatte dunkles Haar, markante Wangenknochen und weit auseinanderstehende Augen, die jedermanns Aufmerksamkeit einzufordern schienen.

Es war Keel, der hochdekorierte Captain der *Horatio*, einem Raumschiff der *Ambassador*-Klasse. Keel, der sowohl mit der Braut als auch mit dem Bräutigam gut befreundet war, hatte den Ballsaal vor Monaten für die beiden gebucht.

»Ich bin glücklich, Sie alle heute hier zu sehen«, sagte er und ließ seinen Blick über die Menge uniformierter und ziviler Gäste schweifen. Er grinste.»Nun, vielleicht nicht *alle.*«

Die Bemerkung wurde mit Gespött und Gelächter quittiert. Aber es war freundliches Gespött zwischen Kollegen.

Keel fuhr fort.»Ich freue mich, Ihnen sagen zu können, dass ich ein paar Dinge in meinem Leben erreicht habe. Ich habe mich als der mit

Abstand fähigste Captain der Flotte herausgestellt ...«

Wieder gab es eine Welle der Missbilligung.

»Nicht zu vergessen der bestaussehenste ...«

Dieses Mal dauerte es etwas länger, bis die Unruhe nachließ.

»Sowie der beliebteste Captain des gesamten Sektors. Oder sollte ich sagen der geliebteste ...?«

»Sie reizen es aus«, bemerkte Captain Blais, ein notorisch freundlicher Mann.

Keel lachte. »Vielleicht tue ich das. Aber unter all meinen Leistungen war es bis jetzt die größte ...« Er wandte sich an das Brautpaar. »... diese beiden ganz besonderen Personen zusammenzubringen, die dazu bestimmt sind, ihr Leben gemeinsam zu verbringen.«

Der Bräutigam drohte Keel mit dem Finger. Die Braut lächelte nur und verdrehte die Augen.

»Meine Damen und Herren«, sagte Keel, »Ich bitte Sie nun, Ihre Gläser zu erheben. Auf die reizende Beverly Crusher und ihren unwürdigen Ehemann Jack – mögen sie immer so glücklich sein wie heute.«

Der Trinkspruch hallte von einem Ende des Raums zum anderen. Dann tranken Keel und all die anderen Gäste auf das Wohl der Frischvermählten, ein hier auf der Erde üblicher Brauch.

»Und nun«, sagte Keel, »übergebe ich die Bühne an meinen Kollegen Jean-Luc Picard, ohne dessen Nachsicht diese Romanze nie in Gang gekommen wäre.«

Alle Augen richteten sich auf Picard, der überrascht wirkte. Er wies die Einladung mit einer Geste zurück.

»Kommen Sie schon«, sagte Keel winkend. »Der Anlass würde ohne ein paar Worte von Ihnen nicht vollständig sein.«

Andere wiederholten die Bitte. Und nach und nach wurde es zu einem rhythmischen Ruf: *Jean-Luc, Jean-Luc ...*

Schließlich gab Picard dem Drängen der anderen Gäste nach. Er erhob sich, nahm sein Glas und begab sich an Keels Seite. Dann ließ er seinen Blick über die Menge schweifen.

Einen Moment lang herrschte Schweigen. Manathas konnte das Geräusch von Eiswürfeln in Gläsern und Absätzen auf dem glatten Fußboden hören. Schließlich räusperte sich Picard, erhob sein Glas in Richtung des Paares und begann.

»Wie Jack Ihnen bestätigen wird«, sagte er, »bin ich kein großer Redner. Meine Worte werden im Vergleich mit denen unseres Freundes Captain Keel sicherlich verblassen.«

Es wurden gegenteilige Ermunterungen ausgesprochen, doch Picard schien nicht überzeugt zu sein.

»Ich möchte nur sagen, wie froh ich bin, hier zu sein«, fuhr er fort, »und wie glücklich ich mich schätze, die Hochzeit von Beverly und Jack, die mir sehr am Herzen liegen, miterlebt haben zu dürfen.«

Alle Anwesenden nickten zustimmend. Einige erhoben sogar ihre Gläser. Aber sie hielten sich mit ihrem Applaus zurück und warteten offenbar darauf, mehr zu hören.

»*Außerordentlich* am Herzen liegen«, sagte Picard.

Manathas, der einige Zeit auf der Erde gelebt hatte, war inzwischen so etwas wie ein Experte für menschliches Verhalten geworden, genauso wie er das schon für sein eigenes Volk war. Er merkte, ob eine Person wütend oder ängstlich war oder etwas amüsant fand, egal wie sehr diese Person auch versuchte, es zu verbergen.

Und ebenso merkte er, wenn jemand über den Ausgang einer Sache enttäuscht war. Als der Romulaner Picard näher beobachtete, gab es keinen Zweifel: dieser Mann trug eine beträchtliche Menge an Schmerz und Enttäuschung mit sich herum.

Manchmal war es schwierig, die Ursache des emotionalen Zustandes eines Menschen herauszufinden. Aber nicht in diesem Fall. Manathas musste lediglich der Richtung von Picards Blick folgen ...

Geradewegs zur Braut, die sich in die Arme ihres neuen Partners schmiegte.

»Ich ... wünsche ihnen nur das Beste«, sagte der Captain. Die anderen Gäste schienen mehr zu erwarten. Aber Picard *sagte* nichts mehr. Ohne Vorwarnung erhob er sein Champagnerglas und trank.

Erst da begriffen die anderen, dass der Sprecher seine Rede beendet hatte. Allmählich erhob sich unter seinen Zuhörern ein zustimmendes Gemurmel, aber es war keine auch nur annähernd so enthusiastische Reaktion wie die, die Keel entgegengekommen war.

Mit einem Lächeln, das zu sehr nach einer Grimasse aussah, kehrte Picard an seinen Platz zurück. Und obwohl ihm seine unmittelbaren Tischnachbarn auf die Schulter klopften, als er sich hinsetzte, wusste er ebenso gut wie alle anderen, wie lustlos seine Rede gewesen war.

Aber schließlich liebte er ja auch die Braut.

Da war sich Manathas ganz sicher. Und obwohl er keinen Grund dazu hatte, Picards Partei zu ergreifen, hatte er ein wenig Mitleid. Auch er hatte einmal eine Frau an einen anderen Mann verloren. Aber glücklicherweise war dieser andere Mann nicht sein Freund gewesen.

Ausgehend von dem, was Manathas zusammengetragen hatte, standen sich Picard und der Bräutigam recht nahe. Und außerdem dienten sie zusammen auf der *Stargazer* - oder genauer: der eine diente unter dem anderen. So würde der Captain jeden Tag daran erinnert werden, was er verloren hatte.

Und er würde jeden Tag seinen Schmerz verbergen müssen, um die Freundschaft mit Braut und Bräutigam nicht zu zerstören.

Allerdings gab es ein Licht am Ende jedes Tunnels, und Manathas hatte es schnell gefunden. Während sich Picard auf seinem Platz zurücklehnte, griff sich der Romulaner eine gekühlte Champagnerflasche und ging in seine Richtung.

»Entschuldigen Sie, Sir«, sagte er, als er vor ihm stand.

Picard sah zu ihm hoch. »Ja?«

»Darf ich Ihr Glas auffüllen?«

Der Captain schien die Frage ungewöhnlich lange zu überdenken. Dann blinzelte er und sagte: »Nein. Das ist nicht nötig, vielen Dank.«

Manathas hatte gehofft, dass Picard ja sagen und ihm so die

Chance geben würde, das Glas näher zu untersuchen. Aber es war nicht so wichtig. Er konnte sein Ziel immer noch erreichen.

»Es tut mir leid«, sagte er, als er das Glas ergriff und es gegen das Licht hielt, »aber in diesem hier ist ein Splitter. Ich bitte um Entschuldigung.«

Der Captain zuckte mit den Schultern. »Nichts passiert.«

»Ich bringe Ihnen gleich ein neues, Sir«, versprach Manathas. Dann nahm er das Champagnerglas und trug es so unauffällig wie möglich davon.

Es war für den Romulaner nicht schwer, mit seiner Beute davonzukommen. Picards Blick war bereits wieder in die Richtung der Braut gewandert. Und währenddessen hatte er Manathas vollkommen vergessen.

Als er sichergestellt hatte, dass niemand ihn beobachtete, schüttete er das, was von Picards Champagner noch übrig war, in ein anderes Glas – eines, das zuvor im Besitz der Braut gewesen war. Er war dabei sehr vorsichtig, um auf keinen Fall an die Stelle zu kommen, an der der Mund des Captains das durchsichtige Glas berührt hatte.

Schließlich wollte der Romulaner keine der epidermalen Zellen verlieren, die der Mensch dort zurückgelassen hatte. Beverly Crushers Zellen hingegen hatten keinerlei Wert für ihn. Sie befehligte kein Raumschiff und passte daher nicht in die Pläne des Praetors.

Manathas fügte seine neueste Beute seiner bisherigen Sammlung hinzu und schob den Wagen in die Küche. Dort, in einer abgeschiedenen Ecke, brach er den Stiel des Champagnerglases ab. Dann entfernte er den inneren Beutel aus dem äußeren und steckte ihn in eine Innentasche seiner Jacke.

So, dachte er. *Alles was ich benötige, gut weggepackt, wo keiner es finden wird.*

Später würde Manathas die Gegenstände sorgfältig verpacken – mit Hilfe eines weiteren Paars steriler Handschuhe, damit er nicht mit den sicherlich bösartigen menschlichen Bakterien in Berührung kam – und sie über eine Reihe von Frachtschiffen zurück nach

Romulus schicken, von denen jedes einen Geheimagenten an Bord hatte, um die sichere Reise der Gegenstände zu gewährleisten. Und in ein paar Wochen würde das genetische Material von Jean-Luc Picard, Leo Blais, Walker Keel und Marielle Kumaretanga das Eigentum eines überaus dankbaren Praetors werden.

Aber Manathas hatte nicht vor, die Dankbarkeit des Praetors jetzt schon einzustreichen. Schließlich hatte er lange und emsig daran gearbeitet, ein vertrauenswürdiger Angestellter im Hauptspeisesaal der Sternenflotte zu werden. Und mit all den interessanten Gesprächen, die dort stattfanden, gab es mehr zu holen als DNA ...

ARVADA III

2339

Wenn es irgendetwas gab, das Beverly Howard noch mehr hasste als Rosenkohl, dann war es Bobby Goldsmith. An jenem Abend musste sie beides über sich ergehen lassen.

Während sie ihr Bestes tat, um Bobby zu ignorieren, der ihr am ovalen Tisch gegenübersaß und sie mit seinen dunkelbraunen Augen anstierte, schob sie eines der Röschen von den anderen weg und schnitt es so klein sie konnte. Dann spießte sie eines der Stückchen auf und schob es in ihren Mund.

Beverly hätte den Rosenkohl am liebsten in seinem zerschnittenen Zustand auf dem Teller gelassen, aber das hätte ihre Großmutter nicht gerne gesehen. Wenn sie etwas servierte, hieß es entweder, es zu essen oder noch Stunden später davon zu hören.

»Verschwende nichts, dann fehlt es dir auch an nichts«, sagte Felisa Howard oft und gerne, obwohl es viele Generationen her war, seit es einem Mitglied der Familie Howard tatsächlich an irgendetwas gefehlt hatte.

»Dieser Rosenkohl ist einfach himmlisch«, sagte Mrs. Goldsmith, eine hagere Frau mit einem dichten, dunklen Pferdeschwanz, die zu Beverlys Rechten saß.

»Sie haben wohl ein Händchen für den Replikator«, sagte Mr. Goldsmith, ein großer Mann mit kurz geschorenem Haar.

»Genau genommen«, sagte Beverlys Großmutter mit dem Anflug eines Lächelns, »habe ich ihn in meinem Garten geerntet.«

Als eine der Gründerinnen der Arvada-III-Kolonie sah sie es als ihre Pflicht an, den Neuankömmlingen dabei zu helfen, sich daheim zu fühlen. Die Goldsmiths waren erst vor zwei Wochen zusammen mit drei anderen Familien mit dem Shuttle von Alpha Sindaari gekommen.

Aber keine von ihnen hatte Kinder im Teenageralter mitgebracht, überlegte Beverly. Sie wünschte sich, dass man das Gleiche von den Goldsmiths hätte sagen können. Nicht, dass Bobby es darauf anlegen würde, ihr auf die Nerven zu gehen. Aber jedes Mal, wenn sie sich umdrehte, starrte er sie an und sie fragte sich inzwischen, ob sie Dreck auf der Nase hatte oder so etwas.

Und das hatte sie manchmal – nicht nur auf ihrer Nase, sondern unter ihren Fingernägeln und in den Linien ihrer Hände. Schließlich arbeitete ihre Großmutter nicht gerne allein im Garten und Beverly war das einzige Familienmitglied, das ihr dabei helfen konnte.

Sie erinnerte sich kaum an ihre Eltern. Sie waren bei einem Ubarrak-Angriff auf ihr Forschungsschiff umgekommen, als Beverly noch sehr klein gewesen war. Seitdem hatte sie bei ihrer Großmutter gelebt, ganz weit draußen im Arvada-System.

»Ihrem Garten?«, fragte Mrs. Goldsmith. »Wirklich?«

Sie warf ihrem Ehemann einen Seitenblick zu. »Ich würde *liebend gerne* einen Garten anlegen.«

»Es ist nicht so einfach, wie man denken könnte«, sagte Beverlys Großmutter. Ihr Gesicht war trotz ihres Alters immer noch ausdrucksstark und schön. Sie sah Beverlys Vater sehr ähnlich. »Nicht mit all der Säure, die man hier im Boden findet.«

»Würde es Ihnen etwas ausmachen, ihn uns zu zeigen?«, fragte Mrs. Goldsmith.

»Ganz und gar nicht«, sagte Beverlys Großmutter. »Gleich nach dem Essen, wenn Ihnen das recht ist.«

Ihre Augen, die blau und wie die von Beverly leicht mandelförmig waren, schienen vor Entzücken zu strahlen. Schließlich hatte sie nicht oft die Gelegenheit, mit ihrem Garten anzugeben, und noch seltener kam es vor, dass jemand darum *bat*, ihn zu sehen.

Beverly freute sich für ihre Großmutter, hoffte aber, dass der Rundgang der Goldsmiths nicht zu lange dauern würde. Je früher sie Bobbys prüfendem Blick entkommen würde, desto besser.

Wie sich herausstellte, war die Aussicht auf eine Garteninspektion eine gute Sache. Sie ließ das Abendessen schneller vorbeigehen, damit die Goldsmiths sehen konnten, was sie wollten, bevor es dunkel wurde.

Wenigstens hatte Beverly *gedacht*, dass es eine gute Sache wäre – bis ihre Großmutter sich zu ihr wandte und sagte: »Du kannst mit Bobby spazieren gehen, wenn ihr wollt. Ich glaube, dass er nicht ganz so fasziniert von Rosenkohl ist wie manche von uns.«

Darüber lachten die Goldsmiths. Aber Beverly nicht. Sie wollte sagen: »Mit ihm *spazieren gehen*? Ich will doch nicht mal auf dem gleichen *Planeten* sein wie er!«

Aber sie konnte nicht protestieren – nicht, wenn alle sie anstarrten. Daher hielt sie ihre Gefühle im Zaum, nickte und sagte: »Na klar.« Dann traten die Erwachsenen durch die Hintertür in die tiefstehende Sonne und ließen Beverly mit Bobby allein zurück.

Er zuckte mit seinen knochigen Schultern. »Wo lang?«

Ohne ein Wort verließ Beverly das Gebäude – ein stabiles, silberweißes Fertighaus mit glatten, abgerundeten Ecken – durch die Vordertür. Es wurde jetzt schnell dunkel, daher machte sie sich nicht die Mühe, einen Hut oder etwas zu trinken einzustecken – Vorsichtsmaßnahmen, die sie während der Hitze des Tages auf jeden Fall getroffen hätte.

Der Wohnsitz der Howards lag im westlichsten Randgebiet der Kolonie, in der Nähe einer Hügellandschaft. In diese Richtung entschied sich Beverly zu gehen.

Aus ihren Augenwinkeln konnte sie sehen, wie Bobby mit ihr Schritt hielt. Aber sie drehte sich nicht um, um ihn anzusehen. Sie hielt ihren Blick fest auf die Hügel vor ihr gerichtet, die sich langsam lila färbten, während das goldene Sonnenlicht zu schwinden begann.

Das war Beverlys allerliebste Tageszeit, wenn sich die Luft abkühlte, die Brise abflaute und sie die Schreie der Vögel hören konnte, wenn sie aufmerksam genug lauschte. Unglücklicherweise gab ihr Begleiter Beverly dazu keine Gelegenheit.

»Also«, sagte er, »magst du es hier?«

»Es ist schon okay«, sagte Beverly.

»Bist du schon lange auf Arvada III?«

»Seit ich drei bin«, sagte sie ihm. »Dreieinhalb, um genau zu sein.«

»Dann weißt du bestimmt eine Menge über diesen Ort.«

»Alles«, sagte sie. Es war keine Prahlerei. »Allerdings gibt es hier auch nicht so viel zu wissen.«

Beverly hatte oft davon geträumt, auf der Erde oder einem der Kolonieplaneten des Sonnensystems zu leben, oder sogar auf einer fremden Heimatwelt. Sie hatten für sie immer so aufregend geklungen, so als ob man dort jeden Tag etwas Neues sehen konnte.

Aber ihre Großmutter hatte nicht die Absicht, Arvada III zu verlassen. Sie hatte sich dazu entschlossen, hier ihre Arbeit als Exobiologin zu verrichten. Hier hatte sie Wurzeln geschlagen. Und als Jugendliche hatte Beverly keine andere Wahl, als bei ihr zu bleiben.

Wartet nur ab, bis ich erwachsen bin, dachte Beverly nicht zum ersten Mal. *Dann trete ich der Sternenflotte bei und sehe all die herrlichen Orte selbst.*

Sie kannte niemanden in der Sternenflotte, aber sie war sich ziemlich sicher, dass das der richtige Ort für sie war. Das Letzte, was sie wollte, war auf einer entlegenen Koloniewelt zu leben, abgeschnitten von allem, was für sie von Interesse war.

Und gleichzeitig missfiel ihr die Aussicht, ihre Großmutter zurückzulassen. Auch wenn diese Frau so vielen Dingen zugeneigt war, die Beverly langweilig und unbedeutend vorkamen, gab es zwischen ihnen eine Verbindung, die so stark war wie die zwischen jeder Mutter und Tochter.

Ihre Großmutter zurückzulassen würde genauso schlimm sein, wie einen Teil ihrer selbst herauszuschneiden. Und obwohl Felisa Howard niemals von dem Tag sprach, an dem ihre Enkeltochter sie verlassen würde, um ihren eigenen Weg zu gehen, war sich Beverly doch sicher, dass sich ihre Großmutter nicht darauf freute.

»Du hast Glück«, sagte Bobby.

Beverly drehte sich zu ihm um. »Was meinst du damit?«

»Du bist fast dein ganzes Leben hier gewesen. Arvada III ist die vierte Koloniewelt, auf der wir waren.« Der Junge seufzte. »Ich hoffe nur, dass wir auf dieser für immer bleiben.«

Es war Beverly niemals in den Sinn gekommen, dass umherzuwandern eine schlechte Sache sein konnte. Darüber musste sie nachdenken.

»Gehst du hier oft lang?«, fragte Bobby.

»Manchmal«, sagte sie.

»Es ist schön hier draußen.«

Inzwischen war die Sonne hinter den Hügeln verschwunden und hinterließ einen schwachen Glanz, der im westlichen Himmel nachklang. Alles um Beverly herum sah weicher aus, sogar die Felsen.

»Schätze schon«, sagte sie.

»Auf Sejjel Fünf war es kalt«, sagte Bobby. »Da haben wir gelebt, bevor wir hierhergekommen sind. Da ist zwölf Monate im Jahr Winter. Man kann nach Sonnenuntergang nicht mehr nach draußen gehen, weil man sonst erfriert.«

»Das ist echt kalt«, bekräftigte Beverly, obwohl sie es sich kaum vorstellen konnte. Arvada III wurde nur selten kälter als jetzt und sie konnte sich nicht mehr daran erinnern, wie es woanders war.

»Da willst du bestimmt nie hin«, sagte Bobby ihr.

Beverly zuckte mit den Schultern. »Wahrscheinlich.«

Ihr Begleiter stellte keine weiteren Fragen; er ging einfach nur neben ihr her, die Hände in seinen Taschen. Aber Beverly konnte die Schreie der Vögel noch immer nicht hören.

Nach einer Weile entschied sie, dass sie es besser fand, wenn sie redeten. Während des Schweigens war es zu leicht, sich vorzustellen, wie Bobby sie anstarrte.

Sie wollte ihn gerade fragen, wie er ihre Schule fand, als er wieder sprach. »Weißt du«, sagte er und seine Stimme war dabei seltsam rau und langsam, »du bist das schönste Mädchen, das ich je gesehen habe.«

Das traf Beverly wie ein Schlag in den Magen. Sie hielt an, sah zu Bobby und wusste nicht, was sie sagen oder tun sollte. Und für einen Moment schien er genauso betäubt zu sein wie sie.

Dann trat er einen schüchternen Schritt auf sie zu und legte seine Hand auf ihren Arm. Irgendwie fühlte sich das gar nicht so unangenehm an, wie sie gedacht hatte. Und seine Augen, die sie so ärgerlich gefunden hatte, waren wie warme, dunkle Seen, die sie in ihre Tiefe zogen.

Er wird mich küssen, dachte Beverly und ihr Herz schlug wie wild gegen ihren Brustkorb. *Er wird mich* küssen.

Kein Junge hatte das je zuvor getan. Und ganz bestimmt nicht auf die Lippen. Aber sie konnte an der Art, wie Bobby seinen Kopf neigte, erkennen, dass er genau das vorhatte.

Und mit Erschrecken begriff Beverly, dass sie *wollte*, dass er es tat. Tatsächlich konnte sie es kaum erwarten.

Noch vor einer Minute hätte der bloße Gedanke daran bei ihr Übelkeit ausgelöst. Aber irgendwie hatte sich in ein paar Sekunden alles verändert. Sie wich nicht vor Bobby zurück, als er ihre Lippen mit seinen streifte und sie dann mit offenem Verlangen gegen ihre presste.

Er tut es, dachte Beverly. Und dann erinnerte sie sich daran, was er über sie gesagt hatte. *Er findet mich* schön.

Bobby schlang seine Arme um sie und zog sie sanft an sich heran. Und er küsste sie weiter, was gut war, denn sie wollte ihn weiter zurückküssen.

Plötzlich fühlte Beverly ein Kitzeln in ihrem Hals. Sie versuchte es zu unterdrücken, zu kontrollieren, aber es gelang ihr nicht. Mit einem einzigen Atemzug wurde es zu stark, um es zu verleugnen.

Hätte sie ihm gleich nachgegeben, wäre es vielleicht nur ein höfliches kleines Räuspern geworden. Aber ihr Versuch, es im Zaum zu halten, hatte es in etwas anderes verwandelt, etwas Heftiges und Lautes und letzten Endes mehr Rülpser als irgend etwas anderes.

Überrascht zog sich Bobby zurück und sah sie mit großen Augen an. Beverly wollte sich verstecken und außer Sicht kriechen. Aber hier im Flachland zwischen der Kolonie und den Hügeln gab es kein Versteck.

Plötzlich begann Bobby zu lachen - und unversehens lachte Beverly mit. Es löste die Spannung der Situation und linderte ihre Verlegenheit.

Dann verschwand Bobbys Lächeln und er sah sie wieder an, als würde er sie erneut küssen wollen, Rülpser hin oder her. Aber bevor er sich bewegen konnte, geschah etwas am Himmel.

Das Erste, was Beverly davon sah, war in Bobbys Gesicht. Lichtpunkte erschienen in den dunklen Stellen seiner Augen. Als sie sich umdrehte, sah sie es selbst - ein breiter Streifen aus goldenem Feuer, der aus den Höhen des dunkelblauen Himmels fiel.

Sie murmelte etwas, einen Ausdruck von Ungläubigkeit und Schrecken. Einen Moment später prallte der Feuerstreifen auf die Erde jenseits der Hügel, was den Boden unter den Füßen des Mädchens erzittern ließ.

»Was war das?«, fragte Bobby atemlos.

Beverly schüttelte ihren Kopf, ihre Knie waren durch eine Mischung aus Angst und Aufregung ganz schwach. »Ich weiß nicht«, antwortete sie, »aber wir müssen zurück zur Siedlung.«

»Da ist es«, sagte Beverlys Großmutter und deutete auf eine Stelle in den verdunkelten Hügeln.

Beverly, die neben ihr in dem schnittigen Suborbitalfahrzeug stand, beugte sich vor, um durch seine vordere Aussichtsöffnung zu schauen. »Wo?«, fragte sie.

»Mehr nach rechts«, sagte Felisa Howard.

Das Mädchen korrigierte die Einstellung - und mit einem Schlag morbider Faszination entdeckte sie das Schiff. Es lag am Ende einer langen, tiefen Furche in einem flachen Tal. Es sah so dunkel und tot aus wie ein Vogel, der vom Himmel gestürzt war.

Das Schiff war so groß wie einige ältere Föderationsraumschiffe, obwohl sie es niemals mit einem verwechselt hätte, und nicht nur, weil es eine seltsam kupferartige grüne Farbe hatte. Mit seiner abgeflachten zylinderartigen Form und den nah beieinander stehenden Gondeln, glich es keinem Raumschiff, das Beverly schon einmal gesehen hatte.

»Wir gehen runter«, sagte Amihai Zippor, der gut aussehende, dunkelhaarige Botaniker, der die Kolonie leitete.

Er bestätigte seine Steuerung und vollführte einen Kurvenabstieg, der sie auf die andere Seite des abgestürzten Raumschiffes brachte. Dann öffnete er die Luke, und sie kletterten heraus, um sich den ernst dreinblickenden Männern und Frauen anzuschließen, die sie in dem anderen suborbitalen Gefährt der Kolonie überholt hatten.

Im Licht der schnell verteilten Taschenlampen konnte Beverly den Schaden erkennen, den das Schiff bei seinem wilden Abstieg und der harten Landung erlitten hatte. Seine Hülle war stellenweise verbrannt und schwer verbeult, und es gab andere Bereiche, die so aussahen, als wären sie von einem riesigen Raubtier zerkratzt worden.

Aber trotz alledem war das Raumschiff noch intakt – sowohl innen als auch außen. Um den Warpkern hatten sich die Siedler am meisten gesorgt, aber ihre Sensoren hatten ihnen bereits versichert, dass er stabil und unbeschädigt war. Er würde also nicht in die Luft gehen und dabei das Schiff, das Einsatzteam der Siedler und ein beträchtliches Stück der umgebenden Landschaft mit sich nehmen.

Die beste Nachricht war, dass es im Inneren des Schiffes Leben gab – fast zwei Dutzend Überlebende, alle Angehörige der gleichen unbekannten Spezies. Aber in manchen Fällen standen sie auf der Schwelle zwischen Leben und Tod. Wenn sie die Morgendämmerung von Arvada III erleben wollten, brauchten sie medizinische Betreuung – und zwar schnell.

Hier kam das Einsatzteam der Kolonie ins Spiel.

»Seht euch nach einer Zugangsluke um!«, bellte Zippor. Seine Stimme klang vor Besorgnis um die verletzten Opfer ganz rau.

Dank der Schäden, die das Schiff erlitten hatte, stellte es sich als schwierige Angelegenheit heraus, sie zu finden. Aber nach etwa einer Minute stieß Dar Xarota - dessen Leute, die Ondu'u, eine hervorragende Sehstärke hatten - einen kehligen Triumphschrei aus.

Er benutzte seinen Lichtstrahl als Zeigestock und lenkte ihn über eine rechteckige Form direkt vor den Gondeln des Schiffes und ein paar Meter über dem Boden. Der Lukendeckel war von einem langen Stück Kohle verdeckt gewesen, aber Beverly konnte ihn jetzt, da sie wusste, wonach sie suchen musste, leicht erkennen.

»Phaser«, sagte Zippor.

Die Siedler, denen man die Geräte anvertraut hatte, zogen sie heraus und richteten sie auf die Zugangsluke. Dann aktivierten sie die Strahlen, schufen damit in der Dunkelheit der Nacht ein grellrotes Feld und begannen, ein Loch in die Metalllegierung zu schneiden.

Obwohl der Lukendeckel recht dick war, konnte er der Wucht des Feuers der Kolonisten nur ein paar Minuten standhalten. Dann wölbte er sich in der Mitte, gab nach und legte den Raum dahinter frei.

Zippor wartete eine Minute, damit sich der Rand der Öffnung abkühlen konnte. Dann benutzten er und zwei andere mit erwartungsvoll ernsten Gesichtern den breitschultrigen Xarota als Trittstein, um ins Innere zu klettern.

Beverly sah ihre Großmutter im Lichtschein an. Die ältere Frau runzelte die Stirn und war so in den Rettungseinsatz vertieft, als ob sich ihre eigene Familie in dem zerstörten Schiff befände.

Das Mädchen war darauf sehr stolz, obwohl sie nicht genau sagen konnte, warum - fast so stolz wie sie darauf war, dass ihre Großmutter darauf bestanden hatte, dass Beverly an dem Rettungseinsatz teilnahm. Aber andererseits war Beverly kein kleines Kind mehr und Felisa Howard eine in der Kolonie zu hoch angesehene Persönlichkeit, als dass sich jemand an der Einbeziehung ihrer Enkelin gestört hätte.

»Wir sind jetzt im Hauptgang«, ertönte Zippors Stimme, die von dem Komm-System in einem der offenen Fahrzeuge empfangen und verstärkt wurde, damit jeder sie hören konnte. *»Bis jetzt keine Spur von Überlebenden.«*

Als der Botaniker und die anderen ihre Suche fortsetzten, berichteten sie ihren Kollegen von jedem einzelnen Schritt. Offenbar hatte es sich bei dem Schiff um einen Frachter gehandelt, der mit einem Schwerpunkt auf Lagerraum anstatt auf Bequemlichkeit von Lebewesen gebaut worden war.

Beverly versuchte, es sich vorzustellen, aber sie hatte dafür wenig Grundlage. Schließlich war sie in ihrem Leben nur ein einziges Mal in einem Raumschiff gewesen, und das hatte sie nach Arvada III gebracht.

Plötzlich hörte sie über die Komm-Verbindung einen Ausruf. Und dann einen leiseren Ausdruck, der so klang, als ob jemand Mitleid mit jemand anderem hätte.

»Wir haben ein paar von ihnen gefunden«, verkündete Zippor, *»in dem Raum, der ihre Kommandobrücke zu sein scheint. Einen Moment.«*

Beverlys Herz begann zu rasen, ihre Neugier über das fremde Schiff wurde von einer noch viel größeren Neugier über die Fremden selbst abgelöst. Sensordaten konnten Lebensformen nur bis zu einem gewissen Punkt beschreiben. Sie konnten nicht viel davon vermitteln, wie die Lebensform aussah, und sie sagten gar nichts darüber aus, wie sie sich verhalten würde.

Plötzlich schwang die zerstörte Luke auf. Als Beverly näher kam, um einen besseren Blick zu haben, begann Zippor damit, einen Überlebenden zu Xarota und den anderen Siedlern herunterzulassen.

Das Wesen war mit einem wunderschönen, weißen Fell bedeckt. Es war auf allen freiliegenden Stellen seines Körpers, sogar auf seinem Gesicht. Irgendetwas war an ihm, das Beverly den Eindruck gab, dass es sich um eine Frau handelte.

Wenn das Wesen irgendwelche Verletzungen hatte, konnte man

28

dies nicht leicht erkennen. Allerdings schien es große Schmerzen zu haben – es war unfähig, sich zu bewegen, zu reden oder gar zu atmen, ohne das Gesicht zu verziehen.

Die Siedler legten ihr Mündel auf eine Trage und trugen sie zu einem der suborbitalen Gefährte. Doktor Baroja – ein großer, grauhaariger Mann, der der einzige ausgebildete Arzt der Kolonie war – ging neben ihnen her und scannte das Opfer mit seinem Trikorder. Beverly konnte Barojas Gesicht in der Dunkelheit kaum erkennen, aber es schien mit ebenso viel Verwunderung wie Besorgnis erfüllt zu sein.

»Was ist los?«, fragte Tan, der Senior-Geologe der Siedlung.

Baroja runzelte die Stirn. »Sie hat ein Virus – nichts, was wir nicht schon mal gesehen hätten. Aber ihre Spezies scheint dadurch sehr angreifbar zu sein, denn es frisst sie bei lebendigem Leib.«

Dann wurde die Fremde in dem suborbitalen Gefährt verstaut, wo Beverly sie nicht länger sehen konnte. Inzwischen hatte Zippor damit begonnen, weitere Überlebende zu seinen Kollegen hinabzulassen.

Das Mädchen fühlte eine vertraute Hand auf ihrer Schulter – die ihrer Großmutter. »Warum siehst du nicht mal nach, ob du was für die Verletzten tun kannst?«, fragte Felisa Howard. »Sie sind bestimmt ein wenig verängstigt.«

Ein Teil von Beverly wollte dableiben und den Rettungsbemühungen weiter zusehen. Allerdings war sie mitgekommen, um zu helfen, nicht um zu gaffen.

»Bin schon dabei«, sagte sie ihrer Großmutter und bahnte sich ihren Weg zu dem suborbitalen Gefährt, in das man die erste Überlebende geschafft hatte.

Doktor Baroja machte es dem Wesen gerade in einem der Sitze bequem, der bis ganz nach hinten zurückgeneigt war. Aus der Nähe und unter dem leicht bläulichen Licht der Kabine konnte Beverly sehen, dass sie sich mit dem rein weißen Fell getäuscht hatte. In Wirklichkeit waren ein paar schwarze Strähnen darin.

»Kannst du nach ihr sehen?«, fragte Baroja. Der Blick seiner blauen Augen war so intensiv, wie es Beverly nie zuvor gesehen hatte.

»Deswegen bin ich hier«, sagte sie.

Der Doktor lächelte und sagte:»»Dann leg mal los.« Dann ging er, um den anderen Opfern zu helfen.

Beverly kauerte sich neben die Fremde. Da war etwas in dem Ausdruck ihrer erstaunlich vielfarbigen Augen, etwas, das sich mit dem Mädchen *verband*.

»Wie ist Ihr Name?«, fragte Beverly.

»Jojael«, kam die heisere, kaum hörbare Antwort. Das Wesen streckte seine Hand aus. »Hilf uns ...«

Beverly ergriff die stark mit Fell besetzte Hand. Sie fühlte sich gleichzeitig weicher und wärmer an, als sie erwartet hatte. »Sie werden wieder gesund«, sagte sie der Frau so überzeugend wie sie konnte.

Aber sie hatte keine Ahnung, ob sie mit ihrer Behauptung recht haben würde.

Beverly stand zusammen mit einer Handvoll weiterer Siedler in der sanften Beleuchtung der medizinischen Kuppel und sah zu, wie sich Zippor auf den Stuhl neben Jojaels Bett setzte.

Bis zu diesem Moment war das Beverlys Platz gewesen, wo sie der Fremden genauso Gesellschaft geleistet hatte wie in dem suborbitalen Gefährt. Aber als Zippor gesagt hatte, dass er Jojael ein paar Fragen stellen wollte – schließlich war sie das erste Unfallopfer, das behandelt worden war, und daher auch diejenige in der besten Verfassung, um Antworten zu liefern –, war Beverly sofort damit einverstanden gewesen, Platz zu machen.

»Wie fühlen Sie sich?«, wollte der Kolonieverwalter von ihrem Gast wissen.

Jojael verlagerte ihr Gewicht im Bett. »Besser als zuvor«, sagte sie. Ihre Stimme war schon ein gutes Stück stärker geworden, seit das Schmerzmittel eingesetzt hatte. Sie klang wie Steine, die man aneinander rieb. »Ihr Doktor Baroja war äußerst selbstlos.«

Zippor lächelte. »Es ist Barojas Pflicht, *selbstlos* zu sein, wie Sie es nennen. Er ist Arzt.«

Jojael dachte einen Moment über diese Information nach. »Dann hat er seine Pflicht gut erfüllt.«

»Das werde ich ihm ausrichten«, versprach Zippor.

»Wie geht es den anderen?«, fragte Jojael, die immer noch zu schwach war, um selbst ihren Kopf zu drehen.

Sie hatte Beverly das Gleiche gefragt, aber das Mädchen hatte ihr darauf keine Antwort geben können. Beverly fragte sich, was der Verwalter antworten würde.

Zippor schaute über seine Schulter zu den siebzehn anderen Betten, die in dem Gewölbe verteilt standen. Weitere acht hatte man in einem zweiten Raum untergebracht, den man zuvor dafür verwendet hatte, Generatorteile zu lagern.

»Einige sind bei dem Absturz gestorben«, sagte Zippor schließlich, »aber ein Großteil hat überlebt. Allerdings scheinen diese genau wie Sie mit einem Virus infiziert zu sein.«

»Ja«, bestätigte Jojael. »Das Blutfeuer.«

»Das Blutfeuer«, wiederholte der Botaniker. »Wann haben Sie die ersten Symptome bemerkt?«

Jojael seufzte. »Einige von uns waren schon krank, bevor wir Kevratas verließen. Der Rest erkrankte auf dem Schiff.«

»Kevratas. Ist das Ihre Heimatwelt?«

»Richtig«, bestätigte Jojael.

»Wir haben die Navigationsaufzeichnungen Ihres Schiffes untersucht«, sagte Zippor. »Es scheint, dass sich Ihr Ausgangspunkt auf der anderen Seite der Neutralen Zone befindet, die wir uns mit den Romulanern teilen.«

Beverlys Verstand raste. Jojael und ihre Leute waren Untertanen des Romulanischen Imperiums?

»Tatsächlich«, sagte Zippor, »befindet er sich mitten in dem Raum, auf den die Romulaner Anspruch erheben.«

»Meine Heimatwelt«, sagte Jojael, »liegt am Rande des imperialen Reiches. Die Aufzeichnungen zeigen den Ursprung unseres Schiffes, das auf einem Planeten gebaut wurde, der ein wenig näher an Romulus liegt.«

»Haben die Romulaner Ihnen die Erlaubnis zu gehen erteilt?«, fragte Zippor.

»Nein«, sagte Jojael. »Das haben wir heimlich gemacht.« Ihre Nasenflügel bebten. »Wir hatten keine andere Wahl.«

»Und warum nicht?«

»Weil sie uns kein Heilmittel für das Blutfeuer geben wollten.«

»Hatten sie denn eines?«, fragte Zippor.

»Nicht zu der Zeit«, erklärte Jojael. »Aber der Praetor hatte einen Kader brillanter Köpfe zu seiner Verfügung stehen, Wissenschaftler, die eine große Anzahl von Krankheiten heilen konnten. Wenn sie ein Heilmittel für unsere Krankheit hätten finden wollen, hätten sie es sicherlich tun können.«

Beverly war sich nicht sicher, ob das die Wahrheit war oder nicht. Sie wusste nicht viel über die Romulaner und noch viel weniger darüber, wie man Krankheiten heilt.

Jojael machte ein Geräusch des Abscheus. »Das Imperium beutet seine Vasallenwelten aus, ohne zu zögern. Und es fühlt sich in keiner Weise dazu verpflichtet, etwas zurückzugeben.«

»Das ist aber nicht fair«, sagte Beverly – und überraschte sich selbst damit. Sie hatte es nicht laut aussprechen wollen. Es war einfach passiert.

Tan, ein breiter Mann mit markanten Wangenknochen und freundlichen Augen legte seinen Arm um sie. Die anderen Siedler sahen ebenfalls verständnisvoll aus. Andererseits konnten sie die Taten der Romulaner ja auch kaum gutheißen.

»Es ist *überhaupt* nicht fair«, sagte Jojael. »Deswegen haben wir uns an den Captain eines Handelsschiffes gewandt, der unsere Freigiebigkeit angenommen und uns ein Schiff verkauft hat, mit dessen Hilfe wir das Imperium verlassen und um Hilfe von der Föderation bitten konnten.«

Zippors Brauen zogen sich zusammen. »Sie haben geglaubt, dass *wir* ein Heilmittel finden würden?«

»Natürlich«, sagte Jojael mit herzzerreißender Ernsthaftigkeit. Ihre vielfarbigen Augen leuchteten vor Hoffnung. »Sie sind nicht wie die Romulaner. Sie sind wie wir. Sie rühmen sich damit, was Sie anderen geben können.«

Beverly sah, wie Zippor und die anderen Erwachsenen Blicke austauschten und das ließ ihr Herz schwer werden. Offensichtlich hatten sie nicht so viel Vertrauen in sich wie Jojael.

»Sie müssen verstehen«, sagte Zippor der Kevrata, »dass, selbst wenn wir Ihnen helfen wollen, unsere medizinische Kompetenz hier begrenzt ist. Wir können Ihre Symptome behandeln und Ihr Leiden lindern, aber um einen Impfstoff herzustellen braucht es ein Team von Föderationsspezialisten.«

»Und sie werden Zeit brauchen, um hierher zu kommen«, unterbrach Jojael. »Ich habe nichts anderes erwartet.«

Der Botaniker sah erleichtert aus. »Solange Ihnen das klar ist.«

Beverly war sich nicht sicher, ob es Jojael *tatsächlich* klar war. Als Zippor mit der Kevrata weitersprach, ging das Mädchen davon, um ihre Großmutter zu suchen. Sie fand sie neben dem Bett eines weiteren Fremden, eines Mannes, dessen schwarze Augenlider in tiefem Schlaf geschlossen waren.

Felisa Howard sah ihre Enkeltochter liebevoll an. »Bist du so erschöpft wie du aussiehst?«

Beverly beantwortete die Frage nicht. »Ich habe gehört, wie Zippor von einem medizinischen Team der Föderation gesprochen hat.«

»Das ist richtig«, sagte ihre Großmutter. »Wir haben schon nach einem geschickt, bevor wir zur Siedlung zurückgekehrt sind.«

»Wie lange werden sie brauchen, um hierher zu gelangen?«

»Anderthalb Wochen. Vielleicht ein wenig länger.«

Beverly fühlte einen Schauer im Nacken. »Aber ... werden sie rechtzeitig ankommen?«

Die Gesichtszüge ihrer Großmutter verhärteten sich. »Das ist unsere Hoffnung und sie ist durchaus berechtigt. Aber niemand kann es mit Sicherheit sagen. Nicht einmal Doktor Baroja.«

Das Mädchen dachte darüber nach. Sie wünschte, dass die Kevrata nicht auf ein medizinisches Team warten müssten. Sie wünschte, dass sie sie selbst von ihrem Virus heilen könnte.

Natürlich hatte sie nicht die geringste Chance, das zu tun. Sie wüsste nicht einmal, wo sie anfangen sollte.

Ihre Großmutter strich Beverly eine Haarsträhne aus dem Gesicht. »Weißt du«, sagte sie, »du hast gute Arbeit geleistet bei Jojael, sie beruhigt und alles. Besser als irgendjemand es erwartet hat.«

Das Mädchen sah sie an. »Wirklich?«

»Das habe ich doch gerade gesagt, oder?«

Beverly nickte. *Howards heischen nicht nach Komplimenten.* Das hatte sie oft genug zu hören bekommen.

»Danke«, sagte sie.

»Weißt du«, sagte Felisa Howard. »Bobby Goldsmith hat nach dir gefragt. Klingt so, als hättet ihr beide ein sehr anregendes Gespräch geführt, bevor die Kevrata abgestürzt sind.«

Beverly war sich nicht sicher, wie viel ihre Großmutter wusste oder geraten hatte. »Es war okay«, sagte sie.

Aber es schien so lange her zu sein. Und der Kuss ... war das wirklich passiert? Es fühlte sich wie ein Traum an.

Plötzlich begann der Kevrata, der neben ihrer Großmutter lag, zu stöhnen, und seine Augen verengten sich vor Schmerz. Das Mädchen dachte: *Sein Schmerzmittel lässt nach.*

Doktor Baroja war innerhalb von Sekunden da, beugte sich über den Patienten und verabreichte ihm ein Hypospray. Fast sofort ließ das Ächzen nach.

»Verdammt«, sagte der Doktor.

»Ist er in Ordnung?«, fragte Beverly.

Dr. Baroja sah sie an. »Tut mir leid, dass ich geflucht habe. Aber unsere Betäubungsmittel schlagen bei diesen Leuten kaum an.« Er hielt das Hypospray hoch. »Und so viel haben wir davon nicht.«

Was, wenn es uns ausgeht?, fragte sich Beverly.

Aber sie wusste die Antwort bereits, und sie war nicht angenehm: Die Kevrata würden ohne auskommen müssen. *Zumindest bis das medizinische Team hier eintrifft.*

Beverly schüttelte ihren Kopf, angewidert von dieser Ungerechtigkeit. Diese Fremden waren so nett, so höflich, so dankbar für das, was die Siedler für sie getan hatten. Nach allem, was sie durchmachen mussten, schien es nicht fair zu sein, dass sie eine solche Belastung über sich würden ergehen lassen müssen.

Und es war noch unfairer, wenn noch mehr von ihnen sterben mussten.

2379

KAPITEL 1

———◆———

Jean-Luc Picard studierte den zweifarbigen Cluster aus Sternen, der vor ihm glitzerte und so nah schien, als ob er ihn berühren könnte. Er erinnerte ihn an die Irrlichter der französischen Sagenwelt.

Seine Vorfahren hatten sie gefürchtet, weil sie junge Männer in die magische Welt und in ihr Verderben lockten. Aber Picard, Captain des *Föderationsraumschiffes Enterprise* musste sich keine Gedanken machen. Zum einen war er kein junger Mann mehr. Und zum anderen hatte er eine gesunde Abwehr gegen Versuchungen entwickelt.

Außerdem hatten diese Sterne keinen magischen Ursprung. Es handelte sich um dreidimensionale Darstellungen, erzeugt von der Vielzahl winziger holographischer Projektoren, die überall um ihn herum in den Wänden installiert waren.

Auch war der Cluster nicht das Einzige, was die Projektoren zum Leben erweckten. Tatsächlich waren da Tausende von ihnen in der kühlen, dunklen Luft, dreidimensionale Objekte, so zahlreich, dass sie selbst das neue Stellarkartographielabor der *Enterprise-E* überfüllt aussehen ließen.

Auf der *Enterprise-D* war die Stellarkartographie weitaus bescheidener gewesen – ein Raum von der Größe eines Planetariums mit Abbildungen der Sterne auf seiner gewölbten, darstellungsfähigen Wand. Die erste *Enterprise-E*-Version war nur ein wenig aufwendiger gewesen und hatte etwas mehr Schnickschnack gehabt.

Aber das hier, dachte Picard, *ist eine komplett andere Sache.*

Er wandte sich an den Kollegen, der neben ihm auf einer hohen, mit einem Geländer umfassten Plattform stand. »Und Sie sagen, dass das hier falsch ist?«

»Vollkommen falsch«, sagte Lieutenant Paisner, Picards neuer Leiter der Stellarkartographie. »Beta Diomede, zweiter Stern von oben, sollte ein gesunder junger Bursche sein, noch nicht ausgewachsen. Er sollte so hellgelb sein, wie es nur geht. Und doch sieht er schon so rot aus wie eine Nova.«

»Tatsächlich«, sagte Picard.

»Und das ist nur ein Beispiel.«

Paisner betätigte einen Knopf auf seinem Padd und die Fläche voller Sterne drehte sich um sie herum. Dabei fühlte sich der Captain, als ob er in einem Kreisel stehen würde.

»Hier ist noch einer«, sagte der Kartograph, als die Galaxis gnädigerweise aufhörte, sich zu drehen. »Archandra, zweiter Stern von unten auf der linken Seite.«

Picard suchte den Cluster vor sich ab. »Ja, ich hab ihn. Wieder zu rot?«

»Nicht rot *genug*«, sagte Paisner. »Und er hat keine Planeten. Der echte Archandra hat *drei* davon.«

Der Captain runzelte die Stirn. »Bedauerlich.«

»Das können Sie laut sagen.«

Paisners vorherige Anstellung war auf der *Voyager* gewesen, dem Schiff der *Intrepid*-Klasse, das sieben Jahre lang im Delta-Quadranten verschollen gewesen war. Zusätzlich zu seinem Verdienst, unzählige zuvor unerforschte Systeme aufgezeichnet zu haben, hatte er außerdem dabei geholfen, Technik fremder Völker in die Langstreckensensoren des Schiffes einzubauen.

Wieder zurück auf der Erde hatte er Pläne für eine seiner Lieblingsideen entwickelt – eine dreidimensionale Methode zur Erforschung der Sterne. Die Sternenflotte hatte das Projekt vielversprechend genug gefunden, um es auf der *Enterprise-E* zu verwirklichen, die nach ihrer Fastzerstörung in romulanischem Raum gerade einer Generalüberholung unterzogen wurde.

Was die Entschlossenheit des Lieutenants erklärte, alles möglichst richtig hinzubekommen. Wie jeder frischgebackene Vater wollte auch er, dass sein Baby so perfekt wie möglich war.

Picard allerdings war durchaus bereit, am Anfang ein paar Ausrutscher zu akzeptieren. Besonders, wenn so viele wichtige Systeme ebenfalls überholt werden mussten.

»Wie kann ich helfen?«, fragte er.

Paisner lächelte verschwörerisch. »Ich könnte ein weiteres Paar Hände gebrauchen, wenn Sie eines entbehren können. Vorzugsweise jemand, der Erfahrung mit Holoemittern hat.«

Der Captain dachte kurz nach. »Larson hat seinerzeit ein paar Holodecks repariert und man kann ihn im Maschinenraum für eine Weile entbehren. Ich schicke ihn so schnell wie möglich runter.«

»Danke, Sir.« Paisner schloss die gesamte dargestellte Galaxis mit einer Armbewegung ein. »Und stellen Sie sich vor, wie viel besser das hier aussehen wird, wenn wir die Macken beseitigt haben.«

Picard nickte. »Bestimmt.«

Kurz darauf war er auf dem Weg zum botanischen Labor. Von da aus ging es zum Frachttransporter und zur Hauptshuttlebucht. Und überall wo er hinging, erhielt er die gleiche Meldung: Das Schiff fügte sich langsam zusammen. Ein weiblicher Lieutenant sagte ihm, dass die *Enterprise* so schön werden würde, dass er sie kaum wiedererkennen würde.

Vielleicht, räumte er ein. Er kannte ja kaum ihre Besatzung, einschließlich der Frau, die die Bemerkung gemacht hatte.

Picard war gerade erst in den Bereitschaftsraum zurückgekehrt, als seine Türklingel summte. »Herein«, sagte er und fragte sich, wer ihn sprechen wollte.

Es handelte sich um Commander Rager.

Sie lächelte ihn an. »Guten Morgen, Sir.«

Obwohl er wusste, warum sie hier war, tat Picard sein Bestes, um das Lächeln zu erwidern. »Guten Morgen, Sariel.«

Rager hatte mehr als zehn Jahre unter dem Captain gedient, seit sie als junger Ensign auf der *Enterprise-D* angefangen hatte. Das war ein paar Jahre, nachdem das Schiff in den Dienst genommen worden war gewesen. In dieser Zeit hatte sie sich als erstklassiger Conn-Offizier ausgezeichnet, der mit dem Steuer umging, wie nur wenige es konnten.

Jetzt verließ sie das Schiff, um als zweiter Offizier auf der *Hedderjin,* wie die *Enterprise-D* ein Raumschiff der *Galaxy*-Klasse, zu dienen. Und das unter einem von Picards ehemaligen Offizieren, dem stets eindrucksvollen Gilaad Ben Zoma, der ein paar Jahre zuvor das Kommando über die *Hedderjin* übernommen hatte.

Es war seit Langem Ragers Bestreben gewesen, in der Befehlskette aufzusteigen. Der einzige Grund, warum sie so lange bei Picard geblieben war, hatte in ihrer Loyalität ihm gegenüber bestanden.

Wie bei so vielen anderen, dachte er.

»Ist es schon so weit?«, fragte er.

»Das ist es«, bestätigte Rager. Und mit erhobenem Haupt fügte sie hinzu: »Bitte um Erlaubnis, von Bord gehen zu dürfen.«

»Erlaubnis erteilt«, sagte Picard. »Natürlich. Wie lautet das Ziel der *Hedderjin?*«

Rager sah mit den Pins eines Lieutenant Commanders auf ihrem Kragen überaus zufrieden aus, so als ob sie sie bereits ihr ganzes Leben getragen hätte. Andererseits hatte sie ihrem neuen Schiff und Captain bereits einen Besuch abgestattet. Wenn sie überhaupt Bammel gehabt hatte, war sie ihn vor langer Zeit losgeworden.

»Die Neutrale Zone«, sagte Rager. »Wir werden die nächsten paar Monate dort bleiben und die bestehenden Patrouillen verstärken, bis die Romulaner wieder alles im Griff haben.«

»Tatsächlich«, sagte Picard.

Es war eine umwälzende Zeit in der Beziehung zwischen Föderation und Romulanischem Sternenimperium. Dank der Rolle, die die *Enterprise* beim Sieg über den Tyrannen Shinzon gespielt hatte, schienen die Romulaner gewillt zu sein, die jahrhundertealte Feindschaft zwischen den beiden interstellaren Mächten beiseite zu schieben.

Der Praetor selbst - eine ehemalige Senatorin, die rasch und entschieden die Lücke gefüllt hatte, die Shinzon hinterlassen hatte

- hatte vorgeschlagen, dass sich die Föderation und das Imperium den Vertrag von Algeron vornehmen, den sie für veraltet und überholungsbedürftig hielt. Das schien ein Schritt in die richtige Richtung zu sein.

Andererseits befand sich das Sternenimperium zurzeit auf wackligen Füßen. Seine Ressourcen waren durch den Dominion-Krieg massiv erschöpft und seine Institutionen - insbesondere der romulanische Senat - waren von Shinzon stark geschwächt worden. Der Zyniker in Picard fragte sich, ob das die wahren Gründe für das Angebot des Praetors waren.

Meistens war es die Hand der Bedürftigen und Unsicheren, die den Olivenzweig ausstreckte. Die Geschichte hatte diese Wahrheit immer und immer wieder bewiesen.

Aber die wichtigere Frage lautete nicht, warum der Praetor versuchte, eine Versöhnung zu erreichen. Es ging vielmehr darum, ob man ihr genügend vertrauen konnte, um darauf einzugehen, wo sich doch ihre Vorgänger in der Vergangenheit so oft als verräterisch entpuppt hatten.

Picard hatte keine Ahnung. Und die Admiräle, aus denen sich das Sternenflottenkommando zusammensetzte, auch nicht. Das war der Grund, warum sie immer noch über den Vorschlag des Praetors grübelten.

Der andere Punkt, der beachtet werden musste, war die romulanische Philosophie im Hinblick auf Imperialismus. Obwohl ihre Expansionsbemühungen von den Erfordernissen des Krieges unterbrochen worden waren, handelte es sich von Natur aus um ein Volk von Eroberern - was natürlich dem Föderationsprinzip der Selbstbestimmung zuwiderlief.

Aber andererseits kollidierte die klingonische Philosophie ebenfalls oft mit den Föderationsprinzipien, und der Föderation war es dennoch gelungen, die Klingonen als Verbündete zu akzeptieren. Vielleicht konnte sie die weniger angenehmen Eigenschaften der Romulaner ebenfalls übersehen.

»Sir«, sagte Rager. »Ich möchte Ihnen danken. Für die Empfehlung, meine ich. Ohne Sie hätte ich niemals ...«

Picard winkte ab. »Dank ist nicht notwendig, Sariel. Wenn ich jemandem einen Gefallen getan habe, war es Captain Ben Zoma. Gute Offiziere sind schwer zu finden.«

Rager sah ihn einen Moment lang an. Dann sagte sie: »Ich möchte Ihnen außerdem danken für ...« Sie schien Schwierigkeiten zu haben, die richtigen Worte zu finden. »Für alles.«

Picard nickte. »Gern geschehen. Viel Erfolg. Und grüßen Sie Ihren Captain von mir.«

Rager blieb noch einen Augenblick stehen. Dann verließ sie den Bereitschaftsraum des Captains, so wie zuvor Dutzende andere ihn in den vergangenen Wochen verlassen hatten, jeder von ihnen mit einer Anstellung auf einem anderen Schiff oder in einer Sternenflotteneinrichtung in der Tasche. Und Picard wurde zurückgelassen.

Nur ein wenig mehr als die Hälfte des uniformierten Personals, das sich mit ihm in romulanisches Territorium gewagt hatte, war auf der *Enterprise* geblieben. Die anderen waren entweder im Kampf gegen Shinzon gefallen oder hatten Posten auf anderen Schiffen angenommen.

Riker gehörte zur zweiten Gruppe. Troi ebenso. Obwohl sie momentan noch ihre wohlverdienten Flitterwochen genossen, würden sie schon bald die *Titan*, ein Schiff der *Luna*-Klasse, als Captain und Counselor auf ihre Jungfernfahrt begleiten.

Und kurz bevor die Frischvermählten abgereist waren, hatte Riker Picard um Erlaubnis gebeten, mit Sicherheitschef Vale zu sprechen. Offenbar wollte Riker sie als Ersten Offizier auf der *Titan*. Natürlich war Picard der Bitte seines Kameraden nachgekommen. Wenn Vale die Chance bekommen sollte, ein XO zu werden, wer war er, ihr im Weg zu stehen?

Picard setzte sich auf seinen Schreibtischstuhl und seufzte. Wie viele Male hatte er in diesen letzten paar Wochen, in denen die *Enterprise* im Trockendock war, Lebwohl gesagt? Und wie viele Male mehr würde er es sagen müssen, bevor sein Schiff wieder in die Leere zurückkehrte?

Der Captain vermisste diejenigen, die abgereist waren. Er vermisste ihren Mut, ihren Optimismus und die Hingabe, mit der sie ihre Arbeit verrichtet hatten. Er vermisste Shimoda im Maschinenraum, der solch ein Chaos mit den Isolinearchips angerichtet hatte, als er mit dem Psi-2000-Virus infiziert gewesen war, und Dean, den einzigen Fechter an Bord, der Picard etwas entgegenzusetzen hatte. Er vermisste Prieto, der die arme Tasha zu ihrem Tod auf Vagra II geführt hatte.

Und wie er Data vermisste, der in einem der größten Akte von Tapferkeit und Mut, die Picard jemals gesehen hatte, im Kampf gegen Shinzon gefallen war. Und es war keinen Deut weniger ergreifend, weil Data eine künstliche Lebensform gewesen war. Wenn überhaupt, machte es das nur umso bedeutsamer.

Aber es gab ein Gesicht, das Picard noch mehr vermisste als alle anderen. Schließlich war es das erste Mal in vielen Jahren, dass er von Beverly Crusher getrennt war.

Sie war fast zwei Jahrzehnte lang seine Chefärztin und eine seiner engsten Beraterinnen gewesen. Aber sie war weitaus mehr gewesen als das. Lange bevor Beverly mit ihrem zwölf Jahre alten Sohn Wesley im Schlepptau auf der Brücke der *Enterprise-D* aufgetaucht war, hatte sich Picard schwer in sie verliebt.

Aber er hatte es Beverly nie wissen lassen, und das aus gutem Grund. Sie war mit Jack Crusher, einem von Picards besten Freunden, verlobt und später verheiratet gewesen. Und selbst nachdem Jack gestorben war, konnte Picard es nicht über sich bringen, Beverly seine wahren Gefühle zu gestehen – nicht, wenn es sich so anfühlte, als würde er damit auf Jacks Grab herumtrampeln.

Seit dem Tag, an dem Beverly den Posten des Chefarztes angenommen hatte, war es Picards Absicht gewesen, ihre Beziehung strikt beruflich zu halten. Aber es hatte nicht lange gedauert, bis sich das geändert hatte, wenn auch nicht ganz so, wie er es vielleicht erwartet hätte.

Sie waren Freunde geworden – die allerbesten. Irgendwann hatten sie die Gesellschaft des anderen so sehr genossen, dass sie einmal die Woche zusammen gefrühstückt hatten. Und ihrer platonischen Freundschaft zuliebe hatte Picard seine tieferen Gefühle unterdrückt.

Dann war die *Enterprise* nach Kesprytt III geschickt worden, eine politisch geteilte Welt, in der die eine Hälfte der Sternenflotte beitreten und die andere das verhindern wollte. Picard und Beverly waren an Geräte angeschlossen worden, die eine unbeabsichtigte telepathische Verbindung zwischen ihnen geschaffen hatten, durch die der Geist des jeweils anderen für sie offen gewesen war.

Dort hatte Beverly erkannt, wie sehr Picard sie liebte und wie lange schon. Und dort hatte sie sich auch ihre bis dahin verborgenen Gefühle für *ihn* eingestanden, wodurch er in seiner Erinnerung jeden Moment, den sie zusammen verbracht hatten, neu bewertet hatte.

Aber sie waren so lange Freunde gewesen, dass Beverly es nicht hatte riskieren wollen, diese Freundschaft zu gefährden. Und zu jener Zeit hatte sich Picard mit ihrer Entscheidung zufrieden gegeben. Wie Beverly betont hatte, gab es noch genug Zeit, um mehr als Freundschaft zu entwickeln. Es gab keinen Grund, etwas zu überstürzen.

Und das hatten sie auch nicht. Sie hatten weiterhin gemeinsam gefrühstückt und sich noch mehr auf die gemeinsame Zeit gefreut als zuvor. Sie hatten den Gefühlen, die sie antrieben, erlaubt, wie saftige, dunkle Trauben geruhsam und ungestört zu reifen.

Der Captain hätte sich vielleicht damit zufrieden gegeben, das Leben für immer auf diese Art vorübergehen zu lassen. Dann hatte ihm Beverly ohne Warnung den Boden unter den Füßen weggezogen. Sie hatte ihn darüber informiert, dass sie einen Posten als Leiter der Medizinischen Abteilung der Sternenflotte auf der Erde annehmen würde, eine Anstellung, die sie bereits einmal innegehabt hatte.

Picard war durch Beverlys Entscheidung verletzt gewesen, keine

Frage. Aber er hätte ihr nicht im Weg stehen können, nicht mehr als in Rikers oder Trois oder Vales. Wenn es das war, was Beverly brauchte, um glücklich zu sein, würde er es akzeptieren und weitermachen.

Tapfere Worte, dachte der Captain.

Er hatte sich damals nicht vorstellen können, wie verloren er sich ohne Beverly fühlen würde, wie leer und uninspiriert. Diese Erkenntnis war erst über ihn gekommen, als sie schon in San Francisco gewesen war, um sich in ihre neue Arbeit zu stürzen, als es bereits zu spät war, um zu sehen, ob sie ihre Meinung noch ändern würde.

Allem Anschein nach waren Picards Gefühle für Beverly noch genauso stark wie zuvor. Er war nur zuvor nicht gezwungen gewesen, sie so zu betrachten, wie er sie jetzt betrachten musste.

Natürlich konnte er noch immer mit ihr sprechen. Jetzt, wo die *Enterprise* so nah an der Erde war, würde die Kommunikation fast unmittelbar sein. Es würde fast so sein, als ob man persönlich miteinander sprach.

Ja, dachte der Captain, *das werde ich tun.* Er aktivierte seinen Computer, der erst einen Tag zuvor angeschlossen worden war. Und da momentan kein Komm-Offizier Dienst hatte, stellte er selbst eine Verbindung zur Medizinischen Abteilung her.

Fast augenblicklich erschien ein Gesicht auf dem Schirm – das eines stämmigen Offiziers mit einem dunklen Bart. *»Medizinische Abteilung der Sternenflotte«,* sagte er. *»Mit wem wollen Sie sprechen, Sir?«*

»Doktor Beverly Crusher«, sagte Picard.

»Einen Moment, bitte.«

Einen Augenblick später erschien Beverlys Gesicht auf dem Schirm. Sie war noch schöner als der Captain sie in Erinnerung gehabt hatte, und es war noch nicht so lange her, seit er sie das letzte Mal gesehen hatte.

»Jean-Luc«, sagte sie, *»wie schön, dass du dich meldest!«*

Ihre Stimme war anders als in seiner Erinnerung. In ihr lag mehr

Lachen. Es ärgerte ihn, dass er das in so kurzer Zeit vergessen hatte.

»Dir muss da oben langweilig sein«, sagte Beverly. *»Du hast nie gerne im Trockendock gesessen.«*

»Ein *wenig* langweilig«, gab er zu. Aber er wollte wissen, wie es *ihr* ging. »Wie ist die Medizinische Abteilung? Immer noch so, wie du sie in Erinnerung hattest?«

»Überhaupt nicht. Zum einen gibt es hier jetzt ein Praktikumsprogramm, um junge Talente zu ermutigen.«

»Keine schlechte Idee«, bemerkte er.

Beverly verdrehte die Augen. *»Du kannst es dir nicht vorstellen, Jean-Luc. Das sind Kinder!«*

Das konnte er allerdings. Auch er hatte jetzt eine Menge junger Offiziere an Bord. Aber er war so froh darüber, sie zu sehen und zu hören, dass er nichts sagte.

»Alle mit einem höheren Abschluss in Xenobiologie«, fuhr Beverly fort, *»und darauf aus, jede Krankheit im Quadranten zu besiegen.«*

Picard konnte sich ein Lächeln nicht verkneifen. »Erinnert mich an eine junge Ärztin, die ich mal kannte.«

»Die sitzen mir im Nacken«, sagte sie ihm. *»Nichts als Fragen, Tag und Nacht ... ich liebe es!«*

Er hätte sich vorbehaltlos für sie freuen sollen, aber stattdessen spürte er einen Anflug von Groll. Immerhin hatte sie ihm nie gesagt, wie sehr sie es liebte, mit ihm auf der *Enterprise* zu arbeiten – obwohl sie es wohl tatsächlich getan haben musste, wenn sie so lange geblieben war.

»Komm zum Abendessen vorbei«, sagte sie mit funkelnden Augen, *»und ich erzähle dir alles darüber. Heute Abend spielt eine bajoranische Band in der Offiziersmesse.«*

Picard war gerührt, dass sich Beverly an seine Bewunderung für bajoranische Musik erinnerte. Er hatte es ihr gegenüber nur einmal erwähnt.

Doch sein Urteilsvermögen sagte ihm, dass er die Einladung besser ausschlug. Es war schon schwierig genug, zu versuchen, mit seinem

Leben weiterzumachen. Es würde nur *noch* schwieriger werden, wenn er daran erinnert würde, was er verloren hatte.

»Das würde ich gerne«, sagte er, »aber ich habe hier noch viel Arbeit zu erledigen.«

War das ein Anflug von Enttäuschung in ihrem Blick? Oder bildete er sich das nur ein?

»*Dann aber bald*«, sagte Beverly. »*Ich werde dir den letzten Tanz reservieren.*«

Wieder lächelte er. Es waren nicht ganz die Worte, die er in diesem Augenblick hören wollte, aber sie waren dennoch Balsam für seine Seele.

Er nahm immer noch begierig Beverlys Anblick in sich auf, als sie die Übertragung beendete. Ihr Gesicht wurde vom Emblem der Föderation ersetzt - nun fühlte sich der Captain elender als vorher.

Verdammt, dachte er.

Er schüttelte den Kopf und durchquerte dann den Raum, um aus seinem Aussichtsfenster zu schauen. Er hatte einen guten Blick auf die Ein-Mann-Fahrzeuge, die die *Enterprise* umschwärmten, um beträchtliche Flächen der Hülle auszubessern.

Einer der Techniker, der Picards prüfenden Blick bemerkte, winkte ihm zu. Der Captain winkte zurück.

Das erinnerte ihn daran, dass er Beverly die Wahrheit gesagt hatte - es *lag* noch viel Arbeit vor ihm. Vielleicht genauso viel wie vor Riker auf der *Titan*. Picard musste kein neues Schiff einarbeiten, aber er hatte eine größtenteils neue Besatzung.

Natürlich waren einige Posten schon besetzt, die von Worf und Geordi zum Beispiel. Picard war dankbar, dass sie sich dazu entschlossen hatten, bei ihm zu bleiben. Beide hatten Angebote erhalten, woanders anzufangen - gute Angebote zweifellos - aber sie hatten es für richtig gehalten, sie abzulehnen.

Andererseits waren eine ganze Reihe Posten noch unbesetzt. Und auffällig unter ihnen war die doch recht wichtige Position des Chefarztes.

Es lag nicht daran, dass es einen Mangel an Bewerbungen gegeben hätte. Picard hatte ein Padd, auf dem mehr als ein Dutzend davon gespeichert war, jede von ihnen höchst qualifiziert. Jeder dieser Bewerber hätte sofort an Bord kommen und übernehmen können.

Aber der Captain konnte es nicht über sich bringen, einen von ihnen auszuwählen – weil er damit zugeben müsste, dass Beverly fort war.

So hatte er gezögert – tagelang, und dann wochenlang. Doch nun war es an der Zeit, eine Entscheidung zu fällen. Und wenn Picard es nicht tun konnte, musste er es wenigstens an jemanden delegieren, der es konnte.

Und außerdem hatte er dafür schon eine Person im Kopf.

Froh darüber, die Sache endlich anzugehen, sah der Captain auf das Interkomgitter, das in der Decke eingelassen war. Dann sagte er vier Worte, die er ohne Zweifel noch viele Male wiederholen würde, bevor sein Dienst auf der *Enterprise-E* vorüber war ...

»Picard an Commander Worf.«

»*Worf hier*«, kam die Antwort.

»Ich habe einen Auftrag für Sie ...«

Praetor Tal'Aura nahm einen Schluck des Weins, den man ihr erst am Tag zuvor gebracht hatte, verlagerte ihre schlanke, langbeinige Gestalt in ihrem vergoldeten Sessel mit der hohen Rückenlehne, und betrachtete die Person auf dem Schirm vor sich.

Sein Name war Braeg. Bis vor kurzem war er Admiral der Imperialen Verteidigungskräfte gewesen. Er war groß, breitschultrig und attraktiv, hatte markante Gesichtszüge und durchdringende, haselnussbraune Augen. Und obwohl er damit Karriere gemacht hatte, Raumschlachten zu gewinnen, was auf ein gewisses Maß an Rücksichtslosigkeit hinwies, schien jedes Wort, das er in der Öffentlichkeit sagte, vor Anstand und Vernunft nur so zu triefen.

Was für eine verlockende Kombination.

»Ihr kennt mich«, begann Braeg mit voller, tiefer Stimme, während er zu einer Volksmenge auf einem der geschäftigen Plätze der Hauptstadt sprach, »und ihr wisst, dass meine Loyalität dem Imperium gegenüber außer Frage steht. Ich habe das in Hunderten von Schlachten in über einem Dutzend Systeme bewiesen und für den fortdauernden Ruhm von Romulus alles aufs Spiel gesetzt, was ich besitze.«

Vielleicht nicht in Hunderten, dachte Tal'Aura, aber fast. Und der Admiral war sicherlich äußerst vorbildlich, wenn es um Tapferkeit ging.

»Und dennoch«, fuhr Braeg fort und bewegte sich über den dolchähnlichen Schatten eines in der Nähe stehenden Obelisken, »taucht nun eine Bedrohung auf, die größer ist als alle, denen wir uns zuvor stellen mussten. Größer als die Föderation, größer als die Klingonen – sogar größer als das einst so mächtige Dominion. Denn dieses Mal ist es kein fremder Feind, der nach unseren Grenzen greift. Dieses Mal bedroht das Imperium sich selbst.«

»Er verschwendet keine Zeit«, sagte Tal'Aura, »oder?«

»Nein, Praetor«, sagte ihr Begleiter, ein magerer, unattraktiver Edelmann namens Eborion.

»Auf unseren am weitesten entfernten Außenwelten«, sagte Braeg, »an Orten wie Daasid und B'jerrek und Sefalon, sind die Einheimischen unzufrieden damit, wie sie von romulanischen Händen angefasst werden und haben nun schon seit einiger Zeit die Köpfe zusammengesteckt und von Rebellion und Abspaltung geflüstert. Aber vor einigen Tagen, meine Freunde, haben sie mehr getan als zu flüstern. Sie haben ihre Einwände auf die Straße gebracht und die imperiale Autorität herausgefordert.«

Tal'Aura zuckte zusammen. Da sie das Machtvakuum ausgefüllt hatte, das der Tod von Praetor Shinzon hinterlassen hatte, war sie auf unzählige Herausforderungen vorbereitet gewesen. Die Situation auf den Außenwelten war nicht darunter gewesen.

»Der Praetor«, fuhr Braeg fort, »hat seine Unfähigkeit, mit der wachsenden Liste von Aufständen fertig zu werden, reichlich demonstriert. Vielleicht hofft er, dass sich das Problem von alleine erledigen wird, wenn man lange genug abwartet. Aber wie wir alle wissen, wird das nicht passieren. Es wird wie eine schlecht behandelte Wunde vor sich hin eitern und immer schlimmer werden.«

Eborion gab einen verachtenden Laut von sich. »Seine Rhetorik ist gelinde gesagt barbarisch.«

»Finden Sie?«, fragte Tal'Aura. Sie fand es nicht. Tatsächlich fand sie sie sogar überaus beeindruckend.

Das Volk sah es offenbar genauso, so wirkte es jedenfalls auf dem Schirm. Die Romulaner, die dem Admiral am nächsten standen, schüttelten ihre Fäuste und brüllten ihre Zustimmung. Dieser Anblick rief im Praetor unerwarteten Neid hervor.

Sie war an die Macht gekommen, indem sie ihre politischen Verbündeten aus ihrer Zeit als Senatorin genutzt und Familien wie die von Eborion umworben hatte. Oder eher nicht die Familien in ihrer Ganzheit, sondern die Personen, die eine Verbindung mit einem Praetor am meisten zu schätzen wissen würden. Sie waren es gewesen, die ihr das Volk von Romulus übergeben hatten.

Allerdings wünschte sich ein Teil von ihr, dass sie es alleine erreicht hätte. Auf diese Weise wäre es unendlich befriedigender gewesen.

»Sollen wir Tal'Aura gestatten, die Außenwelten zu verlieren und das Imperium zu verkleinern?«, wollte Braeg von seinem Publikum wissen. »Oder sollen wir den Praetor von unserem Missfallen in Kenntnis setzen?«

Die Begeisterung der Leute steigerte sich immer mehr. Tal'Aura nahm einen weiteren Schluck Wein und bemerkte, dass sie ihn gar nicht so besonders mochte. Sie nahm sich vor, ihren Weinhändler dafür büßen zu lassen.

Eborion beugte sich zu ihr. »Wissen Sie, Praetor, es wäre keine schwere Sache, diesen Aufrührer zu eliminieren.«

»Vielleicht nicht«, sagte sie. »Aber wenn Braeg etwas zustoßen sollte, würden die Leute wissen, dass es sich um ein Attentat gehandelt hat – und das würde aus ihm einen Märtyrer machen. Dann würde jemand anderes daherkommen und die Massen in Braegs Namen aufstacheln.«

Eborion stieß einen verächtlichen Laut aus. »Dann kann er also ungehindert weitermachen, sagen und tun, was er will?«

Tal'Aura sah ihn von der Seite an. »Das ist eine sehr patrizierhafte Art es zu sehen.«

Eborion lächelte, obwohl seine langen, hageren Gesichtszüge eindeutig nicht dafür gemacht waren. »Ich bin ein Patrizier, Praetor.«

»Das sind Sie, Eborion.« Tal'Aura selbst stammte aus einfachen Verhältnissen: sie war die Tochter eines Gastwirts. Aber Eborions Familie war eine der »Hundert«- eine der fünf wichtigsten Familien, deren Reichtum fast so alt war wie das Imperium selbst.

Sie sah zu, wie Braeg seine beiden hammerähnlichen Fäuste in die Luft streckte und so seine Schmährede zu einem Höhepunkt brachte.

»Wir gestatten diesem Emporkömmling seinen kleinen Triumph«, sagte sie. »Und später, wenn er sich sicher fühlt, ziehen wir ihm den Boden unter den Füßen weg, und seine Bewegung wird unter ihrem eigenen Gewicht zusammenbrechen.«

Natürlich würden die Außenwelten auch ohne Braeg das Thema hitziger Debatten sein. Sie waren ein wichtiger Bestandteil der imperialen Wirtschaft und der Schlüssel zu Tausenden von Reichtümern.

Und ihre fortgesetzte Unterwerfung durch Romulus war in Gefahr, genau wie Braeg es so wortgewandt verkündet hatte. Tal'Aura gestand das ein, wenn auch nur sich selbst. Darum hatte sie ihren besten Agenten, das Halbblut, nach Kevratas gesandt - der Außenwelt, in der die Strömungen der Rebellion am stärksten waren.

Das Halbblut würde die Rebellenbewegung aufspüren und sie wie ein hungriger Raubvogel angreifen. Sie hatte solche Aufträge bereits für Tal'Auras Vorgänger erledigt und sich mit ihrer kalten und gnadenlosen Effizienz einen Namen gemacht. Sicherlich würden ihr die kevratanischen Rebellen, so primitiv wie sie waren, nicht gewachsen sein.

Aber weil Tal'Aura nicht länger die Tochter eines Gastwirts war, hatte sie außerdem einen zweiten Agenten nach Kevratas geschickt – einen altgedienten Spion, der ohne das Wissen des Halbbluts dort war.

Mit diesen beiden, sagte sich der Praetor, würden Unruhestifter wie Braeg schon bald kaum mehr etwas haben, über das sie sich ereifern konnten.

Beverly Crusher saß im rötlichen Licht einer Wandfackel an einem betagten Holztisch, wie alle anderen in ein *Nyala*-Fell eingehüllt, und nahm einen Schluck aus ihrem zerfressenen Metallkrug. Er enthielt eine schaumige, bittere Flüssigkeit, die so dunkel wie die Augen ihres Sohnes war und sie ein wenig an ein Getränk erinnerte, das sie auf Delos IV gekostet hatte, wo sie ihr medizinisches Praktikum mit Dalen Quaice abgeleistet hatte.

Aber Delos IV war ein vertrockneter, staubiger Ort gewesen. Es hatte nur selten und in großen Abständen geregnet, und ihre Kehle war manchmal so ausgetrocknet gewesen, dass sie alles getrunken hätte – sogar ihren eigenen Schweiß, wie sie einmal gescherzt hatte.

Kevratas, wo sich Beverly nun befand, war nicht im Entferntesten heiß und staubig. Tatsächlich war es die kälteste, herbste und schnee-bedeckteste Gruft von einer Welt, auf der Beverly jemals gewesen war, ein teuflischer Schneesturm veränderte das halbe Jahr jeden Tag die Landschaft.

Typisch, dachte sie, *es musste ja diese Hälfte sein.*

Dennoch nahm sie einen weiteren Schluck von dem Getränk – etwas, das die Einheimischen *Pojjima* nannten – weil alle anderen Gäste zwischen dem Ausatmen von dichten, weißen Dunstwolken das Gleiche taten und sie nicht auffallen wollte. Außerdem konnte sie, wenn sie ihren Krug hoch genug hielt, über seinen Rand drei der vier Eingänge beobachten – einer direkt vor ihr, einer zu ihrer Rechten und einer ein wenig weiter links.

Beverly wusste nicht, warum dieser Ort so viele Türen hatte. Vielleicht würden es ihr die Leute, die sie hier treffen würde, erklären können.

54

Natürlich hatte sie sie nie zuvor getroffen, daher wusste sie nicht, was sie konnten oder nicht. Ohne die Information, die sie über ihr Aussehen erhalten hatte, hätte sie sie noch nicht einmal erkennen können.

Genauso wenig wären sie in der Lage, Beverly zu erkennen. *Schließlich,* dachte die Ärztin und gestattete sich den Anflug eines Lächelns, *bin ich momentan nicht ich selbst.*

Es war ein abgedroschener Scherz, von der Art, wie sie ihr Ehemann Jack gerne gemacht hatte. Seltsam - seit seinem Tod war so viel Zeit vergangen. *Wann hat es aufgehört, wie gestern zu wirken?*

Sie dachte noch immer über diese Frage nach, als die Tür direkt vor ihr aufschwang und der Ärztin einen Blick auf den wirbelnden, diamantenstaubähnlichen Schnee gewährte. Dann kamen ein paar Kevrata herein und zogen die Tür wieder hinter sich zu.

Das sind sie, dachte Beverly, als sie sah, welche Farben ihre Felle hatten. Einer war dunkelblau mit silbernen Strähnen, der andere schwarz mit roten Flecken. Obwohl es in der Taverne andere gab, die die gleichen Farben trugen, waren es nicht viele - und soweit Beverly gesehen hatte, waren sie nicht zusammen eingetreten.

Nein, das waren ihre Männer - oder eher, ihre Kevrata. Sie hätte ihr Leben darauf gegeben. *Tatsächlich,* fügte sie sinnend hinzu, *werde ich genau das tun.*

Sie allerdings waren sie angewiesen worden, nach einer Frau ihrer Spezies Ausschau zu halten, an der nichts weiter bemerkenswert war außer der Farbe ihres Gesichtsfells. Wo die meisten Kevrata schneeweiß waren, hatten sich einige braune oder schwarze Strähnen hineingemischt. Beverlys rabenschwarze Strähnen waren genau unter ihren Augen platziert und ließen sie so aussehen, als ob sie schwarze Tränen geweint hatte.

Sie dankte Macrita Helleck, ihrer unmittelbaren Vorgängerin in der Medizinischen Abteilung, dafür, dass sie die subdermale Holoprojektor-Technik erfunden hatte, die es ermöglichte, ohne chirurgische Veränderungen eine andere Spezies darzustellen.

Bis vor ein paar Jahren war jeder, der in einer fremden Umwelt nicht erkannt werden wollte – entweder um sie zu studieren oder um sie auszuspionieren – dazu gezwungen gewesen, sich unter das Laserskalpell zu legen. Im Laufe von Beverlys Karriere bei der Sternenflotte hatte sie beide Seiten der Prozedur kennengelernt, sie sowohl ausgeführt als auch an sich durchführen lassen.

Sie hatte nichts davon sonderlich gemocht. Es war eine zeitaufwendige Operation, und die chirurgisch implantierten Prothesen fühlten sich nie ganz richtig an. Dadurch waren Aufträge, die chirurgische Veränderungen beinhalteten, allgemein so unbeliebt geworden. Und auch wenn die ursprünglichen Gesichtszüge des Patienten wieder hergestellt wurden, wenn der Auftrag vorüber war, erforderte auch das eine Operation.

Jetzt ist das anders, dachte Beverly. Man musste lediglich ein Bild der gewünschten Spezies haben und ein Netzwerk von Projektoren in der Größe von Staubkörnchen, die strategisch unter der Haut verteilt wurden, erledigte den Rest. Und sie erschufen nicht nur eine Erscheinungsform, sondern erzeugten mit Hilfe elektromagnetischer Felder eine berührbare Oberfläche.

Die grundlegende Technik war nicht neu. Sie wurde seit zwanzig Jahren in Holodecks verwendet. Aber Helleck hatte die Emitter verkleinert und die Idee zu einer praktischen Anwendung geführt.

Eine gute Sache, dachte Beverly, während sie ihr Spiegelbild in der gerundeten Oberfläche ihres Kruges betrachtete. Nasenriffel zu konstruieren war eine Sache. Fellimplantate eine ganz andere.

Und es war nicht nur das Fell. Es war die obsidianfarbene Haut darunter, die außer aus nächster Nähe nicht sichtbar war. Sie chirurgisch wie eine Kevrata aussehen zu lassen, wäre zweifellos ein Albtraum für einen ihrer Kollegen gewesen.

Die beiden Männer in den blauen und schwarzen Mänteln brauchten ein paar Sekunden, um sie in der Menge zu finden. Nachdem sie es getan hatten, machten sie sich in ihre Richtung auf und rempelten dabei ein Dutzend oder mehr der anderen Gäste an.

Niemand schien sich daran zu stören. Allerdings mochten die Kevrata körperlichen Kontakt. Das hatte Beverly vor langer Zeit gelernt.

Die Männer hielten vor ihr an, zogen ihre Kapuzen zurück und setzten sich. Wie alle ihres Volkes hatten sie eine fliehende Stirn und große flache Nasen mit klaffenden Nasenlöchern.

Aber es waren ihre Augen, die Beverlys Blick auf sich zogen. Das waren reinste Farbausbrüche. Ihre Iris war am Rand dunkellila, weiter innen grünlich und um die Pupillen hatte sie ein rötliches Gold.

Genau wie die Augen der Kevrata, die auf Arvada III abgestürzt waren. Beverly konnte immer noch Jojael sehen, die sie durch den Nebelschleier ihrer Krankheit flehentlich anblickte und sie um etwas bat, das sie ihr nicht geben konnte.

Aber mit ein wenig Glück würde sie es *diesen* Kevrata geben können. Deshalb war sie doch den ganzen Weg von der Erde hierher gekommen, oder? Um als erfahrene Ärztin das zu tun, was sie als hilflose Jugendliche nicht hatte tun können.

»Haben Sie lange gewartet?«, fragte der Mann im schwarzen Mantel und äußerte damit die Worte, die ihr seine Identität bestätigten.

»Überhaupt nicht«, antwortete Beverly. Ihre Stimme wurde von einem weiteren Implantat in ihrer Kehle auf die Höhenlage eines Kevrata gebracht. *Jetzt kommt das Bestätigungszeichen.* »Wie geht es Ihrer Mutter?«

Der Kevrata zuckte mit seinen abgerundeten Schultern. »Sie ist verängstigt, wie jedermann zurzeit. Sie sieht, wie ihre Nächsten der Seuche anheimfallen und fragt sich, wer von uns der Nächste sein wird.«

Seine Stimme war fest, unberührt. Aber weder er noch sein Begleiter konnten ihre Verzweiflung vollständig verbergen. Beverly hatte diesen Ausdruck schon auf Hunderten anderer Welten gesehen. Er sagte aus, dass sie alles tun, alles riskieren, alles *opfern* würden, um vielleicht ein Gegenmittel zu bekommen.

Es hatte Zeiten in ihrer Berufslaufbahn gegeben, in denen sie sich schlecht dafür gefühlt hatte, solchen Leuten Hoffnung zu bringen, weil Hoffnung alles war, was sie ihnen geben konnte. Aber dieses Mal war sie zuversichtlich, dass sie mehr als das tun konnte.

»Also«, sagte der Kevrata in dem blausilbernen Mantel und senkte dabei seine Stimme zu einem verschwörerischen Flüstern:»Denken Sie, dass Sie uns helfen können?«

»Das tue ich«, antwortete Beverly im gleichen kaum hörbaren Tonfall.»Aber ich brauche einen Ort, wo ich arbeiten kann. Und Blutproben. Und ein wenig Zeit.«

»Wir können für den Ort und die Blutproben sorgen«, sagte Blaumantel.»Das wird leicht sein. Aber Zeit ...« Er legte seinen Kopf auf die Seite.»Das ist wahrscheinlich Mangelware.«

»Ich verstehe«, sagte sie. Tatsächlich verstand sie das so gut wie jedermann, nach dem was sie auf Arvada III gesehen hatte.

»Wann können Sie anfangen?«, fragte der Kevrata im schwarzen Mantel.

»Ich wollte gerade das Gleiche fragen. Wenn Sie schon einen Ort wissen, kann ich da heute Nacht hin. Andernfalls ...«

Beverly hielt mitten im Satz inne, da sie ein Runzeln auf der schwarzen Stirn ihrer Begleiter bemerkte. Es war ein Zeichen von Besorgnis. Und sie sahen auf etwas direkt hinter der Ärztin.

Beverly hätte zu gerne gewusst, was da hinter ihr vor sich ging. Aber sie wollte auch keine Aufmerksamkeit erregen, daher unterließ sie es, sich umzudrehen.

»Ein Problem?«, fragte sie leise.

»Vielleicht«, antwortete ihr der Kevrata im schwarzen Mantel. »Bewegen Sie sich nicht, vielleicht verschwindet es dann.«

Genau das tat Beverly. Aber während die Sekunden verstrichen, konnte sie an den sich hebenden Kinnen ihrer Begleiter sehen, dass das Problem nicht verschwand. Es kam näher.

Inzwischen hatte sich jeder in diesem Teil der Taverne umgedreht. Es hätte seltsam ausgesehen, wenn sie es nicht auch getan hätte, deswegen drehte sie sich auf ihrem hölzernen Sitz um – und sah, dass es *tatsächlich* ein Problem gab.

Ein Trupp bewaffneter Romulaner hatte die Taverne betreten. Es waren insgesamt sechs. Die mit Sichtbrillen ausgestatteten Kapuzen ihrer weißen Thermoanzüge wurden zurückgeworfen, um ihre Stirnwulste, den strengen Schnitt ihres Haares und ihre spitzen Ohren zu enthüllen. Es war unmöglich, sie für irgendeine andere Spezies zu halten – nicht einmal für Vulkanier, mit denen sie eine lang zurückliegende gemeinsame Abstammung verband.

»Niemand bewegt sich«, sagte eine harte, aber entschieden weibliche Stimme.

Zuerst konnte Beverly nicht erkennen, woher die Stimme gekommen war. Dann bildeten die Romulaner eine Gasse, und die Ärztin begriff, dass da eine siebte Person in ihrer Gruppe war.

Sie erwartete strenge, dunkle Züge, wie bei jedem Romulaner, den sie kannte. Doch die Gestalt, die sie sah, wirkte weder streng noch war sie dunkelhaarig.

Sondern gespenstisch vertraut.

Der durchdringende Blick, die starken aber weiblichen Züge, das kurz geschnittene blonde Haar und das entschlossene Kinn ... wenn Beverly es nicht besser gewusst hätte, hätte sie gesagt, dass sie auf ihre alte Kollegin Tasha Yar schaute, die, kurz nachdem sie Sicherheitschef der *Enterprise-D* geworden war, getötet wurde.

Aber sie befand sich im Romulanischen Imperium. Wenn man das berücksichtigte, war es viel wahrscheinlicher, dass die Frau, die in dieser Taverne Befehle aussprach, Sela war, die halbromulanische Tochter von Yar, die in einer geänderten Zeitlinie überlebt hatte. Sela wies eine verblüffende Ähnlichkeit mit ihrer Mutter auf und, mit Ausnahme der spitzen Ohren, fast keine mit ihrem romulanischen Vater – eine ironische Wendung, wenn man bedachte, dass sie unter der Oberfläche ganz die Tochter ihres Vaters war.

Sela war das erste Mal vor mehr als einem Jahrzehnt als Akteur im klingonischen Bürgerkrieg in Erscheinung getreten – als jemand, dessen Unterstützung der Duras-Fraktion fast das Blatt gegen den frisch eingesetzten Kanzler Gowron gewendet hätte. Dank einer Flotte, die von der *Enterprise-D* angeführt worden war, konnte Duras' Machtstreben vereitelt werden und damit auch Selas Plan, die Klingonen zu manipulieren.

Das nächste Mal war Sela auf Romulus aufgetaucht, wo sie eine Invasion von Vulkan unter dem Deckmantel einer »Wiedervereinigungsbewegung« vorbereitete. Erfreulicherweise für Vulkan und die restliche Föderation, wurde der Plan von Captain Picard, Data und dem legendären Botschafter Spock verhindert.

Trotz solcher Rückschläge war Sela eine der ausgekochtesten und gefährlichsten Personen, der Crusher und ihre Kollegen je begegnet waren. Wenn diese Frau jetzt hier in der Taverne war, bedeutete das zwei Dinge: Erstens, dass der romulanische Praetor auf Kevratas eine Einmischung der Föderation vermutete und Sela abgesandt hatte, um damit fertig zu werden; und zweitens, dass die Romulaner irgendwie Wind von Beverlys Treffen mit den Kevrata bekommen hatten.

Sela sah sich in der Taverne um, ihre Augen waren wie winzige, hungrige Raubtiere. »Unter euch ist ein Außenweltler«, bellte sie. »Gebt ihn mir und keiner von euch wird bestraft. Versucht ihn zu schützen und ihr werdet es bereuen.«

Ihn, dachte Beverly. *Dann weiß sie also nicht alles.*

Niemand in der Taverne reagierte auf Selas Forderung. Aber schließlich wussten die meisten Kevrata auch nichts von Beverlys Anwesenheit dort.

Sela sah sich noch einen Moment länger um. Dann sagte sie: »Also gut«, und richtete ihren Disruptor auf einen zufälligen Gast.

Ein Blitz blassgrüner Energie leuchtete auf, und der Kevrata fiel rückwärts von seinem Stuhl. Er war tot, bevor er den Boden berührte, und aus einer großen, klaffenden Wunde in seiner Brust stieg eine Wolke aus dunklem Rauch auf.

Selas Stimme schnitt durch die plötzliche Welle von Angst und Abscheu. »Den Außenweltler – *sofort*!«

Beverly fühlte das Gewicht einer Hand auf ihrem Arm und drehte sich zu dem Kevrata im schwarzen Mantel. Mit seiner anderen Hand deutete er in die Richtung der Tür, durch die er gekommen war. Und die Finger seines Kameraden bewegten sich zentimeterweise in der Tasche seines Mantels ... zweifellos auf der Suche nach einer Waffe.

Sie wollten, dass Beverly ging, während sie dableiben und ihrer Flucht Rückendeckung geben würden. Sie hasste die Vorstellung, ihr Angebot annehmen zu müssen, aber welche andere Wahl blieb ihr? Als die einzige Person auf Kevratas, die die Seuche aufhalten konnte, musste sie alles in ihrer Macht stehende tun, um sich selbst zu schützen.

Natürlich würden auch vor der Taverne romulanische Centurions postiert sein – da war sich Beverly sicher. Anderenfalls hätten die, die mit Sela gekommen waren, sofort die Ausgänge blockiert.

Sie nahm einen tiefen Atemzug und warf ihren Begleitern einen dankbaren Blick zu. Dann ergriff sie die Tischkante, rollte sich zusammen und warf sich darüber.

Ihr Fuß blieb an etwas hängen, während sie zwischen den beiden Kevrata hindurchschoss, aber das war nur für den Bruchteil einer Sekunde. Dann stürmte sie zur Tür; ein grüner Energiestrahl zischte über ihre Schulter hinweg und traf die Wand vor ihr.

Beverly hörte ein Stimmengewirr und wusste durch den Strahl grünen Lichts an der Wand, dass ihre Freunde das romulanische Feuer erwiderten. Aber sie blieb nicht lange genug, um das Ergebnis zu sehen. Sie schwang die Tür auf, bekam einen Stoß beißenden Schnees in ihr Gesicht und stürzte auf die sturmgepeitschte Straße.

Zur gleichen Zeit zog sie den geschmuggelten Phaser hervor, den sie unter ihrem Mantel verborgen hatte. Sie blinzelte auf der Suche nach einem Ziel in den beißenden Schneesturm – und fand keines.

Plötzlich bemerkte Beverly etwas aus den Augenwinkeln. Sie wirbelte gerade rechtzeitig herum, um das Aufleuchten eines grünen Energiestrahls zu bemerken – aber er schoss an ihr vorbei und verfehlte sein Ziel.

Sie erwiderte das Feuer und ihr rubinroter Phaserstrahl ließ den Schnee blutrot aussehen. Dann kämpfte sie sich durch die Schnee-verwehungen in die andere Richtung und hoffte, dass der Sturm ihr eine Möglichkeit geben würde zu entkommen.

Der Schnee war stellenweise sehr tief, Beverlys Stiefel waren große, klobige Dinger und sie konnte nicht anders, als mit einem Disruptorschuss in ihrem Rücken zu rechnen. Aber sie war in guter Form und die Angst trieb sie vorwärts. Jeder taumelnde Schritt die Straße hinunter brachte sie weiter von der Gefahr weg.

Nach ein paar Minuten erlaubte sie sich, in Erwägung zu ziehen, dass sie Selas Centurions entkommen war. Wenn dem so war, musste sie einen Unterschlupf finden. Sie konnte nicht zurück in den Gasthof, in dem sie untergebracht war - nicht, wenn auch nur die geringste Chance bestand, dass Sela sie dort aufstöbern konnte.

Glücklicherweise war dies nicht die erste verdeckte Mission, die die Ärztin durchgeführt hatte. Sie war ausreichend vorbereitet gewesen, um alles mit sich zu tragen, was sie nach Kevratas gebracht hatte, was nicht viel gewesen war.

Sie warf einen Blick über ihre Schulter und versicherte sich, dass niemand sie verfolgte. Dann verlangsamte sie ihren Lauf zu einem gemächlichen Trott. Inzwischen kam ihr Atem in wilden Japsern. Er gefror in der Luft wie gequälte Seelen, und ihr Herz schlug schmerzhaft gegen ihren Brustkorb.

Aber nichts davon war wichtig. Sie war unverletzt aus der Taverne entkommen.

Gott sei Dank, dachte sie. Einen Moment lang hatte sie befürchtet, dass sie dort in der Kälte und dem Schnee sterben und niemals wieder die Personen sehen würde, die ihr wichtig waren. Sie stellte sich vor, was Wesley empfunden hätte - und auch Jean-Luc - wenn sie auf dieser gefrorenen, weit entfernten Welt gestorben wäre.

Genau so, wie sie sich bei Jacks Tod gefühlt hatte ...

Schnell schob Beverly die Vorstellung beiseite. Sie war noch nicht sicher vor Selas Centurions - noch nicht vollständig. Das Letzte, was sie brauchte, war eine Ablenkung.

Ich bin immer noch am Leben, dachte sie. *Aber ich brauche ein wenig Glück, um es auch zu bleiben.*

Da hörte sie etwas zu ihrer Rechten - oder dachte, dass sie das hätte. *Eine Stimme? Oder war das nur das Heulen des Windes?* Sie wirbelte herum, um nachzusehen, ihren Phaser fest im Anschlag.

Aber da war nichts - nur der unbestimmte, massige Umriss eines Gebäudes. Beverly fühlte eine Woge der Erleichterung.

Dann hörte sie wieder etwas, aus einer gänzlich anderen Richtung. Und als sie sich dieses Mal danach umdrehte, sah sie etwas aus dem Schnee aufragen - etwas, das viel zu sehr nach einem romulanischen Thermoanzug aussah.

Beverly gab einen Phaserschuss ab und brannte damit einen Tunnel in den gefallenen Schnee. Dann begann sie wieder zu rennen und hoffte, den Romulanern so erneut entkommen zu können.

Dieses Mal war es schwerer. Die Luft begann, ihre Kehle aufzureißen, ihre Beine wurden mit jedem Schritt schwerer und schwerer und ihr Mantel war eine steife Last. Aber sie zwang sich dazu, das alles zu ignorieren.

Die Kevrata brauchen mich, sagte die Ärztin zu sich selbst. *Ich kann sie nicht im Stich lassen.*

Sie hatte den Gedanken kaum beendet, als sie etwas an der Schulter herumriss, sie umherwirbelte und in einen Schneehaufen warf. Als sie dort wie betäubt lag, brannte ihre Schulter, als ob sie in Flammen stehen würde.

Ein Disruptorstrahl, dachte sie. Wenn er sie direkter getroffen hätte, hätte er sie getötet.

Durch Lagen von stillem, fallendem Schnee sah sie mannsgroße Gestalten auf sich zukommen. Es kam ihr in den Sinn, zurückzuschießen, aber der Disruptorstrahl schien ihr den Phaser aus der Hand geschlagen zu haben, und ihr Arm war sowieso von der Schulter an taub.

Beverly riss sich zusammen und kam trotz der Schmerzen, die das verursachte, auf die Beine. Sie stützte ihren Arm mit der anderen Hand ab und versuchte zu entkommen, ein Versteck zu finden. Aber es hatte keinen Sinn. Der Schmerz in ihrer Schulter war zu stark und der Energiestrahl hatte ihr die Kräfte geraubt.

Es dauerte nicht lange und sie bemerkte einen dritten Umstand, der gegen sie arbeitete. Ohne dass es ihr aufgefallen war, war sie in eine Sackgasse geraten, die von drei dunklen Wänden umgeben war.

Beverly drehte sich um und sah, dass sich die Romulaner in das offene Ende der Gasse gestellt hatten und ihre Waffen auf sie richteten. Aber sie drückten nicht ab. Sie standen nur da und warteten auf etwas.

Oder jemanden.

Beverly war plötzlich kalt, so kalt, dass sie es nicht ertragen konnte. Ihr Körper begann zu zittern, Mantel hin oder her. *Ich stehe unter Schock,* dachte sie.

Dann sah sie, wie eine Gestalt durch die Reihe der Centurions ging und ein paar Meter vor ihr stehen blieb. Es war Sela. Beverly konnte genug vom Gesicht der Frau sehen, um sicher zu sein.

Sela erhob ihre Waffe und richtete sie auf ihre Gefangene. Sie machte sich nicht die Mühe, herauszufinden, wer unter der kevratanischen Kapuze steckte. Sie lächelte nur und drückte den Abzug.

Beverly schloss ihre Augen und sandte stumme Abschiedsworte an Wesley und Jean-Luc. Es sah so aus, als würden sie doch von ihrem Tod erfahren, so sehr es sie auch schmerzte, daran zu denken.

Dann spürte sie aus geringster Entfernung den splitternden Aufprall von Selas Disruptorstrahl.

KAPITEL 2

————

»Tee«, sagte Picard hoffnungsvoll. »Earl Grey. Heiß.«

Er sah interessiert zu, wie etwas im Ausgabeschacht des Replikators Gestalt annahm. Es dauerte eine Weile, aber schließlich manifestierte es sich als Tasse und Untertasse. *Ah,* dachte der Captain mit einem Gefühl der Befriedigung, *langsam machen wir Fortschritte.*

Am Tag zuvor hatte seine Bitte das angeforderte Getränk erbracht, allerdings ohne Tasse - was eine ziemliche Schweinerei gegeben hatte. Das hier war ein Fortschritt. Er nahm sich vor, Chief Heyer zu danken, der es auf sich genommen hatte, alle Replikatoren in betriebsfähigen Zustand zu bringen.

Picard nahm die einfache weiße Porzellantasse aus dem Ausgabeschacht und beobachtete, wie der Dampf langsam, fast sinnlich, aus der Tasse aufstieg. Dann führte er sie an seine Lippen, nahm einen Schluck ... und bereute es.

Wäre der Teppich nicht erst vor kurzem ausgelegt worden, hätte er das, was sich in seinem Mund befand, wieder ausgespuckt - so abscheulich schmeckte es. Aber so strengte er sich an, die Flüssigkeit wieder in die Tasse zurückzubringen, aus der sie gekommen war, und stellte die Tasse mit einem Schaudern zurück in den Replikator.

Ein Fortschritt, vielleicht. Aber es war noch weit entfernt von einem *fait accompli.*

In diesem Moment hörte er die Stimme seines Chefingenieurs über das Interkom des Schiffes. »*Captain*«, sagte er, »*hier spricht La Forge. Das Sternenflottenkommando will Sie sprechen.*«

Picard lächelte. Sein Erlebnis mit dem Tee war bereits vergessen.

»Und Sie sind jetzt also auch unser Komm-Offizier, Mister La Forge?«

Der Ingenieur lachte. »*Was immer nötig ist, Sir.*«

Der Captain hatte diese Einstellung von Geordi immer bewundert. »Ich bitte darum, Commander. Stellen Sie durch.«

Er setzte sich hinter seinen Schreibtisch und wartete, bis das Sternenflottenemblem von einem anderen Bild ersetzt wurde – dem von Admiral Edrich, dem grauhaarigen älteren Staatsmann des Sternenflottenkommandos. Picard hatte ihn erst kennengelernt, nachdem er die *Enterprise-D* übernommen hatte, ihn aber auf Anhieb sympathisch gefunden.

»Admiral«, sagte er. »Was kann ich für Sie tun?«

Edrich runzelte die Stirn und betonte damit die Falten um seinen Mund. »*Ich befürchte, dass ich schlechte Neuigkeiten habe, Jean-Luc.*«

Picard erinnerte sich, wie er eine ähnliche Bemerkung von einem anderen Admiral gehört hatte. Allerdings hätte er damals nie erwartet, dass die Neuigkeiten so schlecht sein würden. Seinen Bruder, seine Schwägerin und seinen geliebten Neffen auf einen Schlag zu verlieren … das hatte sein Herz fast für immer gebrochen.

Der Captain zuckte ein wenig zusammen und fragte sich, was dieses Mal der Anlass sein würde. *Bestimmt nicht so vernichtend wie das andere Mal.* Das konnte nicht sein.

Dann sagte Edrich: »*Es geht um Beverly Crusher. Sie gilt als im Einsatz vermisst.*«

Picard ertappte sich dabei, wie er den Kopf schüttelte, unfähig, diese Information zu verstehen. »Vermisst …?«, wiederholte er wie betäubt.

»*Es ist wahrscheinlich*«, sagte der Admiral leise aber unerbittlich, »*dass sie getötet wurde.*«

Es muss sich um einen Fehler handeln. Und das sagte der Captain auch. »Wie kann Beverly vermisst sein, wenn sie sich in der Medizinischen Abteilung befindet?«

Edrich seufzte. »*Sie hat die Medizinische Abteilung vor einer Woche verlassen, Jean-Luc, auf einer verdeckten Mission. Oberste Geheimhaltungsstufe.*«

Wie ist das möglich? Picard hatte doch erst vor ... etwa drei Tagen mit ihr gesprochen. *Ist seitdem schon eine ganze Woche vergangen?* »Wo ist sie ...« Als er spürte, wie sich seine Kehle zusammenschnürte, hielt er inne, bis er sich wieder unter Kontrolle hatte. »Wo wurde Doktor Crusher hingeschickt?«

»*Zu einer Welt namens Kevratas*«, sagte der Admiral, »*am Rande des Romulanischen Sternenimperiums. Unter den Einheimischen wütet eine Epidemie. Doktor Crusher hatte bereits vor vielen Jahren auf Arvada III damit Erfahrungen gesammelt. Wir hatten gehofft, dass sie in der Lage sein würde, einen Impfstoff herzustellen.*«

Picard erinnerte sich daran, dass Beverly ihm von Arvada III erzählt hatte. Sie war noch ein Mädchen gewesen und hatte dabei geholfen, die Überlebenden eines Absturzes zu verarzten – nicht nur wegen ihrer Verletzungen, sondern auch wegen eines Virus, das sie mit sich gebracht hatten.

Und sie hatte einen Impfstoff entwickelt – zumindest für die Mitgliedsspezies der Föderation. Er erinnerte sich an ihren triumphierenden Gesichtsausdruck, als sie ihm von ihrem Büro in der Medizinischen Abteilung aus davon erzählt hatte. Und das, gab er unwillig zu, hatte sie zu einem idealen Kandidaten gemacht, um für die Epidemie auf Kevratas ein Heilmittel zu finden.

»Natürlich«, sagte Edrich, »*ging es dabei um mehr als eine humanitäre Geste. Wie Sie wissen, befindet sich das Sternenimperium in Aufruhr, seit Shinzon einen Großteil der romulanischen Führung getötet hat. Einige ihrer Außenwelten nutzen die Situation, um die Hand nach der Föderation auszustrecken. Kevratas ist eine von ihnen.*«

Und Kevratas ist nicht nur ein einziger Planet, dachte Picard. Es war die Heimatwelt der gesamten kevratanischen Spezies, die sich auf einem Dutzend vorher unbesiedelter Planeten niedergelassen hatte, bevor die Romulaner sie alle erobert und die Kontrolle übernommen hatten.

Die anderen kevratanischen Welten nahmen sich Kevratas zum Vorbild. Wenn es der Föderation gelang, Kevratas Vertrauen zu gewinnen, würde sich das wie ein Lauffeuer über die Außenwelten verbreiten.

»Sie verstehen sicherlich die Konsequenzen«, sagte Edrich. *»Der Praetor mag seine Fühler ausgestreckt haben, um das Versprechen verbesserter Beziehungen zu erfüllen. Aber das hier ist der Spatz in der Hand - eine Möglichkeit, das Sternenimperium ein wenig zu verkleinern und gleichzeitig die Außenwelten zu befreien. Es ist von höchster Wichtigkeit, dass wir auf den Zug aufspringen, solange sich die Gelegenheit bietet. Wenn es das nicht wäre, hätten wir sicherlich nicht die Leiterin der Medizinischen Abteilung dorthin geschickt.«*

»Warum«, fragte Picard, »gehen Sie so schnell davon aus, dass Doktor Crusher tot ist?«

Der Admiral wirkte zaghaft. *»Wir haben jetzt seit drei Tagen nichts mehr von ihr oder den Kevrata, die ihr helfen sollten, gehört. Nur selten bleiben Agenten so lange vermisst und tauchen wieder lebendig auf. Sie wissen das genauso gut wie ich.«*

Nur selten, wiederholte der Captain starrsinnig in seinen Gedanken, *aber nicht* niemals. Es gab immer noch eine Chance, egal wie klein, dass Beverly überlebt hatte.

»Ich wünschte, ich könnte etwas zuversichtlicher sein«, sagte Edrich. *»Unglücklicherweise sind das die Tatsachen.«*

Picard schüttelte den Kopf. »Nein.«

Der Admiral betrachtete ihn. Sein Blick drückte Bedauern aus. *»Ich weiß, wie schwer das für Sie sein muss.«*

Das war nicht das, was der Captain gemeint hatte. Er verschloss nicht die Augen vor den Tatsachen. Er hatte Kontrolle über sie. »Beverly Crusher ist noch am Leben. Da bin ich mir sicher.«

Edrich richtete sich auf seinem Sitz auf. Das war offensichtlich nicht die Reaktion, die er erwartet hatte.

»Und«, fuhr Picard fort, »ich werde tun, was immer nötig ist, um sie aus den Schwierigkeiten zu holen, in die sie geraten zu sein scheint.«

Der ältere Mann zögerte einen Moment, bevor er antwortete. *»Ich hatte tatsächlich eine Mission für Sie im Sinn. Sie beinhaltet jedoch keinen Rettungseinsatz.«*

Der Captain musterte ihn. »Was denn sonst?«

»Doktor Crushers Mission war außergewöhnlich wichtig und wir sind immer noch fest entschlossen, sie durchzuführen. Natürlich war sie unsere erste Wahl, um die Epidemie aufzuhalten, unsere größte Chance auf Erfolg – aber es gibt eine Alternative.«

Und er sagte Picard, um wen es sich handelte.

Einerseits war es ohne Frage die logische Folgerung. Andererseits war es alles andere als das.

»Wir wollen«, sagte Edrich, *»dass Sie diesen Arzt nach Kevratas bringen und ihm die Möglichkeit verschaffen, ein Gegenmittel zu finden. Dann wollen wir, dass Sie die Verbreitung sicherstellen.«* Er warf ihm einen düsteren Blick zu. *»Im Rückblick hätten wir Sie wahrscheinlich besser von Anfang an involvieren sollen. Niemand kennt die Romulaner besser als Sie.«*

Das war richtig. Picard war unter den Ersten gewesen, die mit ihnen in Kontakt getreten waren, als sie aus ihrer fünfzig Jahre währenden Isolation gekommen waren. Er war derjenige gewesen, den man nach Romulus geschickt hatte, um nach Botschafter Spock zu suchen. Und vor Kurzem hatte er mit Shinzon zu tun gehabt.

»Außerdem«, fuhr Edrich fort, *»kannte keiner …«* Er hielt inne. *»… kennt keiner Doktor Crusher so gut wie Sie. Da Sie jahrelang mit ihr zusammengearbeitet haben, befinden Sie sich in der besten Position, einen Bogen um das zu machen, was bei ihr schiefgelaufen ist.«*

Die Gesichtszüge des Admirals entspannten sich. *»Und wenn Sie, nachdem Sie den Kevrata geholfen haben, noch höher pokern und nach ihr suchen wollen, werden Sie in der besten Position sein, das ebenfalls zu tun.«*

69

Picard gefiel die Idee nicht, Beverly in möglicherweise gefährlichen Umständen zu lassen, während er einem anderen Ziel nachjagte. Er wollte sie verzweifelt aus dieser unbekannten Falle befreien.

Aber sie wäre die Erste, die ihn daran erinnern würde, dass das Wohlergehen der Kevrata wichtiger war – wichtiger als ihres, wichtiger als seines, wichtiger als das jedes Individuums, egal wie wichtig oder geliebt. Es war seine Pflicht.

»Unglücklicherweise«, sagte Picard, »verbietet der Zustand der *Enterprise*, mich ins Imperium zu bringen. Ich werde ein alternatives Transportmittel brauchen.«

»*Sie haben eines*«, sagte Edrich. »*Ich habe diesbezüglich eine Vereinbarung mit einem Ihrer alten Freunde getroffen – Pug Joseph.*«

Joseph hatte auf der *Stargazer* gedient, dem ersten Schiff des Captains. Er hatte die Flotte vor Jahren verlassen, um eine Karriere in der Handelsraumfahrt zu beginnen. Aber es konnte nicht schwer gewesen sein, ihn für eine solche Mission wieder in den Dienst zu locken.

»*Zusätzlich*«, sagte der Admiral, »*werden Sie von einem Romulaner namens Decalon begleitet – einem der ersten Überläufer des romulanischen Untergrunds, den man aus dem Imperium schmuggeln konnte. Er hat eine Zeit lang auf Kevratas gelebt. Er kennt sich dort aus.*«

Beverly hätte von solcher Unterstützung profitieren können, dachte Picard. Offensichtlich wollte sich das Sternenflottenkommando davor hüten, den gleichen Fehler zweimal zu begehen.

»*Ich übersende Ihnen jetzt die Einzelheiten*«, sagte Edrich. »*Viel Glück, Jean-Luc ... in jeglicher Hinsicht.*«

Der Captain nickte. »Danke, Sir.«

Dann verschwand Edrichs Gesicht vom Schirm und ließ Picard mit seinen Gedanken allein zurück. Sie waren düster und schwer und sie drohten, ihn herunterzuziehen. Aber das würde er nicht zulassen.

Beverly ist am Leben, sagte er sich. *Ich weiß, dass sie das ist. Und ich werde sie rechtzeitig finden.*«

Tomalak, der frisch eingesetzte Oberbefehlshaber der Imperialen Verteidigungskräfte des Praetors, sah zu, wie sein Diener ein wenig romulanisches Ale in seinen gewürzten Fischauflauf goss.

Das Aroma des Gerichts war schon vorher extrem verlockend gewesen. Vermischt mit dem des Bieres war es unwiderstehlich.

»Mein Kompliment«, sagte er.

»Der Commander ist zu freundlich«, sagte sein Diener, während er die Flasche mit Ale auf dem Tisch des Oberbefehlshabers austauschte. Dann neigte er seinen Kopf und zog sich aus dem Raum zurück.

Nein, dachte Tomalak, während er ein saftiges Stück Fisch auf seiner Gabel aufspießte. *Nicht zu freundlich. Viele Dinge, aber niemals das.*

Er probierte den Happen. Er war genauso fantastisch wie der Geruch es schon versprochen hatte, genauso saftig. So wie der nächste Happen und der darauf folgende.

Ein Sieg, dachte er. Und es gab nichts, was Tomalak mehr schätzte als einen Sieg.

Er genoss jeden Bissen und ließ sich Zeit dabei, den gewürzten Fisch zu verspeisen. Endlich schluckte er das letzte Stück weiches, weißes Fleisch mit einem Anflug von Bedauern hinunter und benutzte eine meisterhaft gefaltete Stoffserviette, um seinen Mund abzuwischen.

Dann legte er die Serviette beiseite, drehte sich in seinem Sessel herum und betrachtete den ovalen Monitor, der sich jetzt vor ihm befand. Es war eine Schande, dass er einer solch köstlichen Mahlzeit einen so unerfreulichen Anblick folgen lassen musste, aber er hatte keine andere Wahl. Seufzend aktivierte Tomalak den Schirm.

Er zeigte ihm eine große Anzahl von Warbirds, etwas mehr als sechzig nach letzter Zählung. Sie hatten sich etwas außerhalb des romulanischen Sternsystems versammelt wie kreisende Aasgeier, die darauf warteten, dass ein erdgebundenes Tier seine Beute tötete.

Unter ihnen waren die Schiffe von Donatra und Suran, einer feurigen jungen Frau und einem ausgekochten Veteranen. Ursprünglich waren sie die Führer der imperialen Dritten und Fünften Flotte gewesen und hatten erst vor Kurzem die Leitung der gesamten Verteidigungskräfte an sich gerissen, indem sie ihr Schicksal an das von Shinzon gebunden hatten.

Zu dieser Zeit war Tal'Aura ihre Verbündete gewesen, ihre Mitverschwörerin. Aber es war nur ihre gemeinsame Loyalität Shinzon gegenüber gewesen, die die drei zusammengehalten hatte, und nicht etwa wirkliche Zuneigung füreinander. Als Shinzon fiel und der Thron des Praetors leer war, hatte Tal'Aura die Gelegenheit genutzt, um sich selbst an die Macht zu bringen.

Natürlich hätte sie Donatra und Suran einen Knochen zuwerfen und ihnen die Führung des Militärs überlassen können. Allerdings hatten die beiden bereits einen Praetor allzu bereitwillig hintergangen. Was würde sie davon abhalten, hatte Tal'Aura sich gefragt, sie ebenfalls zu verraten?

Deswegen hatte sie Tomalak als Leiter der Imperialen Verteidigungskräfte eingesetzt. Aber Tal'Aura hatte den Einfluss unterschätzt, den Donatra und Suran auf die Romulaner ausübten, die unter ihnen gedient hatten. Fast ausnahmslos war jeder Kommandant der Dritten und Fünften Flotte ihrem oder seinem Vorgesetzten treu geblieben: Sie schoben eine Jahrtausende alte Tradition der Treue beiseite und weigerten sich, die Legitimität des Praetors anzuerkennen.

Es war jene Grundstimmung, die diese abtrünnige Flotte auf Tomalaks Schirm geschaffen hatte. Und sie war keineswegs unbedeutend. Sechzig Warbirds waren sechzig Warbirds.

Aber Tomalak hatte fast hundert Schiffe unter seinem Kommando und nur ein Drittel von ihnen war im Imperium verstreut. Das ließ ihm eine Flotte, die der der Abtrünnigen mindestens ebenbürtig war.

Er lachte leise in sich hinein. Alles, was er in der Vergangenheit je gebraucht hatte, war eine Chance gewesen. Für jemanden, der so geschickt war wie Tomalak, waren gleiche Chancen ein seltener und berauschender Luxus.

Einer, der zu gegebener Zeit die Vernichtung von Donatra und dem alten Suran herbeiführen würde.

So läuft es nun mal, dachte Tomalak, *rund und rund wie der Kreisel eines Kindes.* Der Bedeutendste wurde der Geringste und der Geringste der Bedeutendste, immer und immer wieder, so schnell, dass ihm manchmal schwindlig wurde, wenn er darüber nachdachte.

Nur Tomalak behielt immer seinen Platz am Firmament, weil er es besser wusste, als nach so etwas Hohem wie dem Thron zu greifen. Stattdessen identifizierte er sich mit dem aktuellen Favoriten – Tal'Aura heute, morgen jemand anderes – und gewöhnte sich an sie.

Natürlich hatte er politische Präferenzen. Eine von ihnen war, dass sich das Imperium so weit wie möglich von der Föderation fernhielt – eine Politik, von der Tal'Aura zunehmend abwich. Aber das bedeutete nicht, dass Tomalak auch nur einen Deut in seiner Unterstützung des Praetors oder ihres Regimes wanken würde.

Bis ein anderer daherkam.

Das bedeutete es, ein Fels in der Brandung zu sein. Das war der Preis, den man bezahlen musste, um zu überleben.

Er würde niemals etwas so Unüberlegtes tun wie sich gegen die Autorität zu stellen, so wie der Schwarm von Warbirds auf seinem Monitor. Und er würde sicherlich niemals sein Schwert jemandem zu Füßen legen, der politisch so unerfahren war wie Braeg.

Ohne Frage war der Bursche seinerzeit ein großer militärischer Commander gewesen, ein Held des Imperiums. Aber eine Flotte in die Schlacht zu führen war nicht annähernd so schwierig, wie die Loyalität eines Senats zu bewahren oder einen Kongress von Händlern zu manipulieren oder sich gegen die hinterhältigen, zankenden Hundert durchzusetzen.

Unglücklicherweise für Braeg würde er nie die Gelegenheit bekommen, diese Lektion aus erster Hand zu lernen. Tomalak drückte mit seinem Zeigefinger auf einen Knopf und rief damit ein anderes Bild auf – das seiner eigenen, mächtigen, gut vorbereiteten Flotte.

Diejenige, die Romulus verteidigen würde, wenn die Rebellen kamen. Diejenige, die schließlich siegen würde.

Wenn Donatra und die anderen einen Kampf wollten, würde er ihnen einen geben - und Tal'Aura daran erinnern, dass von allen, die ihr dienten, niemand so wertvoll war wie Tomalak.

Das Leben von Carter Greyhorse war viel angenehmer geworden, seit der Leiter seiner Strafkolonie in Rente gegangen und durch eine neue, liberalere Verwalterin ersetzt worden war.

Der Name der Frau lautete Esperanza. Sie war erst ein paar Tage auf ihrem Posten gewesen, als sie Greyhorse den Zugang zu einer Reihe von Veröffentlichungen der Medizinischen Abteilung gestattete.

Ihr Vorgänger, ein Kerl namens Dupont, hatte Greyhorse dieses Privileg wiederholt verweigert. Es war nicht so, dass er mit den Büchern jemanden hätte verletzen können - nicht mal sich selbst. Aber Dupont hatte sie Greyhorse trotzdem verweigert.

Es hatte unnötig grausam gewirkt. Greyhorse war schließlich Arzt gewesen. Trotz allem was passiert war, bewegte sich sein Verstand noch immer in diese Richtung.

Aber er war momentan ein Gefangener und in jeglicher Hinsicht anderen ausgeliefert. Es gab wenig, was er gegen die Sturheit des Verwalters hatte tun können, außer weiterhin seine Bitten einzureichen und zu hoffen, dass Dupont seine Meinung ändern würde.

Das hatte er natürlich nicht. Aber er hatte sich selbst aus der Gleichung entfernt, was noch besser war.

Jetzt konnte Greyhorse eine Abhandlung lesen, wann immer er wollte. Tatsächlich las er gerade jetzt etwas über die Forschungsarbeit eines gewissen Doktor Bashir, der bahnbrechende Arbeit im Bereich der Biomimetik geleistet hatte.

Faszinierend, dachte er - als die Tür seiner Zelle aufglitt und sein Wärter dahinterstand. In Wirklichkeit war McGovern - ein Mann mit scharfen Gesichtszügen und einem roten Haarschopf - nur einer der Wärter, die in der Strafkolonie arbeiteten. Allerdings betrachtete Greyhorse McGovern inzwischen als seinen persönlichen Wärter.

»Ja?«, fragte der Arzt.

»Es scheint«, sagte McGovern, »dass Sie einen Besucher haben.«

Einen Besucher?, dachte der Arzt. »Das muss ein Fehler sein. Ich erwarte niemanden.«

»Er ist trotzdem auf dem Weg«, sagte der Wärter. »Ich schätze, er wird in fünf Minuten hier sein.« Er zog sich zurück und schloss die Tür hinter sich.

Greyhorse wandte sich wieder an seinen Computerbildschirm, wo die biomimetische Abhandlung geduldig auf ihn wartete. Er speicherte sie ab und schaltete das Gerät aus. Dann stand er auf und glättete die Vorderseite seines blassblauen Standard-Overalls.

Es kam ihm immer noch wie eine Verwechslung vor. Es gab nur eine einzige Person, die ihn zurzeit besuchte und es war nicht ihre Art, ihn so zu überraschen.

Dennoch war wohl alles möglich. Als jemand, der als Chefarzt auf einem Raumschiff gedient hatte, wusste er das so gut wie jeder andere.

Greyhorse war seit mehr als einem Jahrzehnt in Haft und er hatte sich nie über das Vergehen der Zeit beschwert. Aber nun, während er auf seinen Besucher wartete, schien sich die Zeit endlos zu strecken. Er begann, seine Herzschläge zu zählen und fragte sich, wie viele es wohl noch dauern würde.

Endlich glitt seine Tür erneut auf. McGovern steckte seinen Kopf hinein, nur um sicherzugehen, dass alles in Ordnung war, was wohl der Fall war, denn er zog sich zurück und jemand anderes betrat den Raum.

Ein kleiner, schmaler Mann mit strohblonden Haaren und wässrigblauen Augen, der die grauschwarze Uniform eines Sternenflottencaptains trug. Der Arzt bemerkte den kastanienbraunen Befehlsstreifen auf seinem Ärmel.

»Doktor Greyhorse«, sagte der Mann herzlich, »mein Name ist Jefferson. Ich arbeite für das Sternenflottenkommando.«

Er streckte eine Hand aus, um die von Greyhorse zu schütteln. Der Arzt betrachtete sie wie eine Kuriosität aus der Flora einer anderen Welt.

Es war schließlich schon lange her, dass er jemandem die Hand geschüttelt hatte. In all den Jahren, in denen er schon in der Föderationsstrafkolonie in Neuseeland war, hatten seine Counselors und Ärzte nicht ein einziges Mal physischen Kontakt hergestellt. Genauso wenig wie seine Mitgefangenen, die er nur bei den seltensten Gelegenheiten gesehen hatte.

Als Ergebnis war es für Greyhorse ein wenig Respekt einflößend, die Berührung von Haut jetzt in Erwägung zu ziehen. Aber er wollte seinem Besucher keinen Hinweis darauf geben, dass er immer noch labil war, daher ergriff er die angebotene Hand.

Sie fühlte sich kalt und trocken an. Und lächerlich klein. Der Arzt hatte vergessen, wie groß und stark er im Vergleich zu anderen Menschen war, fast so, als ob er einer anderen Spezies angehören würde. Er tat sein Bestes, um nicht zu fest zuzupacken.

Schließlich zog Jefferson seine Hand zurück. Greyhorse stellte fest, dass er das schade fand.

»Sie werden sich wahrscheinlich fragen, warum ich hier bin«, sagte der Captain, »daher komme ich gleich zum Punkt. Wir brauchen Ihre Hilfe.«

Der Arzt blinzelte. »Wobei?«

Jefferson erklärte ihm alles. Als er zu der Stelle mit Doktor Crusher und ihrem vermuteten Schicksal kam, musste Greyhorse eine Grimasse gezogen haben, denn sein Besucher hielt inne.

»Ich hoffe, diese Nachricht ist nicht zu schockierend für Sie«, sagte er mit Besorgnis in der Stimme.

Das war sie. Tatsächlich war Greyhorse bis ins Mark getroffen. Aber er war entschlossen, es sich nicht anmerken zu lassen.

»Bitte«, sagte er, »sprechen Sie weiter.«

Während er sich den Rest von dem, was Jefferson zu sagen hatte, anhörte, begann er zu verstehen, warum gerade er um Hilfe gebeten wurde. Abgesehen von Doktor Crusher war er die einzige wirkliche Föderationskoryphäe auf dem Gebiet dieser speziellen Seuche.

»Was genau wollen Sie nun von mir?«, fragte er.

»Wir schicken ein Team nach Kevratas«, sagte der Captain, »um dort weiterzumachen, wo Doktor Crusher aufgehört hat - um ein Heilmittel für das Virus zu finden und es unter den Kevrata zu verteilen. Ich bin gekommen, um Sie darum zu bitten, diesem Team beizutreten.«

Greyhorse konnte seine Aufregung nur schwer verbergen. Die Vorstellung, die Strafkolonie zu verlassen, die Erde zu verlassen ... sie war ebenso berauschend wie überwältigend.

Beruhige dich, dachte er scharf. »Ich werde gerne tun«, sagte er in einem sorgfältig maßvollen Tonfall, »was in meiner Macht steht, um Ihnen zu helfen.«

»Ich bin froh, das zu hören«, sagte Jefferson.

Aber er hatte Vorbehalte, und Greyhorse wusste, welche das waren. Anderenfalls wäre er auch ein Dummkopf gewesen.

»Unglücklicherweise«, sagte sein Besucher, »gibt es da noch die Angelegenheit auf der *Enterprise* vor vielen Jahren ... Ihre Versuche, Captain Picard und andere zu ermorden.«

»Die erfolglos waren«, bemerkte Greyhorse.

»Natürlich waren sie das, und darüber sind wir alle froh. Aber die Versuche wurden dennoch gemacht.«

Greyhorse wusste nicht, was er darauf erwidern sollte, daher sagte er nichts.

Jefferson lächelte. »Einige Leute würden sagen, dass es der Gipfel des Leichtsinns ist, jemanden wie Sie mitten hinein in eine komplexe, interplanetarische Situation zu bringen.«

Der Arzt nickte. »Das kann ich nachvollziehen.«

»Aber Admiral Edrich hat einen anderen Standpunkt. Er hat Ihre Akten als Offizier und Mediziner studiert, Ihren Fortschritt dort gesehen und er denkt, dass sich das Kommando darauf verlassen kann, dass Sie den Kevrata helfen werden. Die Frage lautet ... was denken Sie?«

Greyhorse befeuchtete sich die Lippen und tat sein Bestes, um weder zu eifrig noch zu zögerlich zu wirken. »Ich will«, sagte er einfach, da er das Gefühl hatte, dass ihm mit Einfachheit am Besten gedient sein würde, »wieder nützlich sein.«

Der Captain nickte und war offensichtlich mit der Antwort des Arztes zufrieden. »Ich hatte gehofft, dass Sie das sagen würden.«

Natürlich gab es vieles, das Greyhorse *nicht* gesagt hatte, eine große Menge an Informationen, die er für sich behalten hatte. Aber schließlich wollte er sich dieser unerwarteten Gelegenheit nicht berauben - und wenn er alles gesagt hätte, was er im Sinn hatte, hätte er genau das getan.

Er war für seine Verbrechen verurteilt worden, das stimmte. Aber Dummheit war nicht darunter gewesen.

»Ich denke, Sie werden erfreut sein zu hören, mit wem Sie arbeiten werden«, sagte Jefferson.

Als Greyhorse es hörte, war er *tatsächlich* erfreut. Aber er fragte sich, wie Captain Picard und die anderen auf *ihn* reagieren würden ...

KAPITEL 3

———◆———

Picard hatte gehofft, dass es sein alter Sicherheitsoffizier sein würde, der ihn begrüßte, als er in dem beengten, schlecht beleuchteten Transporterraum des barolianischen Handelsschiffes materialisierte. Er wurde nicht enttäuscht.

»Captain«, sagte Pug Joseph mit einem breiten Lächeln auf seinem Gesicht. »Willkommen auf der *Annabel Lee*.«

Er war vielleicht ein klein wenig breiter und blasser als das letzte Mal, als Picard ihn gesehen hatte. Aber da waren immer noch sein rotblondes, kurzgeschnittenes Haar und die kleine, flache Nase – die ihm auch seinen Spitznamen eingebracht hatte, lange bevor Picard ihn kennengelernt hatte.

»Ich bin nicht mehr Ihr Captain«, erinnerte ihn Picard.

»Alte Gewohnheiten wird man nur schwer los«, sagte Joseph. »Kommen Sie. Sie sehen aus, als könnten Sie etwas zu essen vertragen.

Tatsächlich hatte Picard seit mehreren Stunden nichts mehr gegessen, aber er war nicht hungrig. Er war zu sehr auf das konzentriert, was vor ihm lag, um an Essen zu denken.

Aber er wollte seinen alten Kameraden nicht kränken. »Ich könnte eine Tasse Tee vertragen.«

Joseph schmunzelte. »Und einige Gewohnheiten wird man *nie* los.«

Er wies Picard den Weg aus dem Raum in den Gang dahinter. Er war enger als die auf der *Enterprise*, aber nicht so eng, dass zwei alte Kameraden nicht nebeneinander hergehen konnten.

Der Captain warf Joseph einen Blick von der Seite zu. »Was haben

Sie Ihrer Mannschaft erzählt?«

»Dass ich mich um eine private Angelegenheit kümmern muss. Sie wussten, dass es sinnlos gewesen wäre, mich danach zu fragen, um was es sich handelt.«

»Sehr taktvoll von ihnen.«

Joseph nickte. »Diskretion ist eine Tugend, wenn man Fracht befördert.«

»Das stimmt wohl.« Picard legte eine Hand auf die Schulter seines Kameraden. »Es ist eine gute Sache, dass Sie das hier machen, Pug.«

»Hey«, sagte der Frachtercaptain, »das ist das Mindeste, was ich tun kann.« Seine Züge verhärteten sich, wurden ernst. »Ich meine, nach dem, was mit Jack passiert ist.«

Picard brauchte einen Moment, um sich daran zu erinnern, was Joseph meinte. Aber schließlich war es auch eine Erinnerung, bei der sich der Captain die größte Mühe gemacht hatte, um sie beiseite zu schieben – aus vielerlei Gründen.

Die *Stargazer* war in einem zuvor unbekannten Weltraumphänomen gefangen gewesen, das all ihre lebenswichtigen Systeme angegriffen hatte. Bevor der Captain oder einer seiner Offiziere es bemerkt hatten, war das Schiff taub, stumm und blind und vollkommen wehrlos gewesen. Und um die Sache noch schlimmer zu machen, hatte das Phänomen eine Überlastung im rechten Warpgenerator erzeugt.

Picard hatte seinen Chefingenieur den Warpantrieb ausschalten lassen, damit die Situation nicht außer Kontrolle geraten würde. Aber es war immer noch eine Menge Energie durch die steuerbordseitige Gondel geströmt – genug, um sie in die Luft zu sprengen und vielleicht den Rest des Schiffes noch dazu.

Unglücklicherweise konnte sich die *Stargazer* nicht wie spätere Raumschifftypen in eine Untertassensektion und eine Kampfsektion teilen. Dem Captain blieb nur eine Wahl: die Gondel abzutrennen.

Allerdings war das Schiff nicht dazu in der Lage, auf sich selbst zu schießen, selbst wenn seine Phaserbänke funktioniert hätten. Und es gab für Picard keine Möglichkeit, den Problembereich durch die Energietransfertunnel zu erreichen, da diese voller Energie aus den Warpfeldgeneratoren waren.

Ein Team hatte das Schiff verlassen und die Arbeit von außerhalb mit Phasergewehren erledigen sollen. Jack Crusher war der Erste gewesen, der sich freiwillig gemeldet hatte, und Joseph wurde ausgewählt, um ihn zu begleiten. Das war nur logisch. Beide Männer hatten Erfahrung mit der Reparatur von Hüllen und hatten bewiesen, dass sie sich auf der Außenseite des Schiffes auskannten.

Dieser letzte Teil war wichtig. Schließlich arbeiteten die Transporter nicht, daher konnte Picard ihnen keine Rettungsleine bieten. Sie würden alleine zur Gondel und zurück finden müssen.

Crusher und Joseph hatten lässig und entschlossen ausgesehen, als sie aus der Luftschleuse geklettert waren und ihren Ausflug begonnen hatten. Ohne die Sensoren hatte der Captain sie nicht beobachten, sondern ihren Fortschritt nur über ihre Helmkommunikation verfolgen können.

Es hatte lange gedauert, bis zu den Gondelaggregaten vorzudringen, aber das war verständlich gewesen, wenn man die Dicke der Hülle bedachte. Dann schnitten sie in den Transfertunnel und die angesammelte Energie dort schloss ihre Kommunikation kurz – dadurch waren Picard und seine verbleibenden Offiziere dazu gezwungen gewesen, zu *vermuten*, wie die Expedition vorankam.

Und während die Zeit verstrich, wurden die Vermutungen immer schrecklicher. Zu *viel* Zeit, entschieden sie nach einer Weile. Gegen die Einwände von Ben Zoma, Picards Erstem Offizier, streifte der Captain einen Schutzanzug über und sah nach seinen Männern. Minuten später entdeckte er Joseph, der bewusstlos die Hülle entlangschwebte.

Picard hätte nach Crusher weitersuchen und versuchen können, *beide* Männer hineinzuholen. Aber er entschied sich, zuerst Joseph zu retten – und durch diese Entscheidung hatten er und Pug überlebt.

Der Captain hatte gerade die Hüllenwölbung überwunden und die Gondel aus seinem Sichtfeld verloren, als das Schiff unter seinen Füßen heftig erzitterte.

Es gab im Weltall keine Luft, um das Geräusch zu übertragen, aber irgendetwas war explodiert. Zuerst hatte Picard gedacht, dass es sich um einen der Warpfeldgeneratoren gehandelt hatte, aber das wäre gewaltig genug gewesen, um das gesamte Schiff zu zerstören. Später würde er herausfinden, dass es nur eine Anhäufung von Energie gewesen war.

Die Explosion beendete den Job, den Crusher und Joseph begonnen hatten und spaltete die Gondel ab. Aber Picard konnte das von da, wo er sich an die Hülle kauerte, nicht sehen. In diesem Moment war alles, was er in seinem Herzen wusste, dass gerade sein Freund Jack Crusher gestorben war.

Der Captain brachte Joseph zurück ins Schiff und ging dann wieder hinaus, um Jack zu finden. Und er fand ihn. Aber so wie er befürchtet hatte: tot.

Als Joseph wieder wach wurde, sagte er, dass er angesichts all dieser Energie das Bewusstsein verloren hatte. Zu diesem Zeitpunkt hatte noch niemand gewusst, dass es sich dabei um eine Ausrede handelte und dass Joseph die Nerven verloren hatte. Er war davongelaufen, hatte Jack im Stich und mit ihrem Auftrag allein gelassen.

Letztendlich war das der Grund, warum Joseph überlebt hatte und Jack nicht - weil der Sicherheitsoffizier der Detonation entkommen konnte, als die Energieanhäufung endlich explodiert war und so die Gondel abgetrennt hatte.

Auf der *Stargazer* hatte niemand vermutet, dass Joseph in Panik geraten war. Niemand ahnte, dass Jacks Tod vermeidbar gewesen wäre - dass er überlebt hätte, wenn sein Kollege nur ein wenig länger neben ihm ausgehalten hätte.

Joseph hatte die Schuldgefühle wegen Jacks Tod jahrelang in sich eingesperrt, und es ihnen erlaubt, ihn wie ein regulanischer Blutwurm von innen aufzufressen. Und so wäre es vielleicht für den Rest seines Lebens geblieben, wenn da nicht ein Besuch auf Picards *Enterprise-D* gewesen wäre. Joseph und die anderen, die auf der *Stargazer* gedient hatten, waren wegen der Ehrung einer ihrer Kollegen dort – eines D'aavit namens Morgen, der mittlerweile zum Captain befördert worden war. Und zum ersten Mal seit Jacks Tod hatte sich Joseph in der Gesellschaft von Jacks Witwe Beverly wiedergefunden.

Auf Drängen von Guinan, Picards el-aurianischer Barkeeperin, hatte Joseph ihr die Wahrheit über den Tod ihres Ehemannes gebeichtet. Aber anstatt ihn zu hassen, hatte ihm Beverly vergeben.

»Das war vor einer langen Zeit«, betonte der Captain.

»Trotzdem«, beharrte Joseph. Mit offensichtlicher Mühe lächelte er. »Darüber hinaus war Doktor Crusher gut zu mir. Das würde ich ihr gerne ein wenig zurückzahlen.«

Picard sah ihn an. »Gut zu Ihnen ...?«

Joseph zuckte mit den Schultern. »Sie erinnern sich daran, dass ich für eine Weile ein ... Alkoholproblem hatte?«

»Ja, natürlich«, sagte der Captain und überlegte, was das mit Beverly zu tun hatte. »Aber ich dachte, dass Sie es geschafft hätten, darüber hinweg zu kommen. Außer ...«

Joseph winkte ab. »Nein, ich bin nicht vom Wagen gefallen. Aber ohne die Hilfe von Doktor Crusher wäre ich immer noch Trinker. Sie war diejenige, die mich, nachdem ich die *Enterprise* verlassen hatte, kontaktierte und davon überzeugte, dass ich eine Behandlung brauchte.«

Picard wusste von all dem überhaupt nichts. Das sagte er auch.

»Und das ist noch nicht alles«, sagte Joseph. »Sie hat auch mit ein paar Leuten geredet, die sie kannte, und mir einen Platz in einer Entzugsklinik verschafft. Sie hat dort sogar einmal einen Landurlaub verbracht, eine kurze Partie *Sharash'di* mit mir gespielt und sich meine alten *Stargazer*-Geschichten angehört.«

»Tatsächlich«, sagte der Captain und fühlte sich ein wenig verwirrt.

Er hatte geglaubt, dass er Beverly besser kennen würde als jeder andere Mann. Aber nun stellte sich heraus, dass mehr in ihr steckte, als man auf den ersten Blick sah – selbst *sein* Blick.

»Daher habe ich noch mehr Gründe, um sie da rausholen zu wollen«, erklärte Joseph.

Nicht mehr als ich, dachte Picard. *Aber das ist nicht der Grund, warum man uns geschickt hat.*

»Unsere Priorität«, sagte er zur Erinnerung, »sind die Kevrata. Die Sternenflotte hat uns nicht auf eine Rettungsmission geschickt.«

Joseph schmunzelte auf eine entschieden verschwörerische Weise. »Und Königin Isabella hat Kolumbus nicht geschickt, um Amerika zu entdecken. Aber er hat es irgendwie trotzdem geschafft.«

Um seiner Pflicht den Kevrata gegenüber willen, runzelte der Captain die Stirn. »Kolumbus hat Amerika durch *Zufall* entdeckt.«

»Das ist *seine* Geschichte«, sagte Joseph.

Commander Donatra wusste nicht, ob sie Tomalaks Arroganz verfluchen oder darüber lachen sollte.

»Nicht einmal die Zweite Flotte?«, fragte sie.

»Nicht einmal die«, bestätigte Suran, der ihr in der Offiziersmesse gegenübersaß. Seine grauhaarige Präsenz hatte auf Donatra schon immer beruhigend gewirkt, besonders in der Zeit, in der sie erstmals unter ihm gedient hatte. »Seit Tagen hat kein Schiff der Verteidigungsflotte einen Schritt gemacht. Es scheint, dass Tomalak entschlossen ist, Tal'Aura mit den Truppen zu verteidigen, die er bereits um sich gesammelt hat.«

»Das sind gute Neuigkeiten«, sagte Donatra. »In einem zahlenmäßig ausgeglichenen Kampf werden wir auf jeden Fall siegen.«

Suran zuckte unter dem Gewicht seines steifen Kettenhemds mit den Schultern. »Vielleicht.«

Donatra betrachtete ihren Kameraden – inzwischen nicht mehr ihr Vorgesetzter, sondern ebenbürtig – mit unverhüllter Verwunderung. »Unser Befehlspersonal ist hundert Mal schlagkräftiger als Tomalaks. Wir haben Hitzköpfe in unseren Pilotensitzen, die nur darauf warten, das Imperium mit allen Mitteln zurückzugewinnen. Tomalak hat ältere Staatsmänner, die mehr davon verstehen, die

Ehefrauen der Hundert bei teurem Wein zu bezirzen als in der Hitze des Gefechts Befehle zu geben.«

»Das ist wahr«, sagte Suran, der sich nicht zu schade war, selbst die Rolle des älteren Staatsmannes zu spielen, wenn die Umstände das erforderten. »Aber ich kenne Tomalak. Er geht kein Risiko ein. Wenn er mit den Seesteinen zufrieden ist, die ihm zugeteilt wurden, dann hat das einen Grund.«

Donatra überdachte dies. »Ist es möglich, dass er die Erste und Zweite Flotte nach Hause bringen will - aber nicht kann? Weil etwas anderes ihre Aufmerksamkeit beansprucht?«

»Alles ist möglich«, sagte Suran, »aber ich weiß nicht, was das sein könnte. Die Außenwelten sind unzufrieden, keine Frage - aber nicht genug, um sowohl die Erste als auch die Zweite zu beschäftigen. Und im Moment scheinen weder die Föderation noch die Klingonen unsere Grenzen zu bedrohen.«

Es stimmte. Wenn überhaupt schien die Föderation darum bemüht, auf der Allianz aufzubauen, die sie zusammengeschustert hatten.

»Dann vielleicht eine andere Bedrohung«, schlug Donatra vor. »Etwas, von dem wir noch nichts wissen.«

Surans Gesichtsausdruck sagte ihr, dass er nicht daran glaubte. Er war nur zu rücksichtsvoll, um es auszusprechen.

Donatra entschied sich, das Thema zu wechseln. »In der Zwischenzeit habe ich Kontakt mit Braeg aufgenommen. Er versichert mir, dass die Leute auf seine Rhetorik anspringen, sowohl in der Hauptstadt als auch auf dem Land. Jeden Tag erschüttert er die Grundfesten von Tal'Auras Autorität ein wenig mehr.«

Suran lächelte. »Sie klingen wie ein Centurion, der sich vor zwölf Jahren auf meinen Warbird gebeamt hat und sagte, dass sie kaum erwarten kann, die Feinde des Imperiums zu zerstören.«

»War ich so eifrig?«, fragte Donatra.

»Absolut«, sagte ihr Kamerad. »Und erinnern Sie sich an den Rat, den ich Ihnen damals gegeben habe?«

Nur zu gut. »Sie haben mir gesagt, dass ich mich zurücknehmen soll

- dass es keinen Mangel an Feinden geben würde, die ich zerstören könne.«

»Und auch jetzt gibt es keinen Mangel«, sagte Suran, »selbst wenn sie eher aus dem Imperium selbst kommen als von außen. Darum lautet mein Rat genauso wie damals: Zügeln Sie Ihre Ungeduld. Zu gegebener Zeit wird Braeg sich schon durchsetzen. Wenn ich das nicht glauben würde, wäre ich nicht hier. Aber es wird nicht über Nacht geschehen, ganz egal wie vielversprechend die Berichte des Admirals klingen mögen.«

»Shinzons Staatsstreich brauchte nur ein paar Sekunden«, betonte Donatra. »Gerade so lange, wie es dauerte, den Senat in Asche zu verwandeln.«

»Ja«, sagte Suran, »aber denken Sie daran, was daraus geworden ist. Shinzons Herrschaft dauerte kaum länger als die Schreie seiner Opfer. Wir täten besser daran, langsam vorzugehen und uns unserer Unterstützung sicher zu sein, bevor wir nach Tal'Auras Kehle greifen.«

Donatra lächelte. Sie war dankbar für den Rat ihres Kameraden. »Sie sind weiser als es Ihnen gut tut, Suran.«

»Gelegentlich«, sagte er, »ist das wahr. Aber glücklicherweise bin ich weise genug, um *Ihnen* gut zu tun.«

Plötzlich ertönte im Raum eine dritte Stimme - eine, die über das Kommunikationssystem des Warbirds kam. *»Ich bedauere die Unterbrechung zutiefst, Commander, aber Commander Surans Erster Offizier wünscht mit ihm zu sprechen.«*

Donatra sah zu Suran hinüber. Der nickte.

»Wenn's denn sein muss«, sagte Donatra, »stellen Sie ihn durch.«

Einen Augenblick später hörten sie Vorander, Surans XO. Offenbar gab es an Bord der *T'sarok* ein Problem mit der Disziplin, das Surans Aufmerksamkeit erforderte.

»Es ist eine Epidemie«, sagte Donatra.

»So scheint es«, erwiderte Suran.

Es war vielleicht der zehnte Zwischenfall, der in den letzten paar

Tagen aufgetreten war, und es schien unwahrscheinlich, dass es der letzte gewesen sein würde. Aber romulanische Centurions waren nicht daran gewöhnt, abzuwarten. Sie sehnten sich danach zu handeln.

Und ihre Commander sind nicht anders, dachte Donatra.

Suran erhob sich und sagte: »Ich muss mich darum kümmern. Wir sehen uns später wieder.«

Aber nicht persönlich, überlegte Donatra. Und das machte es irgendwie weniger befriedigend. »Lang lebe das Imperium.«

»Das Imperium«, wiederholte Suran und ließ Donatra allein in ihrer Offiziersmesse zurück.

Jetzt wo ihr Kollege fort war, konnte sie das rhythmische Pulsieren der Maschinen der *Valdore* durch die Schotten hören. Es war ein gutes Geräusch, gewissermaßen so beruhigend wie Surans Anwesenheit, vielleicht noch mehr, wenn man bedachte, wie kürzlich die Maschinen stillgestanden hatten.

Donatra erinnerte sich genau an jede Einzelheit – der Blitz und der hüllendurchdringende Aufprall von Shinzons Torpedos, wie sie über das Deck geschleudert worden war, der metallische Geschmack von Blut in ihrem Mund. Sie erinnerte sich daran, wie hilflos sie sich gefühlt hatte, nachdem sie das ganze Ausmaß des Schadens begriffen hatte.

Kein Antrieb, keine Waffen, nicht mal einen vorderen Schild. Sie konnte nichts tun außer ihren Verbündeten, Captain Picard, zu kontaktieren und ihn wissen zu lassen, dass er allein kämpfen musste.

Aber Donatras Ingenieursteam gehörte zu den gerissensten im ganzen Imperium. Sie hatten nicht lange gebraucht, um die Maschinen wieder in Gang und die *Valdore* zurück in Kampfform zu bringen.

Damit sie an dem Kampf gegen Tal'Aura teilhaben kann, dachte der Commander. Damit sie die Betrügerin vom Thron stoßen konnte, den diese so voreilig bestiegen hatte, und an dem sie sich nun mit äußerster Sturheit festklammerte.

Natürlich erledigte Braeg momentan das ganze Kämpfen. Wieder einmal hatte er eine Zuschauermenge in die Raserei getrieben, sie mit seiner Kritik an Tal'Auras fehlgeleitetem Regime angesteckt. Und wieder einmal hatte der Praetor seine Schwäche gezeigt, indem er es versäumte, seine Centurions loszuschicken, um ihn zu verhaften.

Donatra konnte die Leute in der Hauptstadt verstehen. Sie konnte nachvollziehen, wie schwer es war, Braeg zu ignorieren, wie schwer es war, ihm den Rücken zuzuwenden.

Ihre erste Begegnung mit Braeg war vor Jahren gewesen, im D'nossos-System, als sie noch als Surans Erster Offizier gedient hatte. Als Leiter der Sondereinsatzkräfte hatte der Admiral Donatra mit seiner Tapferkeit und seinem Verstand beeindruckt.

Nicht zu vergessen mit seinem gutem Aussehen.

Wie sich herausstellen sollte, hatte auch Braeg Gelegenheit gehabt, *ihre* Tugenden zu bemerken. Während des Kampfes, in dem sie endlich die Tellati in die Flucht geschlagen hatten, hatte Donatra einen Warbird gefunden, dessen Führungsstab vernichtet worden war. Sie hatte sich mit einigen ihrer Untergebenen an Bord gebeamt, das Schiff wieder ins Schlachtgetümmel geführt und einen entscheidenden Angriff auf die Flanke des Feindes gestartet.

Suran rühmte ihre Brillanz in der Sache, als ob sie seine eigene Tochter wäre. Aber das war nicht das höchste Lob gewesen, das sie für ihre Bemühungen geerntet hatte – denn kurz darauf hatte Braeg ihr das Kommando über eines seiner Schiffe angeboten.

Jeder Offizier der Flotte hätte einen Arm dafür gegeben, einen Warbird unter Admiral Braeg zu führen. Doch sie hatte das Angebot abgelehnt, was selbst Suran überrascht hatte.

Zu jener Zeit war sie Suran zu ergeben gewesen, um irgendwo sonst außer auf der *T'sarok* zu dienen. Manche sagten, dass ihre Loyalität eine potentiell herausragende Karriere zerstört hatte, und sie fragte sich, ob diese Stimmen nicht vielleicht recht hatten.

Aber Braeg war nicht beleidigt gewesen. Ganz im Gegenteil. Da er nie zuvor jemanden getroffen hatte, der selbstbeherrscht genug gewesen war, um seine Großzügigkeit zurückzuweisen, hatte er mehr über Donatra wissen wollen. Er vergrub sich in ihre Militärakten und was immer er sonst finden konnte und studierte sie, wie er sonst nur einen Gegner auf dem Schlachtfeld studiert hätte.

Schließlich, nachdem er alles erfahren hatte, was seine Quellen hergaben, traf der Admiral Vorkehrungen, um Donatra persönlich zu begegnen. Das war für ihn, wie er später erklärte, die einzige Möglichkeit, ihre Tiefen wirklich auszuloten.

Ihre »zufällige« Begegnung in einer imperialen Trainingseinrichtung im Reggiana-System, in der Donatra einen Vortrag halten sollte, begann als höflicher Meinungsaustausch über Fragen der militärischen Philosophie. Allerdings entwickelte er sich schnell zu einer hitzigen Diskussion und wurde bald noch hitziger – obwohl man es nun nicht länger eine schlichte Diskussion nennen konnte.

Bis dahin hätte Donatra nicht geglaubt, dass eine Begegnung zwischen zwei versierten militärischen Kämpfern in einem beiderseitigen Sieg enden konnte. Aber das war genau das, was in jener Nacht passierte.

Und von da an war Braeg ihr Liebhaber.

Es war nicht allgemein bekannt, dass sie so miteinander verbunden waren. Es durfte nicht sein, anderenfalls würden ihre beiden Karrieren darunter leiden. Braeg ließ Donatra schwören, es selbst vor Suran geheim zu halten, ein Schwur, den sie nur widerwillig abgelegt, aber immer noch nicht gebrochen hatte.

Es war für Donatra und Braeg schon schwierig genug gewesen, sich zu treffen, solange Donatra Erster Offizier war. Als sie ein voller Commander wurde und die *Valdore* erhielt, wurde es noch schwieriger. Aber in ihren schlimmsten Momenten von Verlangen und Frustration, tröstete sich mit dem Versprechen, dass sie und Braeg eines Tages zusammen sein würden.

Es war nur eine Frage der Zeit.

Und nun war diese Zeit seltsamerweise fast gekommen. Vor Tagen hatte Braeg seine Position bei den Imperialen Verteidigungskräften aufgegeben – etwas, das er sich niemals hatte vorstellen können – und sich ganz dem Untergang von Praetor Tal'Aura gewidmet.

Braeg hatte zuvor nie ein Interesse für Politik gezeigt. Er war damit zufrieden gewesen, dieses Schlangennest den edlen Hundert zu überlassen, die es als ihr Geburtsrecht ansahen.

Allerdings war er zunehmend angewidert von der Art, wie Tal'Aura das Imperium mit ihrer Unfähigkeit schwächte und das verschleuderte, wofür er so hart und lange gekämpft hatte. Das einzig wahre Talent des Praetors schien im Selbsterhaltungstrieb zu liegen.

Also hatte Braeg entschieden, sich dem Volk selbst als Alternative anzubieten. Natürlich nicht für immer. Nur solange, bis jemand, der besser geeignet war, den Posten übernehmen konnte und der Admiral sich wieder dem widmen konnte, was er am besten konnte.

In Braegs Augen kämpfte er immer noch für den Ruhm des mächtigen Romulanischen Imperiums. Er tat das nur in einem neuen Arbeitsumfeld.

Und Donatra hatte keinen Augenblick gezögert, Braegs entschlossenste Verbündete zu werden – nicht weil sie seine Geliebte war, sondern weil sie genauso sehr an seine Sache glaubte wie er. In kürzester Zeit hatte der Praetor zugelassen, dass die Randwelten im Chaos versanken; sie musste ersetzt werden, bevor sie noch mehr Schaden anrichten konnte.

Wie konnte ich mich nur jemals mit jemandem wie Tal'Aura zusammentun?, fragte sich Donatra und das Blut schoss ihr ins Gesicht. *Jemandem, der so selbstsüchtig, so verrückt nach Macht ist?*

Allerdings hatte sich Donatra auch auf Shinzons Seite gestellt, und der war noch schlimmer gewesen. Offensichtlich konnte man sich auf ihr Urteil in Bezug auf politische Allianzen nicht so ganz verlassen. *Aber nicht dieses Mal,* dachte sie. Braeg war ein ehrenwerter Mann, ein Anführer, der dem Imperium wieder Wohlstand verschaffen würde.

Und dafür muss er nur über Tal'Aura siegen, dachte Donatra. Das war natürlich eine schwierige Aufgabe, aber kaum eine unmögliche. Und sobald er sie erledigt hatte, würden sie endlich für immer zusammenn sein.

Worf schüttelte seinen breiten Kopf und grummelte. »Mir gefällt das nicht.«

Geordi betrachtete die neu eingerichtete Offiziersmesse der *Enterprise-E*, mit ihren Freiform-Sitzgelegenheiten und ihren langen, schmalen Aussichtsfenstern. Irgendwie hatte der Raum in der Bauplanphase besser ausgesehen.

»Es wird ein wenig dauern, sich daran zu gewöhnen«, gab der Ingenieur zu. »Aber nach einer Weile haben wir wahrscheinlich vergessen, dass es jemals ...«

Worf drehte sich zu ihm um. Seine dunklen Augen verengten sich unter seiner markanten Stirn zu Schlitzen. »Ich spreche nicht über die Inneneinrichtung. Ich spreche von Doktor Crusher.«

Geordi fühlte sich, als ob ein Felsen auf seinen Schultern abgeladen worden war – oder eher: ein *weiterer* Felsen. »Na klar.«

Seit der Captain ihnen vom Verschwinden der Ärztin berichtet hatte, hatte der Ingenieur widerwillig sein Bestes getan, um die Besorgnis um seine Freundin zu verdrängen. Schließlich hatte er dafür Sorge zu tragen, dass das Schiff richtig ausgestattet wurde. Ein einziger übersehener Fehler könnte eines Tages einem Mitarbeiter das Leben kosten.

Er konnte Doktor Crusher nicht helfen. Aber er konnte sichergehen, dass die *Enterprise-E* im bestmöglichen Zustand war.

Worf aber war kein Ingenieur. Er musste nicht so viele lebenswichtige Entscheidungen treffen, was ihm die Zeit ließ, sich über Beverlys Notlage den Kopf zu zerbrechen.

»Der Captain hätte niemals ohne uns aufbrechen sollen, um sie zu suchen«, beharrte der Klingone. Seine Stimme hallte laut durch die Messe.

»Er hatte bei dieser Sache nichts zu sagen«, bemerkte Geordi ruhig. »In dieser Hinsicht war das Sternenflottenkommando wohl ziemlich eindeutig.«

Worfs Lippen verzogen sich. »Jeder einzelne Mitarbeiter im Sternenflottenkommando sollte mit Honig überzogen und nackt mit ausgestreckten Gliedmaßen über einem Hügel von Feuerameisen angebunden werden.«

Geordi war geneigt, ihm beizupflichten. Er und seine Kollegen von der *Enterprise-E* waren noch immer eine Familie, ganz egal, was die anderen dachten. Data mochte fort und der Rest von ihnen in allen vier Ecken der Galaxis zerstreut sein, aber das bedeutete nicht, dass sie sich weniger umeinander kümmerten.

Wenn Beverly während einer geheimen Mission verschwunden war, war das nicht nur die Sache des Captains. Geordi und Worf hätten mit einbezogen werden müssen und ihre Freunde auf dem *Raumschiff Titan* ebenfalls.

Worf stieß einen frustrierten Seufzer aus. »Wir wissen ja nicht einmal, worum es bei Doktor Crushers Mission ging.«

In den letzten Jahren hatte Captain Picard alles mit ihnen geteilt. Aber diesmal hatte er lediglich gesagt, dass Beverly als vermisst galt und dass er gefragt worden war, ob er helfen könne. Dann hatte er ein Shuttle bestiegen und war zu einem unbekannten Ziel aufgebrochen.

»Was, wenn der Captain ebenfalls verschwindet?«, fragte Worf. »Werden sie uns *dann* schicken?«

Geordi drehte sich zu einem Aussichtsfenster und betrachtete die Sterne. »Ich würde mich besser fühlen, wenn ich wenigstens wüsste, wo sie ist.«

»Du würdest dich *nicht* besser fühlen«, schoss Worf zurück. »Denn wenn du ihren Aufenthaltsort kennen würdest, wärst du versucht, dich dem Captain anzuschließen und mitzuhelfen.«

»Ich?«, fragte der Ingenieur und sah über seine Schulter zurück. »Was ist mit *dir*?«

Worf hob sein bärtiges Kinn. »Ich habe als Diplomat viel gelernt. Zurückhaltung zum Beispiel.«

Geordi sah seinen Freund skeptisch an. »Wenn du also wüsstest, wo

Doktor Crusher und der Captain sind, würdest du ihnen nicht nachjagen?«

Worfs Augen glühten auf. »Ich habe gesagt, dass ich Zurückhaltung gelernt habe, nicht Feigheit. Aber mit dem Wissen, das ich jetzt besitze, würde ich einen Moment innehalten, um alles über die vorliegende Situation zu erfahren - mich in ihre Komplexität vertiefen, die Beweggründe aller Beteiligten abwägen. Und *dann* würde ich ihnen nachjagen.«

Geordi konnte sich ein Lächeln nicht verkneifen. Sein Freund hatte bei seiner Arbeit als Diplomat *wirklich* etwas gelernt.

»Die Frage lautet«, sagte Worf, »ob du deinem Impuls nachgeben und mich begleiten würdest.«

Der Ingenieur fühlte, wie ihm ein unerwarteter Schauer den Rücken herunterlief. »Wir reden hier immer noch hypothetisch, oder?«

Worf runzelte die Stirn. »Ich weiß nicht. Tun wir das?«

Geordi sah seinen Freund schief an. »Du meinst, du würdest dem Captain hinterherfliegen? Im Ernst?«

Der Klingone zögerte einen Moment lang - aber wirklich *nur* einen Moment. »Wenn ich die Gelegenheit dazu bekäme, ja.«

»Komm schon«, sagte Geordi und versuchte, etwas Vernunft in die Unterhaltung zu bringen. »Captain Picard ohne offizielle Erlaubnis hinterherzufliegen - das könnte uns vor ein Militärgericht bringen.«

»Ohne Frage«, sagte Worf. »Aber«, fuhr er in einem leiseren, aber emotional aufgeladeneren Tonfall fort, »es gibt wichtigere Dinge als Ränge.«

Dem konnte Geordi nicht widersprechen. Beverly war nicht nur irgendjemand, der als vermisst galt. Sie war seine Freundin, seine Kollegin, der er Dinge anvertraut hatte, die sonst niemand wusste. Sie hatte ihm Stärke gegeben, als er sie gebraucht hatte und ihm bei den größten Prüfungen zur Seite gestanden.

Verdammt - sie hatte ihm das *Leben* gerettet.

Was, wenn sie wirklich tot ist?, fragte eine Stimme in seinem Inneren.

Nein, beharrte er stur. Der Captain hatte es nicht geglaubt, und er glaubte es auch nicht. Beverly mochte sanft und mitfühlend sein, aber sie war zäher, als die meisten Leute glaubten.

Nicht tot, sagte er sich selbst überzeugt. *Lebendig.* Aber sie befand sich zweifellos in gefährlichen Umständen, sonst wäre der Bericht überhaupt nicht erst rausgegangen. *Und wenn dem so ist, braucht der Captain wahrscheinlich Unterstützung, um sie da herauszuholen.*

Geordi sah sich um. Da war immer noch die Sanierung des Schiffes, die noch eine ganze Weile brauchen würde. »Ich würde das Umbauteam nur äußerst ungern sich selbst überlassen.«

Worf verdrehte die Augen. »Glaubst du, dass ohne dich alles knirschend zum Stillstand kommt?«

Der Ingenieur wollte gerade beteuern, dass dies durchaus der Fall sein könnte.

»In Wahrheit«, sagte Worf entschieden, »könntest du für Tage weg sein, bevor jemand das auch nur bemerken würde.«

»Vielleicht nicht Tage …«

»Du verstehst, was ich meine.«

Geordi begriff, dass er auch dem nicht widersprechen konnte. Die Sanierung *konnte* auch ohne ihn weiterlaufen. Er musste lediglich jemanden einsetzen, der aufkommende Fragen beantworten konnte.

»Also?«, sagte Worf.

Geordi pfiff leise. Es war eine verrückte Idee, daran bestand kein Zweifel. Vielleicht die verrückteste, über die er jemals nachgedacht hatte.

Aber für Beverly würde er es tun.

»Ich bin dabei«, sagte er. »Aber zuerst einmal müssen wir herausfinden, wohin der Captain geflogen ist.«

Der Klingone nickte. »Irgendwelche Ideen?«

Geordi hatte sogar einige davon. Nach über zwei Jahrzehnten

Sternenflotte schuldeten ihm ein paar Leute Gefallen. Das hier schien ein guter Augenblick zu sein, um sie einzulösen.

KAPITEL 4

———

Als Picards Shuttle über den mit Brandung überzogenen Strand flog, hatte er eine gute Aussicht auf die üppige Waldfläche, die sich dahinter erstreckte. Angeschmiegt an das Grün lag ein flaches, lehmfarbenes Gelände.

»Das ist es?«, fragte er.

»Das ist es«, bestätigte seine Pilotin.

Sie steuerte auf das Gelände zu, fand einen offenen Fleck mit relativ ebenem Boden und landete das Shuttle sachte auf dem Gras. Dann drehte sie sich zum Captain um und sagte: »Dann mal los, Sir.«

Es wäre für Picard schneller und leichter gewesen, sich von Pug Josephs Frachtschiff herunterzubeamen. Aber wie viele Hochsicherheitsanlagen der Föderation war die Strafkolonie von einem durchsichtigen, aber hochaktiven Energiefeld umgeben, das den direkten Transport unmöglich machte.

Picard ging in den hinteren Teil des Shuttles, betätigte die Lukensteuerung am Schott und sah zu, wie sich die Tür öffnete. Das ließ eine warme, nach Pinien duftende Brise und einen unerwartet lärmenden Chor von Vogelstimmen hinein. Der Captain trat hinaus, schirmte seine Augen gegen die Nachmittagssonne ab und sah sich um.

Eine stämmige, dunkelhaarige Frau in einer Offiziersuniform kam heraus, um ihn zu begrüßen. Das Gebäude hinter ihr war durch die Bäume kaum sichtbar.

»Sehr erfreut«, sagte die Frau, als sie nah genug gekommen war, um über dem Vogelgeschrei gehört zu werden. Sie streckte ihre Hand aus. »Ich bin Monica Esperanza.«

»Das Vergnügen ist ganz auf meiner Seite«, sagte Picard.

»Bitte«, sagte Esperanza, »folgen Sie mir.«

Der Captain ließ sich von ihr zu einem Weg leiten, der durch die Bäume hindurch führte. Dort war es kühl, geschützt vor der Sonne, und der Duft der Pinien war noch stärker.

»Wie geht es Doktor Greyhorse?«, fragte Picard.

»Er ist begierig darauf, Sie zu sehen«, sagte Esperanza.

»Ja«, sagte Picard, »das kann ich mir vorstellen. Aber das wollte ich eigentlich nicht wissen.«

Die Frau drehte sich zu ihm um. »Sie wollen wissen, ob es klug ist, ihn an einer Mission dieser Größe teilnehmen zu lassen. Oder an überhaupt irgendeiner Mission.«

Der Captain nickte. »Das ist richtig.«

»Nun«, sagte Esperanza, »ich bin diejenige, die Doktor Greyhorse Admiral Edrich empfohlen hat. Das sollte Ihnen also schon etwas sagen. Der Doktor hat einen langen Weg zurückgelegt, Captain. Er ist nicht mehr der Mann, der auf Ihrem Schiff versucht hat, diese Leute umzubringen.«

»Ich bin froh, das zu hören«, sagte Picard. »Schließlich war Greyhorse mein Freund und als Arzt eine große Begabung. Darüber hinaus gibt es ohne ihn keine Mission. Aber wir werden auf Kevratas in ständiger Gefahr sein. Wenn Doktor Greyhorse unter Druck leicht die Fassung verliert, muss ich das vorher wissen.«

»Ich verstehe Ihre Bedenken«, sagte Esperanza. »Meiner professionellen Meinung nach ist die Gefahr, dass Doktor Greyhorse so reagiert, nicht größer als während seiner Zeit auf der *Stargazer*.«

Nachdem Picard das gehört hatte, war ihm wohler.

»Haben Sie jemals Gelegenheit gehabt, eine Strafkolonie zu besuchen?«, fragte Esperanza.

»Das habe ich nicht«, sagte der Captain. Das war etwas, für das er, wie er annahm, dankbar sein sollte. »Es ist hier angenehmer, als ich es mir vorgestellt habe.«

Tatsächlich war es die Art von Umgebung, die er für ein Picknick auswählen würde, wenn er denn eines hätte machen wollen und wenn er jemanden gehabt hätte, der ihn begleiten würde. *Ein idyllischer Ort*, dachte er, *ohne Frage*. Aber es war immer noch ein Gefängnis.

Und Greyhorse hatte die letzten vierzehn Jahre seines Lebens hier verbracht und nur jene begrenzten Freiheiten genossen, die er sich durch Kooperation mit seinen Therapeuten verdienen konnte. Ein Mann der in den weiten, majestätischen Entfernungen zwischen den Sternen gereist war, beschränkt auf einen so kleinen und gleichbleibenden Ort ...

Es fiel Picard schwer, sich das vorzustellen. Fast so schwierig, wie sich vorzustellen, was der Arzt getan hatte, um die Föderation dazu zu bringen, ihn hierher zu verfrachten.

»Als die Anlage vor mehr als einem Jahrhundert gebaut wurde«, sagte Esperanza, »war es nicht annähernd so angenehm. Die Gefangenen, wie sie damals genannt wurden, lebten in kleinen, kahlen Zellen anstatt in freistehenden Hütten. Die Sicherheitssysteme waren viel sichtbarer. Die allgemeine Atmosphäre war voller Misstrauen.«

Während sie das sagte, tauchten sie und der Captain aus dem Schutz der Bäume auf und hatten nun einen uneingeschränkten Blick auf die Anlage. Nun konnte er sehen, dass es sich tatsächlich um eine Reihe unzusammenhängender Gebäuden mit glatten Silikonwänden und großen, luftigen Fenstern handelte.

»Die Dinge haben sich geändert«, bemerkte Picard.

»Das haben sie in der Tat«, sagte seine Führerin.

Als sie auf das erste Gebäude zugingen, das auf ihrem Weg lag, erklomm Esperanza ein paar Stufen und trat durch einen bogenförmigen Eingang. Picard folgte ihr in einen Vorraum mit exotischen Blumen, Ledermöbeln und Dekorationsobjekten, die an die Stammeskultur erinnerten, die dieser Teil der Welt einst hervorgebracht hatte.

An einem Schreibtisch neben dem Eingang saß ein Sicherheitsoffizier. Auf ein Zeichen von Esperanza hin, gab er einen Befehl in die Konsole vor sich ein. Dann sah er auf und sagte: »Er wird gleich hier sein, Sir!«

»Danke«, sagte der Captain.

Da Archäologie eines seiner Hobbys war, interessierte er sich sehr für die Maori-Artefakte an den Wänden und hätte sie unter normalen Umständen näher inspiziert. Aber im Moment war er zu sehr darauf erpicht, Doktor Greyhorse zu sehen.

Nach einer Wartezeit, die ihm sehr lang erschien, glitt eine Innentür auf und zwei Männer traten in den Raum. Einer von ihnen war ein Sicherheitsoffizier, den Picard noch nicht gesehen hatte. Der andere war sein Chefarzt auf der *Stargazer* gewesen.

Picard wusste nicht, was er erwartet hatte. Greyhorse war schon so lange inhaftiert gewesen, dass es den Captain nicht überrascht hätte, wenn der Arzt auf irgendeine Weise zusammengeschrumpft wäre.

Aber Greyhorse war immer noch genauso beeindruckend, wie Picard ihn in Erinnerung hatte, seine Schultern waren wie Felsen, seine Gesichtszüge wie aus Stein gemeißelt. Und trotz allem was er getan hatte und versucht hatte zu tun, war der Captain doch froh, ihn zu sehen.

»Doktor Greyhorse«, sagte er.

Greyhorse lächelte nicht. Aber das hatte er schließlich nie, nicht in all der Zeit, die Picard ihn gekannt hatte.

»Sie sehen gut aus«, bemerkte der Arzt in seiner tiefen, kultivierten Stimme.

Der Captain würde sich nicht gut *fühlen*, bis er Beverly gefunden hatte. Aber er akzeptierte die Bemerkung ohne Widerspruch.

»Ist Mister Joseph bei Ihnen?«, fragte Greyhorse.

»Nein«, sagte der Captain. »Mister Joseph – Pug – befindet sich im Orbit und wartet auf unsere Ankunft. Wie es scheint, werden wir drei wieder miteinander arbeiten.«

Greyhorse nickte. »Wie in alten Zeiten. Eine unerwartete Aussicht, das versichere ich Ihnen, und doch eine, die ich begierig umarme.«

Picard musste über den Enthusiasmus des Arztes schmunzeln. »Dann kommen Sie. Lassen wir Pug nicht warten.«

Decalon schaute aus dem Aussichtsfenster und war fasziniert von dem, was er dort sah. *Sterne,* dachte er. *So viele Sterne ...*

Einer von ihnen, zu weit entfernt, um ihn mit dem bloßen Auge zu erkennen, tauchte Romulus in seine Wärme. Decalon erinnerte sich, wie dieser Stern hinter sich immer kleiner geworden war, als er sich auf den Weg in ein neues Leben in der Föderation gemacht hatte. Damals war er sicher gewesen, dass er ihn zum letzten Mal gesehen hatte. Und doch würde er ihn in ein paar Tagen wieder wachsen sehen, und der Stern würde seinen verlorenen Sohn mit einer Umarmung willkommen heißen, als wäre er niemals fortgegangen.

Als ob sich nichts geändert hätte.

Es war ein verwirrender Gedanke. *Ich habe mich geändert,* beharrte Decalon. *Ich bin nicht mehr der Mann, der das Imperium vor mehr als einem Jahrzehnt verlassen hat. Ich bin jetzt ruhiger, nachdenklicher.*

Ich habe meinen Frieden gefunden.

In Wahrheit war er nun mehr wie ein Vulkanier, obwohl er diese Vorstellung mit gemischten Gefühlen betrachtete. Man konnte das Imperium und alles, was es repräsentierte, auch ablehnen, ohne sich auf die Seite der speziellen Prinzipien der vulkanischen Logik zu stellen. Surak, so weise er auch war, besaß kein Monopol auf Gelassenheit. Decalon vergaß die Sterne für einen Augenblick und konzentrierte sich auf sein Spiegelbild im Aussichtsfenster. Soweit er sehen konnte, sah er nicht anders aus als an dem Tag, an dem er Romulus verlassen hatte. Die Krähenfüße an den Augen waren nicht tiefer, die Haut an seinem Mund nicht schlaffer.

Das Aussehen, dachte er, ein romulanisches Sprichwort zitierend, *ist der Schimmer der Sonne auf dem Wasser.* Das war eine der wenigen Weisheiten seiner Heimatwelt, an denen Decalon immer noch hing.

Ich bin anders, dachte er. *Das muss ich sein. Warum wäre ich sonst fortgegangen?*

Während er das dachte, sah er das Spiegelbild einer anderen Person hinter ihm aufragen. Es war das von Captain Momosaki, dem kommandierenden Offizier des *Raumschiffes Zodiac.*

»Das muss schwierig für Sie sein«, stellte Momosaki fest und lächelte mitleidig.

Decalon zuckte mit den Schultern. »Nur eine kleine Umstellung.«

»Das ist verständlich«, sagte Momosaki. »Sie haben Ihr Leben riskiert, um Romulus zu verlassen.«

»Andere haben ihr Leben ebenfalls aufs Spiel gesetzt«, bemerkte der Romulaner.

Tatsächlich waren Dutzende seiner Leute beim Aufbau des Netzwerkes, das Decalon und andere wie ihn aus dem Imperium schmuggeln sollte, gestorben. Und es waren nicht nur Romulaner gewesen, die ihr Leben gegeben hatten. Auch Sternenflottenoffiziere waren darunter gewesen.

Decalon hatte oft über ihr Opfer und ihre Tapferkeit nachgedacht. Sie hatten nicht einmal die Identitäten derer gekannt, deren Leben sie retten sollten, und dennoch waren sie bereit gewesen, alles für sie aufs Spiel zu setzen.

Das war der Grund, warum Decalon eingewilligt hatte, bei der bevorstehenden Mission mitzumachen. Wenn diese anderen sich für einen Fremden in tödliche Gefahr hatten bringen können, wie konnte er diesen Gefallen nicht erwidern? Besonders wenn ihn ein Sternenflottenadmiral, der auf ihn zugetreten war, so nett gefragt hatte?

Bis zu diesem Zeitpunkt war Decalon ganz zufrieden damit gewesen, in der Enklave zu leben, die für seine Leute auf Santora Prime aufgebaut worden war. Er war zum Senator aufgestiegen, wenn auch nur in einer sehr kleinen und einfachen Imitation des Senats auf seiner Heimatwelt. Er hatte einen Speisekürbisgarten angelegt, der von seinen Nachbarn bewundert wurde.

Dann war Edrich zu ihm gekommen und hatte ihm die Umstände erklärt. Captain Picard, hatte er gesagt, brauche Decalons Hilfe. Und Picard war vor fast fünfzehn Jahren zusammen mit seinem betazoiden Counselor maßgeblich daran beteiligt gewesen, die ersten drei romulanischen Überläufer in die Freiheit zu bringen und hatte damit den Weg für Dutzende weitere Überläufer geebnet.

Einschließlich Decalon selbst.

»Sind Sie mit den Schriften eines Menschen namens Thomas Wolfe vertraut?«, fragte er.

Momosaki überlegte für einen Moment. »*Es führt kein Weg zurück? Der* Thomas Wolfe?«

»Einer meiner Nachbarn auf Santora Prime machte mich auf sein Werk aufmerksam. Als ich es las, fand ich es höchst eloquent – und heute sogar noch mehr, wenn man die Umstände betrachtet, in denen ich mich zurzeit befinde.«

»Sehen Sie Romulus nicht als Ihr Zuhause«, sagte Momosaki. »Es ist lediglich der Ort, an den Ihre Mission Sie schickt.«

Decalon musste zugeben, dass das ein interessanter Ansatz war. Aber er bezweifelte, dass es funktionieren würde. Romulaner waren nicht nomadisch veranlagt. Sie hingen auf eine Art an ihrer Heimat, die Nicht-Romulaner nur schwer verstehen konnten.

Nichtsdestotrotz wollte Decalon zu Momosaki nicht unhöflich sein und sagte: »Ich werde daran denken.«

Eborion betrat die Steinkammer unter dem Palast seiner Familie gerade noch rechtzeitig genug, um nicht zu spät zu sein, aber spät genug, um nicht für jemanden gehalten zu werden, der sich darum sorgte, was andere über ihn dachten.

Gesichter wandten sich in dem sanften, künstlichen Licht um. Vertraute Gesichter. Aber sie alle zeigten auch eine flüchtige Ähnlichkeit mit Eborion – vielleicht nicht überraschend, angesichts der Tatsache, dass es sich bei ihnen um Tanten, Onkel, Vettern und Kusinen handelte.

Der Edelmann zählte schnell durch. Augenscheinlich war er der letzte von sechzehn Mitgliedern des Familienrates, der angekommen war. *Nur angemessen,* dachte er, *für einen, dem der Praetor sein Ohr leiht.*

Claboros, der älteste von Eborions drei düster dreinblickenden Onkeln, zweitältester nach Eborions längst verstorbenem Vater, warf seinem Neffen einen leicht tadelnden Blick zu. Er hatte es an

Stelle seines Bruders auf sich genommen, den jungen Eborion mit den Sitten und Gebräuchen der romulanischen Gesellschaft vertraut zu machen.

»Ich danke für euer Kommen«, brummte Claboros auf seine vornehme, aber unaufdringliche Art. Seine Stimme hallte leicht zwischen den Steinwänden wider. »Wenn ihr euch setzen würdet, können wir beginnen.«

Eborions Onkel, Tanten, Nichten und Neffen nahmen ihre Plätze um den langen rot- und cremefarbenen Marmortisch ein, der seit Hunderten von Jahren im Besitz ihrer Familien war. Auch wenn es ein Fremder vielleicht nicht bemerkt hätte, repräsentierte jeder Sitz einen unterschiedlichen Bedeutungsgrad in der Familienhierarchie.

Claboros zum Beispiel saß am nördlichen Kopfende des Tisches. Seine Brüder Rijanus und Obrix saßen auf seiner einen, seine Schwester Cly'rana auf der anderen Seite.

Cly'rana, nach allgemeiner Meinung eine große Schönheit, schien als einzige keine Ähnlichkeit mit dem Rest der Familie aufzuweisen. Sie war entweder ein Atavismus zu einem rezessiven Gensatz oder, wie in der Hauptstadt gemunkelt wurde, das Ergebnis einer außerehelichen Tändelei. Selbst wenn die zweite Erklärung auf Tatsachen beruhte, hatte das ihr Ansehen in der Steinkammer der Familie nicht geschmälert.

Allerdings war Cly'rana auch nicht nur schön, sondern auch außerordentlich gerissen, und es gab keine einzige Familie unter den Hundert, die nicht von ein wenig mehr Gerissenheit profitieren konnte.

Eborions Platz, der sich fast am anderen Ende des Tisches befand, hatte keinen höheren Rang. Nur seine Vettern Tinicitis und Solops, die zu seiner Rechten saßen, hatten in Familienangelegenheiten noch weniger zu sagen als er.

Aber das alles wird sich schon sehr bald ändern, dachte Eborion. Schließlich hatte er sich heimlich zu einem von Tal'Auras Vertrauten gemacht. Und wenn sich alles nach seinen Wünschen zusammen-fügte, würde er in Kürze ihr *engster* Vertrauter werden.

Zuerst verlangte Claboros nach Berichten über die im Imperium verteilten Besitztümer der Familie. Diese wurden von den jüngsten anwesenden Verwandten geliefert. Solops beschrieb die Ertrags-kraft ihrer landwirtschaftlichen Projekte, die er vor Kurzem auf eine fünfzehnte Koloniewelt ausgebreitet hatte. Tinicitis sprach stolz von ihren Investitionsaktivitäten, die es ihnen erlaubt hatten, an den erfolgreichen Geschäften der weniger wohlhabenden Familien teil-zuhaben.

Als Eborion an der Reihe war, brachte er alle auf den neuesten Stand, was die Entwicklungen ihrer Waffenfabriken anging. Wie gewöhn-lich war ihre Technologie der ihrer Konkurrenten weit voraus, was es ihnen erlaubte, ihre Position als führender Zulieferer von Disruptor-systemen an die Warbird-Flotten des Imperiums zu behaupten.

»Natürlich«, sagte Rijanus. »Für uns arbeiten die besten Inge-nieure.« Es war eine Bezugnahme auf einen Grundsatz, der von Inarthos, Eborions Großvater väterlicherseits, geprägt worden war: *Versammle die klügsten und erfinderischsten Köpfe ihres Arbeitsbe-reiches und bereichere dich auf Kosten ihrer Begabungen.*

Inarthos' Einblicke in das Rüstungsgeschäft wurden am Tisch als Prüfsteine gebraucht. Schließlich war es Inarthos gewesen, der das Imperium während des Krieges mit der Erde vor zweihundert Jahren mit Strahlenwaffen versorgt und damit das bereits beträchtliche Vermögen der Familie verdreifacht hatte.

»Ja«, sagte Eborion als Antwort auf die Bemerkung seines Onkels, »wir *haben* die besten Ingenieure.«

Was er *nicht* sagte, war, wie sehr ihn das Waffengeschäft langweilte und wie froh er war, dass er es eines Tages aufgeben konnte. Ginge es nicht um seinen Stellenwert in der Familiengeschichte, hätte er sich schon vor langer Zeit um eine andere Aufgabe bemüht.

»Wir haben außerdem Eingriffe in den Handwaffenmarkt vorge-nommen«, fuhr Eborion fort. »Bevor das Jahr um ist, hoffen wir, der zweitgrößte Zulieferer dieser Objekte zu sein. Und ein weiteres Jahr später sollten wir uns an die Spitze gesetzt haben.«

»Ausgezeichnet«, sagte Claboros. Er schaute auch zu Eborions Vettern. »Ihr alle.«

Die letzten zwei Worte gingen Eborion unter die Haut. Er war nicht im Entferntesten wie seine Vettern und er hasste es, mit ihnen in einen Topf geworfen zu werden. Aber aus Rücksicht auf Claboros behielt er seinen Widerwillen für sich.

Da die Berichte der Jungen geliefert und akzeptiert worden waren, begann die *richtige* Tagesordnung der Familie. Nun würden sie die Gefahren für ihre angehäuften Reichtümer erörtern sowie unerschlossene Gelegenheiten, um sie zu vergrößern.

»Wir ihr wisst«, sagte Claboros nüchtern, »hat der Praetor es bis jetzt geschafft, jegliche Bedrohung seiner Herrschaft zu unterdrücken. Allerdings scheint Admiral Braeg eine Ausnahme zu bilden.«

»Das Volk liebt ihn«, stellte Obrix fest.

Rijanus tat die Bemerkung mit einer Handbewegung ab. »Das Volk ist launisch, Bruder. Heute liebt es Braeg. Morgen liebt es jemand anderen.«

»Das glaube ich nicht«, beharrte Obrix. »Braeg ist ein Kriegsheld, schon vergessen? Und er ist von einfacher Abstammung.«

»Und er besitzt die Loyalität vieler seiner alten Kameraden«, sagte Cly'rana. »Genug, wie einige glauben, um sich in einem Bürgerkrieg zu behaupten, wenn es dazu kommen sollte.«

»Das wird es nicht«, behauptete Rijanus.

»Aber was, falls doch?«, fragte Claboros. »Wie wird uns das beeinträchtigen? Langfristig? Kurzfristig? Und welche Maßnahmen müssen wir ergreifen, um unser Vermögen zu beschützen?«

»Kurzfristig wird es unser Waffengeschäft fördern«, bemerkte Eborion pflichtbewusst, obwohl es eine eher offensichtliche Schlussfolgerung war.

»Langfristig gesehen«, sagte Solops, »wird es Nahrungsmittelknappheit geben. Der Preis unseres Getreides wird hochgehen.«

»Aber unsere Sicherheitskosten werden ebenfalls in die Höhe schießen«, bemerkte Obrix. »Es wird überall Plünderungen geben und immer mal wieder Pöbelhaufen, die Zugriff auf ein Waffenlager erlangen.«

»Ja«, sagte Rijanus, »Bürgerkonflikte bringen immer das Schlimmste im gemeinen Volk hervor.«

»Vielleicht sollten wir mit Admiral Braeg sprechen«, sagte Cly'rana, »um etwas über seine Absichten zu erfahren. Natürlich heimlich. Wir wollen ja nicht, dass Tal'Aura die Vorstellung bekommt, dass unsere uneingeschränkte Unterstützung für sie nachgelassen hat.«

»Unser Vater hat sich einmal mit einem Rebellen eingelassen«, sagte Obrix. »Und diese Tatsache hat uns geschützt, während andere Familien fielen.«

Claboros verzog sein Gesicht. »Das wäre ein heikler Schachzug. Und ein gefährlicher.«

»Es könnte *noch* gefährlicher sein, eine selbstgefällige Haltung anzunehmen«, sagte Cly'rana. »Wenn wir präzise vorgehen, könnten wir zweigleisig fahren und das mit einem Minimum an Risiko.«

»Wir müssen herausfinden, was die anderen Häuser tun«, sagte ihnen Claboros. »Wir wollen uns nicht versehentlich gegen einen unserer Verbündeten stellen – oder auf eine Seite mit unseren Feinden.«

»Wäre Braeg überhaupt empfänglich für ein Angebot von einem der Hundert?«, fragte Obrix. »Manchmal sind diese Rebellen zu idealistisch, um die Hilfe eines noblen Hauses anzunehmen.«

»Oder zu dumm«, fügte Cly'rana hinzu. »Aber ich glaube nicht, dass auf Braeg eines der beiden zutrifft. Wenn der Rat zustimmt, werde ich persönlich dafür sorgen, dass ...«

»Der Praetor wird sich um ihn kümmern«, verkündete Eborion, obwohl es üblich war, dass die Familienältesten erst ihre Meinungsverschiedenheiten lösten, bevor jemand anderes das Wort ergreifen durfte.

Es war, als hätte er einen Kiesel in einen ruhigen Bergsee geworfen. Alle drehten sich mit erhobenen Augenbrauen zu ihm um. Sie waren überrascht und - zumindest im Fall von Cly'rana und Rijanus - amüsiert.

»Wie kannst du dir so sicher sein?«, fragte Claboros.

Ja, wie denn eigentlich?, dachte Eborion und fühlte, wie ihm kalter Schweiß den Rücken herunterlief.

Er hatte beschlossen, seine Position in Tal'Auras Hofstaat nicht offenzulegen, bis er wusste, dass sie vollkommen gesichert war. Er hatte sich selbst versprochen, dass er seinen Mund halten würde. Aber nun war er schmerzlich versucht, seinem Onkel alles zu erzählen, was er getan hatte, wie weit er damit gekommen war und wie weit es sie *alle* bringen würde, wenn sie ihm den Respekt gewähren würden, der ihm zustand.

Nein, beharrte er innerlich. Das war nicht der richtige Zeitpunkt. Und wie seine Onkel immer wieder gerne betonten, hatte Inarthos sehr an den richtigen Zeitpunkt geglaubt.

»Ich habe den Praetor beobachtet«, war alles, was Eborion schließlich sagte, »und ich glaube an sein Können.«

»Ich wünschte, *ich* wäre so zuversichtlich«, sagte Obrix. Gelächter folgte seiner Bemerkung und Eborions Wangen verfärbten sich in ein heißes, dunkles Grün.

»Was ist mit den Außenwelten?«, fragte Claboros und lenkte das Gespräch damit zum Glück in eine andere Richtung. »Braeg scheint sie in seinen Hetzreden ziemlich oft zu erwähnen.«

»Sie sind im Aufruhr«, sagte Obrix, »nach allem was man hört.«

»Allerdings«, sagte Rijanus, »ist unser Risiko dort minimal. Wir haben auf den fraglichen Planeten kaum Beteiligungen.«

»Was, wenn sich der Geist der Rebellion ausbreitet?«, fragte Obrix. »Wir haben sehr wohl Beteiligungen auf nahe liegenden Planeten.«

Rijanus zuckte mit den Schultern. »Rebellen sind immer schlecht bewaffnet und schlecht organisiert. Sie sind keine Visionäre. Sie sind einfach nur Opportunisten, die sich die Verwirrung, die einem Regierungswechsel unweigerlich folgt, zunutze machen.«

»Dann stellen sie also keine Gefahr dar?«, fragte Claboros.

»Für *unser* Haus«, sagte Rijanas, »nein.«

Cly'rana schüttelte ihren Kopf und löste damit ihr Nest aus geflochtenen schwarzen Locken. Mehr musste sie nicht tun, um jedermanns Aufmerksamkeit auf sich zu ziehen.

»Muss ich dich daran erinnern«, fragte sie Rijanus süßlich, »dass das, was das eine Haus beeinflusst, oft auch ein anderes beeinflusst? Drei unserer engsten Freunde unter den Hundert werden durch das, was auf Kevratas passiert, schwerwiegend beeinträchtigt.«

Rijanas lachte verächtlich. »Wir haben keine Verbündeten mit umfangreichen Besitztümern in der Außenzone.«

»Ich habe nicht gesagt, dass sie unsere Verbündeten sind«, antwortete Cly'rana im gleichen gutmütigen Tonfall. »Ich habe gesagt, dass sie unsere *Freunde* sind. Wie sonst würdest du jemanden nennen, der deine Interessen vorantreibt und zu deinem Reichtum beiträgt ... ob er sich darüber bewusst ist oder nicht.«

Claboros nickte und sah dann in die Runde, um so lautlos weitere Meinungen zu erbitten. Niemand sprach – auch Eborion nicht. Er würde den gleichen Fehler nicht zweimal machen.

»Es scheint so«, sagte Claboros, »als ob die Situation in den Außenwelten nähere Untersuchungen erfordert. Braeg ebenso, wenn er wirklich so beeindruckend ist, wie einige von uns zu glauben scheinen.«

»Bei unserem nächsten Treffen wirst du einen vollständigen Bericht zu beiden Themen erhalten«, versprach Tinicitis, der sich anmaßte, für jeden an seinem Ende des Tisches zu sprechen.

Eborion wollte ihn zurechtweisen und ihm sagen, was für eine wimmernde Ratte er war. Aber er hielt sich zurück.

»Es tut gut zu sehen, dass du die Initiative ergreifst«, sagte Claboros zu Tinicitis. »Wenn man allerdings die Dringlichkeit dieser Angelegenheiten bedenkt, wären wir schlecht beraten, bis zu unserem nächsten planmäßigen Treffen zu warten.« Er sah sich in der Runde um. »Ich werde euch in vier Tagen alle in dieser Kammer wiedersehen.«

Es war nicht das erste Mal, dass Claboros die Familie kurzfristig zusammenberufen hatte. Es war allerdings ein seltener Vorgang und das bereitete ihm Sorgen. Natürlich hatte ihr Haus auf diese Weise Bedeutung erlangt und sie behalten – indem es Probleme aus dem Weg geschafft hatte, bevor sie zu ausgewachsenen Katastrophen geworden waren.

»Bis dahin, euch allen gute Gesundheit«, sagte Claboros, »und lang lebe das Imperium.«

»Das Imperium«, wiederholten die anderen.

Das Treffen war vorbei. Zu zweit und zu dritt erhoben sich Eborions Verwandte von ihren Sitzen und gingen.

Nur Eborion blieb auf seinem Platz sitzen, da er die herablassenden Blicke meiden wollte, die er von seinen Verwandten sicherlich ernten würde. Er hatte wie ein Idiot ausgesehen, da er seine Beziehung zum Praetor nicht hatte enthüllen können.

Aber das würde nicht ewig der Fall sein. Irgendwann würde er sie wissen lassen, was er erreicht hatte. Und danach würde er sich die Geschäftsberichte *anhören*, anstatt sie zu halten.

Während er das dachte, fühlte Eborion, wie sich eine Hand sachte auf seine Schulter legte. Als er sich umdrehte, sah er, dass es die von Cly'rana war.

»Du hast heute übereifrig gewirkt«, bemerkte sie und sah ihn dabei skeptisch an. »Das passt nicht zu dir, Neffe. Normalerweise bist du viel maßvoller in dem, was du tust.«

Eborion schluckte. »Ich war heute nicht ganz ich selbst.«

Seine Tante sah ihn noch einen Augenblick länger an. Dann sagte sie: »Das ist eine Erklärung«, und ging davon.

Sie vermutet irgendetwas, dachte er, als Cly'ranas Schritte ihren Abgang begleiteten. *Ich muss in ihrer Anwesenheit vorsichtiger sein.*

Er blieb an dem rotweißen Tisch sitzen, bis er sicher war, dass Cly'rana und die anderen den Keller verlassen hatte. Erst dann stand er auf und steuerte auf die Wendeltreppe zu, die zu dem Palast seiner Familie und an das Sonnenlicht führte.

Als sich Decalon auf der Transporterplattform der *Annabel Lee* materialisierte, sah er für Picard ziemlich genau so aus wie jeder andere Romulaner. Seine Augen waren dunkel und aufgeweckt, seine Ohren spitz, sein Haar streng geschnitten. Es war noch ohne jede Spur von Grau, obwohl er sich dem zu nähern schien, was - zumindest für Romulaner - das späte mittlere Alter war.

»Captain Picard«, sagte Decalon und trat von der Plattform hinunter. »Sehr erfreut, Sie kennenzulernen.«

Romulaner blieben üblicherweise in ihrem Umgang mit anderen Spezies eher distanziert und gaben nichts von ihren Gedanken preis. Decalons Tonfall jedoch verriet unbestreitbare Begeisterung.

»Schließlich«, fuhr der Romulaner fort, »habe ich es größtenteils Ihnen zu verdanken, dass ich aus dem Imperium emigrieren konnte. Man könnte sogar sagen, ich schulde Ihnen mein Leben.«

Ah, dachte der Captain. Darum *geht es also.* »Vergessen Sie es einfach. Ich bin froh, dass ich die Gelegenheit hatte zu helfen.«

»Genauso wie ich«, sagte Decalon.

»Wenn Sie mir folgen würden«, sagte Picard und deutete auf den Ausgang. »Ich werde Sie mit Captain Joseph und Doktor Greyhorse bekannt machen, den anderen Mitgliedern unseres Teams.«

»Eigentlich«, sagte Decalon entschieden und mit gerunzelter Stirn, »würde ich Sie gerne etwas fragen. Bezüglich Doktor Greyhorse.«

Der Captain hatte so ein Gefühl, wie die Frage wohl lauten würde. Aber er ließ sie Decalon formulieren.

»Admiral Edrich scheint zu glauben, dass Doktor Greyhorse genauso imstande ist, ein Heilmittel für die kevratanische Seuche zu finden wie Doktor Crusher. Teilen Sie diese Einschätzung?«

Das war ganz und gar nicht die Frage, die Picard erwartet hatte. Das ließ ihn überlegen, wie viel Edrich Decalon erzählt hatte, besonders in Bezug auf Greyhorses Vergangenheit.

»Das tue ich«, versicherte der Captain Decalon. »Doktor Greyhorse ist ein brillanter Kopf und er hat mit Doktor Crusher an einem Heilmittel für andere Varianten der Krankheit gearbeitet.«

Der Romulaner nickte. »Das ist gut zu wissen.«

Vielleicht war es besser, dass Decalon keine weiteren Informationen über Greyhorse hatte. Wenn die Sternenflotte mit dem Doktor recht hatte, war er nicht länger zu den Verbrechen fähig, die er auf der *Enterprise* hatte begehen wollen. Er hatte sich rehabilitiert, die Tafel leergewischt.

Und wenn das wahr wäre, wer war Picard schon, dass er Warnungen darauf kritzeln würde? »Kommen Sie«, sagte er zu dem Romulaner. »Joseph und Greyhorse brennen schon darauf, Sie kennenzulernen.«

KAPITEL 5

———•———

Ich lebe noch.

Das war überraschend für sie. Aber wenn sie in der Lage war, überrascht zu sein, musste es stimmen: *Ich lebe noch.*

Beverly öffnete ihre Augen und sah, dass sie auf einem Bett lag. Ihre kevratanische Maske war zusammen mit ihrer Holo-Einheit verschwunden. Ohne sie würde sie niemand für etwas anderes als einen Menschen halten.

Der Raum, in dem sie sich befand, war klein und quadratisch und war vielleicht drei Meter lang. Er war an drei Seiten durch graue Steinwände begrenzt, die abgenutzt genug aussahen, um Hunderte von Jahren alt zu sein. Die vierte »Wand« war eine schimmernde, gelb-weiße Energiebarriere.

Eine Gefängniszelle, folgerte sie.

Nicht, dass sich Beverly beschweren wollte. In einem Gefängnis zu sein war eine nicht unerhebliche Verbesserung zu dem, was sie erwartet hatte, als sie den direkten Treffer dieses Disruptors gespürt hatte.

Offensichtlich hatte derjenige, der auf sie geschossen hatte, seine Waffe auf einen niedrigen Energiegrad eingestellt – stark genug, um ihr das Bewusstsein zu rauben, aber nicht, um sie zu töten. Meistens bevorzugten sie ihre Gegner tot.

Wenn sie von dieser Methode abgewichen waren, lag es daran, dass sie ihr Fragen stellen wollten – zunächst einmal die, was ein Außenweltler hier verkleidet als Einheimischer machte?

Romulaner erwarteten Antworten auf ihre Fragen. Soviel war

allgemein bekannt. Aber einige von ihnen waren erfahrener als andere. Und wenn einer von ihnen ein Interesse an Beverlys Fall hatte ...

Nein, dachte sie. *Darüber denke ich nicht nach. Ich gehe das hier Schritt für Schritt an.*

Beverly versuchte aufzustehen, aber sie merkte schnell, dass ihre Schulter zu steif war, um ihr in dieser Hinsicht nützlich zu sein. Es war die Schulter, die von dem ersten Disruptorstrahl, den sie abbekommen hatte, verletzt worden war – der, der nicht in seiner Intensität verringert gewesen war.

Unter diesen Umständen würde Beverly ein wenig Steifheit akzeptieren. *Nur zu gerne.* Das war wirklich viel besser, als den ganzen Arm zu verlieren, was durchaus auch möglich gewesen wäre.

Wer auch immer sich um sie gekümmert hatte, hatte gute Arbeit geleistet – eine, die sie als Arzt zu würdigen wusste. Sie nahm sich vor, der Person zu danken, wenn sie jemals die Chance dazu bekommen sollte.

Sie rollte sich über ihre linke Schulter ab und versuchte, sich aufzurichten – diesmal mit ein wenig mehr Erfolg. Als sie sich vom Bett herunter und auf ihre Beine gekämpft hatte, fühlte sie ein plötzliches Schwindelgefühl – ein Überbleibsel der Belastung, die ihr Nervensystem erlitten hatte. Für einen Moment stand sie nur mit weit auseinander gestellten Beinen da, bis der Schwindel vorüber war. Dann ging sie zu der Energiebarriere hinüber.

Dahinter war ein Gang, ebenfalls aus Stein, ebenfalls von antikem Aussehen. Und den ganzen Gang entlang waren Zellen, genauso wie die von Beverly. Aber sie waren leer und die Barriereprojektoren inaktiv. Sie war offenbar zurzeit die einzige Gefangene hier.

Während sie sich umsah, bemerkte sie einen Sensor, der hoch an der Wand gegenüber ihrer Zelle angebracht war. Scheinbar vertrauten ihre Kerkermeister der Energiebarriere doch nicht so ganz. Andererseits waren Sternenflottenmitarbeiter auch dafür bekannt, diese Dinger gelegentlich zu entschärfen.

Und wer wusste das besser als die Romulaner?

Die Ärztin fühlte einen weiteren Anflug von Schwindel, noch schlimmer als beim ersten Mal. Sie hätte sich am liebsten wieder auf das Bett gelegt und gewartet, bis die Übelkeit vorüber war, aber sie wusste, dass sie beobachtet werden würde.

Es war nicht klug, einen Romulaner wissen zu lassen, dass man verletzt war. Das würde ihn – oder sie – nur ermutigen, aus dieser Tatsache einen Vorteil zu ziehen. Es war besser, sie denken zu lassen, dass man ganz da war. Dann hatte man wenigstens die Chance, dass sie einen in Ruhe lassen würden.

Jean-Luc hatte ihr das gesagt, oder? Sowie eine Reihe anderer Dinge. Aber er hatte auch viel mehr Erfahrung mit den Romulanern als sie.

Beverly erinnerte sich daran, wie sie sein Gesicht chirurgisch verändert hatte, bevor er die *Enterprise-D* verlassen hatte, um nach Botschafter Spock zu suchen. Wie albern er mit seinen romulanischen Stirnwulsten ausgesehen hatte, obwohl sie ihm das natürlich nicht gesagt hatte …

Da hörte sie etwas – Schritte, die von den Wänden widerhallten. Offensichtlich war jemand auf dem Weg, um nach ihr zu sehen, da man wohl bemerkt hatte, dass sie wach war.

Und Beverly wusste eindeutig, um wen es sich handelte. Sie baute sich zu voller Größe auf, drängte ihren Schmerz zurück und wartete – und sah, dass sie recht gehabt hatte.

Ihre Besucherin war groß, schlank, aber kräftig aussehend und ihre Haare waren heller, als sie das je zuvor bei einem anderen Romulaner gesehen hatte. Und selbst jetzt, da die Schatten auf dem Gang das Gesicht der Frau verdunkelten, kannte Crusher es fast so gut wie ihr eigenes.

Natürlich hatte sie dieses Gesicht auf der *Enterprise-D* auch ein Jahr lang jeden Tag gesehen.

»Sela«, sagte sie.

Die blonde Frau betrachtete sie von der anderen Seite der Energiebarriere aus und heuchelte Entzücken. »Ich bin so froh, dass Sie mich nicht vergessen haben, Doktor.«

Beverly hatte ihren ersten offenen Bruch ebenfalls nicht vergessen. An solche Dinge erinnerte man sich meistens für immer.

»Sie hätten nicht hierher kommen sollen«, sagte Sela. Ihr Tonfall war nur leicht empört. »Das Letzte, was Kevratas braucht, ist ein Mensch, der Unruhe verbreitet.«

»Ich bin nicht hier, um Unruhe zu verbreiten«, sagte Beverly. »Ich bin hergekommen, um ein Heilmittel für die Seuche zu finden, die die Kevrata quält, was mehr ist, als die Romulaner getan haben.«

Sela lächelte. »Vielleicht. Aber es wird nicht schwierig sein, es so *erscheinen* zu lassen, als ob Sie hier wären, um Ärger zu machen. Das würde Sie zu einem Provokateur machen. Und die, die im Imperium eines solchen Verbrechens für schuldig erklärt werden, müssen für ihre Verfehlungen teuer bezahlen.«

»Selbst wenn die Anklagepunkte erfunden sind.«

»Selbst dann. Und Sie hätten zu keinem günstigeren Zeitpunkt ankommen können. Ihr Tod wird die Kevrata erkennen lassen, dass sie Romulus nicht auf die leichte Schulter nehmen können - nicht nach der Neuorganisation, die durch das Ableben des remanischen Praetors ausgelöst worden ist.«

Nun musste die Ärztin lächeln. »So nennen Sie das also? Eine *Neuorganisation?*«

Sela zuckte mit den Schultern. »Nennen Sie es, wie Sie wollen. Es geschah zuvor und es wird wieder geschehen. Das Alte wird für das Neue ausgebrannt. Die Dinge verändern sich.«

»Einige tun das«, gab Beverly zu. »Und andere bleiben gleich. Die Intrigen, die internen Machtkämpfe ...«

»... sind Teil dessen, was uns stark macht«, sagte Sela, offensichtlich unbeeindruckt. »Wie zwei Muskeln, die in verschiedene Richtungen ziehen - die Übung verbessert beide.«

»Wenn Sie so stark sind, warum lassen Sie mich dann nicht den Kevrata helfen? Sie können doch sicherlich nicht ...«

Sela unterbrach sie, ihr Blick war plötzlich hart und unnachgiebig.

»Wir wissen beide, was Sie tun können, Doktor. Sie können eine Kettenreaktion auslösen, die die gesamten Randgebiete umfassen und unsere Herrschaft darüber gefährden kann – das ist der Grund, warum es für mich so wichtig ist, Sie davon abzuhalten, Ihre Mission auszuführen.«

Beverly presste ihre Zähne aufeinander. *Politik.* »Wie viele Kevrata sollen denn Ihrer Meinung nach sterben, weil Romulus besorgt ist, dass es seine Außenwelten verlieren könnte? Fünfzigtausend? Hunderttausend?«

»Wenn ich Sie wäre«, sagte Sela, »würde ich mehr um meine *eigene* Zukunft besorgt sein.« Sie nahm einen sanfteren, vernünftigeren Ton an. »Wie Sie sich vorstellen können, hätten die meisten Romulaner Sie an meiner Stelle einfach getötet und im Schnee verrotten lassen. Ich habe mich dazu entschieden, Sie stattdessen hierher zu bringen, die Wunden, die Sie erlitten haben, zu pflegen – und Ihnen eine Chance zu geben, den Tod zu umgehen.«

Beverly sah sie skeptisch an. »Wie?«

Die Romulanerin beugte sich zu ihr vor, bis ihr Gesicht fast die Barriere berührte. »Wenn Sie mir sagen würden, welches Schiff Sie nach Kevratas gebracht hat, würde das Ihre Situation beträchtlich verbessern.«

Beverly erwiderte Selas Blick. »Mit anderen Worten, Sie wollen, dass ich die Leute verrate, die ihr Leben riskiert haben, um mich hierher zu bringen?«

»Die Leute, die romulanisches Gesetz gebrochen und die Sicherheit des Imperiums aufs Spiel gesetzt haben? Ja, *diese* Leute.«

Die Ärztin unterdrückte nur mühselig die Wut, die sie in sich aufsteigen fühlte. »Fahren Sie zur Hölle.«

Sela richtete sich wieder auf, als ob sie eine Ohrfeige bekommen hätte. Dann brachte sie es irgendwie über sich, zu lächeln. »Romulaner«, sagte sie, »haben keine Hölle.«

Dann ließ sie Beverly in ihrer Zelle stehen und ging in die Richtung zurück, aus der sie gekommen war. Ihre Absätze klackerten auf dem Steinboden. Es schien eine lange Zeit zu dauern, bis die Echos verhallt waren – und selbst dann schienen sie immer noch im Kopf der Ärztin widerzuhallen.

Geordi drehte sich von seinem Computermonitor weg und dachte über das nach, was er gerade erfahren hatte. Dann berührte er seinen Kommunikator und sagte: »La Forge an Commander Worf.«

»*Worf hier.*«

»Kann ich Sie für einen Moment sprechen. Ich bin in meinem Quartier.«

»*Bin schon auf dem Weg. Worf Ende.*«

Geordi schloss seine Augen und rieb sie. Seine optischen Prothesen hatten das Konzept des Sehens auf eine computerbetriebene Reihe von mechanischen Abläufen reduziert, aber es waren immer noch Muskeln beteiligt, und seine wurden so müde wie die jedes anderen.

Einige Augenblicke später hörte er die Türglocke, die ihm sagte, dass Worf angekommen war. »Komm rein«, sagte er.

Die Türen glitten auf und enthüllten die beeindruckende Präsenz des Klingonen. »Was ist denn?«, fragte Worf mit unverhohlener Neugier in der Stimme.

»Ich habe etwas«, sagte Geordi. Aber er wartete, bis sich die Türen zischend geschlossen hatten, bevor er weitersprach. »Ich weiß noch nicht, wo der Captain hin ist, aber sein Transportmittel war ein barolianischer Frachter namens *Annabel Lee*.«

Worf schüttelte den Kopf. »Das kommt mir nicht bekannt vor.«

»Kam es mir zuerst auch nicht«, sagte Geordi. »Deshalb habe ich nachgeforscht. Es ist auf den Namen von Peter Joseph eingetragen.«

Die Augen des Klingonen leuchteten auf. »*Pug* Joseph!«

»Stimmt«, sagte Geordi.

Pug Joseph war Picards Sicherheitschef gewesen, als dieser die *Stargazer* kommandiert hatte. Geordi hatte den Kerl erst ein einziges Mal getroffen, ein paar Jahre nach der Jungfernfahrt der *Enterprise-D*, als Joseph mit ein paar persönlichen Problemen zu kämpfen hatte.

»Was hat Pug Joseph mit Beverlys Verschwinden zu tun?«, fragte Worf.

Geordi schüttelte den Kopf. »Keine Ahnung. Vielleicht nichts.«

Worfs Augen verengten sich misstrauisch. »Nichts ...?«

»Vielleicht hat der Captain Pugs Schiff gebraucht. Es ist ein Handelsschiff. Das bedeutet, es kann an Orte, an die ein Sternenflottenschiff nicht kann.«

»Stimmt«, gab der Klingone zu.

»Ich habe eine weitere Information erhalten«, sagte Geordi, »aber ich bin nicht sicher, wie vertrauenswürdig sie ist. Erinnerst du dich an Carter Greyhorse?«

Worf nickte. »Der Arzt der *Stargazer*.«

»Wenn meine Quelle recht hat, wurde Greyhorse vor Kurzem aus einer Strafeinrichtung in Neuseeland entlassen – unter Aufsicht von Captain Picard.«

»Interessant«, sagte Worf. »Aber warum würde ...« Er stoppte sich selbst. »Greyhorse hat mit Doktor Crusher in der Medizinischen Abteilung gearbeitet.«

»Daran musste ich auch denken«, sagte Geordi. »Wenn es also wahr ist, dass Greyhorse freigelassen wurde, hat der Captain vielleicht doch ein wenig mehr geplant als wir dachten.«

»Vielleicht soll er sich um die medizinische Krise kümmern, für die Doktor Crusher ausgesandt worden war.« Worf strich sich über den Bart. »Wenn wir herausfinden können, um welche Art Krise es sich handelt ...«

»Können wir vielleicht herausfinden, wohin der Captain gegangen ist.«

»Es gibt in der Medizinischen Abteilung ganz bestimmt eine Aufzeichnung aller Projekte, an denen Doktor Crusher und Greyhorse zusammen gearbeitet haben. Ich nehme nicht an, dass du auch *da* Freunde hast?«

»Jetzt nicht mehr«, sagte Geordi traurig.

Worf ignorierte diese Bemerkung. »Es gibt noch eine andere Möglichkeit, um das anzugehen. Wenn Joseph und Greyhorse beteiligt sind, haben sie das eventuell einem ihrer *Stargazer*-Kameraden anvertraut.«

»Das klingt einleuchtend«, sagte Geordi. »Aber selbst wenn die etwas wissen, werden sie uns das sagen? Ihre oberste Loyalität liegt bei Captain Picard, und es wird klar sein, dass er nicht wollte, dass wir erfahren, was vor sich geht.«

Worf überdachte das für einen Moment. »Genau genommen«, fasste er zusammen, »gibt es einen *Stargazer*-Offizier, der dazu neigen könnte, es auf unsere Art zu sehen.«

»Wer soll das sein?«, fragte Geordi.

Erst nachdem Worf ihm eine Antwort gegeben hatte, verstand er, was sein Freund gemeint hatte.

Eborion betrachtete die grauhaarige Person, die, eingerahmt von zwei seiner persönlichen Wachen, vor ihm stand. Der Name des Kerls war Poyaran und er war schon so lange Eborion denken konnte Diener in seiner Familie.

Eborions Onkel, und vielleicht sogar sein Vater, hätten die Länge von Poyarans Dienst mitberücksichtigt, während sie seine Bestrafung für versuchten Diebstahl überdachten, aber Eborion war nicht annähernd so nachsichtig.

»Was hast du zu deiner Verteidigung zu sagen?«, fragte er. Seine Stimme war ein wenig schriller als ihm lieb war, als sie durch die luftige, mit Säulen geschmückte Kammer hallte.

Poyaran wandte seinen Blick ab. »Ich bitte um Euer Verständnis, Meister. Ich hatte nicht vor, den Kelch zu stehlen, sondern wollte ihn nur im Sonnenlicht bewundern. Als ich klein war, gehörte er meiner Familie und ich habe ihn seit vielen Jahren nicht gesehen.«

Es stimmte, dass der Kelch einst das Eigentum von Poyarans Vater gewesen war, einem Händler, der Verbindungen zu den Hundert genoss. Und es war sicherlich möglich, dass er ihn Poyaran in jener Zeit gezeigt hatte, als an jedem seiner Finger noch ein juwelenbesetzter Goldring steckte.

Aber Poyarans Vater war gierig geworden und hatte versucht, sein Vermögen auf Kosten seiner Kunden zu vergrößern. *Eine schlechte Idee,* dachte Eborion. Als seine hinterhältigen Methoden herausgekommen waren, war Poyarans Vater auf einem öffentlichen Platz hingerichtet und die Verwalter seines Besitzes von einem Tribunal angewiesen worden, den geschädigten Häusern Entschädigungen zu zahlen.

Unglücklicherweise war Poyarans Vater nicht reich genug gewesen, um seine Schulden gänzlich zu begleichen. Das Tribunal war dazu gezwungen gewesen, die einzige andere Option zu verfolgen - Poyarans Familie auseinander zu reißen und ihre Mitglieder den geschädigten Häusern als Leibeigene zuzuweisen.

Und so war Poyaran zu Eborions Familie gekommen. Und eine lange Zeit waren seine Dienste auch durchaus zufriedenstellend gewesen. Allerdings würde Eborion Diebstahl nicht dulden. Wenn er bei Poyaran jetzt Nachsicht zeigte, würde es lediglich die anderen Bediensteten dazu ermutigen, ihr Glück zu versuchen.

»Ist das alles?«, fragte Eborion. Im Imperium besaßen selbst die Diener das Recht auf eine Aussage.

Poyaran sah auf, sein Gesicht war blass und seine Augen lagen tief in ihren Höhlen. »Das ist die Wahrheit, Meister.«

Eborion war erleichtert. Er hatte eine lange, sich dahinschleppende Verteidigung erwartet, die letztendlich aber vergebens gewesen wäre, und es gab dringendere Angelegenheiten, die seine Aufmerksamkeit erforderten.

»Ich glaube dir nicht«, sagte Eborion. »Du wirst hiermit zu einem Jahr in der Strafanstalt auf Assaf Golav verurteilt. Wenn du zurückkehrst, wird es mit einem erneuerten Bewusstsein dafür sein, wie glücklich du dich schätzen kannst, in diesem Haus zu arbeiten.«

Poyarans Mund verzog sich, als ob er kurz davor stand zu fluchen. Schließlich war Assaf Golav keine angenehme Welt und ihre Aufseher galten als die grausamsten des Imperiums. Aber letzten Endes konnte sich Poyaran zurückhalten.

»Mein Meister ist zu gütig«, sagte er und würgte das letzte Wort hervor, als wäre es etwas Ekelhaftes.

Auf einen Wink von Eborion hin brachten die Wachen Poyaran fort. Der Aristokrat sah ihnen nach, bis sie die Kammer verlassen hatten. Dann erhob er sich von seinem Platz und ging davon, um sich um diese dringlicheren Angelegenheiten zu kümmern.

Und das hätte er auch, wenn seine Tante nicht gerade diesen Augenblick gewählt hätte, um ihre Anwesenheit bemerkbar zu machen.

»Cly'rana«, sagte Eborion und neigte seinen Kopf, als sie auf ihn zuging. »Es tut mit leid, dass du das hier miterleben musstest.«

»Ich habe schon Schlimmeres miterlebt«, sagte sie ihm. »Aber ich frage mich ... war Assaf Golav in diesem Fall wirklich die beste Wahl?«

Eborion versteifte sich. Er schätzte es nicht besonders, kritisiert zu werden. Und wieder musste er sich selbst daran erinnern, dass die Zeit, in denen er anderen Rede und Antwort stehen musste, schon bald vorbei sein würde.

»Und«, fuhr Cly'rana fort, »war es angemessen von dir, über einen Diener zu richten, während einer deiner Ältesten im Haus anwesend ist? Mit anderen Worten, *ich*?«

»Es war mein Kelch«, sagte er.

»Das war er«, gab seine Tante zu. »Und ich bin sicher, dass er dir so viel wie das ganze Imperium bedeutet. Ich habe gesehen«, sagte sie mit unverhohlenem Sarkasmus, »wie sehr du an ihm hängst. Aber es ist kostspielig, Diener nach Assaf Golav zu schicken, Neffe, egal wie sehr wir durch ihre Taten beleidigt wurden.«

Eborion zuckte mit den Schultern. »Ich sehe es als Lektion für die anderen Diener.«

Cly'rana lächelte. »Und wir dürfen keine Gelegenheit auslassen, um unseren Dienern eine Lektion zu erteilen.«

Er ging auf ihre Bemerkung nicht ein. Was wollte Cly'rana hier eigentlich? Sollte sie nicht bereits in ihrem Urlaub am Apnex-See sein?

»Wenn du mich entschuldigen würdest«, sagte er, »ich muss etwas untersuchen. Ich will Claboros nicht enttäuschen.«

»Wer würde das schon wollen?«, fragte Cly'rana.

Eine weitere provokante Bemerkung. Sie benutzte sie, um jemanden in ihre Gesprächsfallen zu locken, in denen man dann Dinge preisgab, die man eigentlich nicht offenlegen wollte.

Aber Eborion war nicht so dumm, den Köder zu schlucken. Alles was er sagte, war: »In der Tat.«

Dann, bevor Cly'rana eine weitere Bemerkung machen konnte, erhob er sich und verließ die Kammer. Während seine Schritte auf dem antiken Marmor unter ihm widerhallten, ging er einen Gang entlang auf die Hintertür des Palastes zu.

Dort wartete ein suborbitales Gefährt, um ihn zu einem Waffenforschungslaboratorium in den Bergen zu bringen – einem von vielen, die seiner Familie gehörten. Ohne ein einziges Wort an den Piloten stieg er ein, machte es sich gemütlich und beobachtete, wie der Palast in der Ferne verschwand.

Eborion hatte seine Tante nicht angelogen. Er ging tatsächlich den Untersuchungen nach, die sein Onkel von ihm verlangt hatte. Aber er verfolgte ebenfalls einen recht kühnen und gewagten Plan.

Tal'Aura, der es offenbar zu unsicher war, all ihre Hoffnungen auf die vielgepriesene Commander Sela zu setzen, wollte mit einem Spion auf Nummer Sicher gehen. Sela wusste davon natürlich nichts – sie war momentan zu weit vom Palast des Praetors entfernt, um überhaupt viel zu wissen.

Aber Eborion wusste es. Er hatte am Hof mehr Informanten als er an den Fingern seiner beiden Hände abzählen konnte und er bezahlte sie alle gut. Es gab vor ihm keine Geheimnisse, und es ging nichts in Tal'Auras Palast vor sich, von dem er nicht irgendwann erfuhr.

Natürlich gab es ein Risiko, wenn man Tal'Auras Geheimnisse kannte. *Ein beträchtliches sogar.* Allerdings hatte Eborion dort noch nicht aufgehört. Sobald er erfahren hatte, dass es einen Geheimagenten gab, hatte er es sich zur Aufgabe gemacht, herauszufinden, wer es war. Ein kostspieliges Bemühen – aber andererseits waren Spione nun einmal per Definition *schwer* zu identifizieren.

Glücklicherweise hatte Tal'Aura Mittelsmänner benutzt, um ihren Spion anzuheuern, und zumindest einer von ihnen war sich nicht zu schade, Informationen zu verkaufen. So hatte Eborion erfahren, wer der Bursche war und welche Rolle er auf Kevratas zu spielen hatte.

Und dann hatte Eborion in einem Meisterstreich, auf den er gewaltig stolz war, den Spion selbst angeheuert.

Er fragte sich nun, was für Fortschritte der Bursche machte. Leute im Spionagegeschäft neigten dazu, sich langsam und vorsichtig zu bewegen und gingen nicht gern viele Risiken ein. Schließlich bedeutete Bloßstellung nicht nur das Scheitern ihres Auftrags – sondern auch das Ende ihres Lebens.

Eborion wusste, wie sie sich fühlten. Er ging ein gewaltiges Risiko ein, indem er auf diese Weise hinter dem Rücken des Praetors agierte. Wenn sie von seinen Machenschaften erfahren würde, hätte er sein Leben sicherlich verwirkt – und es würde wahrscheinlich auf eine öffentliche und erniedrigende Art und Weise enden.

Allerdings war Eborion eine ehrgeizige Person. Er glaubte daran, dass er für die höchsten Positionen im Imperium bestimmt war, wenn er nur an sie herankommen würde.

Deshalb war er so sorgfältig in seiner Entscheidung gewesen, welche Senatoren er mit seinem Reichtum unterstützte. Deshalb war er ihr Gönner geblieben, selbst während Shinzons Herrschaft, als er einer Intuition folgte, dass der Klon nicht sehr lange an der Macht bleiben würde.

Und deshalb war er jetzt so entschlossen, Sela, die seine Hauptrivalin an Tal'Auras Hof war, zu diskreditieren. Denn solange Sela nützlich schien, würde Eborion niemals der einzige, unangefochtene Berater des Praetors werden.

Der Aristokrat konnte Sela nicht alleine gegenübertreten. Sie war zu mächtig, zu gewitzt und hatte zu gute Verbindungen. Allerdings war der Spion auf Kevratas in der Lage, Selas Effektivität zu untergraben, die haarfeinen Schwächen in ihrem System zu finden und sie zu klaffenden Schluchten auszuweiten. Und wenn er auch nur halb so gut war, wie man es ihm nachsagte, würde er all das tun.

Er würde Sela in den Sumpf ihres Versagens ziehen, Zentimeter um hilflosen Zentimeter. Und währenddessen würde er Eborion dabei helfen, aufzusteigen.

»Soll ich die Bergroute nehmen oder die Küstenroute?«, fragte sein Pilot.

Die Küstenroute war die indirektere von beiden, aber Eborion entwickelte Tag für Tag mehr Geschmack für das Indirekte. »Die Küstenroute«, antwortete er und lehnte sich auf seinem Sitz zurück, um die Aussicht zu genießen.

Von den siebzehn Welten im riesigen Arbitra-Tsichita-System lag die namens Kevratas bei weitem am nächsten an seinem müden roten Funken von einem Stern und war daher die einzige, die auch nur entfernt in der Lage war, Leben zu unterstützen.

Allerdings war Kevratas Oberfläche so kalt, dass der Planet dieses Leben täglich herausforderte. Selbst an seinem äquatorialen Gürtel, der Region, in der sich die einzigen empfindungsfähigen Wesen des Planeten entwickelt hatten, krochen die Temperaturen nur gelegentlich über den Gefrierpunkt.

Zu bestimmten Zeiten im Jahr – wie jetzt gerade – war es noch schlimmer. Eine fast lückenlose Wolkendecke erstreckte sich von Pol zu Pol und machte damit das Sonnenlicht so selten wie Hagel im Glühofen auf Vulkan.

»Ich hoffe, ihr alle mögt einen ordentlichen Wintersturm«, sagte Pug, als sie in orbitale Reichweite des Planeten kamen. Er lehnte sich in seinem Kommandosessel zurück. »Sieht so aus, als würde sich genau dort, wo wir uns runterbeamen wollen, ein Mordsding zusammenbrauen.«

Von seinem Platz an der Steuerkonsole betrachtete Picard die wolkenumhüllte Atmosphäre auf dem bescheidenen, rechtwinkligen

Sichtschirm vor sich. »Ich hoffe doch, dass das Wetter unseren Transport nicht erschwert?«

Er hatte bereits von der Unzahl der magnetischen Felder des Planeten gehört, die das Beamen im Allgemeinen zu einer kniffligen Angelegenheit machten. Darum würden er und seine Kameraden für die Rückreise verborgene, stark verkleinerte Musterverstärker tragen, die offenbar hastig zusammengebastelt worden waren und das zudem noch ohne Wissen der Obrigkeit.

»Es sollte keine zusätzliche Behinderung sein«, sagte Decalon, der an der Operationsstation der Brücke saß, »außer unser Transportersystem ist hoffnungslos veraltet.«

»Was es«, sagte Pug mit einem Hauch von Verärgerung, »nicht ist. Ich habe es erst vor ein paar Jahren generalüberholt.«

Greyhorse, der neben Picard stand, hielt sich aus der Unterhaltung heraus. Allerdings war die Transportermechanik auch kaum sein Spezialgebiet. Und er war schließlich ohnehin kein Mann vieler Worte gewesen, seit er an Bord der *Annabel Lee* gekommen war – zweifellos das Ergebnis seiner langen Gefangenschaft.

»Sie grüßen uns«, sagte Pug. Er tippte eine Antwort auf die schwarze Steuerkonsole am Ende seiner Armlehne. »Und wir antworten ihnen, wie jeder Frachter, der nichts zu verbergen hat.«

Einen Augenblick später wurde das Bild von Kevratas durch einen streng aussehenden romulanischen Offizier ersetzt. Er betrachte Picard und die anderen auf der Brücke des Frachtschiffes mit unverhohlenem Misstrauen.

Glücklicherweise waren sie alle vier getarnt. Sie hatten faltige graue Haut, erstaunlich blaue und tiefliegende Augen und Nasen, die sich fast von Ohr zu korkenzieherähnlichem Ohr erstreckten. Wenn sie nicht alle unterschiedlich groß gewesen wären – Pug war stämmig und von mittlerer Größe, Decalon etwas größer und schmaler und Greyhorse überragte sie alle – wäre es Picard überaus schwer gefallen, sie auseinanderzuhalten.

Andererseits war er ja auch trotz seines durch den subdermalen

Holoprojektor erzeugten Aussehens kein Barolianer, daher war es nicht einfach für ihn, ein Mitglied dieser Spezies von einem anderen zu unterscheiden.

»*Was führt Sie hierher?*«, verlangte der Romulaner zu wissen.

»Handel«, sagte Pug. Dank des Implantats in seiner Kehle dröhnte seine Stimme so tief wie die jedes echten Barolianers.

Der Romulaner betrachtete ihn eine Sekunde lang. Dann sagte er: »*Sie haben die Erlaubnis, in den Orbit einzutreten. Seien Sie darüber informiert, dass Sie einen Antrag stellen müssen, bevor Sie sich oder Ihre Fracht auf die Oberfläche beamen. Wenn dem Antrag stattgegeben wird, werden Sie einem Checkpoint zugewiesen.*«

»Ich habe verstanden«, sagte Pug.

Ohne jede Vorwarnung unterbrach der Romulaner die Kommunikationsverbindung. Pug wandte sich Picard zu und sagte: »Das lief doch gar nicht so schlecht.«

Picard stimmte zu. »Dann wollen wir mal unseren Antrag stellen. Je schneller wir herunterbeamen, desto besser.«

Beverly zuliebe, fügte er lautlos hinzu, *und den Kevatra.*

KAPITEL 6

———

Als Beverly in ihrer Zelle saß, war sie nicht allzu optimistisch, was ihre Fluchtmöglichkeiten anging.

Wäre sie von einem Romulaner mit einem weniger fundierten Wissen über Föderationshäftlinge gefangen gehalten worden, hätte sie eine bessere Chance gehabt. Aber Sela war in dieser Hinsicht nicht gerade unbedarft.

Höchstwahrscheinlich würde die Ärztin hingerichtet werden. Das war das übliche Schicksal von Gefangenen, die sich weigerten, mit den Romulanern zu kooperieren. Die Hinrichtungsmethoden mochten variieren, doch nicht deren Ergebnis.

Es war schon in Ordnung. Beverly hatte bereits erwartet, dass sie sterben würde, als sie der Disruptor getroffen hatte. In diesem einen Moment hatte sie alle Lebewohls ausgesprochen, die sie jemals zu sagen hoffen konnte. Was immer jetzt auch mit ihr geschehen würde, sie war darauf vorbereitet.

Was sie wurmte und ihr den Frieden, der mit der Resignation kommen sollte, missgönnte, war die Aussicht darauf, was mit den Kevrata geschehen würde. Laut den geheimen Informationen, die sie aus dem Untergrund erhalten hatten, waren bereits fast fünf Prozent der einheimischen Bevölkerung der Seuche zum Opfer gefallen, und weitere fünfundzwanzig Prozent waren in verschiedenen Stadien der Krankheit.

Und die Situation würde noch schlimmer werden, bevor es wieder bergauf ging. Beverly wusste das von ihrer Arbeit in der Medizinischen Abteilung. Die Kevrata würden dezimiert werden - eine Bevöl-

kerung von mehr als einer Million reduziert auf ein paar Hunderttausend.

Alles nur, weil ihnen das angemessene Heilmittel verweigert wurde
– ein Heilmittel, das Beverly ganz einfach für sie hätte entwickeln
können, wenn sie das nur gedurft hätte. Es war zu scheußlich, um
darüber nachzudenken.

Zum Glück für die Kevrata würde die Föderation sie nicht aufgeben.
Sobald deutlich werden würde, dass etwas geschehen war, um die
Mission der Ärztin zu behindern, würde das Sternenflottenkommando die Köpfe zusammenstecken und einen Plan B aus dem Hut
zaubern.

Zuallererst würden sie einen anderen Arzt brauchen, um mit der
Epidemie fertig zu werden. Unglücklicherweise gab es nicht viele
Alternativen, unter denen man wählen konnte. Die einzige andere
Person, die wirklich Erfahrung mit der Seuche hatte, war Carter
Greyhorse, der ehemalige Chefarzt der *Stargazer* und Beverlys
Kollege bei ihrer ersten Anstellung in der Medizinischen.

Zwar war sie es gewesen, die die Seuche zu einer Forschungsprio-
rität erhoben hatte, doch Greyhorse hatte sich genauso tief wie sie in
die Arbeit gekniet und dabei bedeutende Beiträge erbracht. Beverly
wäre wohl auch ohne ihn auf ein Heilmittel gekommen, aber ihr Weg
wäre sehr viel mühseliger gewesen und hätte ein gutes Stück länger
gedauert.

Es gab also keine Einwände gegen Greyhorses Fähigkeiten als
Wissenschaftler. Aber seine Fähigkeiten als Geheimagent? Das war
eine mehr als fragliche Sache.

Das bedeutet, dass er jemand Zuverlässigen dabei haben muss,
dachte sie. *Jemanden, den er respektiert. Und jemanden, der bereits
Erfahrung mit den Romulanern hat.*

Für sie gab es nur eine einzige Person im Universum, auf die diese
Beschreibung zutraf – Jean-Luc Picard. Allerdings war er ebenfalls
der letzte Mann, den Greyhorse zu töten versucht hatte. Aber das war
viele Jahre und Tausende von Therapiestunden her.

Soweit Beverly wusste, sah Greyhorse Picard wieder so, wie er ihn während seiner frühesten Tage auf der *Stargazer* gesehen hatte, als jemanden, der seine Loyalität und seinen Respekt verdiente. Wenn dem so war, würden die zwei das erreichen, von dem Beverly abgehalten wurde – ein Heilmittel für die Kevrata-Seuche finden.

Ein Teil von ihr betete, dass dem so war. Aber ein anderer Teil sorgte sich um ihre Freunde. Sela hegte einen Groll gegen Jean-Luc, das Ergebnis mehr als einer durch ihn verursachten schmerzlichen Niederlage. Wenn sie auch nur die leiseste Ahnung hätte, dass er auf Kevratas war, würde sie alles in ihrer Macht stehende tun, um ihn in ihre Hände zu bekommen.

Und so lange zudrücken, bis er um Gnade winselte.

Aber vielleicht, überlegte Beverly, *liege ich auch total daneben.* Es war möglich, dass weder Jean-Luc noch Greyhorse irgendwo in der Nähe des Romulanischen Imperiums landen würden, genauso wie es möglich war, dass sie der letzte Arzt gewesen war, der geschickt wurde, um den Kevrata zu helfen. Aber ihre Kenntnisse über die Sternenflotte sagten ihr etwas anderes.

Während sie darüber nachdachte, hörte sie plötzlich laute Schritte auf dem nackten Stein. *Sela?,* dachte sie. War die Frau zurückgekommen, um sich die Antworten zu holen, die sie das letzte Mal nicht bekommen hatte?

Beverly ging so nah an die Barriere heran, dass sie fast mit dem Gesicht dagegen stieß. So konnte sie den ganzen Korridor entlangsehen.

Einen Augenblick später kam tatsächlich jemand um die Ecke – aber es war nicht Sela. Es war einer der Centurions. Wahrscheinlich derjenige, der einmal in der Stunde nach ihr sah, seit sie aufgewacht war.

Nein, dachte Beverly, als er näherkam. *Das ist nicht der gleiche.* Der andere Centurion war groß und breitschultrig gewesen, mit hohen, aristokratischen Wangenknochen und einem schmalen, grausamen Mund.

Dieser hier war kleiner, dünner, irgendwie drahtiger. Und seine Gesichtszüge waren weniger markant – genau genommen sogar geradezu ausdruckslos. So gut die Ärztin Gesichter auch erkennen konnte, wäre es ihr doch schwergefallen, seines mit irgendeiner Genauigkeit zu beschreiben.

Wie der andere Centurion schritt er auf ihre Zelle zu und unterzog sie einer schnellen Sichtkontrolle. Als er sich Beverly zuwandte, erwiderte sie seinen prüfenden Blick. Sie musste ihn vielleicht über sich ergehen lassen, aber sie würde sich davon bestimmt nicht einschüchtern lassen.

Auf jeden Fall hatte der Centurion nicht vor, sich lange aufzuhalten. Es war nichts auffällig in ihrer Zelle, nichts mit dem man sich befassen müsste. Die Ärztin erwartete von ihm das Gleiche, was sein Vorgänger getan hatte – ihr einen letzten warnenden Blick zuzuwerfen und wieder zu verschwinden.

Bis er sprach.

Beverly war so überrascht und seine Stimme war so leise, so sanft, dass sie zuerst kein einziges Wort verstehen konnte. Ihr Gesichtsausdruck musste diese Tatsache verraten haben, da der Centurion erneut sprach – dieses Mal ein wenig deutlicher.

»Nicht alle von Commander Selas Centurions sind darauf aus, ihren Befehlen zu folgen«, hauchte er. »Einige von uns glauben, dass die Kevrata ihre Freiheit verdienen.«

Beverly betrachtete ihn und versuchte zu entscheiden, warum er so etwas sagen würde. Wenn ihn jemand belauscht hatte, wäre sein Leben sicherlich verwirkt. Und dennoch hatte er das Risiko auf sich genommen.

»Jetzt im Moment«, flüsterte sie zurück, »müssen sie von dieser Seuche befreit werden.«

Der Wärter beäugte sie einen Augenblick lang. Fast unmerklich nickte er. Dann ging er ohne ein weiteres Wort den Gang entlang und verschwand um die Ecke.

Seltsam, dachte Beverly.

Sie hatte genug mit Romulanern zu tun gehabt, um zu wissen, dass selbst der geringste von ihnen seine eigenen Ziele hatte – und dass es vielleicht nicht jene waren, die er vorgab zu verfolgen. Dennoch gestattete sie sich die Hoffnung, dass der Wärter ihr wirklich helfen wollte.

Wie ihre Großmutter oft genug gesagt hatte, schmeckte in der Not jedes Brot. Und im Moment war sie wirklich hungrig.

Kito war sich nicht sicher, wann oder wo oder wie die Massen von Kevrata begonnen hatten, durch die Stadt zu ziehen, aber als er sie persönlich erblickte, wie sie den Wophan-Platz stürmten, hatte es bereits riesige Ausmaße angenommen.

»Worum geht es hier?«, fragte er.

Eine Frau in einem roten Gewand rief ihm durch den herabrieselnden Schnee zu: »Es wurde eine Ärztin gesandt, um uns zu helfen, aber die Romulaner haben sie gefangen genommen!«

Eine Ärztin? »Von wem wurde sie denn gesandt?«, fragte Kito laut.

»Von der Föderation«, rief ein Mann. »Sie wurde hierhergeschickt, um die Seuche aufzuhalten!«

Hände der Großzügigen, dachte Kito und spürte, wie ihm die Wut die Kehle zuschnürte. Nicht mal die Romulaner konnten so grausam sein, oder? Wenn sie kein Heilmittel herstellen konnten – oder wollten – warum erlaubten sie dann nicht jemand anderem, es zu tun?

Es war eine dieser Fragen, die er gestellt hätte, wenn er die Gelegenheit dazu gehabt hätte. Allerdings hatten die Romulaner nicht die Angewohnheit, ihre Entscheidungen mit der Spezies zu diskutieren, die sie unterdrückten. Sie neigten viel eher dazu, Fragen mit dem Lauf eines Disruptorgewehrs zu beantworten.

Kito schloss sich der großen, sich bewegenden Masse von Kevrata an und drängte sich näher an einen Burschen in einem schwarzroten Gewand. »Gibt es eine Möglichkeit, diese Ärztin zu befreien?«

Eine Windbö machte einen Großteil der Antwort unverständlich. Allerdings konnte Kito genug aufschnappen, um sie zu verstehen.

Der Mob war nun auf dem Weg zu den schmiedeeisernen Toren der romulanischen Anlage, wo er die Freilassung der Ärztin fordern würde. Nicht, dass es etwas nutzen würde. Wenn die Romulaner vorgehabt hätten, das Elend der Kevrata zu berücksichtigen, hätten sie das schon vor langer Zeit getan, als die Seuche ihre ersten Opfer gefordert hatte.

Dennoch war es immer noch besser, als nichts zu tun. Denn so würde man lediglich Verzweiflung und langsamen Tod ernten.

Also fügte Kito seine Empörung der der anderen hinzu, bewegte sich mit ihnen durch die vollgeschneiten Straßen der Stadt und schrie gegen die Tyrannei der Romulaner auf, bis er heiser war. Und obwohl es schwierig war, etwas durch das wirbelnde Chaos des Sturms zu erkennen, konnte er doch aufgrund der Gebäude, an denen sie vorbeikamen, erkennen, dass sie sich der Anlage ihrer Unterdrücker näherten.

Sie war nur noch zwei Straßen weit entfernt, als eine Frau vor Kito hinfiel und ihn dabei fast mit sich riss. Als er ihr wieder auf die Beine half, erhaschte Kito einen Blick auf ihr Gesicht unter der Kapuze.

Es war von der Seuche verwüstet, das schwarze Fleisch unter ihrem Fell übersät mit kleinen Beulen. Kito wusste nicht, woher sie überhaupt die Kraft genommen hatte, so weit zu gehen.

Ein Teil von ihm wollte davonlaufen, dem Schicksal entgehen, dass die Frau ereilt hatte, denn die Seuche war hoch ansteckend. Doch es gab kein Entkommen. Jeder Kevrata in der Stadt war dem viele Male ausgesetzt worden. Die Frage lautete nur, wie viel Zeit Kito bleiben würde, bis sein Immunsystem aufgab.

Während er darüber nachdachte, bewegte sich etwas über ihren Köpfen - ein Schatten, der selbst das schwache Licht verdunkelte, das durch den Sturm drang. Dann hörte Kito das Kreischen einer Maschine, das immer lauter wurde, während der Schatten immer dunkler und deutlicher wurde.

Und jemand schrie: »Romulaner!«

Ein Hovercraft, dachte Kito und sein Puls begann zu rasen. Es bewegte sich wie ein langsames, geduldiges Raubtier durch den Himmel über der Stadt - kein gänzlich unbekannter Anblick.

Er hatte einmal gehört, dass ihre Disruptorkanonen ein lebendes Wesen in eine Suppe aus brennendem Fleisch verwandeln konnten, obwohl er das selber glücklicherweise nie gesehen hatte. Aber er hatte ebenfalls noch nie gesehen, wie ein Hovercraft einer so großen und aufsässigen Menge begegnet war.

Kito konnte nicht der Einzige sein, der die Gefahr von oben bemerkt hatte. Aber die Menge tat nichts, um davor zu fliehen. Gefangen in ihrer eigenen Wucht bewegte sie sich einfach weiter in Richtung der romulanischen Anlage.

Und dann merkten *alle*, dass sich das Hovercraft über ihnen befand, weil es nämlich damit begann, Disruptorstrahlen in die Menge abzufeuern.

Plötzlich wandelte der Tod auf langen Beinen aus grünem Feuer durch die Kevrata und zermalmte Opfer um Opfer unter seinen Absätzen. Es gab überraschte und verschreckte Schreie und der Strom aus Kevrata wirbelte heftig durcheinander.

Kito griff nach der Frau, die erneut gefallen war, und wollte ihr wieder auf die Beine helfen. Aber bevor er sie erreichen konnte, wurde er von dem flüchtenden Mob nach hinten gedrängt. Und unter Angstschreien, von denen ein paar leider von ihm stammten, wurde er in eine Richtung getrieben, die er weder vorhersagen noch kontrollieren konnte.

Irgendwann wurde ihm klar, dass da mehr als ein Hovercraft war - mindestens drei. Nicht, dass es eine Rolle gespielt hätte. Eines war genug, um die Botschaft der Romulaner zu überbringen.

Kito kämpfte um sein Gleichgewicht, denn er wusste, dass er unter den Stiefeln seiner Nachbarn zermalmt werden würde, falls er stürzte. Aber gleichzeitig konnte er nicht anders als das Vorankommen der romulanischen Fahrzeuge zu verfolgen, deren Strahlen den Tod von einem Ende des Platzes zum anderen verteilten.

Der Geruch von verbranntem Fell kroch in Kitos Nase und rief bei

ihm Übelkeit hervor. Am liebsten hätte er sich in den nassen, aufge-
wühlten Schnee übergeben. Aber er blendete den Gestank aus und
bewegte sich weiter mit der Menge – denn wenn er das nicht tat, würde
er sich auch keine Sorgen mehr um die Seuche machen müssen.

Schließlich fühlte Kito, wie der Druck der Körper seiner Leute nach-
ließ. Er konnte anhand von hundert Kapuzen sehen, dass sich die
Menge zerstreute und in die Straßen rannte, die von dem Platz wie
Speichen abgingen.

Während der Mob ausdünnte, begann er zu rennen. Und Kito rannte
mit, da er wusste, dass ihn die Romulaner jederzeit aufspießen
konnten.

Er bekam nichts von den Straßen mit, durch die er rannte, oder
davon, wer neben ihm lief. Aber die Energiestrahlen schossen immer
wieder hinter ihm zu Boden, verfolgten ihn, trafen einige Kevrata
und trieben den Rest von ihnen vor sich her wie eine Herde von Last-
tieren.

Kitos Atem ging schneller und schneller. Sein Körper wurde unter
seiner Kleidung warm und schwer, seine Beine brannten von der
Anstrengung.

Er wagte es nicht, anzuhalten, nicht mal für eine Sekunde. Allerdings konnte er diese Geschwindigkeit nicht mehr lange durch-
halten. *Irgendwann,* dachte er, *breche ich einfach zusammen.*

Dann lächelten ihm seine Hausgötter zu.

Zu seiner Rechten öffnete sich nur ein paar Meter entfernt eine
schmale Gasse. *Wenn ich da hineinschlüpfe,* dachte er, *übersehen
mich die Romulaner vielleicht.* Andererseits könnten sie ihn auch
ausgraben wie einen hartnäckigen Parasiten, aber er konnte nicht
wissen, wann sich eine ähnliche Gelegenheit ergeben würde.

Er rannte in Richtung der Gasse und verschwand darin. Dann
lehnte er sich mit dem Rücken gegen eine der Wände und hoffte, dass
man ihn nicht verfolgen würde.

Die grünen Energiestrahlen der Romulaner hörten nicht auf, die
Kevrata zu jagen und erhellten die Straße vor ihm mit ihrer Wut.

Doch glücklicherweise kam keiner von ihnen in die Gasse. Und nach einer Weile schien es Kito so, als ob es dabei *bleiben* würde.

Bin ich in Sicherheit?, fragte er sich. Er konnte es kaum glauben.

Dann fingen einige der anderen Kevrata ebenfalls an, in die Gasse hineinzuschlüpfen. Kito zuckte zusammen, als sie zu ihm stießen, da er wusste, dass nun die Möglichkeit bestand, dass sie die Aufmerksamkeit der Romulaner auf sich ziehen würden. Aber natürlich hatten sie ebenso viel Recht darauf, in der Gasse zu sein, wie er.

Und wie sich herausstellen sollte, zogen sie *keine* Aufmerksamkeit auf sich. Das Aufleuchten der grünen Disruptorenergie verschwand in der Ferne und Kitos Versteck wurde nach und nach dunkel. Dunkel und ruhig. Er und die anderen Kevrata in der Gasse sahen einander an.

Sollte es wirklich wahr sein, dass ihre Tortur vorüber war? Dass sie jetzt nach Hause gehen konnten? Es sah tatsächlich danach aus.

Kito stapfte durch die Schneewehen, die sich in der Gasse angesammelt hatten und betrat die breitere Straße. Sie war mit in dicke Gewänder gehüllten Leichen bedeckt, mehr davon, als er zählen konnte.

Überall waren Blutflecken und Spritzer, die sich zischend in den Schnee hineinfraßen. Es war kein romulanisches Blut. Ihres hatte ein giftiges Grün, die Farbe ihrer Todesstrahlen. Dieses Blut hier war rot, so rot wie reife Schneebeeren, so warm wie die Kohlen in einem Kaminfeuer.

»Hände der Großzügigen«, stieß Kito hervor.

Es war eine Sache, dass die Romulaner sein Volk an der Seuche sterben ließen. Aber sie auf diese Weise zu töten ... das war unerträglich. Kito konnte das so nicht durchgehen lassen. Er musste etwas dagegen tun.

Und er wusste auch schon genau, was er tun würde.

Nachdem er die Gefangene in ihrer Zelle zurückgelassen hatte, machte sich der Centurion – bei dem es sich natürlich in Wirklichkeit überhaupt nicht um einen Centurion handelte – auf den Weg zu Commander Selas Dienstraum. Dort wartete er vor ihrem Schreibtisch, bis sie bereit war, mit ihm zu sprechen.

Er wusste nicht, was sich Sela auf ihrem Computerbildschirm ansah, aber er konnte sie nicht unterbrechen. Der letzte Centurion, der das getan hatte, war auf der Stelle exekutiert worden. So sagte man jedenfalls.

Und er wusste, dass jede Geschichte einen wahren Kern hatte.

Endlich sah der Commander zu ihm hoch. Ihre seltsamen menschlichen Augen, die so blau waren wie der Mittagshimmel auf Romulus, schimmerten im Licht der Deckenbeleuchtung.

»Bericht«, verlangte sie, als ob *sie* diejenige gewesen wäre, die auf *ihn* gewartet hätte.

»Die Gefangene ist sicher«, meldete er ihr.

»Das bedeutet lediglich«, sagte Sela, »dass sie immer noch ihre Flucht plant. Stellen Sie sicher, dass Sie nicht von ihr eingewickelt werden.«

Der Centurion nickte. »Ich werde wachsam bleiben, Commander.«

Sie beäugte ihn. »Sehen Sie zu, dass es stimmt.«

Dann entließ ihn Sela mit einer Handbewegung. Da war etwas an der Art, wie sie ihr Handgelenk bewegte, wie sie sich hielt, das er unglaublich anziehend fand. Allerdings behielt er diese Tatsache schön für sich.

Sie musste in den letzten Jahren Liebhaber gehabt haben, aber der Centurion wusste von keinem. Das wies darauf hin, dass es denjenigen, die ihr in dieser Hinsicht dienten, nicht gut bekam.

Und dennoch war sie reizvoll. Unbestreitbar.

Es war nicht das erste Mal, dass er die Möglichkeit bekam, ihre Schönheit zu bewundern. Er und Sela hatten sich bereits zweimal zuvor getroffen – einmal auf Romulus in einer modernen Trainingsanlage und einmal auf einem Warbird, auf dem sie als zweiter Offizier gedient hatte.

Aber Manathas begegnete bei seiner Arbeit als einer der besten

Spione des Imperiums oft Leuten, die er schon einmal getroffen hatte. Senatoren, Schiffskapitäne, Edelfrauen, Waffenhändler – sogar einmal der Braut einer Sternenflottenhochzeit in San Francisco.

Nicht, dass Crusher ihn jemals wiedererkannt hätte. An dem Tag an dem er ihr und ihrem Bräutigam diesen absurden Klumpen Hochzeitstorte serviert hatte, hatte er ein anderes Gesicht getragen – eine von vielleicht hundert Gestalten, die Manathas über die Jahre angenommen hatte. Seine Gesichtszüge waren schon so oft chirurgisch verändert worden, dass er sich selbst kaum an das Gesicht erinnerte, mit dem er geboren worden war.

Aber Manathas hatte die Ärztin erkannt. In dem Moment, in dem Sela und die anderen Centurions sie hereingeschleppt hatten, hatte er gewusst, wer sie war. Und im gleichen Moment hatte er das Ausmaß der Möglichkeiten erkannt, die ihm zu Füßen gelegt wurden.

Und natürlich seinen Auftraggebern. *Beiden.*

Ironisch, dachte er, *nicht wahr?* Jahrzehnte zuvor hätte er die Ärztin fast übersehen, da ihn sein Auftrag für den Praetor dazu gezwungen hatte, sich auf die zu ihren Ehren anwesenden Captains zu konzentrieren. Nun, da das Klonprojekt des Praetors vor langer Zeit eingestellt worden war, waren diese Captains nicht annähernd so wichtig wie die Frau, die sie gefeiert hatten.

Tal'Aura würde verärgert sein, wenn sie von Crushers Anwesenheit auf Kevratas erfuhr. Sie war auf die Föderation zugegangen und die Föderation hatte mit Verrat geantwortet.

Aber sie musste sich darüber im Klaren gewesen sein, dass es sich dabei um eine Möglichkeit gehandelt hatte. Und mit Crusher in ihren Fängen würde sie in der Lage sein, den Schritt der Föderation mit einem eigenen zu beantworten – basierend auf den Informationen, die sie aus der Ärztin herausquetschen konnte. Und Manathas hätte seinen Auftrag erfüllt und damit seine großzügige Entlohnung gerechtfertigt.

Was Eborion anging – auch er würde zufrieden sein. Anstatt Sela zu erlauben, den Ruhm für Crushers Ergreifung einzuheimsen, würde Manathas sie aus dem Gefängnis und von Kevratas verschwinden lassen. Und dabei würde er den Praetor wissen lassen, wie sehr das Halbblut in der Angelegenheit der Föderationsagentin versagt hatte.

Und zwar so sehr, dass Manathas gezwungen sein würde, Crusher nach Romulus zu bringen. Selas Ansehen bei Tal'Aura wäre zerstört. Und Eborion würde als ihr Favorit übrig bleiben – womit auch der Patrizier auf seine Kosten gekommen wäre.

Selten lösten sich so komplizierte Angelegenheiten mit solcher Schönheit und Symmetrie. Schon der Gedanke daran zauberte ein Lächeln auf das Gesicht des Spions.

Natürlich musste er immer noch Crushers Flucht ermöglichen. Aber jetzt, da ein Großteil von Selas Truppen durch die Stadt patrouillierte, musste er nur noch an ein paar Centurions vorbei.

Er musste nur schnell vorgehen, bevor Sela die Gelegenheit bekam, den Menschen mit ihren Verhörmethoden zu verletzen. Tal'Aura würde erheblich dankbarer sein, wenn die Gefangene noch ihre fünf Sinne beisammen hätte, wenn sie auf Romulus ankam.

Vielleicht sogar so dankbar, dass dies hier der letzte Spionageeinsatz für Manathas sein könnte. Schließlich wurde er auch nicht gerade jünger und das Alter war der Feind der Geheimagenten. Er hatte selbst miterlebt, wie seine Rivalen sich zu sehr unter Druck gesetzt und schließlich einen Fehler begangen hatten – mit tödlichem Ausgang.

Wenn er sein Leben einmal beendete, sollte das mit dem Wissen sein, dass er ausgesorgt hatte. Er wollte wissen, dass er etwas erreicht hatte, was er als Hauslehrer, der Beruf, zu dem ihm sein Vater geraten hatte, niemals hätte erreichen können.

Er war nicht dem Tal Shiar – dem romulanischen Geheimdienst – beigetreten, wie so viele mit seinen Talenten. Er hatte sich in einem Beamtenapparat ohnehin niemals wohlgefühlt.

Auch gut. Der Tal Shiar war während des Dominion-Krieges durch seine Arroganz in eine Falle der Gründer getappt. Als Ergebnis war praktisch die gesamte Organisation ausgelöscht worden.

Und so dreht sich das Rad, dachte Manathas. *Und erhebt im Drehen die, die unten waren.*

Das war eine Zeile aus *Kriegerdämmerung,* dem bekanntesten Werk Dezrais, einem antiken romulanischen Dichter. Manathas mochte sein Aussehen und seine Arbeitgeber öfter wechseln als andere Leute ihre Unterwäsche, aber sein Literaturgeschmack war unerschütterlich der Gleiche geblieben.

Als Picard sich zu Pug, Greyhorse und Decalon auf die Transporterplattform der *Annabel Lee* gesellte, inspizierte er sie ein letztes Mal.

Es war eine Sache, jemanden zu täuschen, der sie nur auf einem Schirm sehen konnte, aber eine ganz andere, die Täuschung persönlich aufrecht zu erhalten. Allerdings befand sich Picard, soweit er es beurteilen konnte, in einer Gruppe waschechter, barolianischer Händler.

Natürlich könnte eine halbwegs gründliche Sensorabtastung ihre Tarnung durchschauen und sie als Betrüger entlarven. Aber laut den Informationen der Sternenflotte besaß ihr Ziel - ein Ort, der niemals auch nur eine einzige Bedrohung von außerhalb des Imperiums erfahren hatte - keine Sensorausstattung.

»Bereit?«, fragte Pug.

Picard nickte. »Energie.«

Der ehemalige Sicherheitschef zog den Ärmel seines dicken, schwarzen Thermoanzugs zurück und enthüllte dadurch das Kontrollband, das an seinem Handgelenk befestigt war. Mit dieser Fernschaltung bediente er den Transportermechanismus.

Einen Moment lang geschah gar nichts. Dann, mit einer Abruptheit, an die sich der Captain über die Jahre gewöhnt hatte, fand er sich in einem ausgedehnten, kuppelartigen Saal wieder, der aus großen schwarzen Steinen gebaut war und von silbernen Kugeln beleuchtet wurde, die von der Decke hingen.

Er und seine Kameraden standen neben mehr als einem Dutzend

mit Musterverstärkern ausgestatteten Transporterplattformen, die auf einem eisblauen Marmorboden verteilt waren. Laut Decalon wurde ein großer Prozentsatz des Schiff-zu-Oberfläche-Verkehrs durch diesen speziellen Checkpoint geschleust.

Offenbar hatte es diese Einrichtung schon lange bevor die Romulaner den Planeten besetzt hatten gegeben. Picard wusste nicht, welche Rolle sie in der kevratanischen Gesellschaft gespielt hatte, aber sie war auf jeden Fall groß und imposant. *Eine Markthalle?*, überlegte er. *Oder vielleicht eine Staatskammer?*

Jetzt waren mindestens fünfzig bewaffnete romulanische Centurions in Kettenhemdrüstungen überall im Raum postiert. Die meisten säumten die Wände. Einer von ihnen kam auf Picard und seine Gruppe zu und hielt dabei sein Disruptorgewehr quer vor seiner Brust.

»Kommen Sie mit«, sagte der Centurion. Sein Tonfall war genauso ungeduldig wie befehlshaberisch.

»Natürlich«, sagte Picard.

Er trat von der Plattform herunter und folgte zusammen mit seinen Gefährten dem Romulaner zu einem der etlichen schwarzen, funktional aussehenden Kästen am anderen Ende des Saals, hinter denen er auch den Ausgang sehen konnte. Eine breite, gut bewachte Öffnung, die sowohl in der romulanischen als auch in der kevratanischen Sprache beschriftet war.

Dank Admiral Edrichs Instruktionspaket konnte Picard ein wenig von beidem lesen – wenn auch nicht so viel wie Decalon, der für mehr als ein Jahr unter den Kevrata gelebt hatte. Die anderen würden sich auf die barolianischen Übersetzungsgeräte verlassen müssen.

Als der Captain den Kasten erreicht hatte, streckte der romulanische Beamte seine Hand aus. »Ihre Papiere«, sagte er barsch und ohne Betonung.

Picard übergab ihm ein Datenpadd mit den benötigten Informationen. Natürlich war alles gefälscht und bestand aus der Art Lügen, die die Romulaner am leichtesten schlucken würden.

Der Beamte studierte es. Er hatte den Blick von jemandem, der von seiner Arbeit schon lange gelangweilt war.

»Was führt Sie hierher?«, fragte er, obwohl ihm das Datenpadd diese Frage hätte beantworten können.

»Wir sind Händler«, erklärte Picard pflichtbewusst, »und handeln mit Impulsantriebsteilen.«

Pugs Frachtraum war für alle Fälle damit vollgestopft worden. Schließlich wussten sie nicht, wie ernst die Romulaner ihre Sicherheit zurzeit nahmen.

Der Beamte nahm Picard einen Augenblick lang genau unter die Lupe, als ob er einen Geheimagenten nur durchs Ansehen erkennen könnte. Dann bewies er, dass er nicht halb so scharfsinnig war, wie er glauben mochte, und winkte den Captain durch.

Einer nach dem anderen durchlief die Musterung und gesellte sich zu Picard an den Ausgang. *So weit, so gut,* dachte er.

Eine der Wachen dort überprüfte sie erneut und berührte dann eine Metallplatte, die in die Wand eingesetzt war. Einen Augenblick später glitt die Tür zur Seite und gab einen grell beleuchteten Durchgang frei.

Auch dort waren Wachen, deren Gesichtszüge von den blutroten Wärmelampen, die die Wände säumten, scharf hervorgehoben wurden. Während der Captain und seine Gefährten durch den Gang liefen, konnten sie spüren, wie die Luft trotz der Lampen immer kühler wurde.

Aber sie befanden sich schließlich auch in der notwendigen Pufferzone zwischen der temperaturkontrollierten Umgebung des Checkpoints und der arktischen Kälte dort draußen. Es ergab sich zwangsläufig, dass es hier ein wenig kälter war.

Schweigend machten sich Picard und seine Kameraden auf den Weg an den Wachen vorbei zur Tür am Ende des Gangs. Als sie näherkamen, sahen sie, dass es sich eigentlich um zwei Türen handelte und jede von ihnen war eine kunstvoll verzierte Holztafel.

Offenbar Überbleibsel des ursprünglichen Gebäudes, dachte Picard.

Die Schnitzereien stellten alle Motive von freigiebiger Nächstenliebe dar – Kevrata, die sich gegenseitig mit Essen, Trinken, Edelsteinen, Fellen und anderen Geschenken bedachten. Die Romulaner kamen auf diesen Abbildungen natürlich nicht vor. Aber wenn man sie eingefügt hätte, wäre es nicht ihrer Großzügigkeit wegen gewesen.

Der Captain war überrascht, dass die imperialen Behörden die Türen intakt gelassen hatten, wenn man bedachte, wie wärmeineffizient sie sein mussten. Die Einheimischen mussten sehr stolz auf sie sein, sonst hätten die Romulaner sie wohl einfach ausgerissen und weggeworfen.

»Zieht euch warm an«, sagte Pug, »da draußen wird es eisig sein«. Er zog sich die Kapuze seines Thermoanzugs über.

Picard tat es ihm nach. Dann setzte er sich eine Schutzbrille auf, ohne die sie allzu leicht schneeblind werden konnten. Schließlich zog er ein Stück Thermostoff über die untere Hälfte seines Gesichts, um es vor Erfrierungen zu schützen und befestigte es auf der anderen Seite.

Es wäre nett gewesen, wenn die Wachen im Durchgang ebenfalls die hölzernen Türen für sie geöffnet hätten. Aber egal, was die Romulaner dazu bewegt hatte, die geschnitzten Holzstücke zu behalten, es hatte sie auch dazu gebracht, sie nicht zu mechanisieren. Um hinaus zu gelangen, würden der Captain und seine Gruppe ein wenig Muskelkraft aufwenden müssen.

Picard bereitete sich innerlich auf die Kälte vor, lehnte sich gegen eines der Tore und drückte. Pug tat das Gleiche. Die Holztüren waren schwerer als sie aussahen, aber nach einem Augenblick schwangen sie auf und gaben den drei Menschen einen ersten Blick auf die kevratanische Zivilisation außerhalb des Checkpoints frei.

Das Instruktionsmaterial, das Admiral Edrich geschickt hatte, war gründlich gewesen und hatte sogar eine Anzahl von Fotos beinhaltet, die von föderationsfreundlichen Händlern gemacht worden waren. Und doch verblassten sie im Vergleich mit dem Anblick, der sich dem Captain bot.

Er hatte erwartet, ein trostloses Gelände mit groben Steinbauten zu sehen, die alle im wilden, grauen Schneetreiben verborgen waren, und nur gelegentlich durch ein paar blasse Sonnenstrahlen aufgehellt wurden. Tatsächlich waren die Gebäude, die sich vor Picard erstreckten, mit Schnee bedeckt und sanfte Flocken fielen vom Himmel.

Aber es war keineswegs so trostlos wie er befürchtet hatte.

Er hatte sowohl auf der Erde als auch in anderen Welten Zivilisationen gesehen, in denen das Volk hart an der Schönheit seiner Gewänder arbeitete. Aber in diesen Gesellschaften war Kleidung auch ein Hinweis auf den Status.

Nicht so bei den Kevrata.

Sie glaubten nicht an diese Art von Klassenunterschieden, die davon abhing, was eine Person besaß. Ganz im Gegenteil. In der kevratanischen Gesellschaft war der soziale Rang ganz davon abhängig, was jemand geben konnte.

Picard erinnerte das an einen Brauch, den einige der alten Stammeskulturen Nordamerikas praktizierten. Bekannt als das Potlatchfest, war es ein Anlass, an dem die wohlhabenderen Stammesmitglieder sogar so weit gingen, sich zu ruinieren, um das Ausmaß ihrer Freigiebigkeit zu demonstrieren.

Es ist besser, zu geben als zu nehmen. Das Potlatchvolk lebte ganz nach dieser Regel. Offensichtlich genau wie die Bewohner von Kevratas.

Oder eher: so hatten sie *einst* gelebt. Dann, vor fast fünfzig Jahren, hatte sich das Romulanische Sternenimperium wieder einmal ausgebreitet und Kevratas im Namen desjenigen, der gerade zu jener Zeit Praetor war, beansprucht.

Die Rechte der Kevrata waren in Übereinstimmung mit den Bedürfnissen des Imperiums eingeschränkt worden. Allgemein zugängliche Kommunikation war so gut wie ausgeklammert worden. Ausgangssperren wurden verhängt. Und persönlicher Besitz wurde beschlagnahmt – vorgeblich, da die Kevrata ihn als Mündel des Imperiums nicht benötigen würden, aber in Wahrheit, weil die Romulaner ihn in ihr eigenes Säckel stecken wollten.

Das Imperium übernahm die Kontrolle über die drei Hauptindustrien des Planeten – Handel, Bergbau und die Herstellung eigentümlicher, aber wunderschöner einheimischer Kunstgegenstände. Fast der gesamte Profit landete direkt auf Romulus.

Für die Kevrata war der Verlust der persönlichen Freiheit äußerst schmerzlich. Aber der Verlust ihrer Besitztümer war noch viel schmerzhafter. Sie hatten ihren Wert als Personen dadurch definiert, wie viel sie anderen geben konnten. Und nun hatten sie plötzlich nichts mehr zu geben ... und daher auch keinen Wert.

Was für eine traurige Angelegenheit. Und doch ertrugen die Kevrata die romulanische Herrschaft viel besser als andere Vasallenvölker.

Jeder, der solche Mäntel besitzt, muss noch Hoffnung in sich tragen, dachte Picard. *Es muss in ihrer Natur liegen.* Und wenn seine Mission erfolgreich war, würden die Kevrata bekommen, worauf sie hofften.

Er wandte sich an Decalon. »Welche Richtung?«

Der Überläufer sah sich einen Moment lang um und versuchte, sich zu orientieren. Immerhin war es ziemlich lange her, seit er auf diesem Planeten gelebt hatte, und der Schnee machte es schwierig, ein Gebäude vom nächsten zu unterscheiden.

Schließlich zeigte er in eine Richtung und sagte: »Da lang.«

Picard zog erneut Bilanz über seine Begleiter. Es war verführerisch, Joseph und Greyhorse so zu sehen, wie er sie auf der *Stargazer* gesehen hatte – als Untergebene, die automatisch seine Befehle ausführten.

Aber es waren Jahrzehnte vergangen, seit sie unter ihm gedient hatten. Sie waren nicht länger die Männer, die sie einst gewesen waren. Und Decalon war ein noch größeres Fragezeichen.

Aber das hier war das Team, das dem Captain zugeteilt worden war, und er hatte es akzeptiert. »Dann wollen wir mal los«, sagte er.

Und sie machten sich durch den Sturm auf den Weg zu dem Wohnsitz eines Romulaners namens Phajan.

KAPITEL 7

———

Während sie sich notdürftig gegen die Kälte abschirmten, warteten Picard und seine Kameraden im Windschatten eines gut ausgestatteten Hauses in der Nähe einer der Hauptstraßen der Stadt.

Der Schneefall hatte für den Moment aufgehört, aber der Himmel über ihnen sah grau und trist aus und versprach in nicht allzu ferner Zeit einen weiteren Schneesturm. *Noch ein Grund, warum es gut wäre, wenn jemand die Tür öffnen würde.*

Endlich hörten sie eine Stimme über dem Pfeifen des Windes: *»Was wollen Sie?«*

Decalon ging ein wenig näher an das Gitter neben der Tür, das Teil eines Interkom-Systems zu sein schien, allerdings ohne Bildübertragung. »Ich bin hier, um einen alten Freund zu besuchen«, sagte er. »Sein Name ist Phajan.«

Die Stimme, die die Worte aussprach, war die Decalons. Er hatte offenbar den Mechanismus, der ihn wie einen Barolianer klingen ließ, deaktiviert.

»Ihre Stimme kommt mir bekannt vor ...«, sagte die Person am anderen Ende der Interkom-Verbindung.

»Das sollte sie«, sagte Decalon. »Oder hast du die Nacht vergessen, in der wir am Fuß der Feuerfälle Ale getrunken haben?«

Ein Moment Stille. Dann: *»Decalon ...?«*

»Genau der«, sagte der Romulaner. »Obwohl ich, wie du gleich bemerken wirst, in letzter Zeit nicht ich selbst bin.«

Ein paar Sekunden später wurde die Tür aufgeschleudert und ein Romulaner blieb an der Schwelle stehen. Er war groß und dünn, mit grauen Schläfen und Augen, die eine Menge Traurigkeit gesehen haben mussten. Als er sah, was für eine Gestalt Decalon angenommen hatte, fiel ihm die Kinnlade herunter und er stieß einen überraschten Laut aus.

»Ich hab dir doch gesagt, dass ich momentan nicht ich selbst bin«, sagte Decalon.

Sein Freund fluchte leise. Dann richtete sich sein Blick auf Picard, Pug und Greyhorse, und er fragte: »Und wer sind *die?*«

»Ich bürge für sie«, sagte Decalon.

Phajan zögerte – aber nur für einen Moment. »Kommt rein«, sagte er, »bevor wir alle erfrieren.«

Das ließ sich Picard nicht zweimal sagen. Sobald er und seine Kameraden im Inneren waren, schloss Phajan die schwere, hölzerne Tür hinter ihnen. Dann drehte er sich zu Decalon.

»Was tust du hier im Imperium?«, wollte er wissen.

Decalon lächelte und verzog dabei sein Gesicht. »Ich befinde mich auf einem Einsatz der Föderation.« Er berührte die Steuerung seines tragbaren Holosystems und ließ seine barolianische Tarnung fallen.

Phajan schüttelte zuerst reuevoll seinen Kopf, doch dann lächelte auch er ein wenig. Er umarmte seinen Freund.

»Du Idiot«, sagte er. »Es war so schwierig, dich hier heraus zu bringen. Und jetzt bist du wiedergekommen.«

»Unglücklicherweise«, sagte Decalon, »kann ich dir nicht sagen, was wir auf Kevratas machen.«

»Das will ich gar nicht wissen«, versicherte ihm Phajan. »Wie immer gilt, je weniger Leute etwas davon wissen, desto besser.«

»Deine Familie«, sagte Decalon, »geht es ihr gut?«

Ein Schatten legte sich über Phajans Gesicht. »Meine Mutter ist letztes Jahr gestorben. Aber meine Schwestern und ihre Familien leben immer noch auf der Heimatwelt.«

»Sind sie zufrieden?«

Phajan nickte. »Einigermaßen.«

Einen Augenblick lang herrschte Schweigen zwischen den beiden Romulanern. Dann sagte Decalon: »Es ist lange her.«

»Zu lange«, sagte sein Freund.

Phajan war einer der unzufriedenen Romulaner, die vor mehr als einem Jahrzehnt geholfen hatten, Überläufer wie Decalon aus dem Imperium zu schmuggeln. Decalon hatte während des Fluges durch die Neutrale Zone ausführlich von Phajans Einsatz und Mut gesprochen.

Picard hatte keinen Grund, die Genauigkeit von Decalons Erinnerung anzuzweifeln. Nichtsdestotrotz hing eine Menge vom Erfolg dieser Mission ab, daher hatte er die Datenbank der Sternenflotte herangezogen, die noch im Erdorbit auf Pugs Schiff heruntergeladen worden war.

Sie bekräftigte Decalons Angaben: Phajan hatte bei der romulanischen Untergrundbahn tatsächlich eine große Rolle gespielt und ungefähr fünfundfünfzig Überläufern die Flucht in die Föderation ermöglicht.

Warum Phajan sich selbst dafür entschieden hatte, im Imperium zu bleiben, war nicht erklärt worden. Aber natürlich war er nicht der einzige Romulaner, der andere in die Freiheit gebracht hatte, ohne diese Möglichkeit selbst zu ergreifen.

»Kenne ich deine Begleiter auch?«, fragte Phajan. Er betrachtete Picard und die anderen, die immer noch als Barolianer verkleidet waren. »Oresis vielleicht? Oder Achitonos?«

»Da muss ich dich leider enttäuschen«, sagte Decalon. »Oresis und Achitonos befinden sich in der romulanischen Siedlung, die wir in der Föderation aufgebaut haben.« Er deutete auf den Captain. »Das hier ist Jean-Luc Picard, Captain des *Raumschiffs Enterprise*.«

»Ah«, sagte Phajan und seine Augen leuchteten auf. »Ich habe von Captain Picard gehört. Tatsächlich haben er und ich bereits miteinander gearbeitet, wenn ich mich nicht irre – obwohl er das wahrscheinlich nicht wusste.«

»Wenn Sie einer meiner Kontakte im Imperium waren«, sagte der Captain, »wusste ich davon tatsächlich nichts. Zu Ihrem Schutz wurden wir nie von Ihren Namen in Kenntnis gesetzt.«

»Eine kluge Vorgehensweise«, sagte Phajan, »die zweifellos viele von uns hat überleben lassen, lange nachdem unsere Operation ihre Nützlichkeit überdauert und sich aufgelöst hatte.«

Tatsächlich hatte der einst sintflutartige Strom von Romulanern, die aus dem Imperium fliehen wollten, nach dem ersten Jahr der Untergrundbahn stark nachgelassen und war kurz darauf vollständig versiegt. Niemand in der Föderation hatte verstehen können warum.

Auch Romulaner wie Decalon konnten keinen Aufschluss darüber geben. Es war, als ob ihre Ablehnung des Imperiums und seiner Ideale nicht mehr als eine Modeerscheinung gewesen war, die ihr Verfallsdatum überschritten hatte und vorübergegangen war.

»Und dies«, sagte Decalon und deutete auf den Arzt und ihren Piloten, »sind Carter Greyhorse und Peter Joseph, beide ehemalige Offiziere der Sternenflotte.«

Phajan warf einen Blick auf sie. »Sie sind in meinem Haus willkommen. So willkommen wie mein Freund Decalon.«

»Das ist sehr nett von Ihnen«, sagte Picard.

Phajan tat den Dank mit einem Wink seiner Hand ab. »Das ist das Mindeste, was ich für diejenigen tun kann, die Decalon und den anderen ein Leben außerhalb des Imperiums ermöglicht haben.«

»Ich habe dazu nichts beigetragen«, sagte Greyhorse mit einem seltsamen Unterton.

Die Bemerkung kam aus dem Nichts. Wenn sie von einem Mann ohne Vorstrafe und seelische Unausgeglichenheit gemacht worden wäre, hätte der Captain sie vielleicht überhört. Aber so wie die Dinge standen, wurde er sehr wachsam.

Joseph, der ebenfalls ein wenig besorgt aussah, legte seine Hand auf die Schulter des Arztes und sagte: »Schon gut, Doc. Ich hatte diese Gelegenheit auch nicht.«

»Allerdings«, fuhr Greyhorse fort, als ob sein Kollege nichts gesagt hätte, »*wünschte* ich, dass ich etwas dazu hätte beitragen können. Es gibt nichts Wichtigeres als die Freiheit.«

Picard wartete auf Phajans Reaktion. Aber alles, was der Romulaner sagte, war: »Das sehe ich auch so.«

Er hatte offenbar nichts Ungewöhnliches an der Äußerung des Arztes bemerkt. Allerdings wusste niemand, was Greyhorse sonst noch alles sagen würde, oder zu welchem kritischen Augenblick er es von sich geben würde.

Picard begann sich zu fragen, ob es wirklich eine so gute Idee gewesen war, den Arzt in eine so wichtige Situation zu bringen. Nicht, dass er jetzt irgendetwas daran ändern konnte, außer ein Auge auf Greyhorse zu werfen und das Beste zu hoffen.

Decalon schien Picards Unbehagen zu spüren und wechselte das Thema. »Du lebst schön«, stellte er fest.

Ihr Gastgeber warf einen Blick auf die Einrichtung – eine Sammlung von gepflegten, dick gepolsterten Stühlen und kunstvollen Wanddekorationen aus polierten Metallen. Sie sahen tatsächlich recht opulent aus, vor allem verglichen mit dem örtlichen Standard.

»Einer der Vorteile«, sagte Phajan, »wenn man ein Steuereintreiber ist. Um genau zu sein, der *oberste* Steuereintreiber.«

»Sie treiben die Steuern der Kevrata ein?«, fragte Greyhorse in einem nicht gerade freundlichen Tonfall.

Ihr Gastgeber wandte sich ihm mit angespanntem Gesichtsausdruck zu. »Maßen Sie sich nicht an, über mich zu urteilen.«

»Das war gar nicht seine Absicht«, sagte Picard. Er sah den Arzt eindringlich an. »Oder?«

Greyhorse sah einen Moment lang verloren aus. Dann sagte er in einem freundlicheren Tonfall zu Phajan: »Bitte verzeihen Sie, wenn ich Ihnen diesen Eindruck vermittelt habe. Man tut, was man muss, um zu überleben.«

»So ist es«, sagte Phajan und schien sich ein wenig zu entspannen.

»Wir wissen deine Gastfreundschaft zu schätzen«, sagte Decalon und unterbrach erneut den heiklen Moment, »aber wir wollen nicht lange bleiben. Jeder Moment, den wir hier verbringen, bringt dich in Gefahr.«

Phajan zuckte mit den Schultern. »Darüber brauchst du dir keine

Sorgen machen. Jetzt setzt euch erstmal hin und sagt mir, wie ich euch helfen kann.«

Sie öffneten ihre Thermoanzüge, setzten sich auf die gepolsterten Stühle ihres Gastgebers und warteten, während er ihnen einen Drink zubereitete – ein scharfes, klares Getränk namens *Cijarra*, das Picard während seiner Zeit auf Romulus einmal gekostet hatte. Dann, während sie den dampfenden *Cijarra* mit einstimmiger Begeisterung für seine Feinheiten schlürften, erzählte Decalon seinem Freund, was sie von ihm benötigten.

»Wir brauchen eine Möglichkeit«, sagte er, »um den Untergrund zu kontaktieren.«

Phajans Augenbrauen zogen sich über seinem Nasenrücken zusammen. »Leichter gesagt als getan.«

Decalon sah enttäuscht aus. »Ich dachte, dass dir vielleicht ...«

»Dass mir vielleicht etwas einfällt, weil ich selbst mal Teil eines Untergrunds war?« Phajan schüttelte den Kopf. »Das war eine andere Zeit, mein Freund, und ein anderes Leben.«

»Dann können Sie uns nicht helfen?«, fragte Picard.

Phajan dachte lange über die Frage nach. »Wenn es leicht wäre, den Untergrund zu finden«, sagte er schließlich, »wäre Commander Sela wohl inzwischen über ihn gestolpert.«

Für den Captain war es wie ein Schlag in den Magen. »Haben Sie ... Commander *Sela* gesagt?«

»Ja«, sagte Phajan. »Sie hat vor ein paar Wochen die Leitung über Kevrata übernommen. Kennen Sie sie?«

»Ich bin ihr schon begegnet«, bestätigte Picard. »Mehr als einmal, um genau zu sein.« Er erzählte nichts von Selas Beziehung zu Tasha Yar, da er darin keinen Sinn sah. »Sie ist, gelinde gesagt, Respekt einflößend.«

»So scheint es«, sagte Phajan. »Ich lebe nun schon seit Jahrzehnten auf Kevratas und habe niemals erlebt, dass es so streng regiert wurde – oder so grausam. Die Einheimischen sprechen von Sela nur mit Furcht in ihren Stimmen.«

»Dann hat sie sich nicht verändert«, sagte Picard.

»Und der Untergrund?«, fragte Decalon. »Gibt es keine Möglichkeit, um sie wissen zu lassen, dass wir hier sind? Ohne Sela ebenfalls zu alarmieren?«

»Ich habe eine Idee«, sagte Phajan. »Ich vermute schon lange, dass einer meiner Angestellten Kontakte zum Untergrund hat – obwohl sie natürlich nie etwas davon erzählt hat. Wenn ihr wollt, werde ich mein Glück bei ihr versuchen. *Vorsichtig*, wenn ihr versteht. Und mit etwas Glück, werde ich Erfolg haben.«

»Dafür wären wir höchst dankbar«, sagte der Captain. »Es steht eine Menge auf dem Spiel.«

Nicht zuletzt das Schicksal von Beverly Crusher. Und erst, wenn Picards Team den Kevrata ein Heilmittel gebracht hatte, konnten sie ihre Energien darauf verwenden, sie zu finden.

»Ich verstehe«, sagte Phajan. Er durchschritt den Raum und nahm einen dunkelgrünen Thermoanzug von einem Wandhaken. »Auf die eine oder andere Weise wird das hier nicht lange dauern.«

Worf blickte auf den Monitor vor sich, der erst einen Tag zuvor angeschlossen worden war, und auf dem jetzt Captain Idun Asmund zu sehen war.

»*Sie sehen gut aus*«, sagte sie ihm.

»Sie ebenfalls«, sagte er.

Es war keine Lüge. Hätte Worf es nicht besser gewusst, hätte er Asmund für zehn Jahre jünger gehalten als ihr tatsächliches Alter. Aber andererseits trainierte sie als Schülerin der klingonischen Kampfkünste auch täglich energisch.

Einige Jahre zuvor, als sie und ein paar von Picards ehemaligen Kollegen das Schiff besucht hatten, war die *Enterprise* von einer Reihe schrecklicher Mordversuche heimgesucht worden. Irgendwann schien dann alles auf Idun Asmund hinzudeuten.

Worf, der zu der damaligen Zeit Picards Sicherheitsoffizier gewesen war, hatte die Frau in die Brigg bringen müssen. Dennoch war er der Einzige gewesen, der ihren Unschuldsbeteuerungen Glauben geschenkt hatte.

Aber schließlich war er ein gebürtiger Klingone und sie – trotz ihres blonden Haars und der unverkennbar menschlichen Gesichtszüge – als Ziehtochter eines Klingonen auf Q'onoS aufgewachsen. Worf hatte durch den Anschein der Schuld sehen können und war zu dem Schluss gekommen, dass Asmund die Wahrheit sagte.

Obwohl ihm niemand glaubte, sagte sie ihm, wie dankbar sie für seine Bemühungen war. Später waren die Anschuldigungen gegen sie natürlich fallengelassen worden. Aber da sie eine Klingonin war, hatte sie niemals vergessen, dass Worf an sie geglaubt hatte.

Daher hatte er sich entschlossen, sie unter diesen Umständen zu kontaktieren. Wenn einer der ehemaligen Kollegen des Captains es vielleicht in Betracht ziehen würde, ihm zu helfen, wäre es Idun Asmund.

»Herzlichen Glückwunsch«, sagte Worf, »zu Ihrer Beförderung zum Captain.«

Asmund zeigte ein angespanntes, kontrolliertes Lächeln. *»Das ist bereits mehrere Monate her und Sie haben es bisher nicht für angebracht gehalten, mich zu kontaktieren. Welchem Umstand habe diese Ehre jetzt zu verdanken?«*

Worf war über ihre Direktheit nicht überrascht. Klingonen nahmen selten ein Blatt vor den Mund.

»Ich habe eine Frage«, sagte er, »die Sie mir vielleicht beantworten können.«

Der Captain nickte. *»Worum geht es?«*

»Doktor Crusher ist während eines Einsatzes als vermisst gemeldet worden und Captain Picard wurde – zusammen mit einigen Ihrer ehemaligen Kollegen – damit beauftragt, sie zu finden. Ich dachte mir, dass Sie vielleicht eine Ahnung haben könnten, wohin die Mission den Captain führt.«

Worf hatte kaum den ersten Satz ausgesprochen, als er den überraschten und besorgten Blick in Asmunds Augen sah und durch dieses

Zeichen wusste, dass sie ihm nicht würde helfen können. Wenn sie noch nichts von Beverlys Verschwinden gehört hatte, würde sie Worf sicherlich auch nichts über das Ziel des Captains erzählen können.

»*Es tut mir leid, das von Doktor Crusher zu hören*«, sagte Asmund, die mit dem verstorbenen Ehemann der Ärztin auf der *Stargazer* gedient hatte. »*Leider habe ich nichts über diese Mission gehört, daher kann ich Ihnen nicht helfen.*«

»Ich verstehe«, sagte Worf und versuchte, sich seine Enttäuschung nicht anmerken zu lassen.

»*Aber Vermisstenberichte sind nicht immer so endgültig, wie sie scheinen. Doktor Crusher kann durchaus unverletzt wieder auftauchen.*«

»Das ist es, was wir hoffen«, sagte Worf.

Aber er merkte an Asmunds Tonfall, dass sie trotz ihrer aufmunternden Worte nicht sehr optimistisch war. Ihrer Meinung nach war die Ärztin zweifellos so gut wie tot.

Aber natürlich kannte sie Beverly auch nicht so gut, wie Worf sie kannte. »Ich möchte nicht noch mehr Ihrer Zeit verschwenden«, sagte er. »*Qapla'*, Captain.«

Asmund neigte ihren Kopf. »*Qapla', Worf, Sohn von Mog.*« Einen Moment später wurde ihr Bild auf dem Schirm von dem Emblem der Föderation ersetzt.

Worf stieß einen Laut der Enttäuschung aus und lehnte sich auf seinem Stuhl zurück. Asmund hatte sich als Sackgasse erwiesen. Aber es gab sicherlich noch andere Wege, die er und Geordi beschreiten konnten.

Er hoffte nur, dass einer von ihnen erfolgreich sein würde.

Worfs Schlaf war in der Nacht zuvor von einer Vision unterbrochen worden, einem dunklen und beunruhigenden Drama, in dem er erfahren hatte, dass die Ärztin auf einer düsteren und bedrohlichen Welt bei dem Versuch gestorben war, einer Spezies zu helfen, die von ihren Bemühungen nichts wusste. In dem Traum war es nun an Captain Picard gewesen, ihren Leichnam nach Hause zu bringen, genauso wie er es Jahrzehnte zuvor mit Beverlys Mann getan hatte.

Bei der Beerdigung der Ärztin hatte der Captain gesagt, dass nur eine einzige Sache Beverly vor dem Tod hätte bewahren können – das Eingreifen des klingonischen Kriegers, der ihr Freund gewesen war. Aber leider, hatte Picard gesagt, hatte Worf sich nicht die Mühe gemacht, ihr zu helfen. Er hatte sie vergessen und zugelassen, dass andere Dinge seine Aufmerksamkeit beanspruchten.

Klingonen hielten mehr von ihren Träumen als die meisten anderen Spezies – und trotz seiner Nähe zu den Menschen und der Sternenflotte bildete Worf keine Ausnahme. Wenn Doktor Crusher starb, würde es *nicht* passieren, weil er sie vergessen hatte.

Mit diesem Hintergedanken befragte er den Computer nach Geordis Aufenthaltsort auf dem Schiff. Er musste seinem Mitverschwörer berichten, dass sein Gespräch mit Captain Asmund nichts ergeben hatte.

Und dass sie wieder am Anfang standen.

Seit Phajan weggegangen war, hatte Picard viel Zeit damit verbracht, über Beverly Crusher nachzudenken, und darüber, welche Nöte sie in diesem Augenblick wohl ausstehen musste. Aber während die Sekunden verstrichen, tauchte ein anderer Gedanke auf.

Eigentlich kein Gedanke. Mehr ein Gefühl.

Er hatte während seiner Karriere bereits zuvor Entscheidungen aufgrund von Gefühlen getroffen und selten Anlass gehabt, sie zu bedauern. Letzten Endes hatten sie alle auf etwas basiert – einer halb erinnerten Tatsache, einer unbewussten Beobachtung.

Aber anfangs schienen sie alle nur ein Gefühl gewesen zu sein – gesichtslos, formlos und doch überwältigend. *Das hier,* sagte sich Picard, *ist wieder so etwas.*

Noch während er das dachte, sah er, wie Pug sich auf den ihm gegenüberstehenden Stuhl setzte. Der ehemalige Sicherheitschef schien besorgt – vielleicht sogar so besorgt wie Picard selbst.

»Was ist los?«, fragte Pug. »Und sagen Sie mir nicht, dass es nichts ist. Ich kenne die Art, wie Sie Ihre Schultern zusammenziehen.«

Du kennst mich zu gut, dachte der Captain. »Ich habe ein schlechtes Gefühl, Pug.«

»Wie schlecht?«

Picard runzelte die Stirn. »Ich glaube, dass wir gehen sollten.«

»Wie bitte?«, fragte Decalon, der am anderen Ende des Raumes stand.

»Ich glaube, dass wir gehen sollten«, sagte der Captain ein wenig lauter und zog damit auch Greyhorses Aufmerksamkeit auf sich.

»Warum?«, fragte der Arzt, der in seinen großen Händen immer noch eine staubige Kuriosität hielt, die er von einem Beistelltisch genommen hatte.

Picard drehte sich zu ihm. *Ja, warum eigentlich?*

»Phajan ist jetzt schon lange weg«, sagte er. »Zu lange, scheint mir. Je länger ich über die Situation nachdenke, desto weniger bin ich geneigt, ihm zu vertrauen.«

Decalon fluchte unterdrückt. »Phajans Charakter ist über jede Kritik erhaben. Er war ein wesentlicher Teil der Untergrundbahn, dem die Föderation bedingungslos vertraut hat.«

Picard räumte das ein. »Trotz alledem«, dachte er laut nach, »hat Phajan das Imperium niemals selbst verlassen. Was hat ihn die ganze Zeit hier gehalten?«

»Er wollte seine Familie nicht zurücklassen«, sagte Decalon. »Er hing an seiner Mutter und seinen Schwestern.«

»Die auf der Heimatwelt leben«, gab Picard zu bedenken, »während Phajan hier auf Kevratas lebt. Keine besonders starke Bindung, würde ich sagen.«

Das war ein guter Einwand. Außerdem einer, auf den der Romulaner keine Antwort hatte.

»Und jetzt ist er ein Steuereintreiber«, fuhr der Captain fort, »und hilft dem Imperium dabei, die Kevrata auszubeuten.«

»Es sind schwierige Zeiten«, sagte Decalon. »Es ist schwer für die Leute, eine Arbeit zu finden.«

»Vielleicht«, sagte Picard. »Allerdings kann ich mir nicht vorstellen, dass es die einzige freie Stelle gewesen ist. Wahrscheinlich die lukrativste, aber nicht die einzige.«

Decalon richtete sich auf. »Es ist nicht Phajans Schuld, dass er für seine Dienste gut bezahlt wird.«

»Diejenigen, die angenehm leben«, sagte der Captain, »sind selten bereit, Risiken einzugehen. Das habe ich immer und immer wieder gesehen. Und Phajan lebt entschieden angenehm.«

Das Gesicht des Romulaners verdüsterte sich. »Er hat sein Leben für mich und andere wie mich riskiert. Er ist ein Held.«

»*War*«, sagte Picard. »Aber er hat zugelassen, dass er sich änderte. Er ist nicht mehr länger die Person, die Sie kennen. Und jetzt sitzen wir hier – auf Phajans Drängen hin – und sind darauf angewiesen, dass er uns hilft. Aber wird er das? Oder wird er uns verraten?«

Decalon winkte ab. »Wilde Mutmaßungen. Wo sind die Beweise, um sie zu untermauern, Captain? Wo ist der Beweis, der so überwältigend ist, dass wir Phajan abschreiben und mit ihm unsere größte Chance darauf, den kevratanischen Untergrund zu kontaktieren?«

Das war eine berechtigte Frage. Und Picard war sich sicher, dass er eine Antwort finden würde, wenn er nur lange genug darüber nachdachte. Aber dafür hatten sie keine Zeit. Wenn es auch nur die kleinste Möglichkeit gab, dass Phajan ihr Vertrauen missbrauchen würde, mussten sie schnell handeln.

»Als Sie Teil dieser Mission wurden«, sagte Picard Decalon, »haben Sie zugestimmt, meinen Befehlen zu folgen. Das hier ist ein Befehl.«

Verärgert wandte sich der Romulaner für Unterstützung an Greyhorse. »Versuchen Sie bitte, ihn zur Vernunft zu bringen.«

Aber der Arzt war schon auf den Beinen. »Ich würde sagen, dass ich die falsche Person bin, um von Vernunft zu sprechen, da ich gewisse Defizite in diesem Bereich gezeigt habe.«

Decalon sah Greyhorse skeptisch an. Da er nie von den Problemen des Arztes in Kenntnis gesetzt worden war, konnte er nicht wissen, wovon Greyhorse da redete.

Entschieden fragte Picard: »Kommen Sie mit uns, Decalon?«

Der Romulaner betrachtete ihn erneut und schüttelte den Kopf. »Das ist doch Wahnsinn. Phajan wird zurückkehren und sich fragen, was aus uns geworden ist.«

»Was, wie ich glaube«, sagte Greyhorse, während er das Metallding wieder auf den Tisch zurückstellte, »auch die Absicht des Captains ist.«

Decalon sah angewidert aus. Allerdings war er, wie Picard deutlich gemacht hatte, nicht der Leiter dieser Mission.

»Gehen wir«, sagte Pug.

Widerwillig - weil Phajan *wirklich* ihr meistversprechender Anhaltspunkt gewesen war - zog Picard seinen Thermoanzug wieder über und setzte die Kapuze auf. Dann öffnete er die Tür zu Phajans Haus und ging als Erster nach draußen, wo ein stechender, peitschender Schneeregen begonnen hatte.

Der Captain lehnte sich dagegen. Er brauchte nicht über seine Schulter zu schauen, um zu wissen, dass ihm die anderen folgten - einschließlich Decalon, ganz egal wie widerwillig.

Picard würde Phajan wahrscheinlich nicht wiedersehen, daher würde seine Einschätzung des Romulaners niemals bestätigt werden. In den frühen Tagen seines Captainamts hätte ihn das gestört. Nun störte es ihn nicht mehr.

Er war nicht wegen der Befriedigung hier. Er war hier, um seine Mission zu erfüllen und Beverly nach Hause zu bringen.

Mit diesen zwei sehr wichtigen Zielen im Hinterkopf ließ er Phajans Haus hinter sich.

Sela und ihre Truppen waren auf dem letzten Platz gelandet, der groß genug für ihr Hovercraft gewesen war, und legten den Rest des Weges zu Phajans Haus zu Fuß zurück.

Schließlich konnte das Hovercraft in dem scheinbar unaufhörlichen Sturm, der Kevratas heimsuchte, nicht so lautlos fliegen wie es sollte, und der Commander wollte nicht, dass ihre Beute vermutete, dass etwas nicht in Ordnung war. Wenn auch nur ein Mitglied der Föderationsgruppe das tiefe, metallische Geräusch hörte, bestand die Gefahr, dass sie sich ein neues Versteck suchen würden.

Sela hatte keine Lust auf eine Von-Haus-zu-Haus-Suche durch die Stadt. Nicht wenn schon so bald die Nacht hereinbrach und die ohnehin schon niedrigen Temperaturen weiter fallen würden.

Als das Haus aus dem Sturm aus Schnee und Eis herausragte, signalisierte Sela der Hälfte ihrer Truppen, das Gebäude zu umzingeln - für den Fall, dass ihre Beute versuchen sollte, durch ein Fenster oder den Hinterausgang zu entkommen. Als ein Dutzend Centurions durch den Sturm marschierten, um ihren Befehl auszuführen, warf Sela ihrem Informanten einen Blick zu.

»Vier Personen, richtig?«

»Ja«, bestätigte Phajan. Seine Stimme war durch den Teil seines Gewandes gedämpft, der seinen Mund bedeckte.

Und nicht irgendwelche vier, dachte Sela.

Einer von ihnen war unter seiner Holotarnung ein romulanischer Verräter. Und zwei weitere waren ehemalige Sternenflottenoffiziere.

Aber der Hauptpreis war in diesem Fall Jean-Luc Picard, Selas langjähriger Erzfeind, der Mensch, den sie mehr als alle anderen verabscheute. Sie hatte mehr als eine Rechnung mit dem Captain offen und sie kannte so viele Arten, um sie zu begleichen.

Als Phajan dem Commander das erste Mal von seinen Gästen berichtete, hatte sie vermutet, dass Picard die Neutrale Zone nur durchquert hatte, um Beverly Crusher zu retten. Sicherlich wäre das genug, um sein Auftauchen auf Kevratas zu erklären.

Dann hatte ihr Phajan erzählt, dass einer von Picards Gefährten ein Arzt war - und Sela so zu dem Schluss gebracht, dass der Captain nicht nur hier war, um seine Chefärztin zu retten. Genau wie Crusher wollte er die Einheimischen mit einem Heilmittel für ihre Seuche versorgen.

Etwas, das sie nie erhalten würden - obwohl ein Impfstoff Selas Arbeit viel einfacher machen würde. Die durch die Krankheit verursachte Angst und Not hatte die verzweifelten Kevrata noch verzweifelter gemacht. Mit wenig oder gar nichts zu verlieren, waren sie mutiger geworden und aufrührerischer.

Wenn es eine Möglichkeit für Sela gäbe, die Lorbeeren für ein Heilmittel selbst einzuheimsen, hätte sie Crusher wohl erlaubt, eines zu entwickeln. Es hätte sicherlich ein anderes Licht auf die Romulaner geworfen und sie als Wohltäter hingestellt anstatt als Besetzer und Unterdrücker. Unter diesen Umständen hätte der Aufstand schnell seinen Reiz verloren.

Aber die Rebellen wussten von Crushers Auftauchen auf ihrer Welt. Und sie wussten ebenfalls, dass sich die Romulaner bei der Bekämpfung der Seuche als ziemlich untauglich erwiesen hatten – sowohl dieses Mal, als auch bei dieser anderen Gelegenheit, als Sela noch ein Kind gewesen war und noch nichts von Kevratas gehört hatte.

Wenn Sela ihnen ein Heilmittel anbieten würde, würden sie vermuten, dass es die Arbeit der menschlichen Ärztin gewesen war.

Anstatt dass das Imperium den Dank für einen untypischen Akt der Nächstenliebe erhielt, würde die Föderation als Wohltäter der Einheimischen gelten – und anstatt die Feuer der Revolten einzudämmen, würde Sela sie noch anfachen.

Also würden die Kevrata ihrer Seuche weiterhin ausgeliefert bleiben. Und wenn sie dadurch noch mehr Unordnung wegräumen musste, sollte es eben so sein.

Während sie in den Sturm hineinblinzelte, sah Sela, wie die Centurions ihre Plätze um Phajans Haus herum einnahmen. »Ihre Wachsamkeit«, sagte sie dem Steuereintreiber, »ist vorbildlich gewesen.«

»Ich habe nur meine Pflicht getan«, sagte Phajan. »Möge das Imperium alle seine Feinde bezwingen.«

Sela nickte als Zustimmung der Bemerkung. Picard war auf jeden Fall ein Feind, der es wert war, bezwungen zu werden.

Und was Phajan anging ... es war nicht lange her, dass er *selbst* ein Feind gewesen war. Jetzt war er nicht mehr als ein Werkzeug, das benutzt werden konnte, egal wer gerade auf Romulus an der Macht war.

Vor mehr als einem Jahrzehnt war Phajan Teil eines Komplotts gewesen, um Überläufer in die Föderation zu schmuggeln. Die Imperialen Verteidigungskräfte und der Tal Shiar hatten zur gleichen Zeit davon erfahren.

Glücklicherweise hatten die Verteidigungskräfte sich zuerst darum gekümmert. Die Schmuggler, die sie in Gewahrsam nahmen, hatten eine Wahl: Entweder konnten sie die Identitäten ihrer Kameraden preisgeben oder sie konnten einen schrecklich schmerzhaften Tod sterben. Die meisten von ihnen hatten sich für den Tod entschieden. Nur Phajan und ein paar andere hatten das Leben als Verräter gewählt.

Eine Zeit lang nahmen sie weiterhin Angebote von potentiellen Überläufern an, die eine Reise in die Föderation erwarteten, wie jene vor ihnen. Dank Phajan und den anderen Verrätern wurden diese Leute stattdessen gefangen genommen und vernichtet.

Irgendwann musste die Wahrheit über ihr Schicksal durchgesickert sein. Der Strom von Überläufern verlangsamte sich zu einem Rinnsal und hörte dann ganz auf.

Nun, da man die Vereinigung außer Gefecht gesetzt hatte, gab es in den inneren Kreisen der Verteidigungskräfte Gespräche darüber, dass man Phajan und seine Kameraden dem Praetor übergeben sollte, der mit höchster Wahrscheinlichkeit an ihnen ein Exempel statuieren würde. Dann übernahm Shinzon und die Diskussionen wurden beiseite geschoben.

Durch diese Wende der Ereignisse wurde es Phajan und den anderen erlaubt zu leben. Sela war froh darüber, denn es bot ihr eine gute Gelegenheit. Aber andererseits kamen Verräter ja häufig gelegen.

Gelegen kommen ...

Das war einer der Ausdrücke ihrer Mutter. Sela hatte das Gefühl, spucken zu müssen - und hätte das auch getan, wenn sie nicht das Stück Stoff über dem Mund gehabt hätte, um ihr Gesicht warm zu halten. Sie wollte nichts mit diesem Schwächling von einer Mutter zu tun haben. Es war schlimm genug, dass sie etwas von Tasha Yars

Genen geerbt hatte, wenn es um ihr Aussehen ging.

Innerlich war sie eine Romulanerin – und sie würde jeden töten, der das Gegenteil behauptete.

»Commander Sela«, sagte Akadia, ihr Stellvertreter auf Kevratas. »Ihre Centurions sind bereit.«

Sela nickte. »Dann wollen wir diese Eindringlinge mal ausmerzen.«

»Wie Sie wünschen«, sagte Akadia. Er wandte sich Phajan zu und betrachtete den Steuereintreiber mit dem Hochmut eines Militäroffiziers. »Kommen Sie mit mir.«

Ohne ein weiteres Wort tat Phajan wie ihm geheißen worden war. Der Rest der Truppen, die Sela mit sich gebracht hatte, folgte ihnen, außer den beiden, die Sela als ihre Leibwächter ausgewählt hatte. Als Akadias Gruppe Phajans Vordertür erreichte, schwärmten sie zu beiden Seiten aus.

Sela konnte über den heulenden Sturm nicht hören, was Akadia Phajan sagte, aber sie konnte es sich vorstellen. Irgendetwas wie: »Öffnen Sie die Tür«.

Der Steuereintreiber gab einen Code in einen schmalen Streifen neben der Tür ein, der unter einem Kommunikationsgitter angebracht war. Es war eines der Sicherheitssysteme, die Sela in allen romulanischen Haushalten hatte anbringen lassen. Tatsächlich war das eines der ersten Dinge gewesen, die sie nach ihrer Ankunft auf Kevratas angeordnet hatte.

Schließlich waren das gefährliche Zeiten. Romulanische Bürger mussten vor den Launen der Eingeborenen geschützt werden.

Während sie das dachte, öffnete sich Phajans Tür und Akadia führte die Truppe in das Haus. Phajan blieb draußen, sein Gesicht abgewandt, sein Rücken an die Wand gepresst, damit er nicht von einem fehlgeleiteten Disruptorstrahl getroffen wurde.

Jetzt ist es nur noch eine Frage der Zeit, sagte Sela zu sich selbst und zog ihre Kapuze tiefer in ihr Gesicht.

Aber während die Sekunden vergingen, geschah nichts. Und je länger Sela wartete, desto stärker wurde ihr Verdacht, dass etwas nicht stimmte. Dann erschien Akadia wieder in der Tür und schüttelte seinen Kopf. Nun war sie sich sicher.

Picard und seine Kameraden waren nicht länger in Phajans Haus. *Höchst bedauerlich,* dachte sie und versuchte, ihre Enttäuschung unter Kontrolle zu halten.

Sich der Kälte nicht bewusst, stapfte der Commander durch den Schnee an Phajan und Akadia vorbei, um selbst einen Blick in das Haus zu werfen. Es war schmerzlicherweise und unbestreitbar leer.

Als sie wieder herauskam, schritt sie geradewegs auf den Steuereintreiber zu. Als er den Ausdruck auf ihrem Gesicht sah, zogen sich seine Brauen zusammen.

»Es gibt keinen Hinweis darauf«, sagte Sela, die hart mit sich kämpfte, um ihre Stimme frei von Emotion zu halten, »dass Picard jemals hier war.«

»Commander«, sagte Phajan. Seine Stimme überschlug sich fast vor Aufregung. »Ich schwöre, dass es wahr ist, was ich Ihnen erzählt habe. Picard und die anderen waren vor nicht einmal einer Stunde hier.«

Sela sah ihn lange und durchdringend an. Er schien die Wahrheit zu sagen - und tatsächlich konnte sie sich nicht vorstellen, warum der Bursche sie hätte anlügen sollen.

Leider spielte es keine Rolle, ob seine Absicht ehrbar gewesen war. Das Ergebnis war unbefriedigend und in der Denkweise des Commanders waren Ergebnisse alles, was zählte.

»Sie waren hier«, beharrte Phajan.

»Natürlich waren sie das« sagte der Commander. »Wir waren bloß zu spät hier, um sie festzunehmen.«

Phajans Furcht schien aus seinem Gesicht zu weichen. »Ich bin froh, dass Sie das verstehen, Commander.«

Sie sagte nichts weiter. Sie drehte sich einfach nur um, ging in Richtung des auf sie wartenden Hovercrafts und ließ Phajan an seiner offenen Tür stehen.

Ich mag es nicht, enttäuscht zu werden, dachte sie, während der Schneeregen gegen ihr Gesicht prasselte. *Besonders vor meinen*

Centurions. So weit von Romulus entfernt benötigte sie das vollkommene Vertrauen und Entgegenkommen aller, die unter ihr dienten. Alles andere könnte ihren Untergang bedeuten.

Glücklicherweise hatte Sela jemand anderen, den sie für das Desaster verantwortlich machen konnte. Ganz egal, was sie zu Phajan gesagt hatte, musste der Verräter doch zumindest vermuten, dass sie mit ihm nicht zufrieden war und dass seine Tage unter den Lebenden gezählt waren.

Schließlich waren romulanische Commander nicht gerade für ihre große Geduld bekannt und Sela war sogar noch ungeduldiger als der Rest ihres Schlags. Es war, so hatte man ihr bereits bei mehr als einer Gelegenheit gesagt, eine ihrer besseren Eigenschaften.

KAPITEL 8

———◆———

Picard hatte von dem Augenblick an, in dem er und sein Team den Schutz von Phajans Haus hinter sich gelassen hatten, gewusst, dass ihr Plan B Nachteile hatte. *Beträchtliche* Nachteile.

Einerseits wussten sie, wo sich die Rebellen versteckten – in einem komplizierten Netzwerk aus Katakomben unter dem festungsgleichen Gebäude, das in früheren Zeiten einmal die königliche Familie dieser Region beherbergt hatte. Tatsächlich besaß jeder diesen Informationsschnipsel, einschließlich der romulanischen Besatzer.

Aber das bedeutete nicht, dass sie so leicht davon Gebrauch machen konnten. Die Katakombenanlage war so weitläufig und verwirrend, dass sie ein bewegliches Ziel auf unbestimmte Zeit verbergen konnte – was der Grund dafür war, dass Selas Centurions immer noch kein einziges Mitglied des kevratanischen wortwörtlichen Untergrunds geschnappt hatten.

»Bei allem Respekt«, sagte Decalon, ein wenig mehr als zwei Stunden, nachdem sie die Katakomben durch einen der zahlreichen von den Romulanern freigelegten Tunneln betreten hatten, »aber wir hätten bei Phajan bleiben sollen.«

Der Captain runzelte die Stirn. Er ging durch die kalte Dunkelheit voran, sein Handlicht leuchtete ein wenig heller als das seiner Kameraden. »Ich glaube«, gab er zurück, »dass Sie dieser Meinung schon ein paar Mal zuvor Ausdruck verliehen haben.«

Der Romulaner verstummte wieder. Doch auch wenn er die Worte nicht laut aussprach, bedeutete das nicht, dass er sie nicht zu sich selbst sagte. Und Picard musste immer noch beweisen, dass sein Ersatzplan etwas taugte.

Schließlich mussten die Rebellen überall Späher in den Tunneln um ihr Lager stationiert haben. Und wenn sie den Romulanern bis jetzt entwischt waren, mussten sie außerdem in der Lage sein, ihren Standort von einem Moment auf den nächsten zu verlagern.

Soweit der Captain wusste, konnte ihre unterirdische Anwesenheit bereits einen solchen Umzug ausgelöst haben, und ihnen würden die Vorräte ausgehen, bevor sie ein zweites Mal in die Nähe der Rebellen kommen würden. Das war eine Möglichkeit. Die andere bestand darin, dass der Untergrund sie mit den Romulanern verwechseln und sich dazu entschließen würde, sie aus dem Hinterhalt anzugreifen.

Wenn das geschehen würde, hätten Picard und seine Gefährten keine Chance. Sie würden überrumpelt werden und zahlenmäßig unterlegen sein, bevor sie wussten, wie ihnen geschah.

Die dritte Möglichkeit war sogar noch schlimmer: dass sie romulanischen Vernichtungspatrouillen begegneten, die wahrscheinlich noch gnadenloser sein würden als die Kevrata. *Alles keine besonders angenehmen Aussichten,* gab Picard zu.

Er hoffte immer noch auf die vierte Möglichkeit - die, in der sie nach nicht allzu langer Zeit auf die Rebellen stießen und gewaltlos willkommen geheißen wurden. Aber wie er so von Tunnel zu kaltem, feuchtem Tunnel ging, schien das immer unwahrscheinlicher zu werden.

Die Trikorder, die sie mit sich nach Kevratas gebracht hatten, hätten ihre Aufgabe ein gutes Stück leichter machen können. Aber leider wurden sie die meiste Zeit von den gleichen mineralischen Ablagerungen in die Irre geführt, die es unmöglich machten, direkt auf die Planetenoberfläche zu beamen.

Joseph hatte aufgeholt und ließ seinen Blick durch die Dunkelheit schweifen. »Wir finden sie«, sagte er. »Warten Sie's nur ab.«

Picard musste lächeln. »Ich habe Ihren Optimismus vermisst, Pug.«

»Haben Sie immer noch diese Murmel?«

»Natürlich«, sagte der Captain. »Sie befindet sich an einem sicheren Ort in meinem Quartier auf der *Enterprise*.«

Joseph hatte Picard seine Glücksmurmel gegeben, um ihm durch eine Kompetenzanhörung zu helfen, kurz nachdem der Captain das Kommando über die *Stargazer* übernommen hatte. Sie hatte Picard an jenem Tag nicht im Stich gelassen, noch hatte sie es seitdem getan.

»Nun«, sagte Joseph, »das erklärt, wieso wir immer noch in diesen Tunneln herumwandern. Wenn Sie die Murmel mitgebracht hätten, würden wir schon mit den Rebellen Marshmallows über dem Feuer rösten.«

»Vergeben Sie mir«, sagte Picard.

»Niemals«, sagte Joseph.

Der Captain sah ihn an. »Ich erinnere mich nicht daran, dass Sie schon auf der *Stargazer* so aufmüpfig waren.«

»Damals waren Sie wie ein Gott für mich. Jetzt sind Sie nur noch ein Kerl, der seine Murmel vergessen hat.«

Picard seufzte in gespielter Frustration. Es tat ihm gut, Joseph wieder um sich zu haben. *Verdammt* gut.

Er warf einen Blick zurück auf seinen anderen ehemaligen Kameraden, der still gewesen war, seit sie Phajans Haus verlassen hatten. Greyhorse war undurchschaubar, während er die Dunkelheit des Tunnels durchsuchte. Er behielt seine Gedanken für sich.

Picard zog das dem vor, was der Arzt vorher gesagt hatte. Es war kein angenehmer Gedanke, dass der Mann, der für den Erfolg ihrer Mission am wichtigsten war, außerdem ein wenig verrückt sein könnte.

Die Leiterin von Greyhorses Strafkolonie hatte gesagt, dass er in der Lage war, an einer Mission teilzunehmen. Sie hatte es dem Captain *versichert*. Aber nun befürchtete er, dass sie sich geirrt hatte.

Und wenn das der Fall war, wäre es egal, ob sie die Rebellen fanden oder nicht. Es wäre alles umsonst, wenn sich Greyhorse nicht genügend konzentrieren konnte, um ein Heilmittel zu entwickeln.

»Es tut mir leid«, sagte Decalon plötzlich, »aber das hier ist sinnlos.« Er deutete auf das Stück Tunnel hinter ihnen. »Wir sollten umdrehen und zu Phajans Haus zurückkehren. Er hat vielleicht inzwischen Kontakt mit dem Untergrund aufgenommen.«

»Der Captain hat es Ihnen doch bereits gesagt«, erwiderte Joseph, »diese Option verfolgen wir nicht länger.«

Picard legte seine Hand auf die Schulter seines Freundes. »Ich kann für mich selbst sprechen, Pug.« Er wandte sich an Decalon. »Wir gehen nicht zurück. Wir bewegen uns vorwärts. Jetzt.«

Der Romulaner betrachtete ihn einen Augenblick lang. »Das ist ein Fehler.«

»Vielleicht«, sagte der Captain. »Aber ich erinnere Sie noch einmal daran, dass Sie einverstanden waren, meinen Befehlen zu folgen, als Sie sich zu dieser Mission bereit erklärt haben.«

»Das«, sagte Decalon, »war, bevor ich begriffen habe, wie fehlbar Sie sind. So fehlbar wie jeder andere Mensch.«

»Und Romulaner sind das nicht?«, fragte Joseph. »Wenn Sie Ihre Erinnerungen ein wenig abstauben, fällt Ihnen bestimmt ein, dass es wir Menschen waren, die …«

Picard hörte den Rest nicht, denn plötzlich fiel ihm ein, warum er sie aus Phajans Haus gedrängt hatte. Aus einem Grund, den er in jenem Moment nicht hatte artikulieren können, der aber nichtsdestotrotz berechtigt war.

»Der Staub«, sagte er.

Pug und Decalon sahen verwirrt aus. Greyhorse ebenfalls. »Wie bitte?«, fragte der Romulaner.

»Phajans Haus war voller Staub«, sagte der Captain. »Und doch hat er uns erzählt, dass er Diener hat. Wenn das wahr wäre, warum haben sie das Haus dann nicht gereinigt?«

Seine Frage hallte in der gefrorenen Luft des Tunnels wider. Während seine Gefährten darüber nachdachten, sahen sie sich gegenseitig an. Am meisten schauten sie jedoch zu Decalon.

»Romulaner sind äußerst sorgfältig, was die Pflege ihres Hauses angeht«, bemerkte Picard. »Wenn Phajan also auch nur einen einzigen Diener hätte …« Er sprach den Satz nicht zu Ende, sondern ließ seine Gefährten ihn ergänzen.

Decalons Augen bekamen einen eisigen Ausdruck. Er bewegte sich kaum, während er über die Erkenntnis des Captains nachdachte, zweifellos auf der Suche nach einem logischen Fehler. Aber er schien keinen zu finden.

Schließlich hob der Romulaner sein Kinn. »Wie Sie schon vermutet haben«, sagte er Picard, »hat Phajan versucht, uns zu hintergehen. Ich bedaure, dass ich es nicht gesehen habe. Und ich bedaure noch viel mehr, dass ich so dumm war, Ihrem Urteilsvermögen zu misstrauen.«

Der Captain nickte. »Dann wollen wir mal weiter.« Aber bevor er sie tiefer in die Umarmung der Katakomben führen konnte, wurde ihr Tunnel von langen, brennenden Nadeln aus grüner Wut erfüllt.

Disruptoren!, dachte er. Aber stattdessen rief er: »Runter!«

Es war zu spät, um Joseph zu helfen, der genau in die Brust getroffen wurde und rückwärts auf den Boden fiel. Aber Picard und die anderen konnten ihre Lichter deaktivieren und sich auf den groben Steinboden pressen.

»Wir sind keine Romulaner!«, rief der Captain in der Hoffnung, dass sie dem Widerstand begegnet waren und nicht einer von Selas Patrouillen.

Doch es kam keine Antwort zurück und es gab keine Pause in den Salven ihrer Gegner. *Soviel dazu,* dachte Picard.

Er wusste nicht, ob Joseph noch am Leben war, aber er konnte es sich nicht leisten, darüber nachzudenken. Er zog seinen Phaser heraus, zielte in die, wie ihm schien, richtige Richtung und erwiderte das Feuer.

Einen Moment später taten Decalon und Greyhorse das Gleiche und ihre roten Strahlen trafen heftig auf die grünen ihrer Feinde. Leider waren Picard und seine Kameraden dazu gezwungen, blind zu schießen, da sie im Aufblitzen der Energiestrahlen nur flüchtige Blicke auf ihre angestrebten Ziele werfen konnten und keine Ahnung hatten, ob ihre Schüsse irgendetwas trafen.

Plötzlich hörte der Captain einen Schrei – tief und voller Schmerz. *Greyhorse,* dachte er voller Besorgnis. Es gab einen Grund, warum der Captain nicht auf vielen Außeneinsätzen gewesen war: Feuergefechte waren nicht seine Stärke.

»Doktor?«, rief Picard.

»Hier«, sagte Greyhorse, obwohl es klang, als würde er durch zusammengebissene Zähne antworten.

Aber wenigstens war er am Leben. Das bedeutete, dass sie ihre Mission immer noch ausführen konnten, solange sie entgegen aller Wahrscheinlichkeit aus diesem Schlamassel herauskamen.

Alles ganz einfach, dachte der Captain.

Selbst wenn jetzt nur noch Picard und Decalon weitermachen konnten. Selbst wenn klar war, dass sie zahlenmäßig absolut unterlegen waren, wenn man von der Anzahl der Strahlen ausging, die an ihnen vorbeizischten.

Der Captain versuchte verzweifelt, sich eine Fluchtmöglichkeit einfallen zu lassen, als seine Feinde das Letzte taten, mit dem er gerechnet hätte – *sie hörten auf zu schießen.* Zuerst dachte er, dass es sich nur um eine vorübergehende Atempause handelte, aber sie ging weiter. Und weiter.

In der unheimlichen Stille hatte Picard nur eine brennende Frage ...

Warum?

Geordi hatte allen Grund, glücklich zu sein, während er auf seinen Bildschirm starrte. Schließlich hatte er ein weiteres wichtiges Puzzlestück des Rätsels gefunden, wohin Picard auf der Suche nach Beverly gegangen war.

Aber alles was er tun konnte, war herumzusitzen. Sein Mund war so trocken wie die Wüsten auf Kolarus III.

Worf, der neben Geordi stand und eine Hand auf den Sessel des Ingenieurs gelegt hatte, sagte schließlich: »Das Romulanische Sternenimperium ...?«

Geordi war kein großer Freund der Romulaner. Klar, er hatte mit einigen von ihnen während des Dominion-Krieges zusammengearbeitet, als sie offizielle Verbündete der Föderation waren. Aber er konnte nicht vergessen, was sie ihm ein paar Jahre zuvor angetan hatten. Sie hatten ihn gefangen genommen und darauf programmiert, einen klingonischen Würdenträger umzubringen.

Er musste immer noch zittern, wenn er daran dachte, und nicht vor Angst. Es gab nicht viele Sachen, die Geordi wütend machten, aber das war eine davon.

Und nun hatte ein alter Kamerad aus seinen Tagen auf der *Victory*, der vor kurzem auf eine Überwachungsstation der Sternenflotte versetzt worden war, auf seine Anfrage nach Informationen über die *Annabel Lee* geantwortet. Zweifellos führte sie ihr Weg in das Herz des Imperiums.

»Sieht so aus«, sagte Geordi als Antwort auf die Frage seines Freundes.

»Aber warum sollten die Romulaner einen Arzt anfordern?«, fragte Worf. »Außer ...«

»Außer es waren gar nicht die Romulaner, sondern eine ihrer Vasallenwelten. Eine, die medizinisches Fachwissen braucht.«

Worf nickte. »Das ergibt Sinn. Aber wir wissen nicht, *welche* Welt, und es gibt etliche davon.«

Der Ingenieur runzelte die Stirn. »Ich könnte schwören, dass Beverly einmal etwas davon erzählt hat, dass sie Personen von einer romulanischen Außenwelt behandelt hat.« Er sah zu Worf. »Kommt dir das bekannt vor?«

Worf dachte kurz über die Frage nach und schüttelte dann seinen Kopf. »Tut es nicht.«

Geordi lehnte sich auf seinem Sitz zurück. »Ich werde mal eine Liste der Außenwelten durchgehen, vielleicht fällt es mir so wieder ein.«

»Wenn wir diese Information hätten«, sagte Worf, »bräuchten wir nur noch ein raumtaugliches Shuttle – und in der Shuttlebucht haben wir genug davon, um uns eines auszusuchen.«

Der Ingenieur nickte. »Mir muss es nur noch einfallen.«

Er rief eine Liste der in Frage kommenden Welten auf und machte sich an die Arbeit.

Die Stille um Picard war so tief und gewaltig, dass es schien, als ob er sich darin verlieren und niemals wieder auftauchen würde. *Was geht hier vor?*, fragte er sich.

»Wer sind Sie?«, fragte eine Stimme, die plötzlich durch den Gang hallte.

Die Frage war nicht von einem Romulaner gekommen – da war sich Picard sicher. Die Stimme hatte zu rau, zu kehlig geklungen, um etwas anderes als kevratanisch zu sein.

Picards ungesehene Gegner hatten seine frühere Bemerkung nicht beantwortet, vielleicht weil sie nicht zwischen einer menschlichen und einer romulanischen Stimme unterscheiden konnten. Aber er hatte bei ihnen eindeutig Zweifel gesät.

»Wir sind nicht der Feind«, sagte der Captain und hoffte, damit den Zweifel in Gewissheit zu verwandeln.

»Wer sind Sie dann?«, fragte einer der Kevrata – ein anderer, wie Picard zu hören glaubte.

»Ein Team von der Föderation«, sagte Picard. »Wir sind hier, um Ihnen bei der Bekämpfung der Seuche zu helfen.«

»Sie sind nicht der Arzt«, stellte der erste Kevrata fest und ließ es wie eine Anschuldigung klingen.

»Doktor Crusher ist nicht bei uns«, räumte Picard ein. »Aber ich habe einen anderen Arzt mitgebracht – jemand, der die Seuche an Doktor Crushers Seite untersucht hat.«

Die Kevrata tauschten untereinander gedämpfte Bemerkungen aus. Picard schien es so, als ob einer von ihnen sein Bestes tat, um die anderen zu überstimmen.

»Woher wissen wir, dass Sie uns die Wahrheit sagen?«, fragte ein Kevrata.

Es gab nur einen Weg, um sie zu überzeugen. Er steckte seinen Phaser wieder ein, deaktivierte seine Holotarnung und kam in der Dunkelheit auf die Beine. Dann schaltete er sein Handlicht ein und drehte es auf sein unverkennbar menschliches Gesicht.

Weitere Bemerkungen, wie zuvor gedämpft. Aber dieses Mal schien es weniger Meinungsverschiedenheiten zu geben.

Schließlich wurde bei den Kevrata ebenfalls ein Licht eingeschaltet und eine einzelne Gestalt erhob sich aus ihrer Mitte. Er schien überaus groß zu sein, fast zweieinhalb Meter schätzte Picard. Der Disruptor in seiner Hand sah seltsam spielzeugartig aus.

Der Kevrata übergab seine Waffe an einen seiner Gefährten und trat hervor. Seine Hände hielt er mit den Innenflächen nach oben ausgestreckt. »Ich bin Hanafaejas«, sagte er, »Anführer dieser Leute.«

Picard ahmte die Geste nach. „Jean-Luc Picard, Captain des *Raumschiffes Enterprise*. Ich komme als Abgesandter der Föderation.«

»Willkommen in unserem Zuhause«, sagte der gewaltige Kevrata.

Die Gedanken des Captains gingen zu Joseph. »Einer meiner Leute wurde von Ihren Waffen getroffen. Er wird medizinische Hilfe benötigen – wenn er noch lebt.«

Hanafaejas winkte Picards Sorge mit seiner großen, mit Fell bedeckten Hand beiseite. »Unsere Waffen waren nicht auf Töten eingestellt. Ihrem Freund wird es wieder gut gehen.«

Der Captain fühlte eine Welle der Erleichterung. »Ich bin froh, das zu hören.«

»Hanafaejas!«, rief einer der anderen Kevrata. Seine Stimme war voller Dringlichkeit. »Das ist ein Trick!«

Plötzlich erleuchtete ein Lichtstrahl Decalons Gesicht. Der Romulaner zuckte zusammen, nahm es aber ohne Kommentar hin.

»Ein Romulaner?«, fragte Hanafaejas. Er drehte sich mit misstrauischem Gesichtsausdruck zu Picard.

»Decalon ist ein Mitglied meines Teams«, sagte Picard. »Er hat früher auf Kevratas gelebt. Er kennt sich hier aus.«

Hanafaejas betrachtete den Romulaner für einen Augenblick. Dann erhob er seine Hand, um von den anderen Kevrata Zurückhaltung zu fordern. »Wir werden ihn so behandeln wie unsere anderen Gäste.«

Der Captain war ebenfalls froh, das zu hören. Das sagte er auch.

Inzwischen waren zusätzliche Leuchten eingeschaltet worden und Picard konnte sehen, dass Greyhorse – trotz seiner eigenen Verletzung – mit einem Trikorder an Joseph entlangfuhr. Nach einem Moment drehte sich der Arzt zu Picard um und sagte: »Er hat nur eine leichte Gehirnerschütterung abbekommen, nichts weiter. Leider habe ich nicht die nötigen Anregungsmittel, um ihn aufzuwecken.«

»Wir aber«, sagte Hanafaejas.

Auf sein Signal hin zog einer der anderen Kevrata eine kleine Tasche hervor, die aussah, als wäre sie aus Naturfasern gemacht, und überreichte sie Greyhorse. Der Arzt öffnete sie, roch an ihrem Inhalt und hielt sie dann unter Josephs Nase.

Mit einem Stöhnen erlangte Joseph sein Bewusstsein wieder und sah sich um. Als er die Kevrata um sich herum stehen sah, versuchte er, sich aufzusetzen – und verzog das Gesicht wegen der Schmerzen, die das verursachte. Er hielt sich den Kopf und fragte: »Was ist passiert?«

»Sie wurden von einem gerichteten Energiestrahl getroffen«, erklärte Greyhorse, »aber Sie haben keinen bleibenden Schaden davongetragen.«

»Außerdem«, sagte Picard mit einem Blick auf Hanafaejas, »scheinen wir auf den kevratanischen Untergrund gestoßen zu sein.«

»Wir werden Sie mit in unser Versteck nehmen«, sagte der Riese. »Wir haben dort Arzneimittel, die den Disruptorschock Ihres Freundes lindern können.«

Picard nickte. »Danke.«

Der Riese gab ein schnüffelndes Geräusch von sich und sagte: »Ich bedaure von Herzen, dass unser Lager nicht mit ausreichend Vorräten ausgestattet ist. Wir wären gerne bessere Gastgeber, aber wir quälen uns unter der Last einer langen und schmerzlichen Besatzung.«

»Ich versichere Ihnen«, sagte Picard, »dass wir uns keineswegs beleidigt fühlen. Um die Wahrheit zu sagen, bin ich viel weniger daran interessiert, mir den Bauch vollzuschlagen als an Informationen über Doktor Crusher. Haben Sie etwas über sie gehört?«

Hanafaejas zögerte einen Moment lang und vermittelte Picard damit den Eindruck, dass er schlechte Neuigkeiten hatte. Der Captain biss sich auf die Lippe, während er sich darauf gefasst machte.

»Leider«, sagte der Rebell, »kann ich Ihnen in dieser Hinsicht nicht dienlich sein. Wir haben momentan keine Informationen über die Ärztin. Alles was wir wissen ist, dass sie aus der Taverne entkommen konnte, in die Commander Sela hineingestürmt ist.«

Picard runzelte die Stirn. »Es war Sela persönlich, die Doktor Crusher gefangen genommen hat?«

»Ja«, sagte Hanafaejas. »Sie hat erst vor Kurzem die Leitung von Kevratas übernommen, aber sie hat sich bereits als eine höchst unangenehme Person herausgestellt.«

»Ich weiß«, sagte der Captain. »Ich habe bereits ihre Bekanntschaft gemacht.«

KAPITEL 9

———•———

Beverly hatte eine Vielzahl Centurions in den Gang vor ihrer Zelle kommen und sie in Abständen kontrollieren sehen. Allerdings war derjenige, der ihr zugeflüstert hatte, nicht unter ihnen gewesen.

Sie fragte sich, ob ihm etwas zugestoßen war. War er bei einem Gefecht mit dem Untergrund verletzt oder sogar getötet worden? Oder hatte Sela ihn bei einer Treulosigkeit ertappt und ebenfalls in eine Zelle gesperrt?

Natürlich konnte seine Abwesenheit auch gar nichts bedeuten. Allerdings war er Beverlys einzige Hoffnung auf Flucht von diesem Ort. Das machte sein Wohlergehen zu einem Thema, das sie mehr als nur flüchtig interessierte.

Am dritten Tag ihrer Gefangenschaft, sah sie den fraglichen Centurion endlich wieder. Er war so lebendig und wohlauf, wie sie gehofft hatte. Sie lehnte sich auf der Kante ihres Bettes nach vorne und fragte sich, ob er dieses Mal wieder etwas zu ihr sagen würde.

Aber als er an ihrer Zelle anhielt, sah er ihr nicht in die Augen. Er untersuchte lediglich die Emitter, die ihre Sperre aufrechterhielten, als ob das seine einzige Sorge war.

Vielleicht ist es das, dachte Crusher. *Vielleicht hat er diese Dinge vorher nur zu mir gesagt, um falsche Hoffnung zu wecken. Um sich über mich lustig zu machen.*

Nein. Der Centurion war aufrichtig gewesen – da war sie sich sicher. Wenn er jetzt nicht sprach, dann hatte er einen Grund dafür. Sie würde es einfach akzeptieren und ebenfalls schweigen müssen.

Gerade, als sie diese Entscheidung getroffen hatte, tat der Romu-

laner etwas, das keiner der anderen getan hatte. Er ging zur Kontroll-
konsole an der Wand neben ihrer Zelle und gab einen Code ein.

Was hat er vor, fragte sie sich.

Bevor Beverly wusste, wie ihr geschah, bekam sie die Antwort - als
sie sah, wie die Plasmasperre verschwand. Plötzlich war der Ausgang
ihrer Zelle unglaublicherweise offen.

»Kommen Sie«, sagte der Centurion und bedeutete ihr, aufzustehen
und ihm zu folgen. »*Sofort.*«

Als die Ärztin durch den offenen Ausgang schlüpfte, hatte ihr Wohltäter bereits ein Drittel des Korridors hinter sich gebracht. Ihr Herz
klopfte, und sie tat ihr Bestes, um ihm mit Beinen zu folgen, die schon
seit Längerem nicht mehr gestreckt worden waren.

Niemand stellte sich ihnen in den Weg, als sie das Ende des Gangs
erreichten. Und niemand griff ein, als sie in den nächsten Korridor
gingen, der vom ersten abging.

Beverly konnte es nicht glauben. In diesem Gebäude befand sich
eine romulanische Besatzung, mit wer weiß wie vielen Centurions.
Und dennoch schienen sie ohne einen Kampf herauszukommen.

Bis sie sich dem Ende des zweiten Gangs näherten und Stimmen
hörten. Um die Ecke befanden sich Romulaner - sicher mehr als einer,
vielleicht sogar drei oder vier.

Beverly sah ihren Begleiter an und fragte sich, was er tun würde. Er
schien trotz der beträchtlichen Gefahr, in die er sich gebracht hatte,
seltsam ruhig zu sein.

Sie wünschte, sie könnte das Gleiche von sich behaupten. Ihr Herz
pochte so laut in ihren Ohren, dass sie kaum etwas anderes hören
konnte.

Ihr Begleiter bedeutete Beverly, zurückzubleiben und schien sich zu
sammeln. Dann sprang er um die Ecke und warf sich auf die anderen
Centurions.

Die Ärztin vertraute ihrem unerwarteten Freund, aber sie konnte
seine Anweisung nicht befolgen. Sie musste wissen, was geschah, also
streckte sie ihren Kopf vorsichtig um die Ecke der rauen Steinwand.

Sie sah einen Vorraum mit fünf heftig kämpfenden Centurions. Unglücklicherweise war ihr Wohltäter von den anderen vier umzingelt.

Zuerst dachte Crusher, dass sie und ihr Verbündeter erledigt waren, und keine Chance mehr zur Flucht bestand. Dann zeigte er ihr, dass er einer der besten Kämpfer war, die sie je gesehen hatte.

Während sie erstaunt zusah, rammte er einen seiner Gegner mit dem Gesicht gegen eine Wand. Dann wich er dem Schlag eines zweiten aus und schickte einen dritten mit einem Tritt gegen die Brust zu Boden.

Über die Jahre war die Ärztin verschiedenen Kampfkunstarten begegnet – ein paar davon unter Worfs Anleitung – und im Repertoire ihres Begleiters entdeckte sie Elemente von allen. Es handelte sich eindeutig um eine Person, die das Kämpfen in all seinen Facetten und weit über die Grenzen des Imperiums hinaus studiert hatte.

Jeder Schlag, den er ausführte, war präzise und äußerst effektiv, jedes Ausweichmanöver elegant und ökonomisch. Innerhalb kurzer Zeit hatte er alle vier Gegner ausgeschaltet und jeder von ihnen wirkte über sein Können ebenso überrascht, wie Beverly es war.

Im gleichen Augenblick, in dem der letzte der Centurions zu Boden ging, sah ihr Wohltäter hinter sich in ihre Richtung – und machte ein zorniges Gesicht. Schließlich hatte er ihr bedeutet, zurückzubleiben.

Aber er nahm sich nicht die Zeit, um sie zu schelten. Alles was er zu ihr sagte, war: »Kommen Sie«, dann eilte er durch den Vorraum auf einen hohen, bogenförmigen Durchgang zu.

Beverly folgte ihm. Aber während sie sich zwischen den bewusstlosen Gestalten der Wächter ihren Weg bahnte, sah sie, wie einer von ihnen seine Augen öffnete und zu ihr hoch sah.

Sie hatte keine Zeit, um ihn davon abzuhalten, seinen Disruptor zu greifen. Er lag zu nah, gleich neben ihm auf den Boden. Und sie hatte noch viel weniger Zeit, ihren Gönner zu warnen.

Also tat Beverly das Einzige, was sie tun *konnte*. Sie machte einen schnellen Schritt und trat mit ihrem Stiefel gegen den Kiefer des Wächters. Der Tritt riss seinen Kopf herum, nicht fest genug, um sein

Genick zu brechen, aber ausreichend, um ihn wieder bewusstlos zu schlagen.

Ihr Gefährte musste etwas gehört haben, denn er hielt an und sah über seine Schulter zurück. Doch er beglückwünschte sie nicht. Er drehte sich lediglich wieder um und ging mit der offensichtlichen Erwartung weiter, dass sie ihm folgen würde.

Und das tat Beverly auch. Sie war nun schon so weit gekommen und es wäre der Gipfel der Torheit – und der Undankbarkeit – gewesen, wenn sie etwas anderes getan hätte. Aber zuerst kniete sie sich hin und schnappte sich, nur für alle Fälle, den herrenlosen Disruptor.

Der Centurion hielt vor dem gebogenen Durchgang kurz an und schlüpfte dann hindurch. Die Ärztin folgte ihm und fand sich in einem schmalen Gang mit hohen Decken wieder, der zu einem weiteren gebogenen Durchgang führte.

Dahinter waren andere Stimmen. *Mehr als vorhin*, dachte Beverly. Als sie ihren Befreier eingeholt hatte, machte er wieder eine Geste, um sie zurückzuhalten. Doch dieses Mal ergriff sie seinen Arm, und als er sich zu ihr umdrehte, schüttelte sie den Kopf.

Sie war ein Commander der Sternenflotte und ein erfahrener, wenn auch eigentlich nicht versierter Kämpfer. Sie konnte nicht einsehen, warum sie ein zweites Mal an der Seite stehen sollte – besonders wenn die Chancen so klar gegen ihn standen.

Der Centurion sah einen Moment lang in Beverlys Augen, als ob er die Stärke der Entschlossenheit überprüfen wollte, die er dort sah. Schließlich nickte er. Dann zog er mit der rechten Hand seinen Disruptor aus dem Hüftholster und benutze seine linke, um zu zählen: *Eins, zwei ...*

drei.

Ohne den Hauch eines Zögerns stürmte er in den Raum. Und Beverly, die den Disruptor mit ihrer Hand umklammerte, stürmte hinterher.

Sie sah augenblicklich, warum ihr Begleiter seinen Disruptor gezogen hatte, obwohl eine Energieentladung höchstwahrscheinlich einen Alarm auslösen würde. Der Raum war zu groß für einen

Nahkampf und ihre Gegner zu verstreut. Und ihr Ziel, eine riesige, hölzerne Tür auf der anderen Seite des Raums, war zu weit weg.

Glücklicherweise hatten sie das Überraschungsmoment auf ihrer Seite. Die Romulaner in dem Raum – die Ärztin schätzte nicht weniger als sieben – würden vielleicht einen Angriff der Kevrata von außerhalb des Gebäudes erwarten, aber nicht von innen.

Bevor sie reagieren konnten, hatten Beverly und ihr Gefährte zwei von ihnen überrumpelt. Während die übrigen nach ihren Disruptorpistolen griffen, schalteten die beiden Eindringlinge noch ein paar mehr von ihnen aus. Dann verwandelte sich die Auseinandersetzung in ein Tollhaus, ein wildes, aufblitzendes Netz aus Feuer und Gegenfeuer.

Es stellte sich heraus, dass der Begleiter der Ärztin ein ebenso guter Schütze wie Nahkämpfer war. Während Beverly sich bemühen musste, ihre Gegner im Auge zu behalten, schleuderte ihr Verbündeter zwei weitere seiner Kollegen gegen die Wände.

Nachdem Beverly einen Romulaner abgefangen hatte, der zur Tür rennen wollte, gab es nur noch einen Centurion, der auf den Beinen war. Er schaffte es noch, einen einzigen verirrten Schuss abzugeben, bevor ihn ein Energiestrahl zur Strecke brachte.

Das ließ die Holztür praktischerweise unbewacht. Und wenn das Durchblitzen von Schnee im Türspalt ein Hinweis darauf war, dann lockte auf der anderen Seite die Freiheit.

Aber Beverly und ihr Begleiter waren nicht für das kühle kevratanische Wetter angezogen. Sie konnte sich nicht vorstellen, dass sie besonders weit kämen, bevor die Kälte in ihre Knochen kriechen und sie ein Opfer der Unterkühlung werden würden.

Sie wollte das gerade erwähnen, als der Centurion in sein Kettenhemdgewand griff und etwas Eckiges und Weißes hervorzog. Er warf es ihr zu und sagte: »Ziehen Sie das über.«

Während es durch die Luft flog, faltete es sich ein wenig auseinander. Sobald Beverly es in ihren Händen hielt, sah sie, dass es sich um eine Art Gewand handelte, das zusammengepresst war, damit man es besser transportieren konnte.

Sie fand ein Loch mit einer Kapuze für ihren Kopf und zog das Gewand über. Glücklicherweise reichte es ihr bis zu den Knien und hatte einen Gürtel, der um die Taille geschlungen werden konnte. Es ließ zwar ihre Füße unbedeckt, doch es hatte handschuhähnliche Anhängsel für ihre Hände.

Ihr Begleiter zog ein zweites solches Gewand für sich selbst hervor. Er zog es über und ging zur Tür hinüber. Sie gingen die Aufgabe gemeinsam an, schoben einen schwarzen Metallbolzen beiseite und drückten dann so fest gegen die Tür, wie sie konnten.

Das Ding war schwer und machte es ihnen nicht einfach. Und als es endlich aufging, bekamen sie für ihre Mühen eine Handvoll Schnee ins Gesicht. Beverly wischte ihn sich mit ihrer freien Hand aus dem Gesicht und versuchte einen Blick auf das zu erhaschen, was vor ihnen lag.

Alles was sie sehen konnte, war stürmende Weiße. Aber wenigstens gab es hier draußen keine Wächter.

Ihr Wohltäter beugte sich zu ihr vor, nah genug, um über dem Heulen des Windes gehört zu werden. »Bleiben Sie bei mir«, blaffte er. Dann deutete er auf seinen Arm.

Sie verstand. Sie waren ganz in Weiß – ein Vorteil bei ihrer Flucht. Aber wenn sie ihn zu weit vorlaufen ließ, würde sie ihn nicht mehr sehen können.

»Das werde ich«, versicherte ihm Beverly.

Sie hatte die Worte kaum ausgesprochen, als ein grüner Blitz zwischen ihnen hindurchschoss. Sie wich zurück und rutschte fast auf dem glitschigen Boden unter ihren Füßen aus. Mit Mühe richtete sie sich wieder auf und schaute hinter sich in das Gebäude, wo sie den Centurion sah, der den Schuss abgegeben hatte.

Leider war er nicht der einzige im Raum. Andere strömten herein, entdeckten ihre leblosen Kollegen und schlossen sich dem Sperrfeuer an. Ihre Schüsse sahen aus wie smaragdgrüne Flammen, die aus dem Maul einer Schlange züngelten.

»Laufen Sie!«, bellte Beverlys Begleiter und packte sie an der Schulter, um sie hinter sich herzuziehen.

Da sie wusste, dass sie jederzeit durchlöchert werden konnte, wandte sie sich von den Wachen ab und jagte ihrem Begleiter hinterher. Die Disruptorstrahlen der Romulaner brannten sich links und rechts von ihr in den Sturm, aber irgendwie traf keiner von ihnen sein Ziel. Und nach einer Weile hörten sie ganz auf.

Als die Ärztin einen Blick über ihre Schulter warf, konnte sie kaum noch die Umrisse des Gebäudes erkennen, in dem sie gefangengehalten worden war. In diesem Sturm würde es noch schwerer werden, zwei Flüchtlinge zu entdecken, auch wenn sie nicht ganz in Weiß gekleidet waren.

Was ihr Ziel anging, so hatte Beverly keine Ahnung. Und selbst wenn, hätte sie sie niemals dorthin bringen können. Sie konnte ja kaum die Augen offenhalten, ohne sie dem sturmgepeitschten Schnee auszusetzen.

Ihr Begleiter hingegen schien genau zu wissen, wohin er ging. *Wie macht er das?*, fragte sie sich. Romulaner hatten innere Lider, die die Augen vor plötzlichen Veränderungen in ihrer Umgebung schützten, aber sie waren undurchsichtig. Wenn der Centurion sie geschlossen hätte, wäre er nicht in der Lage gewesen, überhaupt etwas zu sehen.

Vielleicht ein Ortungsgerät oder etwas Ähnliches? Ihr Retter hätte es an ihrem Ziel platzieren können, damit sie sich, ob mit oder ohne Sturm, danach richten konnten.

Dann dachte sich Beverly, dass sie es schon noch herausfinden würde. Natürlich nur, wenn Sela sie nicht zuerst fand.

Während Worf im Shuttle, das er für sich und Geordi ausgesucht hatte, ein Diagnoseprogramm laufen ließ, ertappte er sich dabei, wie er sich wünschte, dass das Gedächtnis seines Freundes ein wenig besser wäre.

Aber um die Wahrheit zu sagen, dachte er, *würde mir eine beiläufige Bemerkung wahrscheinlich auch nicht so einfach wieder einfallen.* Er fand es beeindruckend, dass sich Geordi überhaupt an den Vorfall erinnerte.

Plötzlich piepte sein Kommunikator. Er berührte ihn und sagte: »Worf hier.«

»*Hier ist Geordi*«, kam die Antwort. »*Da ist ein Shuttle, das um Zugang zur Bucht bittet.*«

»Ein Shuttle?«, wiederholte der Klingone. »Ich erinnere mich nicht, so etwas eingeplant zu haben.«

»*Nun*«, sagte der Ingenieur, »*irgendjemand ist hier. Ich denke, du solltest dir anschauen, um wen es sich handelt.*«

»Natürlich«, sagte Worf und fügte hinzu: »Schon Erfolg gehabt?«

Geordi seufzte. »*Ich hab es auf drei Welten reduziert. Glaube ich zumindest.*«

»Versuch es weiter«, sagte der Klingone. Dann ging er zu der freistehenden Kontrollstation der Bucht, die rund um die Uhr bemannt sein würde, sobald das Schiff vollständig repariert war – und bestätigte, dass ein Shuttle um Einlass bat.

Er grüßte es und bat die Besatzung, sich zu identifizieren. Als sie dem nachkamen, fragte er sich, was der Grund ihres Besuches war. Allerdings war das in Anbetracht dessen, mit wem er es zu tun hatte, eine Frage, die man am besten von Angesicht zu Angesicht stellte.

Das Shuttle brauchte einen Augenblick, um die halbdurchlässige Barriere zu durchdringen, die die Shuttlebucht von dem Vakuum des Weltraums trennte. Als es auf Deck aufsetzte, ging Worf an die Tür heran, die an seiner steuerbord gelegenen Seite angebracht war.

Als sie aufglitt, stand dort eine Frau in einer schwarzgrauen Uniform der Sternenflotte. Sie war schlank, aus einer klingonischen Perspektive fast zierlich, und ihr Haar war ganz im Einklang mit der aktuellen Mode auf einer Seite zurückgekämmt. Aber mit ihrer breiten Stirn und dem durchdringenden Blick strahlte sie eine Autorität aus, wie es nur wenige der Worf bekannten Offiziere taten.

Sie trat aus dem Shuttle und sagte: »Commander. Wie schön, Sie wiederzusehen.«

»Admiral Janeway«, sagte der Klingone. »Wir haben Sie nicht erwartet.«

Der Admiral lächelte. »Ich entschuldige mich dafür, dass ich einfach so hereinplatze. Ich verspreche, dass ich es nicht sehr oft machen werde.«

Das warf die Frage auf, warum sie gerade diesen Augenblick gewählt hatte, um es *doch* zu tun, aber Worf entschied sich dafür, es erstmal ruhen zu lassen. »Werden Sie lange bleiben?«

»So lange wie nötig«, sagte ihm Janeway.

Er wusste nicht, was er davon halten sollte.

»Sehen Sie«, sagte der Admiral, »ein Schiff zu reparieren ist nicht so einfach, wie es aussieht. Nehmen wir zum Beispiel mal das Bauteilproblem.«

»Das Bauteilproblem?«

»Genau. Man denkt, dass man sie alle bei der Hand hat, genau da, wo man sie erwartet, und plötzlich verschwinden einige von ihnen. Das ist ziemlich frustrierend.«

Worf hatte das Gefühl, dass Janeway gar nicht über Bauteile, sondern dass sie eigentlich über Personal sprach, und zwar über bestimmtes Personal.

Hatte sie irgendwie davon erfahren, was er und Geordi vorhatten? Bei diesem Gedanken wanden sich die Eingeweide des Klingonen wie Schlangenwürmer. Mit Janeway im Nacken würden sie das Ziel des Captains niemals herausfinden können, und schon gar nicht in der Lage sein, ihm bei Beverlys Rettung zu helfen.

Oder interpretierte er da etwas in die Bemerkungen des Admirals hinein, was gar nicht da war? *Ja,* sagte er sich, *das ist sehr gut möglich.*

Janeway sah sich in der Shuttlebucht um. »Sie brennen wahrscheinlich darauf, hier herauszukommen, oder?«

Worf versteifte sich. »Admiral?«

»Das ist doch verständlich«, sagte Janeway. »Sie verbringen die ganze Zeit im Trockendock. Sie wollen raus und die *Enterprise* zeigen lassen, was sie kann.«

»Äh ... ja«, sagte Worf. »Natürlich.«

»Aber man kann eine so umfangreiche Arbeit nicht beschleunigen. Man muss ihr Zeit geben. Und man kann nicht überall seine Hände im Spiel haben, wie es Mister La Forge ohne Zweifel gerne hätte. Wie ich meinem Ersten Offizier zu sagen pflegte: »Entspannen Sie sich, Chakotay. Jeder wird die Arbeit erledigen, die ihm zugeteilt wurde. Sehen Sie nur zu, dass Sie auch die *Ihre* machen.«

Während sie das sagte, zog sie eine Augenbraue hoch. »Wir verstehen uns in diesem Punkt doch, oder?«

Worf schoss das Blut in die Wangen. Jetzt war er sich *sicher*, dass der Admiral Bescheid wusste. Und er war genau so sicher, dass sie auf ihn und Geordi ein Auge werfen würde, wenn nötig rund um die Uhr.

Sie würden niemals von der *Enterprise* herunterkommen, selbst wenn dem Ingenieur einfallen würde, welchen Planeten Beverly erwähnt hatte. Worfs Nasenflügel bebten, aber ansonsten verbarg er seine Frustration recht gut.

»Admiral«, sagte er und wusste, dass er mit einer solchen Frage ein Risiko einging, »ist es möglich, dass sich manche Bauteile hier auf der *Enterprise* als überflüssig herausstellen – und deswegen woanders besser aufgehoben wären?«

Janeway betrachtete ihn für ein paar Sekunden, bevor sie sprach. »Ich gebe zu«, sagte sie schließlich, »dass das möglich ist. Aber es ist auch möglich, dass sie dort im Weg sind. Unsere Aufzeichnungen bei diesen Dingen sind nicht vollkommen, Mister Worf, aber wir wissen normalerweise, was wir tun. Wenn ich Sie wäre, würde ich uns machen lassen.«

»Aye«, sagte er grimmig.

Aber er hatte das schreckliche Gefühl, dass Doktor Crusher ohne seine Hilfe genauso sterben würde, wie es in seinem Traum geschehen war.

Beverlys Kapuze hielt einen Großteil des Schnees ab, aber immer, wenn sie ihren Kopf drehte und der Wind aus dem falschen Winkel kam, fühlte sie einen kalten Schwall in ihrem Nacken.

Sie ertrug es, genauso wie sie die Tatsache tolerierte, dass sie ihre Füße kaum noch spüren konnte. Egal welches Elend, es war immer noch besser, als in einer Gefängniszelle die Stunden abzusitzen und darauf zu warten, was Sela mit ihr vorhatte.

Beverly wusste nicht, wie lange sie schon durch den Schnee stapften. *Eine Stunde,* schätzte sie. *Vielleicht mehr.* Schwer zu sagen.

Angesichts solch elementarer Gewalt verlor Zeit ihre Bedeutung. Es fühlte sich so an, als wäre sie schon immer durch den Schnee gestapft und würde auch für immer so weitermachen.

Soweit Beverly wusste, konnten sie auch im Kreis gehen oder sich verirrt haben. Aber der Romulaner schien in keiner Weise unsicher zu sein. Er lehnte sich gegen den Wind und setzte einen Fuß vor den anderen. Und da sie ihn nicht verlieren wollte, bemühte sie sich, Schritt zu halten.

Plötzlich tauchte wie durch Magie ein Gebäude vor ihnen auf – ein riesiges, robust und alt aussehendes Ding. Es war aus schwarzen Steinen gebaut, die einen krassen Kontrast zu den peitschenden Schneewehen bildeten, ansonsten hätte die Ärztin es wohl übersehen.

Ihr Begleiter näherte sich ihr und brüllte etwas in ihr Ohr. Doch sie konnte ihn wegen ihrer Kapuze und dem Heulen des Windes nicht verstehen.

»Was?«, brüllte sie zurück.

Dieses Mal verstand sie ein einziges Wort: »Rein!« Und als Betonung zeigte der Romulaner auf einen Bogen in der Fassade des Hauses, der aussah, als würde sich darin eine Tür verbergen. Sie schleppten sich durch hüfthohe Schneeverwehungen und erst als sie in dem Bogen angekommen waren, erhielten sie eine Atempause vom Wind. Erst jetzt bemerkte Beverly, wie grün die Wangen ihres Retters von dem Blut waren, das die Kälte ihm in die Wangen getrieben hatte.

Wie sie vermutet hatte, war eine Tür in den Bogen eingelassen. Sie war genau wie die, die sie bei ihrer Flucht geöffnet hatten, aus einem einzigen schwer aussehenden Holzstück gemacht – aber in diesem

Fall gab es keine offensichtliche Möglichkeit, sie aufzudrücken.

Beverly wollte gerade etwas zu diesem Problem sagen, als ihr Begleiter sein Schutzgewand hochhob und etwas aus seiner Kleidung zog ... ein Gerät, das nicht größer als sein Daumennagel war. Er drückte eine der Erhebungen auf dem Gerät und drehte sich zur Tür.

Nichts geschah.

Der Centurion drückte wieder auf die Erhebungen. Immer noch geschah nichts. Aber sein Gesichtsausdruck veränderte sich nicht. Er drückte einfach immer weiter, sah auf die Tür und drückte erneut.

Beverly konnte es nicht glauben.

Den ganzen Weg hierher hatte sie die eisigen Temperaturen ausgehalten, weil sie durch die Anstrengung Wärme entwickelt hatte. Jetzt wo sie angehalten hatten, fühlte sie, wie die Kälte in ihre Knochen kroch und sie schwächte. Wenn sie noch viel länger an diesem Ort aushalten musste, würde sie immer müder werden und irgendwann aufgeben.

»Gibt es einen anderen Weg hinein?«, fragte sie.

»Nein«, antwortete ihr Retter.

»Wir könnten unsere Disruptoren einsetzen«, bemerkte sie.

»Das könnten wir«, stimmte er zu. »Aber dann würde die Kälte uns hineinfolgen. Und Selas Centurions auch, wenn ihre Sensoren unser Disruptorfeuer bemerken.«

Also gut, dachte die Ärztin. *Keine Disruptoren.*

Aber sie konnten nicht einfach nur da stehen und auf dem Gerät ihres Begleiters herumdrücken. Das war ebenfalls keine Option.

Schließlich, gerade als Beverly zu dem Schluss gekommen war, dass das Ding nicht funktionierte, oder dass die Tür zugefroren war, hörte sie ein Knarren und die Holzplatte schwang auf. Ohne einen Augenblick zu zögern gingen sie und ihr Begleiter hinein.

Eine Schneewehe folgte ihnen in eine Empfangshalle und verteilte sich über dem schwarzen Marmorboden. Dann schloss sich die Tür hinter ihnen und schottete sie vom Wetter ab.

Nach dem Toben des Sturms war die Stille fast schockierend. Beverly zog ihre Kapuze zurück und genoss die Ruhe.

Und noch viel besser fühlte es sich an, aus der Kälte heraus zu sein. Während sie ihre Hände aneinanderrieb, um wieder ein Gefühl hineinzubekommen, folgte sie ihrem Begleiter in einen viel größeren Raum, in dem von den grauen Steinwänden in absteigenden Reihen zahllose Sitze ausgingen.

»Was ist das für ein Ort?«, fragte sie.

»Es war einmal ein Regierungssaal«, informierte sie ihr Begleiter, während er ebenfalls seine Kapuze herunterließ und die Handschuhe auszog. »Aber die Kevrata haben sich seit Beginn der Besatzung nicht mehr hier versammeln dürfen. Und als Commander Sela ankam, ließ sie Bekanntmachungen anschlagen, dass alle, die sich *überhaupt* irgendwo versammeln, verhaftet werden.«

»Natürlich«, sagte Beverly. »So machen das alle Tyrannen.«

Ihr Retter schenkte ihr ein Lächeln, um ihre Bemerkung zu würdigen. Aber es war ein zurückhaltendes Lächeln, typisch für das, was sie inzwischen von seinem Volk erwartete. Romulaner hielten immer einen Teil von sich zurück, selbst wenn sie *nicht* ihr Leben riskierten, indem sie ihren Vorgesetzten hintergingen.

Sie erforschte den Raum noch ein wenig mehr und ließ den Centurion zurück. »Was hat Sie dazu gebracht, den Kevrata zu helfen?«, fragte sie.

Er antwortete nicht. Alles was Beverly hörte, war ein schlitterndes Geräusch, wie eine Wüstenschlange, die sich ihren Weg durch die lose Erde der arvadanischen Berge bahnt.

Als sie sich umdrehte, starrte sie plötzlich auf den Lauf eines Disruptors.

Beverly sah auf. »Was soll das?«

»Wonach sieht es denn aus?«, antwortete er.

Sie schüttelte ihren Kopf in gespielter Entrüstung. »Sie meinen, dass Sie mir nicht aus der Güte Ihres Herzens geholfen haben?«

»Das würde kein Romulaner tun.«

»Warum haben Sie sich dann die Mühe gemacht, mich aus der Zelle zu befreien?«

Er lachte leise in sich hinein. »Ich musste sicherstellen, dass Commander Sela nicht von Ihrer Gefangennahme profitieren kann.«

Ein interner Konflikt also. Zwischen Sela und wem noch? Und worum geht es? »Warum ist Ihnen das wichtig?«

Der Romulaner schwieg.

»Was also nun? Werden Sie mich einfach töten?«

»Ich befürchte ja«, bestätigte er. Er stellte den Disruptor auf seine höchste Stärke ein – eine, die nichts mehr von ihr übrig lassen würde. »Nichts Persönliches, Sie verstehen.«

Die Ärztin schätzte den Abstand zwischen ihnen ab. Sie würde ein Risiko eingehen, wenn sie versuchen würde, sich auf ihn zu stürzen. Er war ihr als Kämpfer in Stärke und Fähigkeiten überlegen. Aber was hatte sie zu verlieren?

Beverly wollte den Romulaner gerade anspringen, als sie etwas bemerkte – und begriff, dass sie womöglich doch bessere Karten hatte, als sie dachte.

»Seit wann haben Sie diese Läsionen?«, fragte sie.

Ihr Gegenüber starrte sie an. »Läsionen?«

»Die Wunden, die sie auf Ihrem Handrücken haben.«

Argwöhnisch untersuchte der Romulaner nacheinander seine Hände – und sah, was Beverly gemeint hatte. Auf den Handrücken waren kleine, dunkelgrüne Beulen.

»Wissen Sie, was das ist?«, fragte sie. Als der Romulaner nicht antwortete, sagte sie: »Das sind Symptome der Seuche, die die Kevrata befallen hat.«

Das erregte seine Aufmerksamkeit – in noch viel größerem Maße, als Beverly gehofft hatte. Er sah sie an und seine Augen waren zu Schlitzen geworden. »Sie lügen.«

Sie schüttelte den Kopf. »Keineswegs. Ich habe sie öfter gesehen, als mir lieb ist. Das sind auf jeden Fall Zeichen der Seuche.«

»Aber ich bin kein Kevrata.«

»Ich befürchte, dass das Virus nicht so wählerisch ist. Natürlich könnte Ihre Spezies etwas widerstandsfähiger dagegen sein. Vielleicht werden Sie nicht so krank wie die Kevrata - oder es tötet Sie innerhalb weniger Stunden. Zu diesem Zeitpunkt kann ich das nicht sagen.«

Der Romulaner sah wie jemand aus, der überall Lügen vermutete. Doch Beverly sagte nur die Wahrheit.

»Was ich sagen *kann*«, fuhr sie fort, »ist, dass wenn Sie die Krankheit haben, andere Romulaner sie auch bekommen werden. Und angesichts des Händlerverkehrs, der durch Kevratas fließt, wird sie sich bestimmt auch über die anderen Welten des Imperiums verbreiten.«

Aus dem Gesicht ihres Begleiters entwich sämtliche Farbe.

»Natürlich ergibt sich daraus eine Möglichkeit«, sagte Beverly, »weil nun jeder, der ein Heilmittel dafür herstellt, sowohl sich selbst als auch seinem Volk einen großen Dienst erweist.«

Der Romulaner starrte sie finster an. »Und ich nehme an, Sie können das zuwege bringen.«

»Ich habe das schon für mehrere humanoide Spezies getan«, sagte die Ärztin. »Ich sehe keinen Grund, warum es mir nicht auch für die Romulaner gelingen könnte.«

Ihr Gegenüber sah immer noch misstrauisch aus, aber er nannte sie nicht länger eine Lügnerin. Er befeuchtete seine Lippen - bei vielen Spezies ein Zeichen von Unentschlossenheit, auch bei den Romulanern.

»Ich muss Sie von diesem Planeten bekommen«, dachte er laut nach. »Am besten nach Romulus.«

Beverly sagte nichts. Der Centurion war auf dem richtigen Weg - warum sollte sie etwas sagen, das ihn davon abbrachte?

»Dafür benötige ich ein Transportmittel«, bemerkte er. »Es wird Zeit brauchen, um etwas zu arrangieren.«

Wenn du das sagst, dachte sie.

»Und was mache ich in der Zwischenzeit?«, fragte der Romulaner. »Wie halte ich Sie davon ab, davonzulaufen?«

»Ich verspreche ...«, begann Beverly.

Aber der Romulaner bedeutete ihr zu schweigen. »Für was für einen

Narren halten Sie mich? Glauben Sie wirklich, dass ich Sie beim Wort nehmen würde?«

»Wohl eher nicht«, gab sie zu.

»Aber was ist die Alternative?«, fragte der Centurion. Er sah sich im Raum um. »Hier ist nichts, mit dem ich Sie festbinden könnte. Ich muss nach etwas suchen.«

Der Romulaner stellte seinen Disruptor neu ein. Nun stand er auf der niedrigsten Stärke.

Beverly wollte gerade fragen, was er vorhatte. Doch bevor sie ihren Mund öffnen konnte, schoss er auf sie.

Manathas sah zu, wie der Mensch auf den makellosen Marmorboden fiel. Um sie herum bildete ihr Haar eine Aura aus geschmolzenem Kupfer.

Dann sah er wieder auf seinen Handrücken. Er war nun nicht mehr gezwungen, seine Panik und Abscheu zu verbergen. Sobald Crusher ihn auf die Läsionen hingewiesen hatte, erinnerte er sich daran, diese Dinger an kevratanischen Leichen gesehen zu haben. Aber die Beulen waren schwarz gewesen, nicht grün, sonst hätte er die Verbindung hergestellt.

Manathas konnte den Gedanken nicht ertragen, dass ein fremder Krankheitserreger in seinen Körper eingedrungen war. Er hatte das Gefühl, sich übergeben zu müssen.

Beruhige dich, dachte er und führte eine Übung aus, die er über die Jahre entwickelt hatte. *Sofort.*

Die Beklemmung des Romulaners ebbte langsam, aber sicher ab, bis sie nicht mehr als ein leichtes Gefühl der Beunruhigung war. Aber er wusste nicht, wie viel länger er diesen Zustand aufrechterhalten konnte.

Er musste Crusher in eine andere Welt bringen, wo sie an einem Heilmittel für die romulanische Variante der Krankheit arbeiten konnte. Erst dann würde er wieder aufatmen können.

Was die Belohnung betraf, die er erhalten könnte … das war ebenfalls ein motivierender Faktor, wie der Mensch es schon so treffend bemerkt hatte. Aber das war nichts, verglichen mit der Minderung seiner Ängste.

Manathas riss sich vom Anblick seiner Hände los, zog seine Kapuze über und machte sich bereit, wieder in die Kälte hinaus zu gehen. Die Ärztin würde schließlich nur für eine kurze Zeit bewusstlos sein und er hatte noch Arbeit zu erledigen, bevor sie wieder aufwachte.

»Verschwunden?«, wiederholte Sela ungläubig. Ihre Worte flogen in ihrem Dienstzimmer wie ein Schwarm selbstmörderischer Vögel von einer Steinwand zur anderen.

Akadia verzog das Gesicht. »Ja, Commander.«

»Wie?«, verlangte sie zu wissen.

»Sie hatte Hilfe«, sagte der Subcommander. Es wirkte, als wäre ihm seine Uniform plötzlich zu groß. »Von einem von *uns*.«

Sela spürte, wie die Wut in ihrer Kehle hochstieg und sie zu ersticken drohte. »Wer?«, knurrte sie.

»Jenophus, Commander. Er war ein besserer Kämpfer als irgendjemand vermutet hätte.«

Sela schüttelte ungläubig ihren Kopf. »Sie sagen also, dass Jenophus allein für die Flucht des Menschen verantwortlich war? Mit all den Wachen, die zwischen ihm und dem Haupteingang waren?«

Akadia nickte. »Ja, Commander. Das ist die übereinstimmende Aussage von allen, die sich ihm in den Weg gestellt haben. Es war nur Jenophus. Und die Gefangene natürlich. Sie hat auch mitgemacht.«

Selas Zähne pressten sich aufeinander. »Finden Sie sie«, befahl sie dem Subcommander. »Die Gefangene und Jenophus. Gehen Sie von Tür zu Tür, wenn es sein muss, aber stöbern Sie sie auf – anderenfalls werden Sie und Ihre Männer Grund dazu haben, es zu bereuen.«

Er zog sich zurück. »Wie Sie wünschen, Commander.«

Sela wartete, bis ihr Untergebener den Raum verlassen hatte. Dann gab sie einen Code in das tragbare Komm-Gerät auf ihrem Schreibtisch ein und öffnete einen Kanal zu ihrem im Orbit schwebenden Warbird.

Wer auch immer in das Gebäude eingedrungen und mit dem Menschen geflohen war, könnte vorhaben, Kevratas zu verlassen. Der Commander musste das verhindern.

Die Antwort von Tresius, dem diensthabenden Offizier ihres Warbirds, kam fast augenblicklich. Er fragte, wie er ihr zu Diensten sein konnte.

»Achten Sie auf verdächtige Schiffe«, sagte Sela. »Unsere Gefangene ist geflohen und könnte versuchen, Kevratas zu verlassen.«

»Wenn sie das tut«, erwiderte Tresius, »werde ich es verhindern. Seien Sie dessen versichert, Commander.«

Sela mochte seine Einstellung. Das hatte sie schon immer.

»Wenn Sie das tun«, sagte sie, »wird für Sie eine beträchtliche Belohnung drin sein. Seien Sie sich *darüber* sicher.«

»Sie sind zu großzügig«, sagte Tresius.

Nein, erwiderte sie innerlich. *Ich bin genauso großzügig, wie ich sein muss, nicht mehr, nicht weniger.* »Sela Ende.«

Als Nächstes beorderte sie zusätzliche Truppen zum Raumhafen und versprach dem dortigen diensthabenden Offizier die gleiche Belohnung, die sie Tresius versprochen hatte. Auch er versicherte ihr, dass er die Flüchtige fassen würde.

Endlich lehnte sich Sela in ihrem Sessel zurück. Sie wusste, dass sie alles getan hatte, was sie konnte. Früher oder später, da war sie sich sicher, würde ihr die Ärztin ins Netz gehen, zusammen mit Jenophus und dem Föderationsteam, das ihr bis zu diesem Zeitpunkt entschlüpft war.

Aber in der Zwischenzeit würde Selas Unzufriedenheit in ihrem Inneren herumkriechen wie eine hungrige Schlange.

KAPITEL 10

———•———

Logbuch des Captains, Nachtrag.
Mit Hilfe unserer Rebellenfreunde hat sich Doktor Greyhorse
hier in den Tunneln unter der alten Burg ein kleines Labor
eingerichtet und entnimmt Blutproben von Kevrata, die
Symptome der Krankheit zeigen. Er scheint zuversichtlich,
dass ihn seine Forschung, kombiniert mit dem, was er in der
Medizinischen Abteilung gelernt hat, in die Lage versetzen
wird, in relativ kurzer Zeit einen Impfstoff zu entwickeln. Um
Hanafaejas und seiner Leute willen, hoffe ich aufrichtig, dass
Greyhorses Zuversicht nicht unangebracht ist.

Decalon war weder ein Arzt noch ein Biologe, daher konnte er nichts
tun, um Greyhorse bei seinen Bemühungen zu unterstützen, ein Heilmittel zu entwickeln. Nichtsdestotrotz zog es ihn immer wieder in den
winzigen Raum, in dem der Arzt sein Labor eingerichtet hatte.

Die Rebellen hatten Greyhorse trotz ihrer primitiven Lebensweise
mit einem Computer, einem biomolekularen Scanner und dem Rest
der Ausrüstung, die er angefordert hatte, versorgen können. Inmitten
all dieser Geräte wirkte der Arzt wie ein weiteres Teil des Systems. Er
war so unermüdlich und systematisch wie eine Maschine.

Ab und zu sagte er seltsame Dinge, oder eher: sagte Dinge zu seltsamen Zeiten – durch die sich der Romulaner so unwohl fühlte, dass er
das Thema wechseln musste. Wenn Decalon es nicht besser gewusst
hätte, hätte er die geistige Gesundheit des Arztes in Frage gestellt.
Allerdings glaubte er eigentlich nicht, dass die Föderation einen

Verrückten auf eine solch wichtige und schwierige Mission schicken würde.

Zudem schien Joseph nicht besonders besorgt. Tatsächlich schien er die Gesellschaft seines alten Kollegen, der sich so sehr in seine Arbeit vertiefte, zu genießen. Wenn er nicht gerade die Späher der Rebellen auf ihren Erkundungsexpeditionen begleitete. Aber Joseph war ja auf Picards altem Raumschiff der Sicherheitschef gewesen und er war in dieser Eigenschaft durch genügend unterirdische Tunnel geklettert, um eine Affinität zu ihnen zu entwickeln.

Im Gegensatz dazu verbrachte Picard einen Großteil seiner Zeit mit Hanafaejas und plante mit ihm ein Netzwerk zur Verbreitung des Impfstoffes unter den Kevrata. Schließlich half es ihnen nichts, ein Heilmittel zu entwickeln, wenn sie keine Möglichkeit hatten, es an die Kranken zu verteilen.

Während dieser Zeit mit Hanafaejas wirkte der Captain energisch und geschäftig. Aber in den Momenten dazwischen schien er sich innerlich zu entfernen und über etwas zu grübeln. Decalon fragte sich, was das war – bis Joseph das Geheimnis für ihn lüftete.

Offenbar war Doktor Crusher eine enge Freundin von Captain Picard gewesen. Joseph ging davon aus, dass sie es war, die die Gedanken des Captains beherrschte.

Decalon wusste, was Romulaner ihren Gefangenen antaten. Er war nicht gerade optimistisch, dass sie die Ärztin lebendig, geschweige denn bei geistiger Gesundheit finden würden.

Allerdings würde Crushers Zustand erst dann Thema werden, wenn sie ihre Mission auf Kevratas abgeschlossen hatten. Bis dahin hatte es keinen Zweck, über die Situation der Ärztin nachzudenken.

Außerdem hatte Decalon seine eigene Ablenkung, mit der er fertig werden musste, seine eigenen Enttäuschungen und sein eigenes Bedauern. In der Nacht zuvor hatte ein Rebell namens Kito – ein Neuankömmling in den Reihen der Tunnelbewohner – in den Straßen der Stadt genau das gesehen, was Picard vermutet hatte. Kurz nachdem sie Phajans Haus verlassen hatten, war ein Trupp

Centurions darüber hergefallen.

Wären Decalon und seine Kameraden noch darin gewesen, wären sie getötet oder zumindest gefangengenommen worden. Ihre Mission wäre genauso plötzlich beendet gewesen wie die von Doktor Crusher. Und die Kevrata wären kein Stück näher an der Erlösung als an dem Tag, an dem die Föderation von ihrer Notlage erfahren hatte.

Phajan, dachte der Romulaner. Der Name war wie ein Dolch in seinem Herzen, der ihm mit jedem Atemzug Schmerzen verursachte.

Wie konnte er so falsch gelegen haben? Wieso hatte er den Charakter seines Freundes so falsch eingeschätzt? *Und wie heftig ich widersprochen habe, als Picard darauf bestand, Phajans Haus zu verlassen.* Wenn die anderen auf ihn statt auf den Captain gehört hätten, hätten sie ihn schon bald darauf verflucht.

Decalon musste sich irgendwie rehabilitieren, beweisen, dass seine Einbeziehung in das Team kein Fehler gewesen war. Er konnte nur hoffen, dass er diese Gelegenheit bekommen würde.

Manathas stellte sicher, dass ihn niemand sehen oder hören konnte, während er sich gegen den Eingang eines alten Warenhauses presste und aus einer Innentasche seines Thermoanzugs ein Gerät zog.

Es war klein, aber leistungsstark, so leistungsstark wie der Kommunikationstransponder eines beliebigen Warbirds. Wäre sein Arbeitgeber weniger einflussreich, hätte er ein solch ausgeklügeltes Gerät niemals in seine Hände bekommen.

Glücklicherweise war sein Auftraggeber aber die mächtigste Person des Imperiums. Allerdings war sie auch die forderndste, und was sie wollte, waren Informationen. Die Manathas ihr nun beschaffen würde. Er öffnete einen Kanal auf einer vorher verabredeten Frequenz und konzentrierte sich ganz auf seine Botschaft – und nicht auf die Krankheit, die in seinem Körper um sich griff – und begann die Übertragung an Praetor Tal'Aura.

»Ruhm dem Imperium«, sagte er, »und dem Praetor und allem, was sie für das Imperium tut.« Es war die rituelle Eröffnung, die von ihm erwartet wurde; sie zu überspringen wäre, gelinde gesagt, unhöflich gewesen.

»Wir haben eine menschliche Ärztin gefangen«, berichtete er, »eine Agentin der Föderation, die ausgesandt wurde, um die Kevrata von ihrer Seuche zu heilen.« Er warf einen Blick auf seinen Handrücken, auf dem die Läsionen an Anzahl und Intensität zuzunehmen schienen. »Leider beschränkt sich dieses Problem nicht auf die Kevrata. Ein Stamm der Krankheit scheint auch auf die romulanische Bevölkerung überzugreifen.«

Manathas erwähnte nicht, dass er einer der Erkrankten war. Wenn er das tat, würde sich Tal'Aura fragen, ob er seine eigenen Interessen vor ihre stellte.

»Der Mensch hat mir Grund zur Annahme gegeben, dass sie den romulanischen Stamm der Krankheit heilen kann. Das erscheint mir vielleicht noch wichtiger zu sein als die Vernichtung der Rebellen auf dieser Welt.

Dennoch scheint Commander Sela diese Möglichkeit nicht zu begreifen. Sie will die Ärztin immer noch töten. Glücklicherweise konnte ich die Gefangene aus Selas Gewalt befreien und habe sie an einem Ort versteckt, wo der Commander sie nicht finden wird. Alles was ich benötige, ist ein Schiff, mit dem ich die Ärztin nach Romulus bringen kann.«

Es war eine angemessene Bitte - eine von der er sicher war, dass der Praetor sie ihm gewähren würde. Die Frage war nur, wie lange es dauerte, bis das Schiff von einer nahe gelegenen Welt ankam - wenn das Glück ihm hold war, eine, die bereits in Kevratas' Sternsystem lag.

Wenn Tal'Aura Manathas' einziger Gönner gewesen wäre, hätte er das Kommunikationsgerät nun wieder weggepackt. Aber auch Eborion erwarte seinen Bericht.

Der Spion stellte einen anderen Kanal ein und wiederholte etwas von dem, was er schon Tal'Aura gesagt hatte: dass er Sela die Ärztin entrissen und sie dort versteckt hatte, wo der Commander sie nicht suchen würde. Dann fügte er hinzu, dass er Selas Einfluss auf

Tal'Aura ganz nach Eborions Wünschen untergraben hatte.

Er unterließ es, von der romulanischen Variante der Seuche zu erzählen. Das war die Art von Information, die Eborion vielleicht ausplaudern würde, und wenn er das tat, wäre der Praetor sicherlich daran interessiert, woher der Edelmann sie hatte.

»Ich werde Sie über weitere Entwicklungen auf dem Laufenden halten«, sagte Eborion. Dann legte er das Gerät *wirklich* weg.

Zu einem früheren Zeitpunkt seiner Karriere hätte sich Manathas bei dem Gedanken, zwei Herren zu dienen, gesträubt. Und einer von ihnen zudem noch Praetor des gesamten Imperiums? Er wäre davor zurückgeschreckt wie vor einer vobolitischen Felsschlange.

Aber jetzt nicht mehr, dachte er.

Er spielte ohne Frage ein gefährliches Spiel. Gefährlicher als alles, was er jemals zuvor gespielt hatte.

Aber es war wichtig, dass er seine Zukunft sicherte, solange er noch konnte. Und das bedeutete, so oft er konnte, möglichst viele Aufträge anzunehmen, egal von wem. Hauptsache, er machte ein gutes Angebot.

Ironisch oder? Tal'Aura hatte ihn angeheuert, um ein Auge auf Sela zu haben, deren Loyalität - wenigstens nach außen hin - über jede Kritik erhaben war. Aber in Wirklichkeit war es Eborion, auf den man besser ein Auge haben sollte.

Und ja, gestand Manathas ein, *auch auf mich.*

Er würde es Tal'Aura glatt zutrauen, das zu tun - einen zweiten Spion auf den ersten anzusetzen. Aber er konnte nicht zulassen, dass diese Möglichkeit ihn beeinträchtigte, oder er würde den Überblick über die eigentlichen Herausforderungen verlieren.

Schließlich könnten noch Tage vergehen, bevor ein Schiff für Manathas und seine Gefangene ankam. Wenn sie überleben wollten, würden sie Essen und Trinken brauchen und zusätzliche Kleidung. Und Manathas musste diese Dinge jetzt beschaffen - Krankheit hin oder her - bevor Selas sich ausbreitendes Netz von Centurions es zu schwierig machen würde.

Mit diesen Gedanken verließ er den Schutz des Eingangs und brach zum nächstgelegenen kevratanischen Vorratslager auf.

Als Beverly erwachte, war ihr Gesicht gegen den kalten Marmorboden gepresst und ihre Hände fest hinter ihrem Rücken gefesselt. Wie sie schnell merkte, waren ihre Füße ebenfalls zusammengeschnürt. Anscheinend hatte ihr romulanischer »Freund« etwas dunkles, starkes und gummiartiges gefunden, obwohl sie nicht genau sagen konnte, was es war.

Einen Gefallen schien er ihr aber wenigstens getan zu haben. Der Schmerz in ihrem Kopf war nicht so schlimm wie er hätte sein können, also musste er den Disruptorschuss minimal gehalten haben. *Ich darf nicht vergessen, mich bei ihm zu bedanken,* dachte sie ironisch.

Aber es wäre natürlich unendlich viel besser, wenn sie entkommen könnte, bevor der Romulaner zurückkam, und um das zu erreichen, musste Beverly ihre Beine freibekommen. Unglücklicherweise gab es keine Möglichkeit, ihre Hände irgendwie vor sich zu bekommen – nicht wenn ihre Handgelenke so fest zusammengebunden waren.

Beverly hatte also nur eine einzige andere Möglichkeit. Sie knickte ihre Beine hinter sich ein und langte mit ihren Händen herunter, bis sie ihre Fußknöchel spüren konnte. Dann begann sie, an den Knoten herumzufummeln, obwohl sie keinen davon sehen konnte.

Unter solchen Umständen war das ohnehin eine recht mühsame Arbeit, aber die Handschuhe, die sie trug, behinderten sie noch zusätzlich. Trotz des Schutzes, den sie ihr boten, zog sie sie Finger für Finger aus. Dann nahm sie ihre Aufgabe wieder in Angriff.

Und sie erinnerte sich immer wieder daran, dass egal welche Nöte sie erleiden musste, was auch immer vor ihr lag, es nichts verglichen mit der Misere der Kevrata war.

Allein in der Hauptstadt waren es vielleicht Hunderttausende, die einen schrecklichen Tod starben. Einige starben schnell, andere so langsam, dass man hätte meinen können, sie seien immun. Aber sie alle würden sterben. So sicher, wie Jojael und ihre

Kameraden vor Jahren auf Arvada III gestorben waren.

Beverly erinnerte sich, wie schrecklich es gewesen war, zuzusehen, wie sie einer nach dem anderen stöhnend und keuchend dem Blutfeuer erlagen, wie sie nach Hilfe geschrien hatten, die ihnen die Siedler nicht geben konnten. Sie erinnerte sich an den Ausdruck in ihren Augen, an das Leid und die Angst, aber vor allem an die Überraschung – weil sie wahrhaftig geglaubt hatten, dass die Föderation ihnen das geben könnte, was die Romulaner ihnen verweigert hatten.

Doktor Baroja hatte bei den medizinischen Beständen unrecht gehabt – wie sich herausgestellt hatte, waren sie mehr als ausreichend, um die Kevrata zu behandeln. Aber das hatte lediglich daran gelegen, dass die Letzten von ihnen so schnell gestorben waren, Medizin hin oder her – mehr als ein Dutzend von ihnen im Zeitraum einer einzigen wilden, abscheulichen Nacht.

Normalerweise hätte Beverly zu diesem Zeitpunkt schon geschlafen. Aber sie war zu sehr damit beschäftigt, von Bett zu Bett zu rennen, Hyposprays zu verabreichen oder Kevrata zu beruhigen, die gegen das Monster kämpften, das sie von innen heraus auffraß. Der letzte der Fremden verstarb ein paar Stunden nach Sonnenaufgang, von der Krankheit dahingerafft, die ihn von seiner Heimatwelt hierher verschlagen hatte.

Jojael war eine der Ersten gewesen, die der Krankheit erlagen. Aber ihre Leiden waren weniger schmerzhaft gewesen als die der anderen. Dafür war Beverly äußerst dankbar.

Zippor, der Botaniker, der als Leiter der Siedlung fungierte, blickte mit seinen erschöpften, rot unterlaufenen Augen auf die Leichen der Kevrata und murmelte etwas von dem medizinischen Schiff der Föderation, das für diese Krise ausgesandt worden war. Da die Fremden die Dienste des Teams nicht mehr länger benötigten, beabsichtigte Zippor, das Schiff zu kontaktieren und seinem Captain zu sagen, dass sie umkehren sollten.

Aber er hatte es nicht getan – weil Doktor Baroja sich neben der Menge der medizinischen Vorräte noch bezüglich einer anderen

Sache getäuscht hatte. Noch vor Mittag des gleichen Tages fand Bobby Goldsmiths Vater winzige Beulen auf seinem Handrücken – Beulen, die vor der Ankunft der Kevrata noch nicht dagewesen waren. Und zum Schrecken aller im medizinischen Raum sahen sie den Beulen ziemlich ähnlich, die die Absturzopfer gezeigt hatten, bevor sie gestorben waren.

Ein Trikorderscan bestätigte es: Bobbys Vater hatte sich mit der Seuche angesteckt. Und wenn ein Mensch sie bekommen konnte, konnten sie sie alle bekommen. Und theoretisch auch die Nicht-Humanoiden der Kolonie.

Doktor Baroja, der zu Stein zu erstarren schien, als er das hörte, flüsterte, dass das Virus mutiert sein musste – dass das, was so gewöhnlich und relativ harmlos gewirkt hatte, über Nacht zu etwas potentiell so Gefährlichem geworden war.

Daher war es für Zippor nicht länger ratsam gewesen, dem medizinischen Schiff zu sagen, dass es umkehren sollte. Die einzige Frage zu diesem Zeitpunkt lautete, ob die Siedler lange genug überleben würden, bis sie ankamen – denn die Medikamente, die sie benutzt hatten, um die Kevrata zu behandeln, waren nun tatsächlich knapp, viel zu knapp, um eine ganze Siedlung am Leben zu halten.

Doktor Baroja hatte bereits begonnen, die Einteilung der Medikamente zu diskutieren – ob sie an die Jüngsten und Stärksten oder an die am stärksten von der Krankheit Betroffenen verteilt werden sollten, da nicht alle sie bekommen konnten – als Beverlys Großmutter sie aus der Krankenstation in die schwüle, erdrückende Hitze des Morgens führte.

Zuerst dachte Beverly, dass der Grund dafür die düsteren Gespräche der Erwachsenen waren. Aber das ergab keinen Sinn. Sie hatte in der Nacht davor bereits viel schlimmere Dinge gesehen, Dinge, die kein anderes Kind in der Kolonie je gesehen hatte.

Dann begriff Beverly, dass ihre Großmutter etwas anderes im Sinn hatte, da sie nicht anhielten, als sie aus dem Kuppelbau getreten waren. Sie gingen weiter in Richtung ihres Hauses.

Beverly fragte, warum ihre Großmutter sie nach Hause brachte und Felisa Howard sagte, dass sie es gleich verstehen würde. Als sie ihr Haus erreicht hatten, ging die ältere Frau nicht zur Vordertür. Sie ging um das Gebäude herum, wo ihr Garten im Glanz ihres Sternes schimmerte.

»Vor langer Zeit«, sagte Felisa Howard in Worten, die Beverly niemals vergessen würde, »lange bevor es synthetische Arzneimittel und Hypospprays gab, behandelten unsere Vorfahren ihre Krankheiten mit Knollen und Blättern. Und genau *das* werden wir jetzt auch tun.«

Beverly hatte nicht gewusst, dass so etwas möglich war. Wie sich herausstellte, war sie in dieser Hinsicht nicht allein. Niemand sonst in der Kolonie glaubte an Felisa Howards Idee.

Aber die Frau bewies, dass es funktionieren konnte. In den dunklen Tagen, die nun folgten, studierte sie den medizinischen Nutzen von Kräutern und Wurzeln. Dann plünderte sie Teile ihres Gartens zermahlte sie zu Brei und verabreichte ihn den Siedlern, die begonnen hatten, Symptome zu zeigen.

Sie benutzten natürlich ebenfalls die verbleibenden Vorräte an Medikamenten. Aber es dauerte nicht lange, bis sie sich ausschließlich auf das verließen, was Felisa Howard auftreiben konnte.

Es war nicht genug – nicht annähernd. Siedler starben langsame, qualvolle Tode, Bobbys Vater war unter den Ersten. Dann steckte sich Bobby selbst mit der Krankheit an.

Beverly kümmerte sich so oft um ihn, wie sie konnte, Tag und Nacht. Meistens beschwerte er sich darüber, dass ihm kalt war, dass er spüren konnte, wie ihm die Kälte in die Knochen kroch, genauso wie es auf Sejjel V gewesen war.

So schlecht er sich auch fühlte, schien er die Aufmerksamkeit, die Beverly ihm schenkte, doch zu genießen. Er sagte ihr, wie sehr er hoffte, dass es ihm bald besser ging, damit er mit ihr einen weiteren Spaziergang in der Abenddämmerung unternehmen konnte.

Aber dazu kam es nicht. Am Tag bevor das medizinische Team der Föderation ankam, starb Bobby – während Beverly seine kalte Hand fest in ihrer eigenen hielt.

Sie hielt sie, bis jemand sie ihr entzog, sie umarmte und nach draußen schickte, um sich zu sammeln. Aber selbst im heißen arvadanischen Sonnenlicht konnte sie die Kälte von Bobbys Hand spüren, ein Stück Winter, das er in seinem Inneren getragen hatte.

Da hatte Beverly geschworen, dass niemand wieder auf diese Weise sterben würde, wenn es in ihrer Macht lag, es zu verhindern. Und mit der Zeit gelang es ihr, dieses Versprechen einzulösen.

Aber nun musste sie ein anderes Versprechen halten. *Und das kann ich nicht tun, bis ich diese verdammten Knoten gelöst habe ...*

Pug Joseph blieb einen Augenblick lang stehen, um das Gewicht des biomolekularen Scanners auf seinem Rücken zu verlagern, und fiel dann wieder in seinen Vorwärtstrott.

Der Scanner war schon schwer gewesen, als er ihn aufgehoben hatte. Aber nun, da er ihn seit einer Stunde in diesen kalten, dunklen Tunneln herumschleppte, schien er immer massiger zu werden.

»Wann haben Sie Ihr Lager zum letzten Mal versetzt?«, fragte er Jellekh, den Kevrata, der neben ihm hertrottete.

»Vor drei Tagen«, kam die Antwort. »Aber so lange bleiben wir normalerweise nicht an einem Ort.«

»Wie häufig ziehen Sie denn *normalerweise* um?«

Der Kevrata zuckte mit den Schultern. »Jeden zweiten Tag. Manchmal häufiger, wenn wir das Gefühl haben, dass uns die Romulaner zu nahe kommen.«

»Uns bleibt keine Wahl«, sagte Kito, der Kevrata vor ihnen. »Außer wir wollen, dass der Widerstand einen blutigen Tod stirbt.«

Kito war neu in der Gruppe. Er neigte dazu, ein wenig drastischer als Jellekh und die anderen Veteranen zu sein.

»*Wurden* Sie jemals von ihnen gefunden?«, fragte Joseph.

»Einmal«, sagte Jellekh.

Aber er sah weg und wollte offensichtlich nicht besonders gerne darüber reden. Joseph, dem es leid tat, dass sich seine Begleiter nun unwohl fühlten, ließ das Thema fallen.

Er sah über seine Schulter - ein heikles Manöver mit dem Scanner auf seinem Rücken - und konnte weiter hinten den Captain erkennen. Picard lief rückwärts, seinen Phaser hatte er auf die Dunkelheit hinter ihnen gerichtet.

Allerdings waren die Rebellen, während sie so beladen waren, auch schrecklich verwundbar. Sie brauchten vor und hinter sich ein wenig Feuerkraft, für den Fall, dass sie in Schwierigkeiten gerieten.

Joseph konnte Picards Gesicht nicht sehen, aber er hatte es in den letzten Tagen genügend studiert, um zu wissen, was dem Mann durch den Kopf ging - zusätzlich zu einem möglichen romulanischen Hinterhalt natürlich.

Er dachte an Beverly.

Als Joseph die *Enterprise-D* besucht hatte, war er zu sehr in seinem Alkoholismus gefangen gewesen, um Picards Gefühle für die Ärztin zu bemerken. *Oder vielleicht waren sie damals auch nicht so offensichtlich gewesen.*

Aber hier und jetzt konnte man sie kaum übersehen. Jedes Mal, wenn Beverlys Name erwähnt wurde, veränderte sich der Gesichtsausdruck des Captains. Und es ging hier nicht nur um Besorgnis für eine langjährige Kollegin.

Es war eindeutig mehr als das.

Joseph wünschte sich, dass er Picard irgendwie aufheitern konnte. Dass er mit etwas Stichhaltigerem als blindem Optimismus sagen könnte, dass Beverly am Leben war und dass sie sie retten würden.

Aber alles was er tun konnte, war Greyhorse dabei zu unterstützen, die ihm übertragene Aufgabe zu erfüllen - denn je schneller er das tat, umso schneller konnten sie nach ihrer Freundin suchen.

KAPITEL 11

———◆———

Beverlys Finger waren steif und aufgescheuert, als sie die Knoten, die ihre Füße zusammengehalten hatten, endlich gelöst hatte. Ihre Beine waren so verkrampft, dass sie sich nicht vorstellen konnte, wie sie jemals wieder laufen sollte.

Aber sie konnte keine Verschnaufpause einlegen. Nicht wenn der Centurion jede Minute zurückkommen konnte.

Sie nahm einen tiefen Atemzug und schob ihre Schmerzen gewaltsam beiseite. Dann legte sie ihre Hände auf den Boden, schwang ihre Beine in eine Damensattelposition und hievte sich mit einem Ruck hoch.

Sie bewegte sich auf ihren zitternden, unsicheren Beinen durch den Raum und den Vorraum zur Tür. Der Centurion hatte eine Fernsteuerung gebraucht, um sich und Beverly hineinzubekommen, aber sie ging nicht davon aus, dass sie eine brauchen würde, um hinauszugelangen.

Wie sich herausstellte, lag sie damit falsch. Die Tür wollte nicht nachgeben, egal wie fest sie dagegendrückte. Offenbar hatte ihr »Freund« den einzigen »Schlüssel«.

Sie ließ sich gegen die hölzerne Oberfläche fallen und seufzte. *Also gut,* dachte sie, *ich kann nicht raus. Aber ich kann meine Hände befreien, bevor er zurückkommt.*

Der Centurion war ein hervorragender Kämpfer, aber jeder konnte überrascht werden. *Jeder,* beharrte die Ärztin. Und wenn das ihre einzige Chance war, den Kevrata zu helfen, würde sie sie nutzen.

Aber sie würde etwas Scharfes brauchen, um ihre Fesseln zu lösen, dachte sie, während sie wieder zurück in den Hauptsaal ging. Ein flüchtiger Blick in den Raum hinein zeigte ihr keine brauchbaren Objekte, daher sah sie sich genauer um.

Endlich fand sie es – eine Stelle in der Wand, die teilweise weggebrochen war. Der zerklüftete Rand war etwas höher als Beverly lieb war und zwang sie dazu, auf Zehenspitzen zu stehen, während sie ihre Handgelenke auf die richtige Höhe brachte. Aber sobald sie das getan hatte, war sie bereit, ihre Fesseln zu bearbeiten.

Es war nicht leicht. Der Rand war nicht sehr scharf und ihre Fesseln waren widerstandsfähiger als sie gedacht hatte. Doch sie scheuerte so eifrig, wie sie konnte, und während sie arbeitete, ertappte sie sich dabei, wie sie auf ihr Leben zurückblickte.

Es lag nicht daran, dass Beverly davon ausging, sterben zu müssen, obwohl sie wusste, dass das sicherlich eine Möglichkeit war. Es lag eher daran, dass sie gefangengenommen, durch die Kälte getrieben und geschlagen worden war, und sie wollte für eine Weile an einem angenehmeren Ort sein.

Wo sie ihre Gedanken sammeln konnte. Wo sie *nachdenken* konnte.

Lustig, dachte sie. Lange Zeit war sie zu beschäftigt gewesen, um nachzudenken. Sie war stets zu sehr in ihre Arbeit vertieft, um die Gesamtheit ihres Lebens zu untersuchen und dadurch eine Art von Perspektive zu erreichen.

Aber so war es nicht immer gewesen. Beverly war niemals so beschäftigt gewesen, als Jack noch gelebt hatte. Sie hatte Stunden, wenn nicht Tage, mit ihm verbracht und nichts getan.

War nur mit ihm zusammengewesen. Hatte einfach nur gelebt.

Als Jack gestorben war, hatte sich alles verändert. Sie war immer stark und jeder Herausforderung gewachsen gewesen. Aber sie hatte nicht akzeptieren können, was passiert war, hatte sich dem nicht stellen können.

Sie brauchte Ablenkung – und die fand sie. Vor allem durch jede Menge Arbeit und natürlich das Aufziehen von Wesley. Und als er begann, auf sich selbst aufzupassen, fand sie andere Möglichkeiten, um sich zu beschäftigen – sie schrieb Theaterstücke und führte Regie, machte Tanzkurse, forschte, korrespondierte mit anderen medizinischen Offizieren.

Aber bei alledem hatte sie nie einfach nur gelebt.

Am nächsten war sie dem gekommen, wenn sie mit Jean-Luc gefrühstückt hatte. Sie hatte dem stets entgegengefiebert, jedes Frühstück war eine erfrischende Oase in einem Ödland harter Arbeit gewesen. Und kein einziges Mal war wie das andere gewesen. Tatsächlich hatten sie und ihr Frühstückspartner sich vorgenommen, ungewöhnliche Gerichte zu finden, die sie einander servierten, um dann auf die Reaktion des anderen zu warten.

Meistens war sie positiv gewesen – ein Ausdruck des Entzückens. Aber nicht immer. Die *Durian*, die Ensign Jaiya empfohlen hatte, und die wie verfaulte Eier schmeckte – das war garantiert *keine* von Beverlys liebsten Erinnerungen.

Aber sie konnte ihre Favoriten immer noch schmecken – besonders den Uttabeerenpudding, eine Spezialität von Betazed. Abwechselnd süß, scharf und bitter, schien er jede Geschmacksknospe in ihrem Mund angeregt zu haben.

Sie wünschte, dass sie jetzt etwas davon hätte. *Verdammt,* dachte sie, *unter diesen Umständen würde ich sogar der* Durian *nochmal eine Chance geben.*

Aber es war nicht nur das Essen, das diese Treffen so wunderbar gemacht hatte. Es war die Gesellschaft.

Für eine kurze Zeit am Tag konnte sie einfach mal sie selbst sein. Kein hoch angesehener Forscher, kein Arzt mit einem Schiff voller Patienten, nicht einmal ein hochrangiger Offizier eines Raumschiffs. Nur eine Frau mit ganz gewöhnlichen Eigenarten und Schwächen und ausgemachten Fehlern.

Sie konnte all das zeigen, weil sie mit Jean-Luc zusammen war. Sie kannte ihn schon so lange und fühlte sich in seiner Anwesenheit so wohl, dass sie einfach alles sagen oder tun konnte.

Das waren höchst kostbare Zeiten gewesen – Beverly hatte es auch schon damals gewusst. Aber jetzt, während sie auf einer dunklen, kalten Welt um ihr Leben kämpfte, schienen sie noch *kostbarer* zu sein.

Donatra war so sehr mit dem neuesten Waffendiagnoseprogramm beschäftigt gewesen, dass sie ihr Abendessen vergessen und dann auch noch ihr regelmäßiges Treffen mit ihrem Chefingenieur verpasst hatte.

Aber sie hatte nicht die Gelegenheit vergessen, die sich nur alle sechsundzwanzig Stunden präsentierte, wenn die Rotation von Romulus die Hauptstadt ganz nah an die Koordinaten ihres Schiffes brachte.

Sie aktivierte eine Komm-Verbindung und starrte erwartungsvoll auf den Monitor. Doch zuerst zeigte es weiterhin die imperialen Insignien eines Raubvogels mit ausgestreckten Flügeln, der Romulus in der einen und Remus in der anderen Kralle hielt.

Dann verschwand das Emblem und wurde durch ein gänzlich anderes Bild ersetzt – das eines großen, breitschultrigen Mannes, der einst viele Warbirds unter seinem Kommando gehabt hatte, sich für den Moment aber dafür entschieden hatte, sich an den Boden zu binden.

Donatras Herz war so voller Stolz und Verlangen, dass sie nicht anders konnte, als zu lächeln. »Braeg«, sagte sie.

Er lächelte zurück. »*Selbst wenn du nur ein Bild auf einem Sichtschirm bist, raubst du mir den Atem.*«

»Ich nehme an, es geht dir gut?«

»*Gut genug*«, sagte er, »*wenn man bedenkt, wie wenig Schlaf ich im Moment bekomme. Es gibt zu viel über das ich nachdenken, Pläne die ich schmieden, so viele Leute, mit denen ich sprechen muss. Jeden Morgen, wenn ich den Sonnenaufgang beobachte, verspreche ich mir selbst, dass ich eine Woche lang schlafen werde – sobald der Praetor gestürzt worden ist.*«

»Sei vorsichtig, dass deine Schläfrigkeit sich nicht in Achtlosigkeit verwandelt«, warnte Donatra ihn.

Braegs Gesichtsausdruck sagte ihr, dass diese Möglichkeit nicht bestand. »*Ich habe schon zuvor unter Schlafentzug gelitten, oder?*«

Sie schmunzelte. »Soweit ich mich erinnere, ja. Aber da war ich es, die dich wachgehalten hat und nicht dieser Wurm von einem Praetor.«

»*Ah ja*«, sagte er, »*jetzt erinnere ich mich. Eine abgeschiedene Villa in Ch'rannos, nicht wahr?*«

»Das stimmt. Ich hätte nichts dagegen, dich noch einmal dorthin zu bringen – vielleicht nach Tal'Auras Niederlage. Natürlich nur, wenn du nicht zu sehr damit beschäftigt bist, ein Schläfchen zu halten.«

»*Dafür*«, sagte Braeg, »*würde ich unendlich lange aufbleiben.*«

Donatra überprüfte die Zeit auf ihrem Chronometer. Es wäre unklug, noch länger miteinander zu sprechen. Tal'Aura überprüfte mit Sicherheit die Kommunikation mit der Oberfläche.

»*Wir müssen uns verabschieden*«, stellte er fest.

»Erneut«, seufzte sie.

»Aber nicht für immer«, erinnerte sie Braeg. »Du musst es nur sagen, und ich werde mich wie die Rache selbst auf Romulus stürzen.«

»*Nein*«, sagte Braeg mit einem Anflug von Besorgnis in der Stimme. »*Tomalak will, dass du überstürzt handelst. Zermürbe ihn nach und nach. Und dann, wenn es soweit ist …*« Er stoppte sich selbst. »*Hör nur, wie ich dem Commander der Dritten Flotte einen Rat gebe.*«

Donatra schüttelte ihren Kopf in gespieltem Spott. »Stets der Admiral.«

»*Jetzt nicht*«, sagte er ihr. »*Jetzt bin ich nur ein Aufrührer. Du bist diejenige, die den Sieg erringen muss.*«

»Und das werde ich«, versicherte sie ihm.

Dann unterbrach sie äußerst widerwillig die Verbindung. Wieder beherrschten die Raubvogelinsignien den Schirm.

Donatra lehnte sich auf ihrem Sitz zurück, schloss die Augen und atmete tief ein. Dann ließ sie ihren Komm-Offizier Suran kontaktieren, damit sie die neuesten Information über Tomalaks Truppen durchgehen konnten.

Tal'Aura stand auf ihrem gen Norden gerichteten Balkon, sah auf das geometrisch perfekte Netz aus Straßen unter ihr und dachte darüber nach, was sie aus der Meldung des Spions erfahren hatte.

»Interessant«, hauchte sie, wohl wissend, dass niemand da war, um sie zu hören.

Aber nicht erfreulich. Nicht einmal annähernd.

Einmischung der Föderation. Eine Variante der kevratanischen Krankheit, die auf Romulaner übergreifen konnte. Und kein Ende der einheimischen Widerstandsbewegung in Sicht. Anstatt sich unter Selas Fuchtel zu verbessern, schien sich die Situation immer weiter zu verschlechtern.

Ich verliere meine Macht über die Außenwelten, gab der Praetor zu, wenn auch nur vor sich selbst. *Braeg hat Recht.*

Und er hatte keine Gelegenheit ausgelassen, um das bekannt zu machen. Er war in den letzten Tagen überall gewesen und hatte die Bürger der Hauptstadt gegen sie aufgehetzt.

Bis zu diesem Zeitpunkt hatte Tal'Aura davon abgesehen, den Admiral unter ihrem Absatz zu zermalmen, obwohl es natürlich in ihrer Macht lag. Aber das war bevor sie Manathas' Bericht bekommen hatte, als sie noch davon ausging, dass Sela den Aufstand auf Kevratas entschärfen würde.

Nun war sie in dieser Hinsicht weniger zuversichtlich. Und wenn sich die Dinge auf Kevratas weiter so entwickeln würden, wie sie befürchtete, würde Braeg dadurch an Boden gewinnen - und ihn dadurch zu einem zu wichtigen Faktor machen, um ihn zu ignorieren, egal, wie sehr ihn sein Tod zu einem Märtyrer machen würde.

Ein Praetor durfte es nicht wagen, auch nur den Hauch einer Schwäche zu zeigen. Sie würde sich um den Admiral kümmern müssen ... und das bald.

Beverly war warm ... *so* warm.

Sie befand sich im Haus ihrer Großmutter auf dem Planeten Caldos, einem reizenden, alten Ort mit einem Steinkamin. Und in dem

Kamin loderte ein fröhliches, goldenes Feuer. In seiner Hitze musste sie nicht mehr als einen Morgenrock tragen.

Sie fühlte sich zufrieden, entspannt und unbedroht und hätte den Rest ihres Lebens auf diese Weise verbringen können. Besonders da ein so großer, attraktiver Kerl neben ihr saß und seine Wärme zu der des Feuers hinzukam.

Sie schmiegte sich an seine Schulter und sagte: »Ich bin so froh, dass du hier bist.« Und einige andere Zärtlichkeiten, derer sie sich kaum bewusst war.

Er flüsterte etwas zurück und strich über ihre Wange. Dann trat er einen Schritt zurück und verwandelte sich in einen schimmernden grünen Nebel. Einen Moment später drang der Nebel in sie ein und benutzte dazu jede ihrer Poren.

Und mit ihm in ihrem Inneren fühlte sie eine dunkle und unleugbare Leidenschaft.

Beverlys Augen schlossen sich und sie gab sich dieser Begierde vorbehaltlos hin. »Ich wusste nicht, dass ich mich so fühlen kann«, murmelte sie.

»Wir sind nun fast miteinander verbunden«, sagte der große, gutaussehende Mann, dessen Name Ronin war – oder war es der glühende grüne Nebel? »Wie zwei Kerzen, die sich vereinen und ein einziges Licht bilden ...«

Sie hörte nicht alles. Sie war zu sehr in den Gefühlen gefangen, die sie durchströmten. Aber sie hörte, wie er sagte, dass er sie liebte, und erwiderte, dass sie ihn ebenfalls liebte.

Gerade als sie kurz davor stand, für immer mit ihm zu verschmelzen, hörte sie ein Klopfen an der Holztür des Hauses – ein festes, aggressives Klopfen, das sie aus der Umarmung ihres Liebhabers riss. Bevor sie begriff was geschah, war die Tür offen.

Und Jean-Luc stand auf der Schwelle.

Beverly schlang den Morgenrock um sich und erhob sich. Sie fühlte sich leicht beschämt. Aber warum? Sie hatte nichts getan, weswegen sie sich schämen musste.

»Entschuldige, dass ich dich erschreckt habe«, sagte Jean-Luc. Sein Gesichtsausdruck war streng und argwöhnisch. »Ich habe geklopft, aber niemand hat geantwortet.«

»Was willst du?«, fragte sie und überraschte sich selbst mit ihrer Knappheit und der Ungeduld, ihn wieder loszuwerden.

»Ich wollte deinen neuen Freund kennenlernen«, sagte er. Seine Augen durchsuchten den Raum.

»Er ist nicht hier«, sagte Beverly schnell, wohl wissend, dass es eine Lüge war.

»Nun«, sagte Jean-Luc, »wenn es dir nichts ausmacht, warte ich hier. Ich bin gespannt darauf, diesen bemerkenswerten jungen Mann kennenzulernen ...«

»Eifersucht steht dir nicht«, sagte sie ihm.

Es war gemein, so etwas zu sagen. Eine bösartige Sache. Aber ihr Verlangen, mit dem großen, hübschen Mann allein zu sein, war so groß, dass sie noch viel grausamere Sachen gesagt und getan hätte.

»Das ist mein Leben«, spie sie ihm entgegen. »Ich habe meine Entscheidung getroffen und ich werde es mir nicht anders überlegen, also lass mich allein.«

Jean-Luc sah sie einen Moment lang an. Dann schüttelte er seinen Kopf. »Nein. Hier stimmt etwas nicht. Hier geht es um mehr als nur eine obsessive Liebesaffäre.« Und er fragte sie, warum niemand außer ihr ihren Liebhaber je gesehen hatte.

Genau in diesem Moment erschien er – der große, attraktive Mann, den sie nun liebte und dessen Name Ronin war. »Also gut«, sagte er zu Jean-Luc. »Hier bin ich.«

Beverly ging zu ihm hinüber und nahm seinen Arm.

»Und ich glaube«, sagte ihr Liebhaber, »dass Beverly Sie gebeten hat, zu gehen.«

Aber Jean-Luc blieb hartnäckig stehen. »Sie sind also Ronin. Freut mich, Sie kennenzulernen.« Und er fragte, woher Ronin kam und wie lange er auf Caldos gelebt hatte.

»Alles was zählt«, sagte Ronin, »ist, dass ich jetzt hier bin. Und dass

Beverly und ich vorhaben, für den Rest unseres Lebens zusammen zu sein.«

»Eine sehr romantische Vorstellung«, stellte Jean-Luc fest, »besonders für zwei Leute, die sich gerade erst getroffen haben. Denken Sie nicht, dass Sie die Dinge vielleicht ein wenig überstürzen?«

Ronins Gesicht wurde hart wie Stein. »Ich glaube, dass Sie ein eifersüchtiger Mann sind, der den Gedanken nicht ertragen kann, eine so wunderschöne Frau wie Beverly zu verlieren.«

»Wie sind Sie nach Caldos gekommen?«, beharrte Jean-Luc. »Und mit welchem Schiff?«

»Jean-Luc«, sagte Beverly, »lass ihn in Ruhe ...« Aber während sie das sagte, fühlte sie sich wie ein Verräter.

Schließlich waren sie und Jean-Luc schon seit langer Zeit Freunde. Gemeinsam hatten sie eine Menge durchgemacht.

Und dennoch konnte sie nicht anders. Sie wollte Ronin, brauchte ihn ...

Jean-Luc ließ trotz Beverlys Bitten nicht locker. »Beantworten Sie die Frage«, sagte er zu Ronin. »Mit welchem Schiff? Ich würde gerne einen Blick auf die Passagierliste werfen. Wo leben Sie hier auf Caldos? Was für einen Posten haben Sie hier? Wer sind Ihre Nachbarn?«

Ronins Augen blitzten vor Wut auf, und er erhob eine Hand. Ein Strahl grüner Energie ging von ihr aus, hüllte Jean-Luc ein und schlängelte sich um ihn herum, als ob er vorhatte, ihn zu zerdrücken.

»Beverly«, ächzte er, während er zu Boden fiel, »du musst hier raus ...!«

Als sie sah, dass ihr Freund Schmerzen hatte, überwand ihre Besorgnis die Gefühle, die sie für ihren Liebhaber empfand. Sie eilte an Jean-Lucs Seite und nahm ihn in ihre Arme, um ihn zu schützen, um ihn vor dem Bösen zu retten, das ihn tötete.

Plötzlich wurde es kalt im Raum – kalt und dunkel. Beverly drehte sich zum Kamin um und sah, dass er ausgegangen war. Und das war nicht alles, was verschwunden war.

Ronin hatte sich ebenfalls in Luft aufgelöst und ebenso die smaragdfarbene Energie, die er entfesselt hatte. Das Einzige, was sich noch in Beverlys Haus befand, war Jean-Luc. Und während sie ihn todunglücklich ansah, verschwand er aus ihrer Umarmung.

Sie saß dort auf dem Boden, sah auf ihre leeren Arme und zitterte. Es war kalt, so kalt ...

Dann wachte sie auf.

Beverly saß auf einem Marmorboden, den Rücken gegen eine Steinwand gelehnt, die Hände hinter ihrem Rücken zusammengebunden. Aber sie wusste nicht, wie sie dort gelandet war.

Dann, mit einem Anflug von Panik, erinnerte sie sich.

Es hatte länger gedauert, als sie erwartet hatte, die Fesseln zu durchtrennen, und schließlich hatte sie vom Stehen auf den Zehenspitzen einen Krampf in den Waden bekommen. Der Schmerz hatte sie dazu gezwungen, sich für einen Moment hinzusetzen, sich an die Wand anzulehnen und ihren Beinen eine Pause zu gönnen.

Nur ein, zwei Sekunden. Das hatte sich Beverly wenigstens vorgenommen. Offensichtlich war es aber länger gewesen, auch wenn sie nicht sagen konnte, *wie viel* länger.

Ein erschöpfter Fluch entwich ihren Lippen. Er hallte kurz wider und erstarb dann.

Sie kämpfte sich auf die Beine und fühlte wieder den Schmerz in ihren Waden und ihrer Oberschenkelmuskulatur. Und in ihren Schultern – besonders in der, die der Disruptorstrahl getroffen hatte, als sie gefangengenommen worden war.

Beverly war wund und steif und ausgekühlt bis auf die Knochen, und sie hätte sich wirklich gerne hingelegt und *richtig* geschlafen. Aber wenn sie das tat, würde ihre Körpertemperatur weiter sinken und sie würde vielleicht niemals wieder aufwachen.

Das kann ich nicht zulassen.

Sie fand den gesprungenen Stein in der Wand, drückte sich wieder dagegen und begann, die Fesseln daran zu scheuern. Die Anstrengung regte ihren Kreislauf an, aber dadurch wurde sie ungemein hungrig und schwach.

Wenigstens, dachte sie, *ist Jean-Luc nicht in der Gewalt dieses Energiewesens.* Was sie geträumt hatte, war natürlich wirklich passiert. Sie hatte sich in Ronin verliebt, aber dann herausgefunden, dass er ein Parasit war, der Generationen von Howard-Frauen und schließlich auch Beverly ausgenutzt hatte.

Sie hatte vergessen, wie mutig Jean-Luc gewesen war – wie bereit, sich selbst in tödliche Gefahr zu begeben, um sie zur Vernunft zu bringen. *Natürlich absichtlich vergessen.* Ihr Unterbewusstsein hatte sich aber offensichtlich noch sehr gut an den Vorfall erinnern können.

Trotz ihrer Notlage musste Beverly lächeln. Was hätte sie nicht gegeben, um ihren Freund jetzt zu sehen, wie er gefolgt von ein paar Sicherheitsoffizieren die Tür eintrat.

Aber das war höchst unwahrscheinlich. Wenn Jean-Luc überhaupt da war, würde er den Kevrata helfen. Und bis er ihr zu Hilfe eilen konnte, würde sie längst fort sein.

Und darum musste sie sich *selbst* helfen.

KAPITEL 12

———•———

Greyhorse lehnte sich vom Okular seines biomechanischen Scanners zurück, schloss seine Augen und massierte seinen Nasenrücken mit den Fingern. Dann griff er nach dem Becher *Pojjima*, den Kito ihm dagelassen hatte, und nahm einen Schluck.

Das *Pojjima* war bitter, aber nicht annähernd so bitter wie das klingonische Gericht, das Gerda einst mit ihm geteilt hatte. Er konnte sich nicht mehr an seinen Namen erinnern, aber er sah den Ausdruck auf ihrem Gesicht, während sie ihn beim Essen beobachtet hatte, noch klar und deutlich vor sich.

Es war ein triumphierender Ausdruck gewesen, denn Gerda hatte einen weiteren wichtigen Schritt gemacht, um Greyhorse zu einem klingonischen Krieger zu formen. Aber er war ebenso ungeduldig gewesen, denn er konnte die Verwandlung nicht so schnell hinter sich bringen, wie sie es wollte.

Nur in einer Hinsicht hatte Gerda den Arzt von Anfang an akzeptiert, und das war seine Fähigkeit, Bestrafungen ohne Klage hinzunehmen. In Wahrheit hatte er die meisten davon während seiner Dienstzeit auf der *Stargazer* erlebt, und nur einen Teil davon durch seine Geliebte.

Die Geliebte, deren Unehre und Tod Greyhorse so furchtbar mitgenommen hatten. Sie, die er hatte rächen wollen, indem er auf der *Enterprise* Morde verübte.

Gerda hatte in gewisser Hinsicht unrecht gehabt – das sah er jetzt ein. Aber sie hatte ihn nicht zu Unrecht dafür respektiert, dass er seine Bürden ohne Murren trug, denn das war nicht nur das Merkmal eines guten Kriegers. Es war auch das Merkmal eines guten Arztes.

Die Fähigkeit, bei einer Aufgabe zu bleiben, selbst wenn das bedeutete, es ohne Schlaf auszuhalten ... konzentriert zu bleiben, selbst wenn die Bedingungen nicht gerade optimal waren ... das waren Tugenden im medizinischen Beruf. Unerlässliche Tugenden, wenn man seinem Eid gerecht werden wollte.

Greyhorse hatte solche Eigenschaften besessen. *Aber das,* dachte er, während er den *Pojjima* abstellte, *war vor langer Zeit.*

Er fühlte einen Anflug von Panik, nahm einen tiefen Atemzug und hielt ihn an, genau so wie es ihm seine Therapeuten gezeigt hatten. Dann atmete er so langsam er konnte wieder aus.

Wenn ein Problem überwältigend scheint, war ihm gesagt worden, *denken Sie darüber nach, was Sie darüber wissen. Spalten Sie es in seine rudimentärsten Bestandteile und seine grundlegendsten Fakten auf.*

Also gut, dachte er. *Das tue ich.*

Die meisten Impfstoffe waren im Grunde nur Teile toter Viren. Wenn man das Immunsystem eines Organismus damit konfrontierte, reagierte es mit einer neuen Kategorie von Antikörpern, die dann das lebende Virus bekämpfen würden, wenn es seinen Angriff startete.

Allerdings war das Virus, das die Kevrata heimsuchte, für ihre Spezies toxisch – so sehr, dass es seinen Wirt selbst in einer abgeschwächten Form auf jeden Fall tötete, bevor eine Immunreaktion ausgelöst werden konnte. Das machte es so schwierig, die Kevrata gegen die verheerenden Auswirkungen der Seuche zu wappnen.

In der Medizinischen Abteilung hatte Beverly ihre Erforschung des Virus mit einer Probe ihres eigenen Blutes begonnen. Schließlich enthielt es etwas Wertvolles – Antikörper, die es ihr ermöglicht hatten, als Teenager zu überleben, während so viele ihrer Mitkolonisten gestorben waren.

Ohne die pflanzlichen Heilmittel ihrer Großmutter hätte selbst ihre natürliche Fähigkeit, diese Antikörper zu produzieren, nicht ausgereicht, um sie am Leben zu halten. Aber diese Kräuter hatten ihre Immunreaktion unterstützt und sie in die Lage versetzt, das Virus zu zerstören und auszustoßen.

In ihrem Labor in der Medizinischen Abteilung hatte Beverly mit Greyhorses Hilfe ihren biologischen Vorteil auf andere Spezies der Föderation ausgeweitet – zuerst auf die Menschen, dann die Vulkanier, dann die Andorianer und so weiter – indem sie den Antikörper produzierenden Teil ihres genetischen Materials mit ihrer DNA verband. Das umging das Toxizitätsproblem und schützte die Föderation nachhaltig vor einer weiteren Ausbreitung der Seuche.

Für Beverly war es zu spät gewesen, denen zu helfen, die der Krankheit auf Arvada III erlegen waren. Aber sie hatte dafür gesorgt, dass diese Siedler nicht umsonst gestorben waren, und das schien ihr ein großer Trost zu sein.

Greyhorse war dem Virus nie direkt ausgesetzt gewesen, aber er war dagegen immunisiert worden – wie alle raumfahrenden Bürger der Föderation. Daher trug er den Schlüssel zu dem Virus genau wie Beverly in sich.

Alles, was er hatte tun müssen, war, Blutproben von den Kevrata zu entnehmen, die richtigen Komponenten ihrer DNA zu isolieren und diese mit dem entsprechenden Anteil seiner eigenen zu kombinieren. Keine furchtbar schwierige Aufgabe, aber eine, die notwendigerweise Zeit brauchte.

Und nun stand er kurz vor ihrer Vollendung. Nach vielen langen Stunden befand sich der Impfstoff nahezu in seiner Reichweite. Das *dachte* er zumindest.

Aber es war lange her, dass Greyhorse mit Laborausrüstung gearbeitet hatte, und noch länger, dass so viele Leben von ihm abgehangen hatten. Er konnte nicht anders, als sich Fragen zu stellen.

Was, wenn ich versage? Was, wenn ich den Kevrata Hoffnung gebe, nur um sie dann wieder zu zerstören, wenn sie sehen, dass der Impfstoff nicht wirkt? Was, wenn ich nicht so gut bin wie ich denke?

Was, wenn ich das niemals war?

In den vergangenen Stunden hatte er sich mehr als einmal unwirklich gefühlt, wie ein Geist, der seine eigenen Instrumente heimsucht. Er hatte sich treiben lassen und nicht damit aufhören können, über

Dinge nachzudenken, die nichts mit seiner Forschung zu tun hatten. Zum Beispiel, wie schnell ihn ein Disruptorstrahl töten könnte, wenn die Romulaner das Lager der Rebellen finden würden ...

Oder wie schnell er einem Centurion, der das versuchte, das Genick brechen könnte.

Ich muss dranbleiben, sagte er sich selbst. *Ich bin die einzige Chance, die die Kevrata haben.* Und auch Beverlys einzige Chance, da sie nicht eher nach ihr suchen konnten, bevor die Kevrata nicht gerettet waren.

Greyhorse wünschte sich verzweifelt, ein anderer zu sein – jemand, der mehr mit sich selbst im Reinen und vorhersehbarer war. Jemand, der nicht so viele Lasten auf seiner Schulter trug.

Aber er war, was er war. Er konnte nur hoffen, dass das genug sein würde.

Beverly ließ sich gegen die Steinmauer fallen, aber das bedeutete nicht, dass sie bereit war, aufzugeben. Da so viel auf dem Spiel stand, konnte sie sich das nicht erlauben.

Leider erwies sich das Material, das der Centurion benutzt hatte, um ihre Handgelenke zu fesseln, als ungewöhnlich hartnäckig. Auch wenn sie es an ihren Füßen relativ leicht hatte lösen können, war es fast unmöglich, es an ihren Händen durchzuschneiden. Und inzwischen verursachte jede Auf-und-ab-Bewegung ihrer Hände unerträgliche Schmerzen in ihren Schultern.

Beverly hatte seit einiger Zeit nichts mehr zu essen oder zu trinken bekommen – mindestens einen Tag oder zwei. Ihre Kehle war so trocken, wie sie es niemals zuvor erlebt hatte, so trocken, dass sie kaum schlucken konnte.

Auch die Kälte schwächte sie immer mehr, versteifte ihre Gelenke und betäubte ihre Gliedmaßen. Aber noch schlimmer war, dass sie ihre Fähigkeit zu denken beeinträchtigte, und das durfte nicht sein, wenn dieser Ort nicht zu ihrem Grab werden sollte.

Es war nicht so sehr der Centurion, um den sich Beverly Sorgen machte - nicht mehr. Tatsächlich begann sie zu glauben, dass sie ihn niemals wiedersehen würde. Er war nun schon so lange weg, dass er entweder von Selas Männern geschnappt, von einer aufgebrachten kevratanischen Menge angegriffen oder auf irgendeine andere Art verletzt oder getötet worden sein musste.

Das bedeutete, dass es allein von ihr abhing, hier herauszukommen. Und das konnte sie nur mit freien Händen.

Zurück an die Arbeit, sagte die Ärztin sich selbst. *Jetzt sofort.*

Aber wenn der Centurion keine Rolle mehr spielte, war dieses Erfordernis nicht mehr ganz so dringend ... oder? Sie konnte sich ein paar Sekunden länger ausruhen. Sie konnte versuchen, ihre Kräfte wieder zu sammeln.

Und wieder wünschte sie sich, dass Jean-Luc bei ihr wäre. Er würde wissen, was zu sagen, was zu tun war. Er würde einen Weg finden, um alles wieder gut zu machen.

So war es gewesen, als sie in einer unterirdischen Höhle auf Minos gefangen gewesen waren, nachdem Beverly sich den Arm und ein Bein gebrochen und sich mehrere Platzwunden zugezogen hatte. Sie war durch den Blutverlust in einen Schockzustand geraten und schläfrig geworden. Aber Jean-Luc hatte einen Druckverband angelegt und sie bei Bewusstsein gehalten, bis ihre Kollegen sie gefunden hatten.

Sie konnte immer noch hören, wie seine besorgte Stimme durch die Höhle gehallt war: »*Komm schon, bleib bei mir. Komm schon, bleib wach - das ist ein Befehl!*«

Beverly hatte auch damals gefroren, ihre Zähne hatten geklappert und ihre Haut war kaltfeucht gewesen. Sie hatte Picard wohl sogar nach einer Decke gefragt - zumindest hatte er ihr das später erzählt.

Was würde ich jetzt nicht für eine Decke geben, dachte sie. *Oder eine dampfende Tasse Frühstückstee. Oder heißes Teegebäck, so wie das, das Jean-Luc mir heute mor...*

Nein. Er hatte ihr das Gebäck nicht heute morgen serviert. Natürlich nicht. *Das war auf der Enterprise gewesen, vor ein paar Tagen.* Oder ... war es ein paar *Wochen* her?

Es fiel ihr schwer, sich zu erinnern, sehr schwer. Und alles, was sie wollte, war, sich hinzulegen und zu schlafen. Das war doch nicht zu viel verlangt, oder? Nur für ein paar Minuten?

»Komm schon, bleib wach – das ist ein Befehl!«

Verwundert öffnete Beverly ihre Augen und sah sich um. Sie erwartete, Jean-Luc über sie gebeugt zu sehen. Aber er war nicht da. Sie war allein.

Und sie brauchte Schlaf.

»Komm schon, bleib bei mir!«

Dieses Mal machte sie sich nicht die Mühe, sich umzusehen. Sie war zu erschöpft, zu fest in der Umarmung des immer übermächtiger werdenden Schlafes. Es fühlte sich so gut an, endlich nachzugeben ...

Und die Stimmen hinter sich zu lassen.

Akadia stieß seinen Kollegen gegen die unnachgiebige Steinwand ihrer Baracke, in die sie nach einem anstrengenden Tag des Suchens zurückgekehrt waren. Dann knurrte er: »Ich will diesen Mist kein zweites Mal hören!«

Sein Opfer, ein hochgewachsener Bursche namens Retrayan funkelte ihn böse an. »Bei allem Respekt«, sagte Retrayan voller Sarkasmus, »Sie *werden* es hören – wenn nicht von mir, dann von einem Dutzend anderer.«

Retrayan streckte ihm seine Hände entgegen. Die Rückseiten seiner Hände waren reichlich mit winzigen grünen Punkten übersät. Es war die gleiche Art von Flecken, die sie auf den kevratanischen Leichen entdeckt hatten, die sie regelmäßig im Schnee fanden.

Bis vor anderthalb Tagen hatte kein Romulaner sie an sich bemerkt. Doch nun schienen *alle* sie zu haben – einschließlich Akadia.

»Dann werde ich mich darum kümmern« sagte Akadia, »dass diese Dutzend anderen in diesem Gebäude in Zellen gesteckt werden. Das ist die Belohnung für diejenigen, die sich Commander Sela widersetzen.«

Die anderen Centurions im Raum – etwa zwanzig oder mehr

– schienen die Warnung mit der gleichen Ernsthaftigkeit aufgenommen zu haben, die Akadia transportieren wollte. Aber er befürchtete, dass er nur eine Frage der Zeit war, bis die Panik ihren gesunden Verstand besiegen würde.

Noch ein Grund mehr, diese menschliche Ärztin zu finden, und zwar schnell. Wenn sie ein Heilmittel für die kevratanische Version der Seuche entwickeln konnte, warum dann nicht auch für die romulanische?

»Andererseits«, sagte Akadia, »werden diejenigen, die ihren Auftrag ohne Murren erfüllen, zu den Ersten gehören, die ein Heilmittel erhalten, sobald wir eines auftreiben.«

Das hat ihre Aufmerksamkeit geweckt, dachte er, während er das Eigeninteresse in den Augen der Centurions glitzern sah. *Genau wie Sela prophezeit hat.* Nichts motivierte einen Romulaner so sehr wie das Versprechen eines persönlichen Vorteils – besonders, wenn dieser so eng mit seinen Überlebenschancen verbunden war.

»Natürlich«, fuhr Akadia fort, »wird es nur dann ein Heilmittel geben, wenn wir die Gefangene finden.« Er warf Retrayan einen bedeutsamen Blick zu. »Und das wird nur passieren, wenn wir nicht den Kopf verlieren. Habe ich mich klar ausgedrückt, Centurion?«

Retrayan runzelte die Stirn, sagte aber: »Vollkommen klar.«

Akadia nickte. »Gut.«

Schließlich hatte er bereits umfassend Gelegenheit gehabt, das Leiden der Kevrata mitzuerleben. Und er wollte es ungern am eigenen Leib erfahren.

Eborion schmunzelte in sich hinein, während er vor dem Computerbildschirm saß und die Berichte über die Waffenproduktion seiner Familie der letzten paar Tage durchsah. Tatsächlich hatte er bereits den ganzen Morgen schon so gelächelt.

Aber es war nicht sein Können, den Reichtum seines Hauses zu vergrößern, das ihn so erfreute. Er hatte den Punkt erreicht, an dem er das mit geschlossenen Augen erreichen konnte. Eigentlich war es seine Investition auf Kevratas, die ihm Grund zum Feiern lieferte.

Manathas' Nachricht an Tal'Aura hatte Selas Kommandobefähigung viel mehr in Verruf gebracht als Eborion das jemals gekonnt hätte. Schon bald würde der Halbmensch keine Bedrohung mehr für ihn darstellen.

Es war ein echter Geniestreich von Eborion gewesen, Manathas zu engagieren. Unglücklicherweise hinterließ das ein ungelöstes Problem. Er konnte nicht riskieren, dass ihn der Spion eines Tages verriet oder zu erpressen versuchte.

Wenn also diese Kevratas-Affäre vorbei war, würde er dafür sorgen, dass Manathas zum Dank für seine Mühen beseitigt würde. Wenn alles gut lief, wäre der Spion schon tot, bevor er einen Fuß auf romulanischen Boden setzen konnte.

Und Eborion, der einzige Vertraute des Praetors, würde noch lange so lächeln können.

Manathas schlüpfte durch den Eingang der Regierungshalle, presste seinen Rücken gegen die Wand dahinter und wartete, bis sich die Tür wieder hinter ihm geschlossen hatte. Erst nachdem er gehört hatte, wie sie ins Schloss fiel, entspannte er sich.

Er hatte erwartet, dass ihm die anderen Centurions das Leben schwer machen würden, eine Behinderung und vielleicht sogar eine Gefahr für ihn darstellen würden, während sie durch die Stadt patrouillierten. Aber er hatte nicht erwartet, dass sie überall sein würden, so allgegenwärtig wie Schneeflocken.

Drei Mal hatten sie Manathas am anderen Ende einer Straße gesichtet und von ihm verlangt, sich zu identifizieren. Und als er das nicht getan hatte, hatten sie ihn verfolgt und ihre Strahlen hatten den fallenden Schnee verdampft.

Einmal war er gezwungen gewesen, sich in einem Haufen kevratanischer Leichen zu verstecken – vielleicht das Resultat eines Gefechts oder die Folgen von Frustration unter den Centurions. Wären die Leichen nicht noch warm gewesen, wäre er vielleicht erfroren.

Während er dort gelegen hatte, war ihm in den Sinn gekommen, dass die Seuche in ihnen immer noch lebendig sein könnte. Aber was machte das schon aus? Sie war ja ebenfalls in ihm.

Offensichtlich hatte der Spion Selas Fähigkeiten unterschätzt. Die Peitsche auf dem Rücken ihrer Centurions war ein wirksamerer Antrieb, als er erwartet hatte.

Und nachdem er gesichtet worden war, zog sich das Netz des Commanders zusammen. Ihre Truppen konzentrierten sich auf diesen Teil der Stadt. Es wurde fast unmöglich, die Vorräte zu besorgen, die er und die Ärztin brauchten. Schließlich hatte er nach einigen Beinahe-Gefangennahmen die Suche nach Kleidung und Wasser aufgegeben und sich mit der nach Nahrung begnügt.

Aber selbst das garantierte Manathas keine Sicherheit. Auf seinem Rückweg zu der Regierungshalle, nur ein paar Blöcke von seinem Ziel entfernt, entdeckte er eine Truppe Centurions, die die Straße versperrten.

Der einzige Weg an ihnen vorbei bestand darin, in dem wirbelnden, windgepeitschten Schneesturm ein dreistöckiges Gebäude zu erklimmen und auf der anderen Seite wieder herunterzuklettern. Mehr als ein halbes Dutzend Mal war er auf dem hohen Dach ausgerutscht und sich sicher gewesen, dass er in sein Verderben stürzen würde. Aber jedes Mal hatte er es irgendwie geschafft, seinen Sturz aufzuhalten und weiterzumachen.

Wäre sein eigenes Überleben seine einzige Sorge gewesen, wäre er niemals solch ein Risiko eingegangen. Aber er hatte die Ärztin nun schon so lange in der Regierungshalle zurückgelassen, wie er es wagte. Menschen waren keine Romulaner. Sie waren schwächer und zerbrechlicher. Und da er Tal'Aura bereits von der sich ausbreitenden Seuche sowie Crushers Wichtigkeit in Bezug auf ein Heilmittel erzählt hatte, konnte er ja kaum mit leeren Händen auf Romulus ankommen.

Jetzt, da Manathas zurück war, konnte er nur hoffen, dass Crusher noch nicht der Kälte und dem Mangel an Nahrung erlegen war.

Obwohl er sich vor dem, was er vorfinden könnte, fürchtete, ging er durch den Eingangsbereich und in den Hauptsaal hinein.

Aber der Mensch war nirgendwo zu sehen. Innerlich fluchend eilte er zur Mitte des Saals und wirbelte herum, um ihn abzusuchen.

Da konnte Manathas sie entdecken. Sie lag neben der westlichen Wand zwischen zwei Reihen hölzerner Bänke, ihr Gesicht von einem Schleier aus Haar verdeckt.

Er eilte zu ihr hinüber und sah, dass sie es geschafft hatte, ihre Beine zu befreien. Da er eine Falle erwartete, hielt er inne. Doch dann bemerkte er, dass ihre Hände immer noch hinter ihrem Rücken zusammengebunden waren.

Manathas nahm einen tiefen Atemzug und streifte ihr die Haare aus dem Gesicht. Sie war schrecklich blass und ihre ausgetrockneten, rissigen Lippen hatten eine bläuliche Farbe angenommen. Aber sie zitterte - ein Zeichen, dass sie noch nicht umgekommen war.

Er dankte seinen Ahnen, zog sie zur Wand hinüber und stützte sie ab. Dann zog er seinen Beutel mit dem gestohlenen Essen heraus und öffnete ihn. Inzwischen hatte der Mensch ein, zwei Mal geblinzelt und damit begonnen, irgendetwas zu murmeln.

»Was sagen Sie da?«, fragte er, da er dachte, dass es vielleicht keine schlechte Idee war, sie zum Sprechen zu bringen.

Dieses Mal war es verständlich, wenn auch nur gerade so. »Wenn du ... einen findest, geh.«

»Einen was findest?«, fragte der Romulaner und zog ein hartes, kaltes Stück Brot aus dem wasserdichten Beutel.

»Einen Ausgang«, ächzte Crusher.

»Ich gehe nirgendwo hin«, sagte er, brach das Brot entzwei und riss ein wenig des weicheren Inneren heraus.

Da tat seine Gefangene etwas Seltsames - sie lächelte, trotz der Trockenheit und Starrheit ihrer Lippen. »Das tust du nie.«

Sie ist im Delirium, erkannte Manathas. Aber was er ihr sagte, war: »Essen Sie.« Und er beförderte das Stückchen Brot in ihren Mund.

Es war klar, dass sie es essen wollte, denn sie begann, wild zu kauen.

Aber nach ein paar Sekunden gab sie auf und spuckte das Brot wieder aus.

»Was ist los?«, fragte er.

»Wasser ...«, flüsterte sie.

Manathas runzelte die Stirn. Es gab draußen eine Menge davon in Form von Schnee, sowohl am Boden als auch in der Luft. Aber so kalt und geschwächt wie der Mensch war, hielt er es für keine gute Idee, es in ihrem Mund schmelzen zu lassen.

»Nur einen Augenblick«, sagte er.

Dann leerte er seinen Beutel, nahm ihn mit hinaus, packte ihn halbvoll mit Schnee und kehrte zurück. Aber bevor er ihn Crusher reichte, gab er einen nadelfeinen Disruptorstrahl bei schwächster Einstellung darauf ab und verwandelte den Schnee so in warmes Wasser.

»Hier«, sagte Manathas und bot seiner Gefangenen einen Schluck an.

Sie schlang es gierig hinunter, hustete es wieder aus und nahm einen neuen Schluck. Und sie hätte so weitergemacht, wenn er ihr den Beutel nicht weggezogen hätte, da er befürchtete, dass sie sich schaden würde.

»Langsam«, sagte er ihr. Dann reichte er ihr wieder das Wasser.

Dieses Mal dämpfte Crusher ihren Enthusiasmus. Als sie fertig war, hatte sie fast das gesamte Wasser im Beutel getrunken.

»Sie haben bei Ihrer Hochzeit gemäßigter getrunken«, sagte Manathas.

Sie sah ihn an, ein wenig wacher als zuvor, aber durch die Entbehrungen immer noch geschwächt. »Was ...?«

»Gar nichts«, knurrte er.

Erneut versuchte er, Crusher etwas Brot zu geben. Dieses Mal hatte er mehr Erfolg. Danach nahm er selbst etwas zu sich - gerade genug, um bei Kräften zu bleiben.

Dann drehte er seine Gefangene auf die Seite und begutachtete ihre Fesseln. Sie waren von menschlichem Blut rot gefärbt und nahezu durchgescheuert. Er hatte Glück gehabt, dass die Ärztin sie nicht vollständig durchtrennt hatte, sonst hätte er sie draußen im Schnee entdeckt anstatt im Schutz der Regierungshalle. Und dann hätte er dem Praetor ihr Ableben erklären müssen.

In diesem Moment piepte sein Kommunikationsgerät. Er zog es aus seinem Thermoanzug hervor, begab sich zum anderen Ende des Raums und sagte:»Manathas.«

»*Hier spricht das Schiff, das Sie nach Hause bringen soll*«, sagte eine Stimme, die der Spion nicht erkannte. Der Sprecher benutzte Worte, die nichts verraten würden, falls seine Übertragung abgehört werden sollte. »*Sie haben Fracht, wenn ich richtig verstanden habe.*«

Großartiges Timing, dachte Manathas. »Das ist korrekt. Wann kann ich Sie erwarten?«

»*In sechs Stunden. Senden Sie mir ein Signal auf dieser Frequenz und ich werde Sie an Bord beamen. Stellen Sie aber sicher, dass Sie sich an einem geeigneten Ort befinden. Die magnetischen Felder auf Kevratas ...*«

»Ich weiß«, sagte der Spion, der diese Unterhaltung so kurz wie möglich halten wollte.

»*Natürlich. Also bis in sechs Stunden.*« Einen Moment später war die Verbindung unterbrochen.

Manathas steckte das Kommunikationsgerät wieder zurück in seinen Thermoanzug. Obwohl es einen Augenblick lang schlecht ausgesehen hatte, war nun wieder alles in Ordnung.

Es würde nicht schwierig werden, einen geeigneten Ort zum Beamen zu finden; er hatte sie bereits alle heimlich mit Selas Instrumenten ausfindig gemacht und in seinem Kopf eine Landkarte davon angefertigt. Allerdings würde es eine gänzlich andere Sache sein, Crusher zu einem dieser Orte zu schaffen.

Schließlich würden Selas Männer nach zwei Flüchtlingen suchen, einem Romulaner und einem Menschen. In ihren Thermoanzügen würden sie kaum zu übersehen sein.

Also würde Manathas noch einmal herausschleichen müssen, um weniger auffällige Kleidung für sie zu besorgen. Er schüttelte seinen Kopf, als er das Ausmaß dieses Auftrags bedachte, das selbst für jemanden wie ihn beachtlich war.

Wenigstens muss ich mir keine Gedanken mehr um Nahrung machen.
Sie würden mit dem, was sie hatten, die nächsten sechs Stunden über die Runden kommen. Seufzend kehrte Manathas an Crushers Seite zurück. Sie schlief noch immer, aber die Nahrung hatte ein wenig Farbe auf ihre Wangen gebracht. Bald würde er sie wieder wecken und ihr noch etwas mehr zu essen geben.

Wenn er es mit ihr zu der Stelle schaffen wollte, an der sie hochgebeamt werden würden, musste er sie auf die Beine bekommen.

Beverly öffnete ihre Augen, sah, wie das Gesicht des Centurions schärfer wurde, und wich in dem Versuch davon wegzukommen zurück.

Unglücklicherweise waren ihre Hände immer noch hinter ihrem Rücken gefesselt. Die Bewegung verursachte starke Schmerzen in ihren Handgelenken. Sie biss die Zähne zusammen und starrte den Romulaner finster an.

»Sie leben ja doch noch«, sagte sie. Ihre Stimme war schwach und rau - überhaupt nicht so, wie sie es gewohnt war.

»Sie ja wohl auch noch«, sagte der Centurion.

Dann erinnerte sich die Ärztin: Er hatte ihr etwas zu trinken gegeben, oder? Und etwas zu essen. Wann hatte er das getan? Vor einer Stunde? Einem Tag? Sie hatte kein Zeitgefühl mehr.

»Stehen Sie auf«, befahl er.

Er schien es eilig zu haben. Ihre Instinkte rieten ihr, auf die Beine zu kommen, wenigstens im übertragenen Sinne, wenn schon nicht wörtlich. »Ich glaube nicht, dass ich das kann.«

Der Centurion richtete seinen Disruptor auf ihr Gesicht. »Dann bringen Sie mich damit in eine schwierige Situation. Sehen Sie, gerade in diesem Moment tritt ein Raumschiff in den Orbit ein, das hierhergeschickt wurde, um uns von Kevrata wegzubringen. Das kann es aber nur dann bewerkstelligen, wenn wir einen Ort ein paar Blöcke entfernt erreichen. Und um dorthin zu gelangen, werden Sie aus eigener Kraft gehen müssen.«

»Können wir nicht noch ein wenig warten?«, fragte Beverly. »Bis ich wieder kräftiger bin?«

»Ich fürchte nein. Das Schiff wird sich hier nicht lange aufhalten – und ich kann nicht hier bleiben, während Commander Sela die Stadt nach mir durchkämmt. Daher werde ich eher alleine gehen, als mir diese Chance durch die Lappen gehen zu lassen.«

Dagegen hatte die Ärztin keine Einwände.

»Unglücklicherweise«, fuhr der Centurion fort, »werde ich, bevor ich gehe, sicherstellen müssen, dass Sela keine Gelegenheit erhält, Sie zu verhören.«

»Sie wollen mich nicht töten«, sagte Beverly. »Ich bin die Einzige, die Sie von Ihrer Krankheit heilen kann.«

»Es ist sicherlich nicht meine Lieblingsoption«, sagte er. »Aber wenn ich muss, werde ich es tun. Ich versichere Ihnen, dass ich schon viele andere getötet habe.« Er trat zur Seite und zeigte ihr zwei kevratanische Mäntel, die auf dem schwarzen Marmorboden lagen. »Einschließlich der beiden, die bis vor einer Stunde diese Mäntel getragen haben.«

Beverly bemühte sich, ihre Abscheu zu unterdrücken und dachte: *Bastard.*

Der Centurion benutzte die Mündung des Disruptors, um auf die Tür zu zeigen, und sagte: »Los, gehen wir.«

Offensichtlich hatte sie ihr Glück so weit wie möglich strapaziert. Unter großer Anstrengung kam sie auf die Beine und ließ es zu, dass der Romulaner einen der Mäntel über ihre Schultern legte.

Während er ihn vorne schloss, überlegte sie, wie es wohl auf Romulus war. Sie konnte sich nur nach den Beschreibungen richten, die Jean-Luc ihr gegeben hatte.

»Wie wahrscheinlich ist es«, fragte sie nicht ganz ernsthaft, »dass Ihr Praetor mich nach Hause schickt, nachdem ich Ihnen geholfen habe?«

Der Centurion antwortete nicht. Er ging einfach zur Tür hinüber, öffnete sie und ging hinaus.

KAPITEL 13

———◆———

Zum etwa zehnten Mal seit Picard sein karges, geschmackloses Frühstück zu sich genommen hatte, fühlte er das Bedürfnis, nach Greyhorse zu sehen. Und wie schon bei den Malen zuvor widerstand er ihm.

Es hatte natürlich Anzeichen gegeben, dass Greyhorse nicht so gefestigt war, wie seine Therapeuten glaubten. Und darüber hinaus arbeitete er stundenlang unter lebensgefährlichen Umständen - eine Kombination, die selbst den zurechnungsfähigsten Arzt verrückt machen konnte.

Aber das Letzte, was Greyhorse brauchte, war unnötige Ablenkung. Und genau das wäre der Captain - eine Ablenkung.

Eine Zeit lang hatte Decalon aus Gründen, die nur er kannte, in der Gesellschaft des Arztes stumm Wache gehalten. Aber nach einer Weile hatte selbst er eingesehen, dass Greyhorse allein sein musste.

Es war nicht so, als ob Picard nicht schon genug um die Ohren hatte. Wenn er nicht gerade mit Hanafaejas die Verteilung des Impfstoffs plante, war er an der Reihe, in einem der Gänge Wache zu halten. Er fand nicht einmal die Zeit, um mit Pug über die alten Zeiten zu plaudern.

Aber die ganze Zeit über dachte er nur an zwei Sachen. Die eine war, wie schnell Greyhorse es schaffen würde, den Impfstoff für die Kevrata herzustellen. Die andere, wie er die Rettung von Beverly angehen würde.

Picard war sich so sicher wie zuvor, dass Beverly am Leben war. Die Frage lautete, wo wurde sie gefangen gehalten. In einem Gefängnis, in das er und seine kevratanischen Kameraden einbrechen konnten? Oder an einem geheimeren Ort, von dem Hanafaejas möglicherweise nichts wusste?

Er wünschte, dass er das wüsste.

Und er wünschte sich ebenfalls, dass er Beverly wissen lassen könnte, dass er auf Kevratas war und dem Augenblick, in dem er ihr helfen konnte, immer näher kam. Es war nicht leicht, abwarten zu müssen, wenn er doch eigentlich nur aus dem Versteck der Rebellen heraus wollte, um sie zu finden.

So wie sie es vor Jahren geschafft hatte, ihn zu finden.

Das war eine Zeit in seinem Leben, die er am liebsten vergessen hätte, dennoch wachte er deswegen immer noch ab und an schweißgebadet auf. Zum ersten Mal war ein Borg-Kubus in Föderationsraum eingedrungen. Picard war von der Brücke der *Enterprise-D* entführt und in einen chirurgischen Alkoven gebracht worden, wo ihm lange, spinnenhafte Sonden mechanische Prothesen in sein Fleisch eingesetzt hatten – der erste Schritt zu seiner Assimilation in das Borg-Kollektiv.

Riker, der damals gezwungen gewesen war, das Kommando zu übernehmen, hatte ein Einsatzteam in den Kubus gebeamt, um Picard zu befreien. Als die Borg das Team als Gefahr identifiziert hatten, war eine Gruppe Drohnen ausgesandt worden, um damit fertig zu werden. Picard war eine von ihnen gewesen.

Beverly war Teil des Außenteams gewesen – nicht nur, weil sie die medizinische Expertin an Bord der *Enterprise* gewesen war. Wie Picard später erfahren hatte, hatte sie *unbedingt* dabei sein wollen. Als sie Picard mit der bizarren Prothese an seinem Arm und dem Augenaufsatz, der Teil seines Gesichts geworden war, im Borg-Kubus gesehen hatte, hatte sie nach Luft schnappen müssen.

Er war ein Monster gewesen, ein Ding ohne Gefühle, das kaum noch eine Spur Menschlichkeit in sich trug. Aber die Ärztin hatte sich davon nicht abschrecken lassen. Sie war ohne Rücksicht auf die Gefahr, in die sie sich begab, auf ihn zugegangen.

Glücklicherweise hatte Data sie zurückgehalten, ansonsten hätte sie den gleichen Schock von Picards Energieschild zu spüren bekommen, der Worf nach hinten geschleudert hatte. Der taktische Offizier hatte es überlebt, aber Beverly hätte das vielleicht nicht.

Dann hatte Geordi das Team wieder zurückgebeamt, bevor die Borg sie überwältigen konnten. Aber der Teil von Picard, der immer noch menschlich war, hatte Beverlys Gesicht so lange betrachtet, wie er konnte, bis das letzte ihrer Moleküle fortgewesen war.

Schlussendlich hatte sie ihn nicht retten können. Aber sie hatte es *versucht.*

Damit hatte er sich danach getröstet, hatte versucht, die Erinnerung daran nicht zu verlieren, während das Kollektiv ihm alles andere genommen hatte. Vor allem das war es gewesen, was ihn davor bewahrt hatte, in der dunklen, schreienden Komplexität der biomechanischen Hölle der Borg den Verstand zu verlieren.

Irgendwann waren seine Leute dann noch einmal gekommen, und dieses Mal hatten sie es geschafft, ihn aus dem Kubus zu befreien. In der Krankenstation hatten Beverly und Riker bereits auf ihn gewartet.

Selbst in seinem betäubten Zustand hatte Picard die Ärztin sprechen hören können, obwohl sie weit entfernt geschienen hatte. Aber es war nicht das, was sie sagte, das seine Aufmerksamkeit weckte, da sie einfach nur seinen veränderten Zustand analysierte. Es war der Klang ihrer Stimme gewesen, die ihn beruhigt und ihm eine Alternative zu dem Wahnsinn des Kollektivs gegeben hatte.

Dann hatte Beverly ihm ein Stimulans injiziert und er hatte ihre Stimme erneut gehört, dieses Mal lauter und ein gutes Stück näher. Tatsächlich war sie direkt neben seinem Ohr gewesen ...

»Jean-Luc«, hatte sie geflüstert, »ich bin's, Beverly Crusher. Kannst du mich hören?«

Es hatte nicht bloß Mitgefühl in ihrer Stimme gelegen. Es war etwas so Reines und Fröhliches gewesen, dass es die sich unaufhörlich vervielfachenden Schichten seines Maschinenselbst durchdrungen und seine Menschlichkeit gefunden hatte, die in einem dunklen, kalten Winkel seines Bewusstseins gekauert hatte.

Als Antwort hatten Picards Lippen diese Worte geformt: »Beverly ... Crusher ... Ärztin.«

Aber durch sie hindurch hatte er vor Dankbarkeit aufgejauchzt, denn sie hatte ihm damit etwas geschenkt, ohne es zu begreifen. Sie hatte ihn auf eine Art zurückgeholt, wie nur sie es konnte. »Ja«, hatte Beverly gesagt. Sie hatte gelächelt, weil sie erkannt hatte, dass eine Brücke gebaut worden war, ganz egal, wie zerbrechlich sie noch war. »Versuch nicht, dich zu bewegen.«

Das musste er gar nicht. Er war bewegt *worden*. Und deswegen konnte er weitermachen.

Und nun war Beverly die Gefangene eines unerbittlichen Gegners und sah sich, ganz auf sich gestellt, mit Folter oder Tod konfrontiert. Konnte er weniger für sie tun, als sie für ihn getan hatte?

Er würde im Untergrund bleiben, bis Greyhorse den Kevrata ihren Impfstoff geben konnte. Er würde tun, was immer nötig war, um dieses Ziel zu ermöglichen, so lange, wie es nötig war.

Aber keine Sekunde länger.

Eborion stieg mit jungenhaftem Schwung die breiten, steinernen Stufen hinauf, die zum Palast des Praetors führten. Aber er hatte ja auch hinreichend Grund, mit sich zufrieden zu sein.

Der Spion hatte seine Arbeit erledigt. Sela war in Tal'Auras Augen geschwächt worden und Eborion war der Günstling des Praetors geworden. War jemals ein Plan so perfekt ausgeführt worden wie dieser hier?

Er konnte Tal'Aura schon hören: »*Ich bin von Commander Sela sehr enttäuscht, Eborion. Sie ist meinen Erwartungen nicht gerecht geworden. Es wird Sie interessieren, dass sie einen Menschen gefangen hat – eine Ärztin – die ausgesandt wurde, um ein Heilmittel für die Seuche dort zu finden. Leider hat sie diesen Menschen auch genauso schnell wieder verloren.*«

Und so weiter.

Genieße es, sagte er sich selbst. *Du weißt schließlich nicht, ob du jemals wieder etwas so Köstliches schmecken wirst.*

Ein Dutzend vollbewaffneter Centurions stand oben auf der Treppe und beobachtete Eborion, während er näher kam. Als am Hof bekannte Persönlichkeit wusste er, dass sie ihn nicht aufhalten würden. Allerdings bewegten sie sich auch nicht, um den Praetor von seiner Ankunft in Kenntnis zu setzen.

Offensichtlich hatte sie angeordnet, dass er den Palast unangekündigt betreten durfte. *Ein äußerst angenehmes Privileg,* dachte er.

Die Säulenhalle hinter den Stufen war ebenfalls voller Centurions – es waren mehr als die gewöhnliche Anzahl, wohl wegen der Unruhen in der Stadt. Aber keiner von ihnen schien Eborions Anwesenheit zu bemerken. Sie standen einfach nur da und ließen ihn passieren.

Daran könnte ich mich gewöhnen, dachte er.

Tal'Auras *persönlicher* Leibgarde, einem Kader, der schwarze Tuniken anstelle der silbernen trug, begegnete er erst, als er am anderen Ende des Saals angekommen war. Anders als ihre Kameraden, taten diese Centurions mehr, als Eborion einfach nur zu beobachten.

Sie öffneten sogar die Türen, um ihn durchzulassen. *Ja,* dachte er, *daran könnte ich mich ganz leicht gewöhnen.*

Hinter den Türen kam er an die Treppe, die zu den Gemächern Tal'Auras führte. Er hätte am liebsten zwei Stufen auf einmal genommen, aber er hielt sich zurück. Er musste sich würdig verhalten, wenn er Respekt bekommen wollte, nicht nur von Tal'Aura, sondern auch von ihrem restlichen Hofstaat.

Am oberen Ende der Treppe war wieder eine Tür, dieses Mal sehr viel kunstvoller verziert als die untere. Sie war offen und lud ihn so in den Raum jenseits der Türschwelle ein.

Als Eborion eintrat, sah er, dass Tal'Aura auf einem der zwei Balkone stand. Das war etwas, was er sie in letzter Zeit immer öfter hatte tun sehen, als ob sie hoffte, dort draußen eine Antwort auf ihre Probleme zu finden.

Er neigte seinen Kopf. »Sie wollten mich sprechen, Praetor?«

»Das wollte ich«, sagte sie. »Mir ist etwas zu Ohren gekommen, das auch Sie interessieren wird.«

Er fühlte sich geschmeichelt. Tal'Aura hatte niemals zuvor darauf Rücksicht genommen, was ihn interessieren könnte.

»Einer meiner *Berater*«, sagte sie und umging es so, den Namen der Person zu nennen, »hatte vor kurzem Anlass, eine Nachricht abzufangen. Sie kam von Kevratas.«

Eborion fühlte, wie ihm das Blut heiß ins Gesicht schoss. »Kevratas?«, wiederholte er wie betäubt.

»Ja. Dort scheint Verrat im Gange zu sein.«

Eborion fühlte, wie ihm das Herz in die Hose rutschte. »Was für ein Verrat? Hoffentlich nicht gegen Sie, oder?«

Tal'Aura zeigte ein dünnlippiges Lächeln. »Doch, doch. Er geht sehr wohl gegen mich. Sie müssen wissen, ich habe einen Spion angeheuert, um auf Kevratas meine Augen und Ohren zu sein – ein Meister seines Fachs namens Manathas. Vielleicht haben Sie schon von ihm gehört ...?«

Eborions erster Impuls war es, alles abzustreiten. Aber Manathas war praktisch eine Legende. Viele Leute in seiner gesellschaftlichen Schicht hatten von dem Spion gehört, obwohl nur wenige ihn getroffen hatten.

»Natürlich«, brachte er heraus.

»Nun, wie es scheint, arbeitet Manathas nicht nur für mich, sondern auch für jemand anderen.«

Der Patrizier schluckte einen dicken Klumpen Angst hinunter. »Ein Spion«, sagte er, mit Lippen, die nicht seine eigenen waren, »ist nicht sehr nützlich, wenn man ihm nicht vertrauen kann.«

»Wer ist das schon?«, fragte Tal'Aura.

Zuerst dachte er, dass es sich um eine rhetorische Frage gehandelt hätte. Aber der Praetor sagte nichts mehr. Sie sah ihn einfach nur an. Ihre Augen bohrten sich in seinen Schädel.

Endlich brach sie das Schweigen. »Ich habe Sie etwas gefragt,

Eborion. Welchen Nutzen hat jemand *überhaupt*, wenn man ihm nicht vertrauen kann? Ein Bürger? Ein Centurion? Selbst ein Berater des Praetors?«

Eborion merkte, wie seiner Kehle ein Winseln entwich. Er hasste sich selbst für seine Schwäche, aber er hasste sich noch mehr für seine Dummheit.

Es war verrückt gewesen, zu glauben, dass er so etwas vor Tal'Aura geheim halten konnte. Jetzt hatte er nur noch eine Möglichkeit, sein Leben zu retten - sich der Gnade seines Praetors zu ergeben.

»Vergeben Sie mir«, sagte er, aber seiner trockenen, zusammengeschnürten Kehle entrang sich kaum mehr als das Kratzen von zwei aufeinander reibenden Zweigen. Er fiel auf dem harten Marmorboden auf die Knie und senkte sein Kinn auf die Brust. »Ich hatte nie vor, Sie zu hintergehen.«

»Und doch haben Sie es getan«, stellte Tal'Aura fest. Ihr Tonfall war so schneidend wie ein Schwert.

Eborion blickte zu ihr auf, sah das Feuer in ihren Augen und wusste, dass sie keine Gnade in sich trug. Deswegen unternahm er noch einen letzten Versuch, um eine Nische zu finden, in der er seine flackernde Hoffnung auf Überleben unterbringen konnte.

»Meine Reichtümer«, sagte er, »waren höchst nützlich für Sie, Praetor. Das können sie auch weiterhin sein.«

Plötzlich lachte Tal'Aura - als ob er etwas Lustiges gesagt hätte. »Keine Sorge«, versicherte sie Eborion. »Ihre Reichtümer werden mir natürlich weiterhin dienen - noch lange, nachdem ich Ihren Verrat dem Imperium enthüllt und Ihren persönlichen Besitz beschlagnahmt habe.«

Dann berührte sie ein Komm-Gerät auf dem Tisch neben ihr und rief die Namen ihrer Wachen. Einen Moment später kamen zwei von ihnen durch die offene Tür.

»Wie lautet Ihr Wunsch, Praetor?«, fragte einer von ihnen.

Tal'Aura betrachtete Eborion. »Werfen Sie ihn fürs Erste in eine Zelle. Ich werde die Art und Weise seiner Hinrichtung nach meinem Belieben bestimmen.«

»Nein!«, rief Eborion. Seine Unterlippe zitterte unkontrolliert. »Lassen Sie mir wenigstens mein Ansehen!«

Er war Mitglied einer edlen Familie, der er Ehre hatte bringen wollen. Die Aussicht, ihren Namen zu beschmutzen, war so schrecklich wie jede Folter, die sich Tal'Aura für ihn ausdenken konnte.

Sie sah Eborion unter schweren Lidern hinweg an. »Sie bitten mich darum, Ihrem Leben selbst ein Ende setzen zu dürfen?«

»Das tue ich«, sagte er. Seine Stimme krächzte erbärmlich. Selbst Dieben und Mördern wurde die Möglichkeit des rituellen Selbstmordes gewährt.

»Wie?«, fragte Tal'Aura.

Er befeuchtete seine Lippen. »Mit Gift.«

»Schnell wirkendes oder langsames?«

Eborion wollte sein Glück nicht überstrapazieren. »Was immer mein Praetor bevorzugt,«

Sie nickte. »Und wenn Ihr Praetor will, dass Sie sich hier und jetzt das Leben nehmen – durch das Schwert?«

Er hatte das Gefühl, sich übergeben zu müssen. »Dann«, keuchte er, »werde ich diese Wahl annehmen.«

Tal'Aura betrachtete ihn noch einen Augenblick länger. Dann sagte sie: »Ihre Bitte wurde abgelehnt. Wenn Sie sterben, wird es ein öffentliches Spektakel sein, ein Amüsement für jeden Romulaner. Das ist die Bestrafung für Ihren Verrat, Eborion.«

Bevor er noch weiter flehen konnte, veranlasste sie die Wachen mit einer Handbewegung dazu, den Edelmann zu ergreifen. Erst als sie ihn aus dem Raum zerrten, begann er die Tragweite dessen zu begreifen, was er auf sich geladen hatte.

Und natürlich auf seine Familie.

Beverly stapfte mit vor Schmerzen steifen Beinen durch gefrorenen Schneematsch. Ihre Hände waren unter dem Mantel des toten Kevrata immer noch hinter ihrem Rücken gefesselt.

Schnee fiel in dicken Flocken aus einem zugezogenen, grauen Himmel. Das sorgte für eingeschränkte Sichtbarkeit, was dem Centurion gelegen kommen musste. Je weniger sie auffielen, desto leichter war ihr Weg zum Beamort.

Keiner der Kevrata schien irgendetwas Ungewöhnliches an ihnen zu bemerken. Aber schließlich waren sie zu sehr auf ihre eigenen Probleme fixiert, um jemand anderen genauer anzuschauen.

Beverly und der Romulaner kamen auch an einigen Centurions vorbei, doch Selas Männer schienen kein Interesse an ihnen zu haben. Sie suchten schließlich nach einem Menschen und einem Romulaner, nicht nach einem einheimischen Paar – und in ihren Mänteln aus *Nyala*-Haut sahen sie aus wie Einheimische.

Die Ärztin hatte, seit sie das Regierungsgebäude verlassen hatten, an Flucht gedacht, trotz des Zustandes, in dem sich ihre Beine befanden. Aber sie wusste, dass es nur die Aufmerksamkeit der anderen Romulaner auf sich ziehen und sie lediglich in eine andere Gefängniszelle bringen würde.

Außerdem wurde ihr ein Disruptor in den Rücken gedrückt. Eine falsche Bewegung und sie würde von einem Energiestrahl durchlöchert werden, und ihre rauchende Leiche wäre ihrem Begleiter eine willkommene Ablenkung, während er den Ort allein verlassen würde.

Er hatte zwar gesagt, dass er das nicht wollte. Aber wenn Beverly sich weigerte zu kooperieren, würde sie ihm keine andere Wahl lassen.

So stapften sie nicht schneller als alle anderen dahin und näherten sich stetig ihrem Ziel. In Kürze würde der Centurion seinen Verbündeten im Orbit kontaktieren und ihre Moleküle würden von Transporterstrahlen erfasst werden. Und schon bald darauf würden sie ihre Reise beginnen.

Und sie würde ihr Leben, wie lange es auch dauern mochte, in der Knechtschaft des Romulanischen Imperiums verbringen. *Nicht gerade das, was ich im Sinn hatte, als ich diesen Auftrag annahm.*

Das dachte Beverly, als sie etwas sah, von dem sie geglaubt hatte, dass sie es nie wieder sehen würde. Sie schloss für einen Moment ihre Augen, um sicherzugehen, dass es sich nicht um eine Sinnestäuschung handelte. Aber als sie sie wieder öffnete, war der Mantel immer noch da.

Ein blauer Mantel mit silbernen Sprenkeln – wie der, den ihr Kontaktmann in der Taverne getragen hatte.

War es möglich, dass er Sela in dem Tumult entkommen war, auch wenn Beverly das nicht gelungen war? Oder hatte er von Anfang an für die Romulaner gearbeitet und ihnen dabei geholfen, ihr Opfer in die Falle zu locken?

War es überhaupt der gleiche Kevrata? Es gab so viele Mäntel in der Stadt, könnte es nicht sein, dass es mehr als einen blauen mit silbernen Flecken gab?

Beverly konnte es nicht mit Sicherheit sagen. Aber wenn sie auf Nummer Sicher ging, würde sie dem Romulaner niemals entkommen. Sie musste es riskieren, bevor die Gelegenheit vorüber war.

Es würde nicht leicht werden, die Aufmerksamkeit des Blaumantels auf sich zu ziehen – nicht, wenn die Waffe des Centurions zwischen ihre Schulterblätter gepresst wurde. Sie hoffte, dass er keinen Widerstand von ihr erwartete, denn wenn er das tat, war sie eine tote Frau.

Die Ärztin brauchte einen Augenblick, um sich zu sammeln. Dann hielt sie plötzlich an und trat so fest sie konnte gegen das Schienbein des Romulaners. Als er vor Schmerz aufschrie, drehte sie sich schnell herum und rammte ihren Kopf in sein Gesicht.

Bevor er sich von dem Schlag erholen konnte, machte sie sich in die Richtung des Blaumantels davon. »Ich bin es!«, rief sie und streifte ihre Kapuze mit einer ruckartigen Bewegung ihres Kopfes ab.

Blaumantel starrte sie einen Moment lang an, sein Blick zeigte Überraschung und Besorgnis. Aber er hatte wahrscheinlich nie zuvor einen Menschen gesehen, schon gar nicht unter solch seltsamen Umständen.

Für eine auf Beverly extrem lang wirkende Zeit gab er keinen Hinweis darauf, wie er reagieren würde. Dann ergriff er Beverlys Schulter und zog sie mit sich die Straße entlang.

»Schneller«, keuchte er und warf einen Blick über seine Schulter zurück.

Doch Beverly hatte das schreckliche Gefühl, dass sie nicht schnell genug waren. Schließlich hatte der Centurion eine Waffe in seiner Hand und sie hatte gesehen, wie tödlich genau er damit sein konnte.

Manathas schob den beträchtlichen Schmerz in seinem Schienbein beiseite und jagte Beverly hinterher. Sie hatte sowohl ihn als auch seine Pläne, sie von Kevratas zu schmuggeln, in Gefahr gebracht, aber er konnte sein Ziel immer noch erreichen, wenn er schnell handelte.

Er erhob seine Waffe, die lediglich auf Betäubung gestellt war, und zielte damit auf den Rücken der Ärztin. Doch bevor er den Auslöser betätigen konnte, kam ihm ein Kevrata in die Quere. Er hatte keine andere Wahl als abzudrücken, und der Kevrata fiel bewegungslos zu Boden.

Dann stürzte er Crusher und dem Einheimischen, der sie zu unterstützen schien, hinterher. *Ein Mitglied des Untergrunds?*, überlegte der Romulaner, während er langsam aufholte.

Er hatte Crusher und ihren neugewonnenen Begleiter fast schon eingeholt, als wieder einige Kevrata dazwischen kamen. Sie wollten offensichtlich da stehen bleiben, bis sie ebenfalls niedergemäht wurden.

»Aus dem Weg!«, blaffte Manathas, in einem Tonfall, der Respekt abverlangen sollte.

Keiner der Einheimischen bewegte sich. Ein paar schnelle Schüsse und sie waren kein Problem mehr.

Aber ein halbes Dutzend weitere Kevrata tauchten auf, um seinen Weg zu blockieren. Und als der Romulaner seinen Schritt verlangsamte, um mit ihnen fertig zu werden, verschwanden Crusher und ihr Freund um eine Ecke.

Manathas wollte gerade auf die Einheimischen zielen, als er begriff, dass er von anderen umringt wurde – nicht nur von vorne, sondern von allen Seiten. Sie raunten Flüche und ließen ihrer Verärgerung freien Lauf.

Er hatte schon zuvor wütende Mengen gesehen. Er wusste, zu was sie fähig waren, wenn ihr Zorn erstmal in Schwung gekommen war, und er hatte keine Lust, zu Tode getrampelt zu werden.

Manathas hatte seine Gefangene verloren. Er hatte seine Chance verloren, Kevratas mit vollendeter Mission zu verlassen. Aber er würde obendrein nicht auch noch sein Leben verlieren.

Er drehte sich in die entgegengesetzte Richtung und schoss auf den ersten Kevrata, den er sah. Während sein Opfer zu Boden fiel, sprang der Romulaner über ihn und rannte die Straße hinunter.

Es gab einen Aufruhr in der Menge, aber er wurde mit zunehmender Entfernung leiser. Und als Manathas um eine Ecke bog, war er schon wieder inmitten von Kevrata, die keine Ahnung davon hatten, was sich abgespielt hatte.

Er verlangsamte seinen Schritt zu einem gemächlichen Gang und mischte sich unter den Strom farbenprächtiger Mäntel. Hinter sich hörte er wütende Rufe, als seine Verfolger über ihn schimpften, aber er drehte sich nicht um. Er war nur ein weiterer Kevrata, der seinem alltäglichen Geschäft nachging und an die Gewalt der romulanischen Unterdrücker gewohnt war.

Natürlich würde Manathas seine Verabredung am Beamort verpassen und damit auf seine Rückreise nach Romulus verzichten müssen. Aber dagegen konnte er nichts tun.

Gleichgültig, was er der Ärztin erzählt hatte, er konnte Kevratas nicht ohne sie verlassen. Trotz der Gefahr bevorzugte er es, hier zu bleiben und zu versuchen, sie wieder einzufangen, anstatt sich der Aussicht gegenüberzusehen, mit einer ekelhaften Seuche in sich zu leben – und zu sterben.

KAPITEL 14

———

Beverly war niemals zuvor so dankbar für ein Loch im Boden gewesen wie für das, vor dem sie jetzt nachdenklich stand.

»Wie Sie sehen können«, sagte Faskher, der Kevrata, der ihr dabei geholfen hatte, dem Centurion zu entkommen, »haben Sie Wärme-dämmung und Heizkörper, um sich warm zu halten.« Er warf einen Blick über seine Schulter in Richtung seiner Eingangstür. »Da unten ist auch Wasser und etwas getrocknete Nahrung. Sie werden viel-leicht eine ganze Weile bleiben müssen.«

»Ich verstehe«, sagte die Ärztin.

Sobald Sela gehört hatte, dass ein weiblicher Mensch auf den Straßen aufgetaucht war, hatte sie ihre Männer ausgesandt, um jedes einzelne Haus zu durchsuchen. Aber es würde ihnen nicht einfallen, nach einem unterirdischen Versteck zu suchen, dessen Eingang mit einem Teppich und einem Bett bedeckt war.

Faskher drehte sich wieder zu ihr um. »Ich wünschte, ich könnte noch mehr tun«, sagte er.

»Sie waren mehr als großzügig«, versicherte ihm Beverly.

»Es ist nett, dass Sie das sagen.«

»Wie lange«, fragte sie, während sie mit Hilfe einer hölzernen Leiter in das Loch stieg, »wird es dauern, meine Kollegen zu kontaktieren?«

Auf dem Weg zu Faskhers Haus hatte er sie darüber informiert, dass sich ein Föderationsteam in den Tunneln unter dem alten Schloss aufhielt, und dass es kurz davor stand, ein Gegenmittel herzustellen. Aber da er nicht selbst in den Tunneln unterwegs war, wusste er nicht mehr als das.

»Schwer zu sagen«, antwortete er. »Niemand hier draußen weiß so genau, wo im Tunnelsystem sich die Gruppe versteckt.«

Inzwischen sah Beverly vom Boden des Loches aus zu ihm hoch. Dort unten zu stehen, erfüllte sie irgendwie mit großer Müdigkeit. Aber es war ja auch schon eine Weile her, seit sie sich das letzte Mal warm und satt gefühlt hatte.

Und sicher.

»Nur noch eine Sache«, sagte sie, als ihr Gastgeber begann, den Teppich wieder über das Loch zu ziehen. »Was ist aus Ihrem Begleiter geworden? Der mit dem schwarzen Mantel?«

Faskher schnaubte empört. »Er ist in der Taverne gestorben.«

Beverly hatte schon befürchtet, dass er das sagen würde. »Es tut mir leid.«

»Er hätte sich besser gefühlt, wenn er gewusst hätte, dass sein Tod Ihr Überleben ermöglicht hat.«

Die Ärztin war von dieser Bemerkung gerührt – und bedauerte, dass sie sich ihr nicht länger als würdig erweisen konnte. Letzten Endes war sie nicht mehr als eine Belastung geworden.

Aber die Kevrata würden ihren Impfstoff bekommen. Das war alles, was zählte.

Wenn ich an Tal'Auras Stelle wäre, überlegte Braeg, *hätte ich es niemals so weit kommen lassen. Ich hätte einen Emporkömmling wie mich zermalmt, bevor ich meine erste Rede beendet hätte.*

Aber er war ja auch daran gewöhnt, wie ein Soldat zu denken. *Ich hätte schnell und entschieden zugeschlagen und meine Ungeduld mit jenen demonstriert, die meine Autorität anzweifeln.*

Glücklicherweise für Braeg – und natürlich für das Imperium – war Tal'Aura kein Soldat. Sie musste noch den Unterschied zwischen erobern und verteidigen lernen.

Er sah aus dem Fenster des bescheidenen Häuschens, in dem er sich versteckte. Da es direkt auf einer Anhöhe vor der Hauptstadt gebaut worden war, hatte es ihm in der Nacht zuvor eine gute Aussicht auf die Stadt geboten. An diesem Morgen waren der Palast des Praetors und die meisten Gebäude in seiner Nähe allerdings von einer dichten Nebelschicht eingehüllt und das würde auch so bleiben, bis die Sonne sie verscheucht hatte.

So wie ich den Praetor verscheuchen werde, dachte er. *Es ist fast soweit.*

In diesem Moment hörte er die Klingel, die ihm anzeigte, dass jemand an der Tür war. *Einer meiner Lieutenants,* dachte der Admiral. Seine Wachen hätten niemandem sonst erlaubt, so nah an ihn heranzukommen.

»Herein«, sagte er und betätigte den Türöffner.

Als die Tür aufglitt, trat Herran ein, einer der Centurions, die mit Braeg gegangen waren, als er die Flotte verlassen hatte. Es war beruhigend zu wissen, dass er sich mit Männern umgeben hatte, denen er trauen konnte.

»Guten Morgen«, sagte Herran.

Braeg neigte seinen Kopf, als ob er seinen Lieutenant näher betrachten wollte. »Sie haben diesen Blick in Ihren Augen«, bemerkte er, »der mir sagt, dass Sie gute Neuigkeiten haben müssen.«

»Das habe ich«, bestätigte Herran. »Eborion ist tot. Er wurde auf dem Nordplatz aufgehängt.«

Braeg lehnte sich auf seinem Sitz nach vorne. »Wirklich?«

»Wirklich. Offenbar war Tal'Aura davon überzeugt, dass er sie verraten hatte, und hat kurzen Prozess mit ihm gemacht.«

Der Admiral strich über sein Kinn. »Eborion stammte aus einer mächtigen Familie - einer, die für den Machtanspruch des Praetors entscheidend gewesen sein musste. Sie hat sich doch sicherlich sehr damit geschwächt, indem sie sich einer so großen Unterstützung entledigt hat.«

»So scheint es«, sagte Herran.

Braeg beobachtete ihn. Ein Schmunzeln umspielte seine Mundwinkeln. »Was jetzt zu einem guten Zeitpunkt machen würde, um zuzuschlagen.«

»Ich hatte so eine Ahnung, dass Sie das sagen würden.«

Der Admiral überdachte die Sache noch einen Augenblick länger. Dann fällte er eine Entscheidung. »Kontaktieren Sie Donatra, sobald Sie können. Ich will ihr mitteilen, dass die Schlacht begonnen hat.«

Herran neigte seinen Kopf. »Mit Vergnügen«, sagte er und ging davon, um den Auftrag auszuführen.

»Captain Picard?«, fragte einer der Kevrata.

Der Captain, der auf einer der zusätzlichen Liegen des Lagers eingedöst war, drehte sich um, als sein Name erwähnt wurde, und sah Hanafaejas, der sich neben ihm hingekniet hatte. Das Gesichtsfell des Kevrata war mit halbgeschmolzenem Schnee bedeckt, ein Hinweis darauf, dass er vor kurzem aus der Stadt über ihnen gekommen war.

»Was gibt es?«, fragte der Captain und stützte sich auf einem Ellbogen ab.

»Ich habe Neuigkeiten für Sie.«

Picard spürte, wie sich sein Kiefer verspannte. »Doktor Crusher?«

»Ja«, sagte Hanafaejas. »Sie lebt.«

Der Captain stieß einen Atemzug aus, von dem er nicht einmal gemerkt hatte, dass er ihn anhielt. Er hatte in seinem ganzen Leben niemals bessere Neuigkeiten gehört. »Wo ist sie?«

»Im Haus eines Rebellen, der sich dazu entschlossen hat, oberirdisch zu bleiben und als unsere Augen und Ohren zu fungieren.«

»Ist sie dort sicher?«, fragte Picard.

Hanafaejas verzog sein Gesicht. »So sicher wie es auf Kevratas nur möglich ist. Wenn ich Sie wäre, würde ich sie dort lassen, bis Sie fortgehen.«

Picard überdachte diese Möglichkeit, dann nickte er. »Danken Sie Ihrem Kameraden für seine Hilfe und lassen Sie ihn wissen, dass Doktor Crusher noch ein wenig länger seine Gastfreundschaft beanspruchen wird.«

»Ich werde dafür sorgen«, sagte der Rebell und ging davon, um sein Versprechen einzulösen.

Und Picard stand auf, um seinem Team die gute Nachricht zu überbringen. Beverly lebte. *Lebte.* Und wenn sie jemals in den Händen der Romulaner gewesen war, war sie es nun nicht mehr.

Er hätte sie lieber hier bei sich in den Tunneln gesehen, aber er vertraute Hanafaejas Urteil. Außerdem wäre es ein Risiko gewesen, sie durch die Straßen zu führen, während Selas Männer nach ihr suchten – nicht nur für Beverly, sondern auch für die Rebellen.

Es ist besser, sich in Geduld zu üben, dachte er, während er nach Pug Ausschau hielt. Jetzt wo er wusste, dass Beverly am Leben war, konnte er *alles* ertragen.

Commander Sela blinzelte gegen den wilden Schneesturm, zielte mit ihrem Disruptor auf den faustgroßen Stein, der auf der alten Mauer lag, und drückte den Abzug.

Ein Strahl, der nicht breiter war als eine ihrer Pupillen, schoss über die dazwischen liegenden fünfzig Meter und verdampfte den Stein. Es blieb nichts außer einer Rauchwolke übrig. Einen Moment lang bewunderte Sela ihr Werk. Dann zielte sie auf den nächsten Stein, einen Meter neben dem ersten.

Zielen. Abdrücken. *Puff.* Wie sein Vorgänger war der Stein bis auf eine blasse graue Wolke verschwunden.

Es war ein Spiel, zu dem Sela sich selbst herausgefordert hatte. Sie ging ihm jeden Tag seit ihrer Ankunft auf Kevratas oben auf dem Dach ihrer geliehenen Festung nach. Sie hatte in all der Zeit nur einmal ihr Ziel verfehlt – kurz nachdem sie erfahren hatte, dass Doktor Crusher entkommen war.

Sie war sehr wütend gewesen, frustriert über die Unfähigkeit ihrer Untergebenen. Damals hatte sie nicht ahnen können, wie viel frustrierter sie noch werden würde – als ihre Centurions begannen, Symptome der kevratanischen Seuche zeigten. Plötzlich war es nicht mehr nur ein lokales Problem. Es war eines, das den Rest des Imperiums ebenfalls beeinträchtigen könnte.

Und der Praetor würde inzwischen Selas letzten Bericht gelesen haben, daher wusste sie bereits von Crushers Gefangennahme. Es wäre nur folgerichtig, wenn sie sich fragen würde, warum der Commander der Gefangenen das Gegenmittel nicht abgezwungen hatte, bevor die Dinge außer Kontrolle gerieten.

Sela nahm einen weiteren Stein ins Visier. Einen Augenblick später war er nur noch ein Rauchfähnchen über molekularen Überresten.

Seltsamerweise gab es keinen Hinweis darauf, dass sie selbst an der Seuche erkrankt war. Nicht eine einzige Beule. Sie nahm an, dass es einer der wenigen Vorteile einer gemischten Abstammung war.

Aber andere Romulaner hatten nicht so viel Glück gehabt. Es war von äußerster Wichtigkeit, einen Impfstoff in die Hände zu bekommen, oder jemanden, der einen herstellen konnte. Jemanden wie Doktor Crusher. Oder vielleicht diesen anderen Arzt, der mit Captain Picard nach Kevratas gekommen war.

Sela musste unwillkürlich lächeln. Zweifellos fühlte sich der Captain vor ihrem prüfenden Blick sicher. Aber da lag er falsch. Sie wusste genau, wo er sich befand - er und die anderen, die mit ihm auf diese Welt gekommen waren.

Sie waren in den Tunneln unter dem alten Schloss und versteckten sich dort wie Ratten. Der Arzt hatte sich dort ein Labor aufgebaut, um die Kevrata mit einem Heilmittel zu versorgen.

Und tatsächlich machte er große Fortschritte. In Kürze würde sein Werk vollendet sein.

Und woher wusste Sela all das? Wie konnte sie die Absichten der Aufständischen erraten? Sie wusste es, weil sie einen Spion hatte, dessen Aufgabe es war, für sie ein Auge auf die Rebellen zu werfen - und der Name des Spions war Jellekh.

Er war nicht von Natur aus ein Verräter. Aber er hatte eine Familie, die er sehr liebte, und das machte ihn verwundbar. Eines Abends, als Jellekh für die Aufständischen unterwegs gewesen war, hatten Sela und eine Handvoll Centurions seiner Familie einen Besuch abgestattet.

Als Jellekh zu seinem Haus zurückgekehrt war, hatte der

Commander dort auf ihn gewartet - nicht aber seine Familie. Und sie hatte ihm nicht garantieren können, dass sie jemals wiederkommen würden.

Schließlich, so hatte Sela schnell betont, war nicht einmal sie perfekt. Trotz ihrer größten Bemühungen, Jellekhs Frau und Söhne zu »beschützen«, konnte man nicht genau sagen, was für Missgeschicke ihnen zustoßen könnten.

Das war eine Taktik, die sich für Sela schon in anderen Situation als nützlich erwiesen hatte. Es hatte sie auch nicht weiter überrascht, dass sie bei Jellekh ebenfalls wirkte.

Von da an hätte er alles getan, worum sie ihn gebeten hätte. Aber zufällig wollte Sela gar nicht viel - nur einen gelegentlichen Bericht über Hanafaejas.

Schließlich war Jellekh ein Spielstein, den sie nur ein einziges Mal benutzen konnte. Sie hatte es bevorzugt, ihn erst dann auszuspielen, wenn es am nützlichsten war.

Dieser Augenblick war nun gekommen.

Mit Jellekhs Hilfe würde Sela nicht nur die kevratanischen Widerständler gefangen nehmen, sondern auch deren Verbündete von der Föderation - einschließlich Doktor Crusher. Und als Bonus würde Sela den Impfstoff bekommen, an dem der andere Föderationsarzt gearbeitet hatte - der mit ein wenig Arbeit seitens der besten Wissenschaftler des Imperiums den Romulanern helfen würde, die an der Seuche erkrankt waren.

Und um all das zu erreichen, musste sie lediglich darauf warten, dass Picard und seine Leute die Tunnel unter dem Schloss verließen und ihnen dann zu Crushers Versteck folgen. In diesem Moment würde es relativ einfach sein, sie gefangen zu nehmen und ihr Abenteuer auf Kevratas zu beenden.

Dann würde der Aufruhr auf der Koloniewelt erlöschen. Kevratas würde wieder ganz normales romulanisches Eigentum werden und Sela würde aufgrund dieses Sieges wieder zurück ins Licht katapultiert werden.

Sie erinnerte sich an etwas, das ihr Vater gesagt hatte, als sie noch klein gewesen war. *Geduld ist ein Kapital - gebrauche es klug.* Sela war stolz, sagen zu können, dass sie genau das getan hatte.

Sie stellte sich vor, dass sie auf Picard schießen würde, zielte und verdampfte einen weiteren Stein.

Wie so viele andere Spezies waren die Kevrata dem Glücksspiel nicht abgeneigt. Aber das Ziel ihres Spiels - das drei vierseitige Würfel beinhaltete - bestand nicht darin, zu sehen, wer den größten Reichtum anhäufen konnte. Es ging darum, wer ihn am schnellsten wieder verschenkte.

Picard und sein ehemaliger Kollege Pug Joseph schauten gerade dabei zu, wie der Kevrata namens Kito sich selbst in den Ruin trieb - sehr zur Enttäuschung der anderen Spieler. Widerwillig klopften sie ihm auf die Schulter.

»Also«, sagte Joseph, »ich schätze, wir haben sie nun doch nicht gebraucht.«

Der Captain sah ihn an. »Sie?«

»Sie wissen schon - meine Glücksmurmel.«

»Ah«, sagte Picard, »die.«

»Natürlich«, sagte Joseph, »sind wir noch nicht über den Berg. Aber momentan sieht es gut aus.«

»Besser als vorher«, räumte der Captain ein.

»Was passiert nun also mit ihm? Greyhorse, meine ich.«

Picard zuckte mit den Schultern. »Ich weiß es nicht. Technisch gesehen ist er immer noch ein Gefangener der Strafkolonie.«

»Wissen Sie«, sagte Joseph, »ich denke, dass er noch nicht so weit ist, und das denken Sie, glaube ich, auch. Aber ich denke auch, dass er schon weit genug ist, um endgültig davon wegzukommen.«

Der Captain wusste, was er meinte. »Vielleicht wird bei dieser Entscheidung seine Arbeit hier eine Rolle spielen.«

»Das hoffe ich.« Joseph grinste. »Erinnern Sie sich daran, wie er den irhennianischen Botschafter behandelt hat?«

Auch Picard musste lächeln. »Ja. Dieser Kerl, der behauptete, dass er sich während der Schlacht mit den Gadraaghi innere Verletzungen zugezogen hat? Während es in Wirklichkeit die ganze Zeit nur ein ...«

Er hielt inne, als er Greyhorse den Gang entlangkommen sah. Der Arzt wirkte, als wäre ihm ein wenig unbehaglich, so, als ob er etwas gegessen hätte, das ihm nicht bekommen war. Plötzlich wünschte sich der Captain, dass er die Murmel doch mitgenommen hätte.

»Doktor?«, fragte er. »Was ist los?«

Greyhorse betrachtete ihn, als ob er ihn niemals zuvor gesehen hätte. Er starrte einen Augenblick vor sich hin und sagte dann mit einem ungläubigen Tonfall in der Stimme: »Es ist fertig.«

Picard sah ihn an. »Sie meinen ... Sie haben das Gegenmittel?«, fragte er hoffnungsvoll.

Der Arzt zögerte einen Augenblick und sagte dann: »Ja. Und schreckliche Kopfschmerzen. Ich hatte vergessen, wie anstrengend es sein kann, stundenlang in einen Scanner zu schauen.«

»Das mit den Kopfschmerzen tut mir leid«, sagte der Captain, »aber Sie haben sie sich für eine gute Sache zugezogen.«

Greyhorse blinzelte ein paar Mal. »So etwas haben Sie früher immer zu mir gesagt, als wir noch auf der *Stargazer* waren.«

Habe ich? »Entschuldigen Sie, dass ich heutzutage nicht origineller bin.«

»Das ist schon in Ordnung«, sagte der Arzt. »Ich höre so etwas gerne. Das waren gute Tage, auch wenn ich es damals nicht gewusst habe.«

Es *waren* gute Tage gewesen. Greyhorse war damals ein zuverlässiges Mitglied des Kommandostabes und ein angesehener medizinischer Offizier gewesen – und nicht jemand, der versuchte, seine Vergangenheit hinter sich zu lassen.

Nicht zum ersten Mal wünschte sich der Captain, dass er die Anzeichen für eine Veränderung des Arztes rechtzeitig bemerkt hätte, um etwas dagegen zu unternehmen. Aber sie waren ihm, wie allen anderen, entgangen, bis es fast zu spät gewesen war.

»Es wird wieder gute Tage geben«, sagte Picard. »Das verspreche ich.

In der Zwischenzeit müssen wir Ihren Impfstoff unter den Kevrata verteilen.«

Braeg sah auf den majestätischen Siegesplatz mit seinen aufsteigenden Fontänen und altehrwürdigen Denkmälern hinaus, wo sich Tausende von Romulanern versammelt hatten, um ihn sprechen zu hören.

Als er mit seiner Kampagne gegen Tal'Aura begonnen hatte, hatte er sich glücklich schätzen können, wenn er ein Publikum von etwa hundert Leuten angelockt hatte. Doch seine Popularität war offensichtlich stark gewachsen und damit auch die seines Anliegens.

Braeg schmunzelte, während er die ausgebleichte Stufe vor einer Statue des Pontilus, des verehrten ersten Praetors, hinaufstieg. Es war Herran gewesen, der vorgeschlagen hatte, dass sich der Admiral jetzt, zu diesem kritischen Zeitpunkt, in den Köpfen der Leute in eine Reihe mit Pontilus bringen sollte. Der Begeisterung der Menge nach zu urteilen, war es ein guter Vorschlag gewesen.

Aber er würde noch nicht sprechen. *Warte noch einen Moment oder zwei. Lass sich ihre Ungeduld ins Unermessliche steigern.*

Und zu seiner Freude tat sie das auch.

Der Admiral hatte dieses Gefühl bereits bei anderen Gelegenheiten verspürt, nachdem ihm lange, sorgfältig geplante Manöver einen strategischen Vorteil über einen schrecklichen Feind verschafft hatten. Aber auch hier würde er in einen Kampf ziehen, oder?

Ein Kampf um die Seele von Romulus. Aber er hatte genug geplant, aufgestellt und manövriert. Nun war es Zeit für den Angriff.

»Wir haben uns schon einmal auf diesem Platz versammelt«, sagte er und brachte mit diesen ersten Worten die Menge zum Schweigen. »Wir haben unsere Bedenken über die Wellen der Unruhe geteilt, die Romulus' Beteiligungen in den Außenwelten bedrohen. Und wir haben darüber gesprochen, was das für die Zukunft des Imperiums bedeutet.

Als ich eine Flotte von Warbirds gegen das Dominion kommandierte, habe ich die Verantwortung für meine Taten übernommen. Schließlich ging es um meine eigenen Entscheidungen. Wenn sie fehlschlugen, habe ich nicht versucht, jemand anderem die Schuld zu geben. So führt ein Anführer - indem er seinen Stolz und Ehrgeiz beiseite schiebt und das tut, was dem Imperium zugute kommt.

Shinzon hat uns allen gezeigt, was mit denen passiert, die den Stolz über alles andere stellen. Und doch beharrt Tal'Aura darauf, den gleichen Fehler zu begehen. Sie sieht die Mengen, in denen wir uns versammeln, und sie kann die Macht, die wir darstellen, nicht ignorieren. Aber in ihrem übermächtigen Stolz setzt sie den Weg des Ruins fort und reißt uns mit sich.«

Plötzlich erhob er seine Stimme und peitschte die Menge mit seiner Unzufriedenheit auf. »Damit ist jetzt Schluss! Lasst uns Tal'Aura ein für alle Mal zeigen, dass das Volk von ihren Unzulänglichkeiten angewidert ist! Lasst uns ihr unmissverständlich sagen, dass wir genug von ihren Fehlschlägen haben!

»Lasst uns handeln«, sagte er, »im Namen unserer Vorfahren, die alles, was wir besitzen, mit ihrem Blut und ihrem Schweiß aufgebaut haben. Lasst uns im Namen unserer Nachfahren handeln, die ein stolzes und starkes Imperium verdienen. Aber vor allem, lasst uns im Namen dessen handeln, was richtig ist - und diesen Praetor stürzen!«

Braeg hatte zustimmenden Beifall erwartet. Was er bekam war ein Begeisterungssturm, der so tosend und anhaltend war, dass er nach einer Weile um sein Gehör bangte.

Er hatte offenkundig das geschmolzene Material, auf das er gehofft hatte. Nun musste es nur noch zu einer Waffe geschmiedet werden, die das Herz von Tal'Auras Regime durchbohren konnte.

Und mit seinen nächsten Worten tat er genau das.

Praetor Tal'Aura stand vor ihren Sichtschirmen. Während sich in ihrem Kreuz kalter Schweiß sammelte, sah sie zu, wie Braeg die Menge auf dem Siegesplatz in die Raserei peitschte.

Sie erkannte nun, dass sie einen schweren Fehler gemacht hatte. Sie war so sehr darauf bedacht gewesen, aus Braeg keinen Märtyrer zu machen, und so zuversichtlich, dass sie die Aufstände auf den Außenwelten unterdrücken können würde, dass sie es seinen Unverschämtheiten gestattet hatte, zu weit zu gehen.

Jetzt rief er den Leuten zu, sie ihres Amtes zu entheben. *Inakzeptabel,* dachte Tal'Aura, *gelinde gesagt.* Während sie bis jetzt den Einsatz von Gewalt gemieden hatte, würde sie nun eine solche Gewalt anwenden müssen, wie sie die Hauptstadt selten gesehen hatte.

Unvermittelt begann das Komm-Gerät in ihrer Hand zu piepen. Sie drückte auf einen Knopf und sagte: »Ja?«

Es war der Commander ihrer Truppen in der Hauptstadt. Er fragte sie, ob sie Braegs Rede verfolgte. Sie bejahte das.

»Ich bitte Sie, Praetor, erlauben Sie mir, ihn und seine Bewegung in Stücke zu schneiden, solange ich es noch kann.«

Tal'Aura blickte noch ein wenig länger auf Braegs Gesicht auf dem Schirm. Er ließ ihr keine andere Wahl, als ihn zu eliminieren.

»Sie haben meine Erlaubnis«, erwiderte sie.

»Ich danke Ihnen«, sagte der Commander. *»Lang lebe das Imperium.«*

Der Praetor hatte keinen Zweifel daran, dass das Imperium überleben würde. Ihre Herrschaft war allerdings eine ganz andere Sache.

KAPITEL 15

———◆———

Kito war seit Tagen nicht mehr an der Oberfläche gewesen. Aber er hatte ja auch mit Hanafaejas und den anderen Wache gehalten und darauf gewartet, dass Doktor Greyhorse ihnen gab, was sie brauchten.

Jetzt, so unglaublich das auch schien, trug er es in einem Bündel, das er über seine Schulter gehängt hatte – zweihundert winzige Impfausrüstungen, die der Besitzer eines medizinischen Vorratshauses gespendet hatte, und zweihundert noch kleinere Röhrchen mit Impfstoff.

Kito hätte mehr tragen können, aber er wollte Selas Aufmerksamkeit nicht auf sich ziehen. Es war besser, den Impfstoff nach und nach zu verteilen, anstatt ein Scheitern der Mission zu riskieren.

Der Plan war, bis zum Abend alle in der Stadt erreicht zu haben, und die anderen kevratanischen Städte in den nächsten paar Tagen. Innerhalb einer Woche würden die Leute nicht mehr sterben. Und innerhalb einer weiteren Woche würden selbst die am schlimmsten Erkrankten wieder auf den Beinen sein.

Nachdem sie so viel ertragen hatten, schien es zu gut, um wahr zu sein. Aber Greyhorse hatte ihnen die Richtigkeit des Zeitplans bestätigt und er schien zu wissen, was er tat.

So wie Kito es verstanden hatte, hatte der Arzt sein eigenes genetisches Material benutzt, um den Impfstoff zu entwickeln. In gewisser Hinsicht bedeutete das, dass schon bald jeder Kevrata auf dem Planeten ein Stück von Greyhorse in sich tragen würde.

Ein bleibender Tribut, dachte der Rebell, *für jemanden, der so viel für uns getan hat.*

Dann hielt er am ersten Haus auf seiner Route. Der Ort war nicht weit von der Gasse entfernt, in der er sich vor dem romulanischen Hovercraft versteckt hatte. Er klopfte an die Tür und wartete darauf, dass die Bewohner ihm öffneten. Einen Augenblick später hörte er eine Antwort von innen.

»Bitte gehen Sie weg. Wir sind in diesem Haus alle krank.«

Sie wollten ihn nicht dem Virus aussetzen, wenn er sich noch nicht angesteckt haben sollte. Aber erst am Tag zuvor hatte Kito Beulen auf seiner Hand gefunden. Er hatte nichts zu verlieren.

Und die Leute im Haus hatten alles zu gewinnen.

»Schon gut«, sagte er zu ihnen. »Ich habe etwas, das Ihnen gegen die Krankheit helfen kann.«

Einen Augenblick später öffnete sich die Tür. Die Frau, die dahinter stand, litt an einem fortgeschrittenen Stadium der Krankheit und die Beulen hatten sich bereits auf ihrem Gesicht ausgebreitet. Ihre Augen waren vor Hoffnungslosigkeit matt.

»Es gibt nichts, was mir helfen kann«, sagte sie.

»Weise niemals Großzügigkeit zurück«, sagte Kito und zitierte damit eine alte kevratanische Redewendung. »Wenn Sie mich hereinlassen, kann ich Ihnen mehr sagen.«

Die Frau zögerte. Sie schien unwillig, obendrein auch noch enttäuscht zu werden. Aber schließlich trat sie beiseite und ließ ihn herein.

Es war soweit.

Donatra stand auf der Brücke ihres Schiffes vor ihrem Kommandosessel und beobachtete ihren vorderen Sichtschirm. Darauf war ein Stück schwarzen Weltraums zu sehen, der mit Tomalaks Flotte geschmückt war, die aus etwa sechzig Warbirds bestand.

Sie waren bereit für sie. Und zweifellos war Tomalak ein versierter Taktiker. Dennoch hatte Donatra, was ihre Chancen anging, ein gutes Gefühl und sie hatte sich in dieser Hinsicht noch nie zuvor getäuscht. Sie und ihre Flotte würden siegen und Romulus damit aus seinem derzeitigen dunklen Zeitalter in dauerhaftes Licht führen.

»Geben Sie mir eine Verbindung zu Commander Suran«, befahl sie ihrem Kommunikationsoffizier.

Einen Augenblick später kam die Antwort: »Verbindung hergestellt, Commander.«

»*Suran hier*«, sagte Donatras Mentor. »*Ist es das, was ich glaube, das es ist?*«

»Inzwischen hat Braeg seine Rede auf dem Siegesplatz beendet. Aber sie wird hohl scheinen, wenn wir ihr nicht eine eigene Stellungnahme folgen lassen.«

»*Wie poetisch*«, stellte Suran trocken fest.

»Halten Sie Ihre Flotte bereit«, sagte Donatra milde, »und wir schreiben die nächste Strophe gemeinsam.«

Ihr Kollege schmunzelte. »*Suran Ende.*«

Als Nächstes ließ sie ihren Kommunikationsoffizier ihre Gruppenführer kontaktieren. Sie meldeten sich einer nach dem anderen - zuerst Macaiah, dann Lurian, dann Tavakoros.

»Der Augenblick ist gekommen«, sagte sie ihnen. »Zusammen werden wir die Zukunft des Imperiums gestalten. Obwohl es Romulaner sind, die wir bekämpfen, dürfen wir ihnen gegenüber keine Gnade zeigen, denn sie werden uns ebenfalls keine entgegenbringen. Und wenn die Schlacht vorüber ist, wird Braeg Ihnen zu Ehren Denkmäler auf dem Siegesplatz aufstellen.«

Ihre Gruppenführer beklatschten diese Idee. Sie hatten auf diesen Augenblick gewartet, ohne zu murren - im Gegensatz zu einigen ihrer Centurions. Aber sie alle waren darauf aus, der Herrschaft des Praetors ein Ende zu bereiten.

»Donatra Ende«, sagte sie und ließ ihren Offizier die Verbindung beenden.

Tomalaks Flotte, die nichts von ihren Plänen wusste, hatte sich auf dem Schirm nicht bewegt. Aber das würde sie schon allzu bald tun.

»Schilde hoch«, befahl Donatra ihrem taktischen Offizier. »Waffen bereit machen.«

»Ja, Commander«, kam die Antwort.

Sie wandte sich an ihren Steueroffizier. »Bringen Sie uns rein. Halbe Impulsgeschwindigkeit.«

»Wie Sie wünschen, Commander.«

Während Donatras Warbird nach vorne sprang, setzte sie sich auf ihren Sessel und lehnte sich vor. *Schon bald, mein Geliebter. Schon bald ...*

Braeg war nicht überrascht, als er zwei Reihen von Tal'Auras schwarz gekleideter Wache auf den Siegesplatz strömen sah. Schließlich hatte er endgültig Verrat begangen und die Bevölkerung dazu aufgestachelt, die Regierung zu stürzen.

Er hätte diesen Moment nutzen können, um zu fliehen und sich zu verstecken. Aber er war ein Soldat und er hatte sich seinen Ruf nicht erworben, indem er vor seinen Feinden davongelaufen war.

Dennoch wies er niemanden an, ihm zu helfen. Er sagte sogar gar nichts. Er sah nur zu und wartete.

Und genau im richtigen Moment schlugen Braegs *eigene* Centurions zu.

Sie hatten sich am Rand der Menge postiert und wie alle anderen ausgesehen, die gekommen waren, um den Admiral sprechen zu hören. Und wie alle anderen waren sie beiseite gegangen, als die Stadtwache auf den Platz gestürmt war.

Aber anders als die anderen Bürger auf dem Platz trugen sie Disruptoren unter ihrer Kleidung versteckt. Und nun, da Tal'Auras Männer an ihnen vorbeigestürmt waren, zogen sie diese Disruptoren heraus und eröffneten das Feuer.

Verwirrt drehten sich die Wachen um und versuchten, das Feuer zu erwidern. Aber sie wurden aus zu vielen Richtungen angegriffen. Und ihre eigenen Truppen waren eng zusammengedrängt und machten sie damit zu lächerlich einfachen Zielen.

Natürlich war der größte Teil der Menge – bestehend aus unbeteiligten Zuschauern – unvermeidlich auf der Mitte des Platzes gefangen.

Aber sie wurden von Tal'Auras Polizei nicht weiter beachtet und so zum Glück verschont.

Als Braeg sich umsah, sah er, wie seine Männer die Wachen zurückdrängten und einen nach dem anderen niederstreckten. *Denn das passiert,* dachte er, *wenn die Stadtwache versucht, sich mit dem Mann zu messen, der die Wetraza bei Crannuc Oghila geschlagen hat.*

Und er zog selbst einen Disruptor hervor, um seine Partisanen zu unterstützen.

Tomalak beobachtete seinen Sichtschirm, auf dem ein eng zusammen fliegendes Geschwader der feindlichen Warbirds geradewegs ins Zentrum seiner Formation flog. Ihre Disruptoren malten grelle Blitze in die Leere. Offenbar hatten sie vor, durchzubrechen und die Verteidigungskräfte von hinten anzugreifen.

Nicht heute, dachte er und betätigte einen Knopf auf seiner Armlehne, um eine Verbindung mit dem leitenden Gruppenführer seiner mittleren Angriffsreihe zu öffnen.

»Pontikanos«, sagte er, »ziehen sie Ihre Schiffe zurück.«

»*Aber da ist ein Geschwader ...*«

»Ich bin nicht *blind*«, unterbrach ihn Tomalak. »Ich sehe es auch. Jetzt tun Sie, was ich sage.«

Dann kontaktierte Tomalak zwei andere Gruppenführer und erteilte auch ihnen Anweisungen. *Das sollte genügen,* dachte er, während er auf die Ergebnisse wartete.

Pontikanos' Schiffe zogen sich seinen Befehlen entsprechend zurück und erlaubten es dem Feind so, die Position zu passieren, die sie gerade verlassen hatten. Einen Moment lang sah es so aus, als ob Donatras Warbirds Tomalaks Schild durchbohren würden.

Aber als Donatras Schiffe hindurchschossen, stießen sie auf Verteidiger, die zuvor die Ausläufer von Tomalaks Formation gebildet hatten. Zahlenmäßig unterlegen und ohne Rückzugsmöglichkeit waren die Angreifer gefangen.

Tomalak wollte sich gerade selber zu der Wirksamkeit seines Gegenschlags beglückwünschen. Doch in diesem Moment schossen zwei von Donatras anderen Geschwadern durch die Positionen, die durch sein Manöver frei waren - und jagten seinen Schiffen mit blitzenden Disruptoren hinterher.

Und taten genau das, was Tomalak zu verhindern versucht hatte. Um gegen dieses Problem vorzugehen, musste er seinen Würgegriff vom ersten Geschwader lösen. Er spürte, wie ihm das Blut in den Kopf schoss.

Es war von Anfang an eine Falle gewesen. Offenbar hatte sich Donatra die Zeit genommen, seine Taktiken zu studieren. *Ich werde wohl ein wenig einfallsreicher sein müssen, wenn ich meinen Ruf aufrecht erhalten will.*

Eine Salve erschütterte seinen Warbird und schüttelte ihn auf seinem Sitz hin und her. Ruhig setzte sich Tomalak wieder aufrecht hin, drückte erneut auf seine Armlehne und und bellte: »Den Verbund angreifen!«

Schließlich war er bereits überlistet worden. Seine größte Chance bestand darin, seine Formation in Gruppen aufzuteilen.

Natürlich würde Donatra das Gleiche tun, und ihre Commander waren darin im Großen und Ganzen besser bewandert. Aber Tomalak hatte den Vorteil, dass es ihm egal war, wie lange der Kampf dauerte; alles was ihn interessierte, war, die Gegenseite von Romulus fernzuhalten.

Donatra andererseits konnte es sich nicht leisten, Zeit zu verlieren. Sie musste den Sieg davontragen und das schnell, oder Braegs Revolte wäre zum Scheitern verurteilt.

»Vermeiden Sie unnötige Risiken«, befahl er über seine Komm-Verbindung. »Lasst die Verräter den Risiken zum Opfer fallen.«

Als ob ich ihnen das sagen müsste. Das Letzte, was sie wollen, ist, das nächste Festmahl des Praetors zu verpassen.

Während Tomalak den Kampf verfolgte, sah er, dass seine Commander seinen Befehlen folgten. Sie leiteten Ausweichmanöver ein und zwangen damit Donatras Schiffe, ihnen zu folgen - und sich so Beschuss aus unerwarteten Richtungen auszusetzen.

Das ist schon besser, dachte er.

Plötzlich füllte ein feindlicher Warbird seinen Schirm und seine Waffengeschütze spuckten smaragdfarbene Blitze. *Ein Möchtegernheld, der den Kopf der Schlange abschlagen will.*

Aber Tomalak hatte nicht vor, da mitzuspielen. »Hart Backbord!«, rief er und spürte die Verlagerung der Masse, als sein Steueroffizier gehorchte.

Das Sperrfeuer prasselte auf seinen Warbird ein und schwächte seine Schilde stark, aber es war nicht der Todesstoß, auf den sein Gegner gehofft hatte. Und nun war Tomalak an der Reihe.

»Steuer«, knurrte er, »bringen Sie uns über ihn! Taktische Station, sagen Sie Bescheid, wenn Sie ihn erfasst haben.«

Auf seinem Schirm drehte auch der Feind ab. Aber Tomalak rühmte sich des besten Steueroffiziers und des besten Ingenieurs, daher kam sein Schiff einen Herzschlag schneller heraus als das andere.

»Erfasst, Commander!«

Tomalak lehnte sich auf seinem Sitz vor. »Feuer!«

Seine Disruptorstrahlen spießten ihr Ziel auf wie ein Paar langer, grüner Reißzähne. Der Feind versuchte, sich aus dem Weg zu drehen, aber Tomalak blieb dran, wie ein Jäger, der sich weigert, seine Beute aufzugeben.

Schließlich gaben die Schilde auf, die geschwärzte Hülle brach zusammen und das Schiff explodierte in einem riesigen Feuerball.

Tomalak sah zu, wie die wenigen übrigen Trümmerstücke in einem größer werdenden Kreis davonflogen. Dann lag das Spektakel hinter ihnen und sein Steueroffizier erwartete neue Anweisungen.

Er lehnte sich in seinen Sessel zurück und - weil er der war, der er war - ignorierte er die Anweisung, die er seinen Untergebenen kurz zuvor erteilt hatte.

Schmunzelnd sagte er: »Finden Sie mir einen anderen.«

Picard tauchte an einer anderen Stelle aus den Katakomben auf, als dort, wo er er in sie hinabgestiegen war.

Wie der erste Platz war dieser ebenfalls ein halb zusammengebrochener steinerner Eingang, der offen in den Außenbereichen der Stadt lag. Aber er lag viel näher an dem Ort, wo der Captain das Treffen mit Beverly geplant hatte.

Einem Ort, an dem die magnetischen Felder des Planeten so gut wie nicht vorhanden waren. Einem Ort, von dem Picard und seine Kameraden – mit Hilfe der Mini-Musterverstärker, die sie mit sich gebracht hatten – auf die *Annabel Lee* und dann in Föderationsraum zurückkehren konnten.

Mit nicht vier von sich an Bord, sondern fünf.

Picard konnte es kaum erwarten, Beverly zu sehen. Es war eine Sache gewesen, zu erfahren, dass sie ihre Tortur überlebt hatte, aber eine ganz andere, den Beweis leibhaftig vor sich zu sehen.

Hanafaejas und ein paar andere Rebellen waren Picard und seinem Team vorangegangen, nur für den Fall, dass Centurions in der Nähe waren. Wie es der Zufall wollte, waren keine zu sehen.

Aber es *war* ein heftiger Sturm im Gange, der weißen Schnee um sie herumwirbelte. Das schränkte die Sicht drastisch ein und dämpfte alle Geräusche. Alles, was der Captain hören konnte, war das Flüstern von Flocke auf Flocke.

Joseph sah sich um, während er Picard aus dem Tunnel folgte, so wachsam wie damals, als er noch Picards Sicherheitschef gewesen war. Dann kam Greyhorse, der in seinem schwarzen Thermoanzug eine beeindruckende Gestalt abgab, und Decalon folgte direkt hinter ihm.

Seit er zugegeben hatte, dass er sich in seinem Freund Phajan getäuscht hatte, war der Romulaner still gewesen. Er hatte sich zwar während der Mahlzeiten zu den anderen gesellt, aber wenig zu ihren Unterhaltungen beigetragen. Aber er hatte ja auch beinahe ihre Mission vereitelt, und es war nicht einfach, mit diesem Wissen zu leben.

Die einzige Person, mit der sich Decalon wohlzufühlen schien, war Greyhorse. Aber er hatte auch eine Menge Zeit in der Gesellschaft des Arztes verbracht.

Da der Romulaner kein Wissenschaftler war, hatte er Greyhorses Arbeit nicht beschleunigen können. Dennoch war seine Anwesenheit in dem provisorischen Labor des Arztes möglicherweise ein positiver Faktor gewesen, indem er ihm unausgesprochene Ermutigung gegeben oder verhindert hatte, dass seine Kräfte nachließen. Es war schwer zu sagen.

»Aktivieren Sie Ihre Holoprojektoren«, sagte Picard.

Einen Augenblick später befand er sich wieder in Gesellschaft der drei Barolianer. Die Rebellen, die die Tarnungen bereits gesehen hatten, schienen locker damit umzugehen.

»Hier entlang«, sagte Hanafaejas und deutete in eine Richtung.

Picard ging durch eine Landschaft aus langen, ausgedehnten Verwehungen neben ihm her. Der Schnee peitschte ihm ins Gesicht und brachte ihn dazu, seine Kapuze tiefer in sein Gesicht zu ziehen.

»Da haben wir uns ja schönes Wetter ausgesucht«, sagte er zu Hanafaejas.

Der Kevrata sah ihn an. »Es wird schon bald schlechter werden.«

Obwohl Picard es nicht für möglich gehalten hatte, sollte Hanafaejas recht behalten. Während die Minuten vergingen, schien sich der Sturm zu verdichten. Er konnte kaum noch etwas sehen. Wäre der Rebell nicht neben ihm gegangen, hätte er sich hoffnungslos verirrt.

»Ja«, sagte der Captain. Seine Worte wurden vom Wind fast übertönt, »wirklich schönes Wetter.« Er senkte seinen Kopf, ging weiter und tröstete sich mit dem Gedanken, dass sie sich schon innerhalb der nächste Stunde an Bord der *Annabel Lee* befinden würden ...

Er, sein Team und die Frau, deren Tod er nicht hatte akzeptieren wollen.

KAPITEL 16

———◆———

Der Ort, an dem sich Picard mit Beverly treffen sollte, war ein breiter Hang, der von tiefen, verschneiten Abhängen durchschnitten war - und in dessen Mitte eine kevratanische Villa stand, die irgendwann verfallen war.

Trotz der Größe des Gebäudes waren der Captain und seine Begleiter fast schon auf seinem Dach, bevor sie es aus dem Sturm aufragen sahen. So sehr schränkte der Sturm die Sicht ein.

Beverly war noch nicht zu sehen. *Kaum überraschend,* dachte Picard, während er seinen Griff um den Phaser verstärkte. Er hatte darauf bestanden, ein paar Minuten früher einzutreffen, da er nicht wollte, dass sie länger als nötig auf ihn wartete.

Schließlich hatte er sein Team und ein halbes Dutzend bewaffnete Kevrata bei sich. Sie wurde, um die Möglichkeit einer Sicherheitslücke so gering wie möglich zu halten, nur von ihrem Gastgeber begleitet.

Picard sah erst zu Pug, dann zu Greyhorse. Beide blickten ihn unter ihren Kapuzen hinweg zurück an. Sie alle wollten nichts anderes, als Beverly zu retten und die Sache hinter sich zu bringen.

Plötzlich tauchte aus dem konturlosen Weiß des Sturms ein Bild auf ...

Beverly auf dem Deck des medizinischen Raumschiffes Pasteur, *ihr rotgoldenes Haar lose zu einem Knoten gebunden, das Abzeichen eines Captains auf der scharlachroten Brust ihrer Uniform. Sie runzelte vor Besorgnis um ihn die Stirn. Ihre Gesichtszüge waren durch das Alter milder geworden, waren aber noch so schön wie damals, als sie das erste Mal an Bord der Enterprise gekommen war.*

Vielleicht noch schöner.

Diese Beverly war Teil einer Zukunft, die wahrscheinlich niemals stattfinden würde, eine Zukunft, auf die Picard getroffen war, als er hilflos durch die Zeit gesprungen war. In dieser Zukunft hatte er Beverly geheiratet und sich von ihr scheiden lassen, aber sie liebten sich immer noch so sehr wie zuvor.

Warum fällt mir das jetzt ein?, fragte er sich.

»Captain«, sagte jemand mit der tiefen, schallenden Stimme eines Barolianers. »Sehen Sie!«

Picard drehte sich um und sah, dass es Joseph gewesen war, der gesprochen hatte. Als er der Geste seines Freundes mit dem Blick folgte, erkannte er eine Gestalt durch den Vorhang aus fallendem Schnee.

Beverly?, dachte er.

Aber es war kein einzelner Kevrata, der sie begleitete. Es war eine ganze Reihe von ihnen. Und je genauer Picard sie beobachtete, desto mehr schienen es ihm *gar keine Kevrata zu sein.*

»Centurions«, sagte Hanafaejas, der in dem Sturm besser sehen konnte als ein Mensch. »Zehn, vielleicht mehr.«

Picard blickte sich um und konnte auch um sie herum Gestalten erkennen. Tatsächlich schienen sie sie einzukreisen.

»Wir sind umzingelt«, stellte Joseph fest.

»Legen Sie Ihre Waffen ab!«, rief eine weibliche Stimme. »Anderenfalls werden wir Sie töten!«

Einen Augenblick später sah Picard die Person, die das Ultimatum gestellt hatte. Selbst, wenn sie sich nicht von den anderen Romulanern unterschieden hätte, hätte er ihr Gesicht über *tausend* schneeverwehte Felder erkannt.

Schließlich hatte er es geliebt wie ein Vater seine Tochter liebt und es ebenso betrauert, als der Tod es ihm nahm. Und als er es Jahre später vor Hass und Verbitterung verzerrt an einem romulanischen Commander wieder gesehen hatte, war ein Teil von ihm vor Schock und Fassungslosigkeit zurückgeschreckt – aber ein anderer Teil war dafür dankbar gewesen, sich wieder in Tashas Licht wärmen zu können.

»Sela«, sagte Decalon.

Sie will uns lebend, dachte der Captain. Aber so waren sie auch wertvoller – sowohl für das Imperium als auch für Sela selbst.

Picard hatte nicht vor, sich gefangen nehmen zu lassen. Aber noch bevor er den Befehl zu schießen geben konnte, kamen ihm die Rebellen zuvor.

Ihre Disruptorstrahlen schnitten durch den gefallenen Schnee und streckten dabei ein paar Centurions nieder. Aber die anderen revanchierten sich ohne Gnade und hielten den Captain und seine Kameraden in einem tödlichen, blassgrünen Kreuzfeuer gefangen.

Picard und sein Team feuerten, obwohl es schwierig war, genug zu sehen, um jemanden zu treffen. Glücklicherweise hatten die Rebellen dieses Problem nicht und trafen daher fast jedes Ziel, auf das sie schossen.

Sela hatte immer noch die zahlenmäßig überlegene Truppe. Doch wenn sie noch länger warten würde, wäre das nicht mehr lange der Fall. Da er ihren nächsten Schritt vorausahnte, sagte Picard: »Wartet auf einen Angriff.«

Wie aufs Stichwort rannte eine Gruppe von Centurions auf sie zu. Der Captain schoss in ihre Mitte, seine Kameraden taten das Gleiche. Aber es kamen genug der Feinde durch, um sie in einen Nahkampf zu verwickeln, in dem die Romulaner klar überlegen waren.

Picard, der gerade einem Schlag ausgewichen war, der seinen Schädel zerschmettert hätte, rammte seinen Ellbogen gegen die Brust des Angreifers. Dann schickte er einen zweiten Schlag hinterher, der seinen Gegner zu Boden gehen ließ.

Ein dritter Gegner blieb von einem Disruptorstrahl niedergestreckt zurück. Ein Vierter allerdings konnte sich an den Captain heranschleichen und von hinten auf ihn einschlagen.

Der Schlag betäubte seine Schultern und zwang ihn auf die Knie, aber er hatte seine Waffe immer noch fest in der Hand. Er wirbelte herum und gab einen Schuss in die Richtung ab, die er für richtig hielt.

Leider war der Centurion inzwischen fort. Und bevor Picard sich darauf einstellen konnte, ergriff ihn ein anderer von der Seite.

Zusammen stürzten sie in einem Durcheinander aus Armen und Beinen durch den Schnee, aber es war der Romulaner, der oben endete. Er holte weit aus und verpasste dem Gesicht des Captains einen Faustschlag. Dann tat er es wieder.

Und wieder.

Picard stand kurz davor, das Bewusstsein zu verlieren, in seinem Mund schmeckte er Blut und sein Holoprojektor war ausgefallen. Aber während der Centurion ihn verprügelte, hatte er nach seiner Waffe gesucht, die ihm aus der Hand in den Schnee gefallen war.

Und nun hatte er sie gefunden.

Er presste sie gegen die Seite seines Gegners, drückte den Auslöser und katapultierte den Centurion fort. Aber so benommen wie er war, brauchte er einen Moment, um sich zu sammeln und wieder auf die Beine zu kommen.

Wie sich herausstellte, dauerte dieser Moment zu lang.

Immer noch auf einem Knie, spürte er, wie ihn etwas am Kinn traf und seinen Kopf herumriss. Unaufhaltsam stürzte er zu Boden. Als er mit verschwommenem Blick hochsah, konnte er erkennen, wer ihn geschlagen hatte – und wer nun mit auf ihn gerichteter Waffe über ihm stand.

»Sela«, keuchte er.

Sie sagte nichts. Sie lächelte lediglich, als ob das hier die Rache für all die Pläne war, die er vereitelt hatte und für die Demütigung, die er ihr damit zugefügt hatte. Und in diesem Lächeln steckte nichts von Tasha.

Meine Glückssträhne ist wohl vorbei, dachte er. Dieses Mal würde es keine Flucht geben, keine Rettung in letzter Sekunde.

Er war nach Kevratas gekommen, um andere vor dem Sterben zu bewahren. Aber nun würde er es sein, der sterben würde.

Was für eine Ironie. Er wappnete sich und wartete auf den tödlichen Schlag.

Dann passierte etwas – ein fellbedeckter Körper schlug mit einem dumpfen Geräusch plötzlich und unerwartet zu – und Sela taumelte mitsamt dem Kevrata einen steilen, weißen Hang hinunter.

Erst eine ganze Sekunde später, als Picard den Vorfall gedanklich noch einmal nachspielte, erkannte er das rotgoldene Haar, dass unter der Kapuze seines Retters hervorgequollen war.

Beverly ... dachte er.

Braeg war so darauf konzentriert, über den Siegesplatz auf Tal'Auras überrumpelte Centurions zu schießen, dass er keinen Gedanken an den Schatten über sich verschwendete.

Was konnte es schließlich anderes sein als eine Wolke? Dann rückte es in sein Sichtfeld und er sah, um was es sich handelte – ein militärisches Typ-Sechs-Hovercraft, ausgestattet mit Langstrecken-Disruptorkanonen.

Aber, dachte Braeg hilflos, *es dürfte auf Romulus gar keine militärischen Hovercrafts geben.* Tatsächlich gab es sogar Gesetze, die vor Hunderten von Jahren in Kraft getreten waren und sie verboten hatten.

Und dennoch war es da. Ein gut gehütetes Geheimnis, zweifellos für genau solch eine Gelegenheit gebaut.

Und es war nicht allein – denn Braeg konnte zwei weitere Hovercrafts sehen, die dem ersten folgten. Und einen Augenblick später konnte er noch ein viertes erkennen.

Sie hielten in einer, wie der Admiral jetzt erkennen konnte, rautenförmigen Formation über dem Platz und schossen feurige Strahlen Disruptorenergie in die Ecken, in denen sich Braegs Männer positioniert hatten. Plötzlich wendete sich das Blatt und das nicht zugunsten Braegs.

Er fluchte, während er seine Männer sterben sah, die von den Enden der dicken, grünen Energieblitze aufgespießt wurden. Sie erwiderten

das Feuer auf die Hovercrafts, aber es war vergeblich. Ihre Hand-
waffen hatten nicht genügend Feuerkraft, um auf diese Entfernung
etwas zu bewirken.

Und es waren auch nicht nur seine Männer, die starben. Die Bürger,
die auf der Mitte des Platzes gefangen waren, starben ebenso. Die
Besatzung der Hovercrafts schien es nicht weiter zu kümmern, wen
sie niedermähten.

Braeg musste etwas tun, bevor es zu spät war. Aber was *konnte* er
tun? So etwas hatte er nicht eingeplant. Und er verfügte auch noch
nicht über Donatras Warbirds, um ihm beizustehen.

Ich bin Stratege, beharrte er. *Wenn es einen Ausweg gibt, dann kann
ich ihn finden. Ich* muss *ihn finden.*

Aber letztlich sah er ein, dass ihm nur ein taktisches Manöver blieb,
um das Blutvergießen zu beenden.

Und nur Braeg konnte es ausführen.

Beverly hatte nicht darüber nachgedacht. Sie hatte keine Zeit gehabt.

Sie hatte gesehen, wie Jean-Luc, Selas Disruptor hilflos ausgeliefert,
auf dem Boden gelegen hatte, und ihre Instinkte hatten übernommen.
Sie hatten sie durch den Sturm getrieben und sie ihre Schulter in
Selas Seite rammen lassen.

Dann hatte ihr Schwung sie beide in die mit Schnee gefüllte Senke
getragen, wo jede von ihnen nun versuchte, vor ihrer Gegnerin auf die
Beine zu kommen.

Beverly gewann diesen Kampf. Dennoch hatte sie sich kaum gesammelt, bevor Sela sie mit bloßer Faust attackierte, weil sowohl ihre
Waffe als auch ihr Handschuh irgendwo im Schnee begraben lagen.
Der Ärztin gelang es, dem Angriff auszuweichen, aber währenddessen
verlor sie ihr Gleichgewicht.

Als Sela mit dem Stiefel nach ihr trat, konnte sie es nicht abwehren.
Der Tritt traf sie genau in ihre halbwegs abgeheilte Schulter,
schickte damit Feuerstacheln hindurch und ließ Beverly vor Schmerz
aufstöhnen.

Lächelnd zielte Sela auf die gleiche Stelle. Und obwohl Beverly dieses Mal bereit war, traf der Angriff den Knochen.

Geh in die Offensive, drängte die Ärztin sich selbst. Anderenfalls würde Sela diese Wunde den ganzen Tag bearbeiten.

Sie täuschte mit der linken Hand an und schlug hart mit ihrer rechten zu. Aber Selas Reaktion kam blitzschnell und wehrte Beverlys Angriff ab. Und antwortete ohne Zögern mit einem eigenen Schlag.

Die Ärztin tänzelte zurück und vermied den ersten Schlag. Aber der zweite traf ihr Kinn und schickte sie kurzerhand in den Schnee. Sie versuchte, wieder auf die Beine zu kommen, aber Sela legte einen Halbkreistritt nach.

Benommen sah Beverly zu der Romulanerin auf. Sela stand einfach da und hatte ein triumphierendes Lächeln auf dem Gesicht.

»Sie können nicht gewinnen«, sagte sie. Ihre Stimme klang wie ein Peitschenhieb. »Sie sind schwach, wie der Rest Ihrer Föderation. Wie meine *Mutter.*«

Beverly spürte einen Brocken Wut in ihrer Kehle. Tasha war eine Kriegerin gewesen, eine der mutigsten Personen, die die Ärztin jemals gekannt hatte. Sie verdiente ein besseres Schicksal, als von ihrem einzigen Kind verunglimpft zu werden.

»Ich kannte Ihre Mutter«, sagte Beverly. Zorn durchströmte ihren Körper wie ein Elixier, »und sie war viel stärker als Sie denken. Aber andererseits«, fügte sie hinzu und kam irgendwie wieder auf die Beine, »*bin ich das ja auch.*«

Bevor Sela verstehen konnte, was sie in Gang gesetzt hatte, sprang Beverly auf sie zu. Sie landete einen Treffer auf dem Kiefer ihrer Gegnerin und wirbelte herum. Dann trat sie mit ihrem Fuß zu und riss Sela so von den Beinen.

Die Romulanerin versuchte aufzustehen, aber der Schnee erwies sich als zu weich und rutschig - und Beverly nutzte das aus. Sie presste Sela gegen den Boden, stieß ihr mit dem Handballen gegen die Nase - und verursachte damit einen hellgrünen Blutstrahl.

Sela schlug zurück, aber Beverly spürte es kaum. Sie war zu sehr damit beschäftigt, Schlag auf Schlag auszuteilen und ihr Bestes zu tun, ihrer Gegnerin den Kampfgeist herauszuprügeln.

»Du wirst mich nicht besiegen«, röchelte Sela und versuchte, ihre Widersacherin von sich herunterzuwerfen.

»Eigentlich«, spie ihr Beverly durch zusammengebissene Zähne entgegen, »habe ich das schon.« Und sie verabreichte ihr einen rechten Haken, der Selas Kopf herumwarf und sie so zuverlässig wie jedes Beruhigungsmittel umhaute.

Die Ärztin hockte noch einen Moment lang über ihrer Feindin; Dampf strömte ihr aus Mund und Nase. Dann, als sie sich sicher war, dass Sela in nächster Zeit nicht wieder aufstehen würde, kletterte Beverly von ihr herunter in den blutigen Schnee.

Nur um in das Gesicht eines Centurions zu blicken.

Dann begriff sie, dass es sich nicht um irgendeinen Centurion handelte. Es war derjenige, der sie in der Regierungshalle gefesselt hatte. Er stand am Rand des Abhangs und zielte mit seinem Disruptor auf sie. Sein Gesicht war voll unverhohlener Freude.

»Doktor Crusher«, sagte er mit tödlicher Schärfe in der Stimme. »Kaum zu glauben, dass wir uns *hier* treffen.«

So erschöpft sie auch war, zwang sich Beverly dennoch auf die Beine. Sie wünschte sich, dass sie etwas sagen könnte, das den Centurion davon abhalten würde, sie zu betäuben und mit ihr zu verschwinden, aber sie konnte nicht.

Ich war so nah dran, dachte sie. *So nah.*

»Angenehme Träume«, sagte ihr Feind.

Dann tauchte jemand aus dem Sturm hinter ihm auf.

»Feuer!« befahl Donatra

Die Disruptorstrahlen der *Valdore* trafen die Flanke des Warbirds auf ihrem Sichtschirm, ließen Risse in der Hülle entstehen, trafen aber keine wichtigen Ziele. Und bevor der Commander einen weiteren Treffer bei ihrem Gegner landen konnte, wurde sie von einem anderen angegriffen.

Donatra bellte einen Befehl, krallte sich an ihrem Sitz fest und sah zu, wie sich die Szene auf ihrem Schirm nach rechts verlagerte. Ihr Steueroffizier versuchte sein Bestes, um sie in Sicherheit zu bringen, aber der Commander bezweifelte, dass sie dem Beschuss komplett entgehen würden.

Wie zur Bestätigung erzitterte die *Valdore*. Aber glücklicherweise war es nicht mehr als das.

Einen Augenblick später zeigte Donatras Sichtschirm ihren neuen Gegner - direkt hinter ihnen, in hervorragender Position, um dem Antrieb der *Valdore* verheerenden Schaden zuzufügen. Aber andererseits hatte die Valdore so freies Schussfeld auf die Kommandozentrale ihres Verfolgers.

Und Donatra musste jede Blöße ausnutzen, die sich ihr bot. »Zielen und Feuern!«, rief sie.

Ihre Disruptoren jagten gegen den Feind und fügten seinen vorderen Schilden großen Schaden zu. Wäre Donatra der Verfolger und nicht der Verfolgte gewesen, hätte sie die Salve ignoriert und den Antrieb ihres Gegners zerstört.

Stattdessen drehte der Warbird ab.

Donatra fluchte. Jedes Mal, wenn sie den Feind angriff, wich er ihr aus. Das konnte kein Zufall sein. Es musste sich um eine von Tomalak erdachte Strategie handeln.

Er weiß, dass ich einen schnellen Sieg brauche, dachte sie, *und er tut alles in seiner Macht stehende, um das zu verhindern.*

An seiner Stelle hätte Donatra das Gleiche getan. Aber das hielt sie nicht davon ab, ihm den Hals umdrehen zu wollen.

»Commander?«, fragte Oritas, ihr Kommunikationsoffizier.

Donatra überlegte, was Suran wohl wollte. Vielleicht wollte er ihr mitteilen, dass der Feind auch vor *seinen* Schiffen davonrannte.

Aber nach ein oder zwei Momenten hatte Oritas immer noch nicht gesagt, warum er sie gerufen hatte. Sie drehte sich mit einen fragenden Ausdruck im Gesicht zu ihm um.

»Es ist Herran«, sagte der Kommunikationsoffizier schließlich. Sein

Gesicht war dabei genauso ausdruckslos wie seine Stimme. »Er hat Neuigkeiten von Admiral Braeg. Er hat sich offenbar der Stadtwache ergeben.«

Zuerst dachte Donatra, dass sie sich verhört hatte. Dann sah sie die entsetzten Gesichter ihrer Offiziere und begriff, dass sie es wohl doch richtig verstanden haben musste.

»Das ist eine Lüge«, fauchte sie.

Aber selbst während sie es sagte, wusste sie, dass sie unrecht hatte. Braeg vertraute Herran alles an. Er würde solch eine Sache niemals erzählen, wenn sie nicht wahr wäre.

»Was sagt er noch?«, fragte sie Oritas.

Er berichtete ihr die düsteren Einzelheiten – die Rede, die Braeg auf dem Siegesplatz gehalten hatte, die Ankunft von Tal'Auras Centurions, Braegs Gegenschlag, und dann das Auftauchen von ...

Hovercrafts? Donatra fluchte innerlich.

Sie hatten wahllos getötet, nicht nur Braegs Männer, sondern auch Unschuldige. Der Boden war von grünem Blut getränkt gewesen.

Braeg war unfähig gewesen, die Hovercrafts auf irgendeine andere Art aufzuhalten, als sich Tal'Auras Wachen zu stellen. Als seine Männer gesehen hatten, dass er sich ergab, hatten sie zu fliehen versucht. Viele hatten es geschafft, fügte Herran hinzu, obwohl der Praetor dabei war, sie zur Strecke zu bringen.

Donatra spürte, wie sich ihre Kehle zusammenzog. Braeg hatte sich für das Wohl derer geopfert, die sich auf dem Platz befunden hatten. Und nun war er Tal'Auras Gefangener, mit dem sie machen konnte, was sie wollte.

Sie konnte es sich nicht erlauben, ihn leben zu lassen. Das konnte sie einfach nicht. Er hatte sich als ein zu gefährlicher Gegner entpuppt.

Donatra hatte geglaubt, dass sie eines Tages alle Zeit der Welt haben würden. *Aber nun nicht mehr.* Sie ballte eine Faust zusammen und schlug damit auf die Armlehne.

Braegs einzige Chance bestand nun darin, dass Donatra Tomalaks Verteidigung durchbrach – und das so schnell wie möglich. Aber

Tomalaks Taktiken waren darauf ausgerichtet, sie abzubremsen.

Was bedeutete, dass sie noch mehr als zuvor riskieren mussten. »Geben Sie mir eine Verbindung zu Suran«, sagte sie Oritas.

»Commander«, sagte ihr taktischer Offizier, die Stimme voller Dringlichkeit, »da stürzt ein Warbird auf uns. Es scheint Commander Tomalaks zu sein.«

Donatras Kiefer versteifte sich. Offenbar sah sich Tomalak nicht gezwungen, so ausweichend zu sein wie seine übrigen Commander.

Das war schon in Ordnung. Sie konnte ohnehin nicht gewinnen, ohne Tomalak zu überwinden. Er machte es für sie nur einfacher, ihn zu finden.

Natürlich galt Tomalak gemeinhin als der ausgekochteste Commander seiner Generation. So gut Donatra auch war, Tomalak sagte man nach, dass er besser war.

Sie hob ihr Kinn, während sie beobachtete, wie sein Warbird auf dem Schirm immer größer wurde. *Das werden wir doch mal sehen.*

Schließlich hatte Donatra Bücher über Tomalaks Heldentaten studiert und seine Lieblingsmanöver auswendig gelernt – so hatte sie auch seine erste Verteidigungsformation durchbrechen können. Alles, was sie tun musste, war zu sehen, für welche Herangehensweise er sich entschied, und dann entsprechend darauf zu reagieren.

»Waffen ausrichten«, sagte sie. »Warten Sie auf meinen Befehl zu feuern.«

»Waffen ausgerichtet«, kam die Antwort.

Geduld, sagte Donatra sich selbst bestimmt, *ganz egal, wie dringlich die Situation ist.*

Und tatsächlich wartete sie so lange, wie sie konnte, um zu sehen, in welche Richtung Tomalak abdrehen würde. Aber je länger sie wartete, desto sicherer war sie sich, dass er überhaupt nicht abschwenken würde.

Ein direkter Angriff, ohne Raffinesse oder Nuance? Von jemand so Hochgeschätzem wie Tomalak?

Es schien unmöglich. Und doch war der Beweis direkt vor ihr.

Sie konnte nicht länger warten. In wenigen Sekunden würde der Feind sie rammen. »Feuer!«

Endlich drehte Tomalaks Schiff ab, aber nicht ohne selbst ein Sperrfeuer abzugeben. Donatra machte sich bereit, als ihr Schirm blassgrün wurde. Einen Augenblick später ließ der Einschlag ihr Schiff nach Steuerbord schlingern. Hinter ihr explodierte eine Steuerkonsole.

»Bericht!« bellte sie.

»Schilde auf achtundvierzig Prozent runter, Commander!«

»Waffen und Antrieb immer noch voll funktionsfähig!«

Zur gleichen Zeit klärte sich Donatras Schirm und sie bekam einen Blick auf ihren Gegner. Tomalaks Schiff konnte nicht stärker beschädigt worden sein als ihres, und doch zog es sich zurück, als ob die *Valdore* es kampfunfähig gemacht hätte.

Donatra verstand es nicht. Warum würde Tomalak sie direkt angreifen – und dann davonlaufen? Das glich überhaupt nicht dem Verhalten des meisterhaften Strategen, den sie studiert hatte.

Plötzlich dämmerte ihr die Antwort und schickte ihr einen Schauder über den Rücken. Aber da war es schon zu spät, denn ihr taktischer Offizier rief bereits eine Warnung.

»Ein weiterer Warbird, Commander – hinter uns!«

»Ausweichen!«, fauchte Donatra.

Das Wort hatte kaum ihre Lippen verlassen, als sie nach vorne katapultiert wurde. Bevor sie wusste, wie ihr geschah, lag sie vor einem Schott und einer ihrer Arme pochte vor Schmerz.

Tomalak, dachte Donatra.

Er hatte sie ausgetrickst, und sein Schiff mit einem seiner Commander getauscht. Dann hatte er diesen Commander angewiesen, sie anzugreifen, während Tomalak selbst auf eine Blöße gewartet hatte.

»Bringen Sie uns hier raus!«, wies Donatra ihren Steueroffizier an.

Auf dem Sichtschirm über ihr feuerte der Feind eine weitere Salve ab. Sie fühlte einen zweiten Einschlag, heftiger als den ersten. Als Folge explodierte wieder eine Konsole und schuf damit einen Geysir aus Rauch und Funken.

»Steuer«, brüllte Donatra und zwang sich wieder auf die Beine.

Dann sah sie, dass das Steuer unbesetzt war; ihr Offizier war wahrscheinlich tot oder anderweitig arbeitsunfähig. Sie taumelte über die Brücke, legte ihre unverletzte Hand auf die Konsole und aktivierte ein voreingestelltes Manöver.

Ich werde vielleicht sterben, dachte sie und sah sich trotzig zum Schirm um, *aber ich werde nicht ohne Kampf untergehen!*

Decalon hatte Doktor Crusher kurz zu sehen bekommen, als sie einen Abhang hinuntergefallen war. Aber er war zu sehr damit beschäftigt gewesen, Disruptorstrahlen auszuweichen, um irgendetwas zu tun.

Schließlich fand ihn einer der Gegner – oder eher, seine Waffe, die dieser ihm aus der Hand schoss. Aber der Romulaner, der das tat, wurde von einem Kevrata getötet und so hatte Decalon einen Augenblick lang Pause.

Er nutzte sie, um nach Doktor Crusher zu sehen.

Es würde nicht leicht sein, sie zwischen den ineinander verschlungenen Schweewehen zu finden, aber Decalon war entschlossen und er hatte immer schon einen guten Orientierungssinn gehabt. Nachdem er eine Weile herumgeschwankt war, erspähte er schließlich etwas – einen Fetzen Lila, der Teil eines kevratanischen Mantels sein konnte.

Das ist sie, dachte er. *Das muss sie sein.*

Doch bevor er die Ärztin erreichen konnte, kam ihm jemand zuvor. Einer von Selas Centurions. Und er hatte einen Disruptor in seiner Hand, was ihm gegenüber Decalon einen beträchtlichen Vorteil verschaffte.

Man konnte nicht sagen, welche Befehle Sela ihren Soldaten gegeben hatte – ob sie Doktor Crusher wieder einfangen oder sie einfach töten sollten – daher konnte Decalon es sich nicht leisten, sich an sein Ziel anzuschleichen.

Er senkte seinen Kopf und brachte die dazwischen liegende Entfernung so schnell wie möglich hinter sich. Dreißig Meter, dachte er. *Zwanzig. Zehn …*

Endlich warf sich Decalon mit einem letzten verzweifelten Spurt gegen den Centurion. Es gab einen hellgrünen Energieblitz - ein verirrter Schuss, wie er hoffte - und sie rutschten zusammen den Abhang hinab und rangelten während sie fielen um die Position.

Sie kamen Seite an Seite unten an und kämpften um den Disruptor des Centurions - aber nicht lange. Denn genau in jenem Moment, in dem Decalon dachte, dass er die Waffe an sich reißen könnte, stieß ihm der Centurion den Ellbogen ins Gesicht.

Decalon verlor einen Augenblick lang seinen Halt - aber das war mehr als genug Zeit für den Centurion. Er kam wieder auf die Beine, zielte mit der Waffe auf Decalon und drückte ab.

Decalon wurde zurückgeworfen, die Luft explodierte in seine Lunge. Aber als er auf dem Boden aufkam, stellte er fest, dass er noch lebte. Während er um Luft rang, dachte er: *Betäubung. Sie war auf Betäubung eingestellt.*

Durch einen Schleier aus Schmerzen beobachtete Decalon, wie Beverly den Centurion angriff und versuchte, ihn umzuwerfen. Aber er schlug ihr ins Gesicht, schleuderte sie dadurch rückwärts und richtete seine Waffe auf sie, so wie er zuvor auf Decalon gezielt hatte.

Zweifellos hatte er vor, sie bewusstlos zu schlagen. Dann würde er sie zu Sela bringen, die sie entweder töten oder foltern würde, um herauszufinden, was sie wusste.

So oder so konnte Decalon das nicht zulassen. Doktor Crusher war eine der Personen gewesen, die ihr Leben riskiert hatten, um ihn in die Freiheit zu schmuggeln. Sie würde keine Gefangene des Imperiums werden, solange er noch am Leben war, um das zu verhindern.

Er zwang sich, aus dem Schnee aufzustehen, nahm Anlauf und schlitterte geradewegs über den Abhang. Sein Hechtsprung brachte ihn aber lediglich bis an die Füße des Centurions. Dieser drehte sich verärgert zu Decalon um. Dann stellte er ruhig und methodisch seinen Disruptor neu ein.

Decalon packte das Bein des Centurions und versuchte, ihn umzuwerfen. Aber es hatte keinen Zweck. Er hatte keine Kraft mehr. Ohne ein Wort richtete der Centurion seine Waffe wieder auf Decalon.

Und drückte den Abzug.

Picard musste gegen seine Erschöpfung und Verwirrung ankämpfen, als er mit seiner Faust ein weiteres Mal zuschlug.

Den Centurion, der als Folge von Picards anderen Schlägen bereits torkelte, erwischte dieser hier genau an der Kinnspitze. Er schwankte einen Augenblick, verdrehte die Augen nach innen und brach zusammen.

Endlich, dachte Picard.

Er stürzte sich auf den Disruptor, den der Centurion fallen gelassen hatte, und sah sich um. Der Kampf hatte sich für den Augenblick von ihm wegbewegt und ihn allein im fallenden Schnee zurückgelassen.

Und ihm so eine Chance gegeben, Beverly zu suchen.

Als sich der Captain dem Abhang näherte, in dem Beverly verschwunden war, schirmte er seine Augen ab, konnte aber niemanden erkennen. Dennoch war er sicher, dass Beverly und Sela dort hinabgefallen waren. Also hastete er mit seiner geliehenen Waffe in der Hand den Abhang hinunter und hoffte, dass es nicht zu spät war.

Er hatte den Boden fast erreicht, als er dort zwei Gestalten liegen sah, die entweder tot oder bewusstlos waren. Dann bemerkte er zwei weitere gleich über ihnen, die immer noch auf den Beinen waren und sich gegenüberstanden.

Eine war ein Centurion, der eine Disruptorpistole in der Hand hielt. Und die andere ... war *Beverly.*

Picard spürte einen Stich im Herzen, als er sah, wie ihr Haar, von der kevratanischen Kutte befreit, im Wind flatterte. Aber er wagte es nicht, sie zu rufen, da er den Centurion nicht alarmieren wollte.

Er verlangsamte seinen Abstieg und kam bis auf dreißig Meter an sie heran – der maximale Wirkungsbereich eines Disruptors. Dann hielt er inne, zielte und gab einen Strahl ab.

Er schoss geradewegs und mit untrüglicher Sicherheit in sein Ziel. Oder besser, dorthin wo sein Ziel *gewesen* war.

Leider hatte sich der Centurion genau diesen Augenblick ausgesucht, um vorwärts zu gehen und Beverly zu schlagen – und hatte sich so genau aus der Schusslinie bewegt. Der Energiestrahl brannte sich in den Schnee.

Sofort drehte sich Beverlys Gegner in Picards Richtung. Bevor der Captain einen weiteren Schuss abgeben konnte, packte der Centurion die Ärztin und benutzte sie als Schutzschild. Dann richtete er den Disruptor auf ihren Kopf.

»Lassen Sie die Waffe fallen«, rief er. Seine Stimme war selbst über dem Toben des Sturms hörbar. »Oder ich werde sie töten!«

Picard wusste, dass der Romulaner ihn, sobald er unbewaffnet war, umbringen würde. Aber er hatte keine Wahl. Er konnte nichts riskieren, solange Beverlys Leben auf dem Spiel stand.

»Also gut«, sagte er, »ich lege sie ab. Sehen Sie?« Und er ließ den Disruptor auf den schneebedeckten Boden fallen.

»Treten Sie zurück«, sagte der Centurion.

Mit zusammengebissenen Zähnen trat der Captain zurück.

Wie er vorhergesehen hatte, drehte sich die Waffe des Centurions nun in seine Richtung. Ein Lächeln breitete sich auf dem Gesicht des Mistkerls aus. Er hatte Picard genau da, wo er ihn haben wollte.

Aber im gleichen Moment vollführte Beverly eine Bewegung mit ihrer Hand. Nichts allzu Auffälliges – aber genug, um den Captain wissen zu lassen, dass sie etwas vorhatte.

Er kannte Beverly seit langer Zeit. Und so sicher wie er seinen Namen kannte, wusste er, was sie tun würde. Und er wusste auch, dass die Zeitspanne, die sie ihm damit gab, nur kurz sein würde.

Ohne Vorwarnung verzog sie ihr Gesicht und stieß ihren Ellbogen in die Rippen ihres Gegners. Als sich der Romulaner vor Schmerzen wand, hechtete Picard nach seiner Waffe und kam schießend wieder auf die Beine.

In der Zwischenzeit hatte sich Beverly befreit und der Centurion hatte nun nichts mehr, hinter dem er sich verstecken konnte. Der Schuss des Captains traf ihn an der Schulter und schleuderte ihn herum.

Sogar jetzt noch gelang es dem Romulaner, selbst einen Schuss abzugeben. Sein Strahl schnitt einen langen, dampfenden Pfad in den Schnee und kam bis auf einen Meter an Picards Ellbogen heran.

Da der Captain seinem Gegner keine zweite Chance geben wollte, zielte er diesmal genauer – und traf den Centurion genau in der Brust, sodass dieser rückwärts umfiel.

Vorsichtig näherte sich Picard und betrachtete seinen Feind. Aber es war offensichtlich, dass der Centurion das Bewusstsein verloren hatte.

Halb rennend, halb rutschend überwand der Captain die Entfernung zu Beverly in einem Herzschlag. Dann, als er nur noch wenige Zentimeter von ihr entfernt war, sog er ihren Anblick begierig in sich auf.

In Wahrheit hatte sie schon besser ausgesehen. Sie hatte eine dunkle Schwellung unter einem Auge und Blut im Mundwinkel. Aber dennoch hatte sie niemals anziehender auf ihn gewirkt.

Als er sie in die Arme schloss, spürte er, wie sie sich gegen ihn sinken ließ. Sie schien angeschlagen und erschöpft zu sein und schämte sich nicht, das auch zu zeigen. »Inzwischen«, brachte sie mit heiserer Stimme heraus, »solltest du doch wissen, dass ich nicht gerettet werden muss.«

Er konnte es sich nicht verkneifen, über die Ironie zu schmunzeln. Und als er in die Tiefen ihrer schimmernden Augen sah, wusste er, dass er sich auch etwas anderes nicht würde verkneifen können.

Er senkte seinen Mund an ihr Ohr und flüsterte. »Ich liebe dich, Beverly. Ich habe dich immer geliebt. Und das werde ich auch immer.«

Es war nicht so, dass sie das nicht wusste. Doch Picard hatte es ihr nie so gesagt – so eindringlich, so leidenschaftlich.

Er zog sich ein wenig zurück, um ihren Gesichtsausdruck sehen zu können. Schließlich liebte sie ihn auch. Das hatte sie gesagt. Und in diesem Moment musste sie das Gleiche fühlen wie er - und mit aller Macht umklammern, was ihnen beinahe für immer verloren gegangen war.

Aber als er Beverlys Gesichtsausdruck sah, war es kein glücklicher. Sie sah zögerlich aus, als wäre ihr unbehaglich zumute. Picard begriff, dass er einen Fehler begangen hatte.

Er hatte die unausgesprochenen Gesetze ihrer Freundschaft verletzt, ihr empfindliches Gleichgewicht gestört, es außer Kontrolle geraten lassen. Indem er versucht hatte, mehr aus ihren Gefühlen zu machen, hatte er unbeabsichtigterweise weniger daraus gemacht.

Beverly entzog sich der Umarmung und ging auf eine der Gestalten am Boden des Abhangs zu - eine die Picard als Decalon identifizierte. Ein Fluch entwich seinen Lippen.

Beverly kniete sich neben die verbrannte Leiche des Romulaners. Dann drehte sie sich wieder zum Captain. »Der Romulaner, der mit dir gekommen ist?«

»Ja«, sagte er.

»Er ist bei dem Versuch gestorben, mich zu retten«, sagte sie ihm.

Picard erinnerte sich, wie introvertiert Decalon in den Katakomben gewesen war. Als ob er nur auf eine Gelegenheit gewartet hätte, sich reinzuwaschen.

Und das hatte er.

Dann sah er die andere Gestalt, die dort lag, und er erkannte auch sie. »Sela.«

Picard hasste den Gedanken, sie einfach hier zu lassen, da er wusste, dass sie auch in Zukunft Ärger machen würde. Aber er wagte es nicht, sie mitzunehmen.

Plötzlich hörte er, wie jemand am oberen Ende des Abhangs seinen Namen rief. Es war Pug.

»Kommt schon!«, rief er winkend - zweifellos, um ihnen zu bedeuten, dass die Kevrata ihnen eine einmalige Gelegenheit geschaffen hatten. »Wir müssen jetzt hier weg!«

Ohne einen weiteren Blick auf den Captain zu werfen, begann

Beverly mit dem Aufstieg. Während Picard ihr folgte, wünschte er, dass er nicht gesagt hätte, was er zu ihr gesagt hatte. Er wünschte sich, dass er sich mehr unter Kontrolle gehabt hätte.

Aber es war zu spät. Und soweit er wusste, war der Schaden nicht wieder gutzumachen. *Was habe ich getan?*

KAPITEL 17

——◆——

Tal'Aura sah zu, wie Braeg den bronzenen Kelch an den Mund führte. Seine dunklen Augen waren voller Stolz und frechem Trotz – anders als die nackte Angst, die andere in ähnlichen Situationen gezeigt hatten.

Ohne Zögern leerte der Admiral den klaren, süßen Inhalt des Kelchs. Dann stellte er ihn auf dem Marmortisch neben sich ab.

Einen Moment lang gab es keine Veränderung seines Gesichtsausdrucks, nicht den kleinsten Riss in seiner Fassung. Der Praetor begann sich zu wünschen, dass er nicht ihr Feind wäre, dass er ihr dienen könnte anstatt sich ihr zu widersetzen.

Dann war es zu spät, denn Braegs attraktives Gesicht war bereits blutunterlaufen und wurde grüner als die tiefsten Meere der Heimatwelt. Einen Herzschlag später fiel er tot auf den Boden neben dem Marmortisch – als der Märtyrer, zu dem Tal'Aura ihn nicht hatte machen wollen.

Sie seufzte, während ihre Männer die Leiche davonzerrten. *Wie furchtbar schade.* Und doch hatte sie Braeg mit seinem Verrat nicht ungestraft davonkommen lassen können.

Klugerweise hatte sie den Prozess nicht öffentlich gemacht, sondern nur die Regierungsoffiziellen teilnehmen lassen. Doch Braeg hatte dennoch von seinem Aussagerecht Gebrauch gemacht, da er gewusst hatte, dass seine Worte für die Ewigkeit erhalten bleiben würden. Er hatte von Tal'Auras Tyrannei gesprochen, der Reinheit seiner Motive für den Versuch, sie zu stürzen und schließlich von Donatra.

Oh, und wie er von ihr gesprochen hat.

Selbst der Praetor war von seinen Worten bewegt gewesen – und, wie sie sich jetzt eingestand, auch eifersüchtig. Solange sie lebte, würde sie niemals so geliebt werden wie Braeg Donatra geliebt hatte.

Genug davon, schalt sie sich selbst. *Andere Angelegenheiten erfordern meine Aufmerksamkeit.* Sie gab einen Befehl in das Steuergerät in ihrer Hand ein und rief damit ein anderes Bild auf – das der Person, die das Kommando über ihre Verteidigungskräfte innehatte.

Tal'Aura sah, wie Tomalak auf seinem Sitz herumschwenkte, um sie anzusehen. Er sah aus, als hätte er gerade ein erfrischendes Nickerchen hinter sich und nicht etwa eine Schlacht gegen eine Rebellenarmada.

»Glückwunsch zu Ihrem Sieg«, sagte der Praetor.

»*Es war mir ein Vergnügen, Ihnen zu dienen*«, sagte er.

Noch nicht, dachte sie. Tomalaks Vergnügen würde später kommen, wenn sie veranlasst hatte, dass etwas von Eborions Land und Reichtum auf den Namen des Commanders übertragen würde.

Der Rest würde natürlich Eborions Tante Cly'rana zugeeignet werden. Schließlich war sie es gewesen, die Eborion als Verräter entlarvt hatte.

Cly'rana hatte vermutet, dass ihr Neffe etwas vorgehabt hatte und daher veranlasst, dass seine gesamte Kommunikation überwacht werden sollte. Anderenfalls wäre seine Botschaft an Manathas mit ziemlicher Sicherheit nicht entdeckt worden.

Und warum hatte Cly'rana den Schleier von Eborions Verrat gerissen? Aus Loyalität zum Praetor – das hatte sie jedenfalls behauptet. Aber sie hatte weder um das Leben ihres Neffen gefleht, der für sie innerhalb ihrer Familie eine Bedrohung dargestellt haben musste, noch hatte sie den Anteil an seinem Reichtum abgelehnt, den Tal'Aura ihr versprochen hatte.

Dadurch hatte der Praetor eine wertvolle Lektion gelernt: dass selbst die Hundert gekauft werden konnten.

»Nichtsdestotrotz«, sagte sie Tomalak, »war es eine große Leistung.«

Natürlich hatten die Chancen von Anfang an zu ihren Gunsten gestanden. Nur der Eifer der Rebellen hatte es ihnen ermöglicht, etwas anderes zu glauben. Aber es blieb den Siegern überlassen, zu bestimmen, wie verräterisch ein Kampf gewesen war und wie mutig diejenigen waren, die ihn bestritten hatten.

»Wir gehen die Schiffe durch, die wir erobert haben«, sagte Tomalak, *»und schicken ihre Mannschaften nach unten, wo sie wegen Verrats angeklagt werden. Außer natürlich, Sie möchten, dass wir uns noch hier oben um ihre Taten kümmern.«*

Mit anderen Worten, übersetzte Tal'Aura, *sie ohne Prozess hinrichten.* Sie schätzte den Wert der Zweckmäßigkeit, aber nicht einmal sie würde den Rebellen ihr Aussagerecht verweigern.

»Das wird nicht nötig sein«, sagte sie Tomalak. »Ich bevorzuge es, mich selbst darum zu kümmern. Außerdem werden Sie alle Hände voll damit zu tun haben, diese Schiffe zu reparieren – und Ihre eigenen.«

»Wie Sie wünschen«, erwiderte der Commander.

Leider war fast die Hälfte der Rebellenflotte entkommen, darunter die Schiffe von Donatra und Suran. Tal'Aura musste nun annehmen, dass beide Flottencommander die Schlacht überlebt hatten und in diesem Augenblick bereits wieder ihren Sturz planten.

Außerdem musste sie sich noch um Sela und Manathas kümmern.

Letzterer würde als Meister der Verkleidung sicherlich schwierig zu fassen sein. Aber nun würde es unmöglich für ihn sein, Arbeit im Imperium zu bekommen, da sich kein potentieller Arbeitgeber den Zorn des Praetors zuziehen wollen würde.

Früher oder später würde Manathas einen Fehler machen, jemand würde ihn identifizieren und ausliefern. Es war nur eine Frage der Zeit.

Und was Sela anging ... sie hatte zugelassen, dass die Föderation die Bewunderung der Kevrata gewann, und daher die Flammen der Rebellion in den Außenwelten noch geschürt. Und darüber hinaus hatte sie keinen einzigen Föderationsagenten gefangen.

Höchst enttäuschend, dachte Tal'Aura. Aber Sela war ihr gegenüber wenigstens immer loyal gewesen, während andere das nicht gewesen waren.

Fürs Erste würde sie das Halbblut auf Kevratas lassen, wo sie sich in ihrem Versagen suhlen konnte. Sela würde das hassen – und mehr denn je versuchen wollen, das Ansehen wiederzugewinnen, dass sie in vorherigen Regimes innegehabt hatte. Und wenn der Praetor sie brauchte, würde sie bereit sein.

Aber weder Sela noch Manathas waren das schlimmste von Tal'Auras Problemen – nicht seit die kevratanische Seuche eine Vorliebe für Romulaner gezeigt hatte. Mit all den Händlerwaren, die täglich nach und von Kevratas geliefert wurden, konnte niemand sagen, wie viele Schiffe das Virus bereits mit sich trugen oder wie weit es sich schon ausgebreitet hatte.

Eines war sicher: Es musste aufgehalten werden.

Der Praetor hatte bis vor Kurzem keinen Bedarf gesehen, Forschungsteams nach Kevratas zu entsenden, da die Seuche eine reine Sorge der Kevrata gewesen zu sein schien. Nun dachte sie natürlich anders.

Sie hoffte nur, dass ihre Wissenschaftler ein Heilmittel herstellen konnten, bevor das Virus Romulus erreichte.

Zurück in seinem Versteck unter dem alten Schloss, umgeben von seinen Kameraden im künstlichen Licht ihres neuen Lagers, setzte sich Hanafaejas und ließ seinen Kopf in seine Hände sinken.

Es war ihnen gelungen, Picard die Zeit zu verschaffen, die er brauchte. So weit Hanafaejas wusste, waren alle fünf Föderationsleute auf Pug Josephs Schiff entkommen – nicht nur Picard und seine Begleiter, sondern auch Doktor Crusher.

Aber einer der Rebellen war durch einen Disruptorstrahl ums Leben gekommen. Hanafaejas senkte sein Kinn auf die Brust, während er wehklagend den Namen des Toten aussprach.

»Jellekh ...«

Seine Kameraden fielen mit ein und erfüllten den Raum mit dem leisen, hohen Klang ihrer Trauer. War doch Jellekh der Tapferste und Zuverlässigste unter ihnen gewesen.

Und er hätte noch unter ihnen sein können, wenn es nicht einen Verräter in ihrer Mitte gegeben hätte. Hanafaejas hob seinen Kopf und betrachtete die Kameraden, die ihm in einem ungefähren Halbkreis gegenüberstanden.

Jemand hatte Sela gesagt, wo Captain Picard Doktor Crusher treffen würde, sonst hätten diese Centurions nicht gewusst, wo sie sie finden konnten. Es gab eindeutig ein Leck im Rebellenlager und Hanafaejas hatte geschworen, nicht eher zu ruhen, bis er herausgefunden hatte, um wen es sich handelte.

Doch im Moment hatte er eine wichtigere Aufgabe. Er hatte Captain Picard geschworen, dass er eine kurze, nicht zurückverfolgbare Botschaft an Selas Hauptquartier schicken würde, in der er sie wissen lassen würde, dass er im Besitz eines Impfstoffes gegen die Seuche war.

Und dass er sich davon trennen würde – für den richtigen Preis.

Es war nicht die Art der Kevrata, miteinander Geschäfte zu machen. Wenn sie etwas gaben, dann taten sie es ohne Bedingungen. Allerdings konnten sie sich, wenn sie mit anderen Kevrata handelten, darauf verlassen, dass ihre Freigiebigkeit erwidert werden würde.

In diesem Fall hatten sie es leider mit ihren romulanischen Unterdrückern zu tun – der anderen Seuche, die ihren Planeten heimsuchte – was bedeutete, dass die Rebellen einem anderen Verhaltensmuster folgen mussten. Außerdem verlangte Hanafaejas im Austausch für das Heilmittel ja auch nicht nach Reichtümern. Alles, was er wollte, war etwas, was die Romulaner den Kevrata ohnehin schuldeten ...

Ihre Freiheit.

Auf Picard hatte die Reise nach Kevratas furchtbar lang gewirkt. Doch die Reise zurück schien nun noch länger.

Ein Grund dafür war natürlich der Verlust Decalons. Es war tragisch, dass er dem Imperium kein zweites Mal entkommen konnte. Doch er war kämpfend gestorben und hatte so seinen Rettern die Opfer vergolten, die sie gemacht hatten, um ihn zu befreien.

Es gab schlimmere Arten zu sterben.

Der andere Grund für die Eintönigkeit - wenigstens aus Picards Blickwinkel - war Beverly. Sie tat so, als sei nichts geschehen, als ob sie immer noch die gleichen Menschen waren wie zuvor.

Aber Picard wusste es besser. Er konnte es in ihren Augen sehen, an ihrem Lächeln, an der Distanz, auf der sie ihn hielt.

Andererseits schien sie allzu bereit, mit Joseph oder Greyhorse zu reden. Besonders wenn die Alternative darin bestand, mit dem Captain allein zu sein.

Es machte ihn traurig, dass es so zwischen ihnen bleiben sollte. Er wünschte sich, dass er ändern könnte, was er getan hatte, jede Spur davon aus Beverlys Gedächtnis löschen könnte. Aber diese Möglichkeit hatte er nicht. Er konnte nur die Verantwortung für seinen Fehler übernehmen und die Konsequenzen tragen.

Irgendwann bekamen sie die Anweisung, sich mit der *Zapata*, einem Raumschiff der *Surak*-Klasse zu treffen, das Beverly und Greyhorse für die Nachbesprechung auf eine Sternenbasis bringen sollte. Picard jedoch würde den Rest der Strecke zur Erde auf der *Annabel Lee* bleiben.

Er war dankbar. So würde es weniger unangenehm werden.

Tage später, als sie Kontakt zur *Zapata* herstellten, begleiteten Picard und Joseph ihre Kameraden zum Transporterraum der *Annabel Lee*. Auch wenn es sich so anfühlte, als würde er sich durch einen Traum bewegen, ergriff der Captain Greyhorses große Hand und wünschte ihm alles Gute.

Dann wandte er sich an Beverly und hoffte, in ihrem Gesicht eine Spur dessen zu entdecken, was zwischen ihnen gewesen war. Aber es war, als würde er eine Fremde ansehen.

»Auf Wiedersehen«, sagte sie und umarmte Picard. Aber der Umarmung schien die Begeisterung zu fehlen.

»Auf Wiedersehen«, erwiderte er.

»Vergiss nicht«, sagte Beverly, als sie sich zurückzog, »du hast mir versprochen, dass du mal zum Abendessen runterkommst.« Aber ihre Augen funkelten nicht auf die gleiche Weise, wie sie damals gefunkelt hatten, als sie die Einladung zum ersten Mal ausgesprochen hatte.

»Ich werde es nicht vergessen«, versicherte er ihr.

Und das würde er nicht. Doch er hatte nicht die Absicht, das Thema noch einmal anzusprechen. Auf diese Weise würde es, wenn Beverly nur höflich sein wollte, nicht zu mehr Unannehmlichkeiten führen.

Picard sah zu, wie sie sich von Pug verabschiedete. Beverly schien bei ihm aufrichtiger zu sein, und ernsthafter in ihren Absichten, ihn wiederzusehen.

Joseph klopfte dem Arzt auf die Schulter. »Wer weiß, vielleicht komm ich mal vorbei und besuche Sie.«

Greyhorse betrachtete seinen ehemaligen Kollegen. »Darauf freue ich mich.«

Beverly lachte. Es war ein ungezwungenes Lachen, von der Art wie die, die sie einst mit Picard geteilt hatte. *Aber jetzt nicht mehr.*

Eines Tages, so glaubte er, würde sich das ändern. Sie würde über das, was geschehen war, hinwegkommen und sich in seiner Gegenwart wieder wohlfühlen. Aber er wusste nicht, wie lange das dauern würde, und in der Zwischenzeit hatte er das Gefühl, dass ein Teil seiner Selbst fehlte.

Während Picard zusah, nahmen die beiden Ärzte ihre Plätze auf der Plattform ein. Dann wurden sie in Lichtsäulen eingehüllt und verschwanden nach und nach.

»Da gehen sie hin«, sagte Joseph.

Der Captain nickte und starrte in die Leere.

»Kommen Sie«, sagte sein alter Freund. »Ich geb Ihnen einen aus. Nichts Alkoholisches wohlgemerkt. Das habe ich hinter mir gelassen.«

Picard wünschte sich, dass er den Spaß ein wenig mehr genießen könnte. Schweigend ließ er sich von Joseph aus dem Transporterraum führen.

Geordi wandte sich zu Worf, während sie vor der Plattform in Transporterraum Eins standen, und sagte: »Denk dran, was Joseph uns gesagt hat.«

Der Klingone zitierte die Botschaft, die sie erst einige Minuten zuvor erhalten hatten: »,Seien Sie mit dem Captain behutsam. Er ist immer noch ein wenig aufgewühlt.‘ Aber er hat nicht gesagt, *wovon*.«

»Vielleicht«, sagte Geordi, »war er der Meinung, dass uns das nichts angeht.«

Worf knurrte verächtlich. »Wenn es *ihn* etwas angeht, geht es uns auch etwas an.«

Der Ingenieur sah das natürlich genauso. Aber bevor er etwas erwidern konnte, erschien in der Mitte der Transporterplattform eine Lichtsäule.

Es dauerte ein paar Sekunden, bis etwas in dem Schimmer Gestalt annahm. Allerdings waren Frachter auch nicht gerade für ihre hochmoderne Transporterausstattung bekannt.

Endlich begann die Lichtsäule nachzulassen, und Geordi bekam eine bessere Sicht auf das Beamobjekt. Der Bursche kam ihm bekannt vor, obwohl er in diesem Moment uncharakteristischerweise keine Uniform trug.

Picard trat von der Plattform, betrachtete zuerst Worf, dann Geordi, und sagte dann: »Sagen Sie mir nicht, dass Sie nichts Besseres zu tun haben, als Transportervorgänge zu überwachen.«

Der Ingenieur lächelte. »Einige Transportervorgänge sind wichtiger als andere.«

»Willkommen zurück, Sir«, sagte Worf.

Picard lächelte. »Danke, Commander.« Seine Offiziere folgten ihm, als er den Transporterraum verließ. »Sagen Sie mir, wie die Reparaturen vorangehen.«

Geordi war angenehm überrascht. Das schien keineswegs der Mann zu sein, vor dem Joseph sie gewarnt hatte.

»Ganz gut, Sir«, sagte der Ingenieur. »Es gab ein paar Problem mit den Plasmaverteilern, aber ich glaube, dass wir die jetzt ausgebügelt haben.«

Der Captain nickte. »Hervorragend. Was ist mit den Schildemittern?«

Die Raumhafenteams hatten gerade damit begonnen, sie zu installieren, als Picard auf seine Mission berufen wurde – über die Geordi immer noch nicht besonders viel wusste. Allerdings war er sich sicher, dass er über kurz oder lang davon hören würde.

»Alle vorderen Emitter und ein paar der hinteren sind einsatzfähig«, sagte er. »Es werden noch einige Tage vergehen, bevor wir den Rest online haben.«

»Sieht die Brücke inzwischen besser aus?«, fragte Picard.

»Das nicht gerade«, sagte Worf. »Die Sessel sind immer noch nicht drin.«

»Was, wenn ich fragen darf, verursacht die Verzögerung?«

Der Klingone sah ihn finster an. »Sie haben uns die falschen geschickt. Aber sie haben sie zurückgenommen.«

»Und«, sagte Geordi, während sie den Gang betraten, »sie haben uns gesagt, dass die richtigen auf dem Weg sind.«

Picard seufzte. »Das sagen sie *immer*.«

Der Ingenieur schmunzelte. »Ja, Sir, das tun sie.«

»Übrigens, Sir«, sagte Worf und warf Geordi einen Seitenblick zu, »haben wir Besuch von Admiral Janeway bekommen. Sie wollte sich mit eigenen Augen ansehen, wie der Umbau voranschreitet.«

Der Captain wirkte überrascht. »Es ist für einen Admiral eher ungewöhnlich, das Trockendock zu besuchen. Aber andererseits ist Janeway ja auch ein ungewöhnlicher Admiral.«

»Richtig«, sagte Geordi, der hoffte, dass man das Thema abschließen könnte, ohne ihre abgebrochene Rettungsmission zu erwähnen.

»Und«, fragte Picard, »was ist mit den Plasmaverteilern?«

Geordi sah ihn an. »Darüber haben wir erst vor einem Moment gesprochen, Sir. Erinnern Sie sich, wie ich gesagt habe, dass wir ein paar Probleme mit ihnen hatten?«

Ein Schatten schien über das Gesicht des Captains zu fallen. »Das haben Sie. Bitte entschuldigen Sie. Es scheint, dass ich ein wenig Zeit brauche, um zu … entspannen.«

Soweit sich der Ingenieur erinnern konnte, hatte der Captain das nur ein paar Mal zuvor tun müssen. Aber das war, nachdem er in einen Borg verwandelt worden, oder von einem cardassianischen Gul gefoltert worden war.

Das verriet Geordi, dass Joseph gewusst hatte, wovon er sprach. Und es ließ ihn sich fragen, was Picard so aus dem Gleichgewicht gebracht hatte, trotz seiner Versuche, es zu überspielen.

Aber der Ingenieur wollte nicht neugierig sein. Wenn der Captain einen Zuhörer brauchte, wusste er, wo er einen finden konnte.

»Nehmen Sie sich soviel Zeit, wie Sie brauchen«, sagte Geordi. »Ich lasse Sie wissen, wenn irgendetwas nach Ihrer Aufmerksamkeit schreit.«

Picard nickte. »Danke, Commander. Weitermachen.« Er sah zu Worf. »Sie beide.« Dann ließ er sie dort im Gang stehen und ging allein weiter zu seinem Quartier.

Geordi sah ihm einen Augenblick lang nach. Dann drehte er sich zu Worf. »Mehr als als nur *ein wenig* aufgewühlt.«

Worfs Augenbrauen zogen sich besorgt zusammen. »Ich werde ein Auge auf ihn haben, für den Fall, dass er Hilfe braucht.«

Der Ingenieur nickte. Aber er hatte da so ein Gefühl, dass es sich um etwas handelte, womit Picard allein fertig werden musste.

Picard verbrachte die ersten zwei Tage allein und tat sein Bestes, um sein Unwohlsein zu überwinden. Doch das war keine leichte Aufgabe.

Am dritten Tag sagte er sich endlich *»Zur Hölle damit«* und schob sein persönliches Problem beiseite. Schließlich hatte er seinem Schiff und seiner Mannschaft gegenüber eine Pflicht zu erfüllen. *Es ist an der Zeit,* dachte er, als er sein Quartier verließ, *dass ich mich auch dementsprechend verhalte.*

Aber auf dem Weg zum Turbolift passierte etwas Seltsames. Der Captain dachte gerade über die Platzierung der EPS-Relais nach, als er aus dem Augenwinkel eine Frau in einem hellblauen Laborkittel sah.

Als er sich umdrehte, war sie in einem anderen Gang verschwunden. Aber er hatte genug gesehen, um sicher zu sein.

Es war Beverly.

Sie war hier auf der *Enterprise*. Aber warum? Und wie war es möglich, dass er nichts von ihrer Ankunft erfahren hatte?

Picard eilte den Gang hinunter, schaute um die Ecke des anderen Ganges und erblickte sie wieder. Aber als er das tat, rutschte ihm das Herz in die Hose.

Es war wirklich eine Frau. Und sie trug tatsächlich einen hellblauen Laborkittel. Aber ihr Haar war eindeutig eher blond als rot. Und jetzt, wo er sie besser sehen konnte, war sie auch nicht so groß wie Beverly.

Nur eine neue Mitarbeiterin in der Wissenschaftsabteilung, dachte Picard, als er zum Turbolift weiterging. *Eine, deren Namen ich mit der Zeit schon lernen werde.* Aber eindeutig nicht die Frau, für die er sie gehalten hatte.

Im Lift traf er auf ein paar neue Ingenieure und unterhielt sich mit ihnen. Dann stieg er aus und ging über die Brücke, die immer noch ein Chaos aus Schaltkreisen war, zu seinem Bereitschaftsraum.

Als der Captain hinein ging, fragte er sich, wie er so dumm hatte sein können. Beverly war woanders, entweder auf einer Raumstation oder auf einem Schiff oder wieder zurück in der Medizinischen Abteilung. Aber sie war nicht auf der *Enterprise* und würde sie vielleicht auch nie wieder betreten.

Und je schneller ich mich daran gewöhne, umso besser.

Er ging um seinen Schreibtisch herum, nahm Platz und sah sich im Raum um. *Irgendetwas ist anders,* entschied er. Dann kam er darauf, was es war: ein neuer Teppich. Die gleiche Farbe wie der alte, aber irgendwie gemütlicher. Fröhlicher.

Er musste zugeben, dass der Raum langsam Gestalt annahm. *Und das übrige Schiff auch.* In Kürze würde die *Enterprise* das Trockendock verlassen können und das tun, wozu sie gedacht war: die Geheimnisse einer riesigen und größtenteils unerforschten Galaxis auszuloten.

Bei diesem Gedanken lächelte der Captain ein wenig. Es lagen immer noch Abenteuer voraus. *Viele Abenteuer.* Alles, was er tun musste, war, die Vergangenheit hinter sich zu lassen und in die Zukunft zu blicken.

So wie er es als Junge getan hatte, als er zu den Sternen aufgeschaut und sich danach gesehnt hatte, zu ihnen zu gehören. So wie er es als junger zweiter Offizier getan hatte, der eine arg mitgenommene *Stargazer* zurück zur Erde gebracht hatte.

So, wie er es wieder und wieder tun würde, solange die Flotte ihn brauchte.

Gerade in diesem Moment hörte er eine vertraute Stimme über das Interkom: »*Commander Worf an Captain Picard.*«

Der Captain sah auf. »Picard hier.«

»*Sir*«, sagte Worf, »*der neue Chefarzt ist da.*«

Picard war verblüfft. Hatte Worf ihn vor der bevorstehenden Ankunft dieser Person gewarnt? Wahrscheinlich – und er war so abgelenkt gewesen, dass er dem keine Aufmerksamkeit geschenkt hatte.

Ich bin nicht bereit, dachte er. Aber früher oder später würde er den Burschen kennenlernen müssen. »Schicken Sie ihn in meinen Bereitschaftsraum.«

»*Sie meinen ... ich soll* sie *in Ihren Bereitschaftsraum schicken.*«

Picard seufzte. *Es hatte* unbedingt *eine Frau sein müssen, oder?* »Ja natürlich. Schicken Sie *sie.*«

Plötzlich fühlte er sich hinter seinem Schreibtisch nicht mehr wohl. Er wollte aufstehen, seine Beine ausstrecken und irgendwo vor seinem Aussichtsfenster stehenbleiben.

Ausnahmsweise schwebten mal keine Reparaturfahrzeuge herum. Nur er und die Sterne. Wenigstens für eine kurze Zeit.

Dann hörte er den Türsummer und ein Schauer lief ihm den Rücken hinab. »Herein«, sagte er und zwang Festigkeit in seine Stimme.

Aber er blieb mit dem Rücken zur Tür stehen. Schließlich würde er die Tatsache, dass Beverly wirklich fort war, erst dann akzeptieren müssen, wenn er ihre Nachfolgerin sah.

Ja, es war ein wenig unhöflich, und er hatte sich immer etwas auf seine Manieren eingebildet. Aber er konnte nicht anders. *Seltsam,* dachte er. Er war im Laufe seiner Sternenflottenlaufbahn allen möglichen Feinden und albtraumhaften Umständen begegnet, aber er konnte es nicht über sich bringen, sich seiner neuen Chefärztin zu stellen.

Picard hörte das Flüstern der Tür, als sie sich öffnete, und dann erneut, als sie sich schloss. Und durch diese Zeichen, die ihm wie Messer ins Herz schnitten, wusste er, dass Beverlys Nachfolgerin den Raum betreten hatte.

»Ich entschuldige mich«, sagte er, ließ seinen Blick aber auf den Sternen, während er sich sammelte. »Ich war eingespannt, sonst hätte ich Sie im Transporterraum begrüßt. Auf jeden Fall bin ich froh, Sie an Bord zu haben. Sie sind offensichtlich hoch qualifiziert, sonst wären Sie für diese Anstellung nicht ausgesucht worden.«

Zum ersten Mal hörte er seine neue Chefärztin sprechen. »Ich habe mich um diese Stelle *beworben*, Captain.«

Hätte er nur die Worte und nicht die Stimme gehört, hätte er sich über den Zufall gewundert – weil das nämlich genau die Worte gewesen waren, die Beverly geäußert hatte, als sie an Bord der *Enterprise-D* gekommen war. Aber als er die Stimme hörte, wusste er, dass es sich um keinen Zufall handelte, weil die Frau, die sie damals ausgesprochen hatte, die gleiche war, die sie vor ein paar Sekunden geäußert hatte.

Der Captain drehte sich vom Aussichtsfenster weg und sah Beverly Crusher vor sich stehen, die verlegen lächelte. »Ich ... verstehe nicht ...«, sagte er und stolperte über die Worte wie ein Schuljunge.

Statt einer Antwort durchquerte sie den Raum und nahm ihn in ihre Arme. Dann hob sie ihren perfekten Mund zu seinem und küsste ihn – lang und leidenschaftlich.

Dann sagte sie: »Ich war eine Närrin, Jean-Luc. Mir wurde eine zweite Chance gegeben, dich zu lieben, und ich habe sie fast weggeworfen. Kannst du mir verzeihen?«

Picard lächelte und strich eine Haarsträhne aus ihrem Gesicht. »Vielleicht mit der Zeit. Aber davon haben wir jetzt ja genug, oder?« Und er küsste sie noch einmal.

DANKSAGUNGEN

———•———

Nach etwa sechzig Büchern habe ich eine zentrale Lektion über das Leben als Schriftsteller gelernt: Danksagungen werden fortwährend schwerer. Widmungen sind nicht so schlimm, weil es immer Menschen gibt, die man ehren will, aber Danksagungen sind eine Last.

In diesem Fall, zum Beispiel, will ich meiner Redakteurin Margaret Clark für ihre Einblicke in den TREK-Mythos danken, für ihre Kreativität und ihre Anerkennung der Tatsache, dass Autoren Menschen mit Hypotheken, Zahnarztterminen und Kindern, die man an der Bushaltestelle abholen muss, sind. Und das ist die Art von Sachen, die ich über sie sagen würde, außer, dass ich sie bereits gesagt habe. Viele Male.

Werfen Sie einen Blick in die Bücher, die ich in der STARGAZER-Reihe geschrieben habe, alle sechs (kaufen Sie sie, sammeln Sie sie, tauschen Sie sie mit Ihren Freunden), und Sie werden feststellen, dass ich Margaret für diese Sachen immer wieder danke.

Und sie ist nicht die Einzige. Auch auf Scott Shannon, meinen Verleger, schütte ich einen Haufen Dankbarkeit. Nun könnte ich Ihnen erzählen, dass er ein schlauer Bursche ist, der sich traut, sich für einen guten Zweck (sprich: mich) aus dem Fenster zu lehnen, aber dieses Lied haben Sie auch schon mal gehört. Andererseits verdient der Kerl für seine Bemühungen Anerkennung, also was soll ich tun – ihn ignorieren?

Und was ist mit Paula Block, dem TREK-Guru in der Lizenzabteilung von CBS? Ich habe bereits Süßholz darüber geraspelt, wie verständnisvoll sie ist und wie viel sie zu einem Manuskript beiträgt – manchmal geht das sogar so weit, dass sie eine blöde Idee ablehnt und mich zwingt, mir eine bessere auszudenken, was ziemlich genau das ist, was im Fall von *Tod im Winter*« geschehen ist. Und ich habe Ihnen ebenfalls gesagt, wie viel ich Paula dafür schulde, dass ich in Büchern wie »*Wieder vereint*« unerforschte TREK-Gründe behandeln durfte, als dieses Privileg für die TV-Shows reserviert zu sein schien.

Aber wie oft kann man sich das anhören? Wie viele Male kann sich selbst *Paula* das anhören? Das ist schon richtig peinlich.

Selbst meine medizinischen Experten Doktor Seth Asser aus Rhode Island und Doctor Laurence Glickman von gegenüber sind Burschen, denen ich schon zuvor gedankt habe. Sie sind brillant, sie sind außergewöhnliche menschliche Wesen und ich hätte die wissenschaftlichen Abschnitte in diesem Buch ohne sie nie hinbekommen. Aber ich hätte ja auch diese *anderen* Bücher nicht ohne sie hinbekommen, und ich werde ihnen dieses Mal nicht besser danken können, als ich es damals getan habe.

Sie sehen also, was ich denke. Gehen Sie einfach, kaufen Sie meine Bücher und lesen Sie die Danksagungen in denen. Glauben Sie mir, die sind um einiges besser als die Danksagungen in diesem hier.

ÜBER DEN AUTOR

———————

Michael Jan Friedman ist der Autor von fast sechzig Sachbüchern und Romanen, von denen mehr als die Hälfte den Namen STAR TREK oder eine Variation davon tragen. Zehn seiner Titel erschienen auf der »New York Times«-Bestsellerliste. Außerdem hat er für Network- und Kabelfernsehen, Radio und Comicbücher geschrieben, darunter die STAR TREK – VOYAGER-Folge *»Die Resistance«*. Zu den seltenen Gelegenheiten, wenn er der wirklichen Welt einen Besuch abstattet, lebt Friedman mit seiner Frau und zwei Söhnen auf Long Island.

Er informiert seine Leser weiterhin darüber, dass, egal wie viele Friedmans sie kennen, diese mit großer Wahrscheinlichkeit nicht mit ihm verwandt sind.

STAR TREK BEI CROSS CULT

THE NEXT GENERATION

1: Tod im Winter
TB | BoD | € 15,—
ISBN: 978-3-95981-836-0

2: Widerstand
TB | BoD | € 15,—
ISBN: 978-3-95981-837-7

3: Quintessenz
TB | BoD | € 15,—
ISBN: 978-3-95981-838-4

4: Heldentod
TB | BoD | € 15,—
ISBN: 978-3-95981-839-1

5: Mehr a. d. Summe
TB | BoD | € 15,—
ISBN: 978-3-95981-840-7

6: D. Frieden verlieren
TB | BoD | € 15,—
ISBN: 978-3-95981-841-4

7: Von Magie ...
TB | 552 S. | € 14,80
ISBN: 978-3-86425-293-8

**8: Kalte Berechnung:
– Die Beständigkeit
der Erinnerung**
TB | 432 S. | € 12,80
ISBN: 978-3-86425-785-8

**9: Kalte Berechnung:
– Lautlose Waffen**
TB | 380 S. | € 12,80
ISBN: 978-3-86425-786-5

**10: Kalte Berechnung
– Diabolus ex
Machina**
TB | 380 S. | € 12,80
ISBN: 978-3-86425-787-2

11: D. Licht d. Fantasie
TB | 368 S. | € 14,—
ISBN: 978-3-86425-788-9

Jagd
TB | 432 S. | € 14,—
ISBN: 978-3-95981-178-1

Der Pfeil d. Schicksals
TB | 432 S. | € 15,—
ISBN: 978-3-95981-184-2

**Der Stoff, aus dem die
Träume sind**
*Kurzroman – nur als
E-Book erhältlich*

**Q sind herzlich unein-
geladen**
*Kurzroman – nur als
E-Book erhältlich*

DOPPEL-HELIX

*Alle Bände derzeit nur als
E-Book erhältlich. Book on
Demand Ausgaben geplant.*

1: Infektion

2: Überträger

3: Roter Sektor

4: Quarantäne

5: Doppelt oder nichts

6: Die oberste Tugend

TITAN

1: Eine neue Ära
TB | BoD | € 15,—
ISBN: 978-3-95981-857-5

2: Der rote König
TB | BoD | € 15,—
ISBN: 978-3-95981-858-2

3: Die Hunde d. Orion
TB | BoD | € 16,—
ISBN: 978-3-95981-859-9

**4: Schwert des
Damokles**
TB | BoD | € 15,—
ISBN: 978-3-95981-860-5

5: Stürmische See
TB | BoD | € 15,—
ISBN: 978-3-95981-861-2

6: Synthese
TB | BoD | € 15,—
ISBN: 978-3-95981-862-9

7: Gefallene Götter
TB | 360 S. | € 12,80
ISBN: 978-3-86425-429-1

Abwesende Feinde
*Kurzroman – nur als
E-Book erhältlich*

Aus der Dunkelheit
TB | ca. 400 S. | € 15,—
ISBN: 978-3-95981-501-7

VOYAGER

1: Heimkehr
TB | 250 S. | € 12,80
ISBN: 978-3-86425-287-7

2: Ferne Ufer
TB | 252 S. | € 12,80
ISBN: 978-3-86425-288-4

**3: Geistreise I –
Alte Wunden**
TB | 276 S. | € 12,80
ISBN: 978-3-86425-420-8

**4: Geistreise II – Der
Feind meines Feindes**
TB | 276 S. | € 12,80
ISBN: 978-3-86425-421-5

5: Projekt Full Circle
TB | 618 S. | € 16,80
ISBN: 978-3-86425-422-2

6: Unwürdig
TB | 402 S. | € 12,80
ISBN: 978-3-86425-423-9

7: Kinder des Sturms
TB | 380 S. | € 12,80
ISBN: 978-3-86425-423-9

8: Ewige Gezeiten
TB | 380 S. | € 12,99
ISBN: 978-3-86425-775-9

9: Bewahrer
TB | 480 S. | € 14,—
ISBN: 978-3-95981-146-0

10: Erbsünde
TB | 512 S. | € 16,—
ISBN: 978-3-95981-204-7

11: Sühne
TB | ca. 510 S. | € 16,—
ISBN: 978-3-95981-515-4

STAR TREK BEI CROSS CULT

DEEP SPACE NINE

Viele Bände derzeit nur als E-Book erhältlich. Book on Demand Ausgaben geplant.

8.01: Offenbarung I

8.02: Offenbarung II

8.03: Der Abgrund

8.04: Dämonen der Luft und Finsternis

8.05: Mission Gamma I – Zwielicht

8.06: MG II – Dieser graue Geist

8.07: MG III – Kathedrale

8.08: MG IV – Das kleinere Übel

8.09: So der Sohn

8.10: Einheit

9.01: Kriegspfad

9.02: Entsetzliches Gleichmaß

9.03: D. Seelenschlüssel

E. Stich z. rechten Zeit

Misstrauen
TB | 288 S. | € 14,—
ISBN: 978-3-95981-174-3

Sakramente d. Feuers
TB | 512 S. | € 15,—
ISBN: 978-3-95981-202-3

Vorherrschaft
TB | ca. 380 S. | € 15,—
ISBN: 978-3-95981-525-3

Kraft und Bewegung
TB | ca. 350 S. | € 15,—
ISBN: 978-3-95981-666-3

DIE WELTEN VON DS9

Alle Bände derzeit nur als E-Book erhältlich. Book on Demand Ausgaben geplant.

1: Cardassia – Die Lotusblume

2: Andor – Paradigma

3: Trill – Unvereinigt

4: Bajor – Fragmente und Omen

5: Ferenginar – Zufriedenheit wird nicht garantiert

6: Das Dominion – Fall der Götter

CROSSOVER-REIHEN
TYPHON PACT

1: Nullsummenspiel
TB | 396 S. | € 12,80
ISBN: 978-3-86425-280-8

2: Feuer
TB | 480 S. | € 14,80
ISBN: 978-3-86425-281-5

3: Bestien
TB | 332 S. | € 12,80
ISBN: 978-3-86425-282-2

4: Zwietracht
TB | 480 S. | € 14,80
ISBN: 978-3-86425-283-9

Kampf
Kurzroman – nur als E-Book erhältlich

5: Heimsuchung
TB | BoD | € 16,—
ISBN: 978-3-95981-847-6

6: Schatten
TB | BoD | € 16,—
ISBN: 978-3-95981-848-3

7: Risiko
TB | BoD | € 15,—
ISBN: 978-3-95981-849-0

DESTINY Gesamtausgabe
HC | 1.200 S. | € 26,80
ISBN: 978-3-86425-907-4

THE FALL

1: Erkenntnisse aus Ruinen
TB | 420 S. | € 12,80
ISBN: 978-3-86425-778-0

2: Der karminrote Schatten
TB | 300 S. | € 12,99
ISBN: 978-3-86425-779-7

3: Auf verlorenem Posten
TB | 380 S. | € 12,99
ISBN: 978-3-86425-780-3

4: Der Giftbecher
TB | 380 S. | € 12,99
ISBN: 978-3-86425-781-0

5: Königreiche des Friedens
TB | 380 S. | € 12,99
ISBN: 978-3-86425-782-7

Sektion 31 – Verleugnet
TB | 368 S. | € 14,—
ISBN: 978-3-95981-172-9

D. Gesetze d. Föderation
Derzeit nur als E-Book erhältlich. Book on Demand Ausgabe geplant.

Einzelschicksale
Derzeit nur als E-Book erhältlich. Book on Demand Ausgabe geplant.

STAR TREK BEI CROSS CULT

ENTERPRISE

1: D. höchste Maß a. Hingabe
TB | BoD | € 16,—
ISBN: 978-3-95981-834-6

2: W. Menschen Gutes tun
TB | BoD | € 16,—
ISBN: 978-3-95981-835-3

3: Kobayashi Maru
TB | 512 S. | € 14,80
ISBN: 978-3-86425-299-0

4: Der Romulanische Krieg – Unter den Schwingen des Raubvogels I
TB | 380 S. | € 12,80
ISBN: 978-3-86425-300-3

5: Der Romulanische Krieg – Schw. d. Raubvogels II
TB | 380 S. | € 12,80
ISBN: 978-3-86425-301-0

6: Der Romulanische Krieg – Die dem Sturm trotzen
TB | 380 S. | € 12,80
ISBN: 978-3-86425-295-2

RISE OF THE FEDERATION

1: Am Scheideweg
TB | 384 S. | € 15,—
ISBN: 978-3-95981-188-0

2: Turm zu Babel
TB | 384 S. | € 15,—
ISBN: 978-3-95981-196-5

3: Zweifelhafte Logik!
TB | 400 S. | € 15,—
ISBN: 978-3-95981-533-8

VANGUARD

1: Der Vorbote
TB | BoD | € 15,—
ISBN: 978-3-95981-850-6

2: Rufe den Donner
TB | BoD | € 16,—
ISBN: 978-3-95981-851-3

3: Ernte den Sturm
TB | BoD | € 16,—
ISBN: 978-3-95981-852-0

4: Offene Geheimnisse
TB | BoD | € 16,—
ISBN: 978-3-95981-853-7

5: Vor dem Fall
TB | BoD | € 15,—
ISBN: 978-3-95981-854-4

6: Enthüllungen
TB | BoD | € 16,—
ISBN: 978-3-95981-855-1

7: Das jüngste Gericht
TB | BoD | € 16,—
ISBN: 978-3-95981-856-8

8: Sturm a. d. Himmel
TB | BoD | € 16,—
ISBN: 978-3-95981-864-3

Spuren des Sturms
Kurzroman – nur als E-Book erhältlich

———————————

D. Eugenischen Kriege 1
TB | 600 S. | € 16,80
ISBN: 978-3-86425-439-0

D. Eugenischen Kriege 2
TB | 480 S. | € 14,80
ISBN: 978-3-86425-440-6

CLASSIC

FEUERTAUFE
1: McCoy – Die Herkunft der Schatten
TB | BoD | € 18,—
ISBN: 978-3-95981-842-1

2: Spock – Das Feuer und die Rose
TB | BoD | € 15,—
ISBN: 978-3-95981-843-8

3: Kirk – D. Leitstern des Verirrten
TB | BoD | € 15,—
ISBN: 978-3-95981-844-5

Der Friedensstifter
TB | BoD | € 15,—
ISBN: 978-3-95981-845-2

D. Ende d. Dämmerung
TB | BoD | € 15,—
ISBN: 978-3-95981-846-9

Die Glücksmaschine
TB | 380 S. | € 12,80
ISBN: 978-3-86425-303-4

Früher war alles besser
TB | 380 S. | € 12,99
ISBN: 978-3-86425-801-5

Die Stürme der Widrigkeiten
TB | ca. 340 S. | € 14,—
ISBN: 978-3-95981-176-7

Das Gewicht der Welten
TB | ca. 350 S. | € 14,—
ISBN: 978-3-95981-521-5

SEEKERS

1: Zweite Natur
TB | 352 S. | € 14,—
ISBN: 978-3-95981-437-9

2: Divergenzpunkt
TB | ca. 350 S. | € 14,—
ISBN: 978-3-95981-439-3

———————————

PREY

1: Das Herz der Hölle
TB | 416 S. | € 15,—
ISBN: 978-3-95981-658-8

2: D. Trick d. Schakals
TB | 416 S. | € 15,—
ISBN: 978-3-95981-662-5

3: Die Halle der Helden
TB | 416 S. | € 15,—
ISBN: 978-3-95981-670-0

———————————

D. klingonische Hamlet
TB | 369 S. | € 14,80
ISBN: 978-3-86425-442-0

STAR TREK BEI CROSS CULT

NEW FRONTIER

Einige Bände derzeit nur als E-Book erhältlich. Book on Demand Ausgabe geplant.

1: Kartenhaus

2: Zweifrontenkrieg

3: Märtyrer

4: Die Waffe

5: Ort der Stille

6: Finstere Verbündete

7: Excalibur: Requiem
TB | 272 S. | € 12,80
ISBN: 978-3-942649-07-0

8: Excalibur: Renaissance
TB | 260 S. | € 12,80
ISBN: 978-3-86425-179-5

9: Excalibur: Restauration
TB | 420 S. | € 12,80
ISBN: 978-3-86425-180-1

10: Portale – Kalte Kriege
TB | 360 S. | € 12,80
ISBN: 978-3-86425-313-3

11: Menschsein
TB | 360 S. | € 12,80
ISBN: 978-3-86425-441-3

12: Mehr als Götter
TB | 340 S. | € 12,80
ISBN: 978-3-86425-776-6

13: Stein und Amboss
TB | 340 S. | € 12,80
ISBN: 978-3-86425-777-3

14: Neue Zeiten
TB | 352 S. | € 14,—
ISBN: 978-3-95981-160-6

15: Vermisst
TB | ca. 400 S. | € 15,—
ISBN: 978-3-95981-200-9

The Captain's Table – Gebranntes Kind

Grenzenlos
TB | 360 S. | € 12,99
ISBN: 978-3-86425-802-2

16: Hochverrat
TB | 400 S. | € 15,—
ISBN: 978-3-95981-535-2

CORPS OF ENGINEERS

Sammelband 1: Die Ingenieure der Sternenflotte
TB | 416 S. | € 14,—
ISBN: 978-3-86425-800-8

Sammelband 2: Heimliche Helden
TB | 320 S. | € 14,—
ISBN: 978-3-86425-855-8

Sammelband 3: Wunder dauern etwas länger
TB | 304 S. | € 14,—
ISBN: 978-3-95981-158-3

DIE NEUE TIMELINE

STAR TREK Roman zum Film
Derzeit nur als E-Book erhältlich. Book on Demand Ausgabe geplant.

ST INTO DARKNESS Roman zum Film
Derzeit nur als E-Book erhältlich. Book on Demand Ausgabe geplant.

STARFLEET ACADEMY

Einige Bände derzeit nur als E-Book erhältlich. Book on Demand Ausgaben geplant.

1: Die Delta-Anomalie

2: Die Grenze

3: Der Gemini-Agent
TB | 240 S. | € 10,—
ISBN: 978-3-86425-849-7

4: Das Attentatsspiel
TB | 300 S. | € 12,—
ISBN: 978-3-86425-850-3

SACHBUCH

Maximum Warp
TB | 384 S. | € 12,80
ISBN: 978-3-86425-198-6

Die kling. Kunst des Krieges
HC | 160 S. | € 19,80
ISBN: 978-3-86425-438-3

Klingonische Weihnacht
HC | 32 S. | € 14,80
ISBN: 978-3-86425-437-6

D. Philosophie in Star Trek
TB | 304 S. | € 16,—
ISBN: 978-3-86425-865-7

DISCOVERY

1: Gegen die Zeit
TB | 416 S. | € 15,—
ISBN: 978-3-95981-190-3

2: Drast. Maßnahmen
TB | ca. 400 S. | € 15,—
ISBN: 978-3-95981-672-4

3: Die Furcht an sich
TB | ca. 400 S. | € 15,—
ISBN: 978-3-95981-865-0

WWW.CROSS-CULT.DE | WWW.STARTREKROMANE.DE